AU GRAND JOUR

ASHLYN KANE
MORGAN JAMES

AU GRAND JOUR

ASHLYN KANE
MORGAN JAMES

Publié par
DREAMSPINNER PRESS

5032 Capital Circle SW, Suite 2, PMB# 279, Tallahassee, FL 32305-7886 USA
www.dreamspinnerpress.com

Au grand jour
Copyright de l'édition française © 2023 Dreamspinner Press.
Titre original : Winging It
© 2015 Ashlyn Kane et Morgan James.
Première édition : février 2015
Traduit de l'anglais par Black Jax.

Illustration de la couverture :
© 2020 L.C. Chase.
http://www.lcchase.com
Conception graphique :
© 2023 L.C. Chase.
http://www.lcchase.com
Les éléments de la couverture ne sont utilisés qu'à des fins d'illustration et toute personne qui y est représentée est un modèle.

Édition e-book en français : 978-1-64108-585-4
Édition imprimée en français : 978-1-64108-586-1
Première édition française : juin 2023
v 1.0

Édité aux États-Unis d'Amérique.

AVANT-PROPOS

Mai 2022

Ashlyn Kane :

MORGAN ET moi avons écrit *Au Grand Jour* au printemps 2014, deux ans avant qu'Auston Matthews soit repêché [1]*. Jusque-là, quelques joueurs de hockey professionnels étaient d'origine latino, mais aucun n'avait le statut de Matthews. Et aucun joueur de la LNH* N'était ouvertement gay ou bisexuel. Au moment où j'écris ces lignes, c'est toujours le cas, mais gardons espoir, car Luke Prokop sera peut-être le premier. Je croise les doigts et je touche du bois.

Quand nous avons décidé qu'*Au Grand Jour* serait le premier tome d'une série, le livre avait déjà six ans. Il lui fallait donc un lifting.

Ce lifting est devenu une opération de chirurgie réparatrice parce que nous avons réalisé deux choses : d'abord, nous avions évolué en tant qu'écrivains, ensuite, la ligue avait changé. Donc, si vous avez choisi ce livre et que vous vous demandez en quoi cette version est différente de l'original, voici quelques indices.

Les personnages. Nous avons essayé de réduire leur nombre et leurs surnoms – autant que faire se peut dans un livre sur les joueurs de hockey – pour éviter les confusions. Pour simplifier, Chef est devenu Olie, un surnom dérivé de son nom de famille. Après un moment d'horreur sur Google, Fifi est devenu Flash.

Les points de vue. Il s'avère que Dante a beaucoup à dire et qu'il sait manier le verbe, aussi le laisserons-nous s'exprimer à loisir.

La fiction. Suivre de vrais joueurs serait impossible, donc, nous n'avons pas essayé. Dans cette version, les équipes professionnelles et les joueurs sont fictifs et il n'y a aucun caméo. (Nous n'avons cependant pas pu renommer Mario Lemew [2].)

---

1 Voir lexique des termes de hockey – mots marqués dans le texte par un astérisque.

2 Clin d'œil à Mario Lemieux, joueur canadien de hockey sur glace surnommé « Le Magnifique ».

Concentration. Le *Au Grand Jour* d'origine était une histoire d'amour pour le hockey. Ne vous méprenez pas, nous aimons toujours ce sport, mais cette version parle un peu moins de hockey et beaucoup plus de romance entre les joueurs.

Écriture. À la troisième année d'une pandémie mondiale, écrire des comédies romantiques devient primordial. Donc, cette version vise davantage le plaisir, l'énergie et l'humour et moins la méchanceté, les drames, les épreuves.

Si c'est la première fois que vous lisez *Au Grand Jour*, bienvenue ! Nous espérons que vous aimez les adultes avec de la glace dans les veines, du feu dans le cœur et des couteaux aux pieds. Vous n'avez pas besoin de connaître la version d'origine pour savourer l'histoire de Gabe et Dante.

Morgan James :

CE LIVRE n'existerait pas si Ashlyn n'avait pas pris la question « Crois-tu pouvoir réviser *Au Grand Jour* à temps pour une réédition en 2022 ? » comme un défi. Des exigences d'ordre personnel m'ayant accaparé en début d'année, je n'avais pas le temps d'accorder à ce travail toute l'attention nécessaire. Alors, Ashlyn a relevé ses manches pour se mettre à la tâche. Je lui suis infiniment reconnaissant de la patience dont elle a fait preuve envers moi, qui n'étais pas en mesure de l'aider comme je l'aurais voulu.

QUELQUES EXPLICATIONS SUR LE HOCKEY

LNH : LIGUE Nationale du Hockey
Une équipe est formée de six joueurs : un gardien de but, trois attaquants qui forment la ligne d'attaque, avec un centre et deux ailiers, et deux défenseurs.
Pour un match de la LNH, chaque équipe a plusieurs lignes d'attaques, plusieurs paires de défenseurs et deux gardiens pour un total de dix-huit joueurs et deux gardiens.
Un match standard est composé de périodes de quinze minutes entrecoupées de pauses.

NOMS DES équipes (fictives) qui s'affrontent dans le roman par ordre d'apparition :
Les Dekes (ou les Nordiques) de Québec
Les Tartans d'Ottawa
Les Orques de Vancouver
Les Boucliers (ou les T) de Toronto
Les Scorpions de Phœnix
Les Mustangs (ou les Bourrins) de Nashville
Les Piranhas (ou les Poissons) de Los Angeles
Les Voyageurs de Montréal
L'équipe de Detroit
L'équipe de Chicago
L'équipe de Pittsburgh
L'équipe de Raleigh
Les Oiseaux de feu de Philadelphie

LEXIQUE DES termes du hockey
Ailier : voir Attaquant

Arbitre : au hockey sur glace, ils sont en général quatre sur la glace, un arbitre principal et trois juges de lignes.

Attaquant :

Il existe deux postes spécifiques d'attaquant au hockey :

le centre qui évolue dans l'axe de la patinoire

les ailiers qui évoluent de part et d'autre du centre.

Ces trois joueurs forment un trio d'attaque nommé ligne.

Avantage numérique : quand une équipe a plus de joueurs sur la glace que l'équipe adverse suite à des pénalités.

Balustrade : voir Bande

Banc des joueurs : lieu disposé en bordure de patinoire à l'usage exclusif des joueurs et des officiels d'équipe. Chacune des deux équipes en lice dispose d'un banc identique.

Banc des pénalités (ou prison) : lieu situé en bordure de patinoire, à hauteur de la zone neutre et à l'opposé au banc des joueurs, où est envoyé un joueur ayant écopé d'une pénalité afin de la purger.

Bande (ou planche, ou balustrade) : paroi de bois qui entoure la patinoire et délimite l'aire de jeu.

Capitaine : sur la glace, il est le seul joueur habilité à questionner l'arbitre en cours de jeu. Chaque équipe doit désigner un capitaine.

Celly : célébration d'une équipe qui a marqué un but.

Centre : voir Attaquant

Coupe Stanley : trophée de hockey sur glace décerné chaque année en Amérique du Nord par la LNH à l'équipe championne des séries éliminatoires.

Crosse : équipement de hockey sur glace composé d'un manche droit et d'une lame incurvée reposant sur la glace qui permet de contrôler et de lancer le palet.

Défenseur :

Leur rôle est double : ils empêchent l'équipe adverse de marquer et ils relancent l'attaque.

Les défenseurs défensifs marquent peu.

Les défenseurs offensifs marquent plus souvent.

Dégagement interdit (ou « icing ») : lorsqu'un joueur tire ou dévie le palet de sa zone de défense au-delà de la ligne de but adverse. L'arbitre arrête alors le jeu.

Deke : technique de feinte par laquelle un joueur attire un joueur adverse loin de sa position.

Désavantage numérique : quand une équipe a moins de joueurs sur la glace que l'équipe adverse suite à des pénalités.

Match à domicile : expression utilisée quand une équipe joue dans sa ville face à des adversaires venant d'ailleurs. Inversement, on parle de « match à l'extérieur ».

Jouer « à domicile » est considéré comme un avantage grâce au soutien du public local.

Engagement : mise en jeu du palet au début de chaque période ou après un arrêt de jeu, effectuée par l'arbitre ou le juge de lignes.

Gardien : joueur dont l'objectif principal est d'empêcher l'équipe adverse de marquer.

Hors-jeu : lorsqu'un joueur de l'équipe attaquante entre dans la zone d'attaque avant le palet.

Juge de lignes : voir Arbitre

Lancer frappé (« slap shot ») : technique qui permet d'obtenir les tirs puissants et rapides.

Le palet peut atteindre une vitesse de 175 km/h.

Ligne : voir Attaquant

Palet : rondelle en caoutchouc vulcanisé que les joueurs tentent de propulser dans les filets adverses pour marquer des points.

Planche : voir Bande

Prolongations : période supplémentaire accordée par l'arbitre si les deux équipes sont à égalité à la fin du temps réglementaire.

Repêchage d'entrée : évènement organisé chaque année qui permet à des joueurs de hockey sur glace de ligues juniors ou universitaires de faire leur entrée dans les franchises nord-américaines.

Séries éliminatoires (de la Coupe Stanley) : la partie finale de la saison de hockey sur glace.

Trophée Art-Ross : trophée de hockey sur glace remis annuellement par la LNH au joueur ayant combiné le plus grand nombre de buts et de passes durant la saison régulière.

Trophée Vézina : trophée de hockey sur glace remis annuellement au meilleur gardien de but de la saison dans la LNH.

Zones : le terrain de hockey est divisé en trois zones.

Au centre, la zone neutre ou zone centrale.

Deux zones d'extrémité.

La zone d'extrémité dans laquelle une équipe tente de marquer est appelée « zone d'attaque » et celle où se trouvent les buts à garder est la « zone de défense ».

Camp d'entraînement des Dekes
Who's Who dans la nouvelle saison ?
Par Kevin McIntyre

Bonne saison de hockey, fans des Dekes !

Octobre arrive dans quelques semaines, le camp d'entraînement commence et les raisons d'être impatients sont nombreuses, alors, voici les joueurs à surveiller.

Joueurs établis

Jacques Fillion, centre*, #96. Le capitaine* « Flash » a trente-quatre ans cette saison et il commence à ralentir. Mais avec l'âge vient la sagesse et Fillion a encore un réservoir plein.

Gabriel Martin, ailier* droit, #53. « L'Ange » est la superstar de l'équipe depuis son arrivée, il y a trois ans. À vingt-huit ans, il n'a encore jamais gagné la Coupe Stanley et envisage certainement de se donner à fond cette année.

Isak Olofsson, gardien* de but, #33. Avec son mètre quatre-vingt-dix, « Olie » est un géant à plus d'un titre. Il a été nominé deux fois pour le trophée Vézina*. L'aura-t-il enfin cette année ?

Talents émergents

Mikhail Kipriyanov, défense, #7. « Kitty » est jeune, grand et talentueux sur la glace, mais il n'a pas encore fait ses preuves en tant que défenseur* de premier plan.

Dante Baltierra, ailier gauche, #68. Après une première saison moyenne à monter dans la formation, « Baller » faisait une deuxième année fantastique jusqu'à son accident et sa commotion cérébrale. Il sera intéressant de voir s'il peut reprendre sa place à côté de Fillion.

Éléments inconnus

Il est probable que la majeure partie des équipes repêchées cette année commenceront la saison en juniors.

1

Deux des éléments que nous pourrions avoir chez les pros sont l'attaquant* Tom Yorkshire et le défenseur Dave Symons.

Conclusions

Donc, où en sommes-nous ? Sur le papier, les Dekes sont une équipe prête à gagner et impatiente de le faire. Fillion n'a plus beaucoup de temps s'il veut remporter la Coupe avant la retraite. Martin est dans la fleur de l'âge et avide de gloire. Avec Olofsson, l'équipe a un gardien sur lequel je parierais contre n'importe qui. À mon avis, les Dekes sont bien placés pour gagner cette année, mais ne soyez pas surpris s'il y a des transferts de joueurs au dernier moment pour mieux rentabiliser les chances de l'équipe.

ÉCHAUFFEMENT

LE VISAGE de Gabriel Martin, affiché sur une affiche haute de deux étages, toisait férocement le vrai Gabe qui approchait de l'arène où s'entraînait son équipe.

En temps normal, Gabe n'avait pas l'air aussi maussade quand il ne jouait pas – du moins, il l'espérait. Aujourd'hui, cependant, c'était différent. Malgré ses boucles blondes emblématiques, personne n'aurait osé lui donner le surnom attribué par les médias, « l'Ange », alors que son regard était de nature à décaper les murs.

En se changeant au vestiaire, il avait tenté d'oublier la matinée qu'il venait de vivre et de se concentrer sur son travail… mais dans sa tête, il entendait encore l'écho de la porte d'entrée qui claquait.

Malheureusement, il n'était pas sourd pour autant, aussi entendit-il le cri excité d'Olie :

— Waouh ! Vous avez vu l'envergure de ce mec !

Gabe attrapa ses baskets sur le banc et en dénoua les lacets. Il avait besoin de quelques secondes pour se contrôler avant de se retourner. La soirée d'hier avait été difficile. Pierre était son… eh bien, le qualificatif n'était pas très clair, mais la rupture ne pouvait pas tomber plus mal. Le camp d'entraînement commençait *aujourd'hui* et Gabe avait passé une nuit blanche. Maintenant, il devait affronter le cul de Baller Baltierra, un spécimen assez énorme pour générer une force d'attraction gravitationnelle.

Après sept ans dans la LNH et bien plus longtemps dans le placard, Gabe avait appris à *ne pas* regarder. Mais s'il existait une astuce pour ne pas voir, il ne l'avait pas encore découverte.

Et l'occasion ne s'y prêtait pas. Toute l'attention du vestiaire se portait sur Baller, plaisanteries et cris à l'appui, aussi Gabe se ferait-il davantage remarquer s'il ne regardait pas comme les autres.

Il releva la tête et souhaita aussitôt ne pas l'avoir fait. Tous les joueurs de hockey avaient un cul phénoménal, musclé, rond et ferme, c'était un fait établi, mais Baller, lui… mettait la barre encore plus haut. Jamais Gabe n'avait vu de cul aussi parfait !

3

— Ce n'est pas la lune, c'est une station spatiale! lança le défenseur de l'autre côté de la pièce.

Baller recevait les railleries avec grâce. Sans doute en avait-il l'habitude. Dès son entrée dans les recrues, il avait dû se faire charrier pour ses proportions exceptionnelles. Il s'inclina dans un salut moqueur, puis s'approcha de son capitaine, qui l'avait un temps hébergé. Flash sourit et lui ébouriffa les cheveux. Baller fit la grimace et chercha à remettre de l'ordre dans ses longues mèches noires.

Il s'adressa ensuite à ses coéquipiers :

— Vous êtes jaloux parce que mon milk shake [3] attire toutes les filles.

Alors que Baller s'arrêtait au vestiaire à côté du sien, Gabe ajouta :

— Ton milk shake a beaucoup alimenté les sites Internet cet été !

Baller battit des cils et fit semblant de se pâmer.

— Hé, Gabriel, tu me surveilles ? Ne t'inquiète pas, Dante Baltierra peut satisfaire tout le monde !

Une raison de plus – comme s'il en avait besoin ! – pour *ne pas* faire son coming-out, décida Gabe, parce que ça rendrait ce genre de vannes nettement plus délicates. Pas de doute, il avait eu tout à fait raison de rompre avec Pierre, qui refusait de comprendre que Gabe ne serait jamais son compagnon officiel. Et qu'il ne comptait pas davantage l'entretenir à ne rien faire !

Pierre n'était pas le premier à essayer de lui soutirer de l'argent. Il ne serait pas le dernier.

Gabe finissait de lacer ses souliers quand Flash vint à la rescousse. Il frappa Baller avec une serviette.

— Nous savons exactement ce que tu as à offrir ! Cesse de t'exhiber à poil et range ton matériel ! L'entraîneuse ne va pas te rater si elle te trouve occupé à faire le clown.

Il s'adressa au reste du vestiaire :

— Vous avez deux minutes !

Son accent canadien était toujours plus marqué à la fin d'un long été au cours duquel il n'avait pas parlé anglais.

Gabe suivit Flash vers la zone d'entraînement afin de s'échauffer. Ils prirent deux tapis roulants côte à côte.

Gabe demanda en français :

— Tu penses que St. Louis va mettre Baller sur notre ligne* ?

---

3 Citation de la chanson *Milkshake* de Kelis.

— Si elle ne le fait pas, ce serait bien dommage. Il est hyper doué ! Tu ne vois pas d'inconvénient à ce qu'il joue avec nous, je présume ?

Flash lança à Gabe un regard de côté, dévoilant de ce fait la cicatrice en forme d'éclair qu'il avait au coin de l'œil.

Dans l'équipe, seuls Flash et Olie savaient que Gabe était gay. Flash était un chouette capitaine, il intervenait toujours pour couper court aux railleries homophones qui éclataient parfois au sein de l'équipe, mais Gabe ne comptait pas pour autant risquer un coming-out devant les autres. Étant plus jeune, il avait dit la vérité à sa mère et elle avait illico fichu le camp. Gabe doutait fort que son homosexualité soit davantage acceptée dans une équipe de hockey professionnelle. S'il envisageait un jour de participer à un défilé arc-en-ciel, ce serait *après* avoir gagné la Coupe Stanley.

— Je n'aurais jamais dû te dire que je le trouvais sexy ! se plaignit-il.

Heureusement, Baller était si vain que Gabe n'avait pas à se soucier de le vexer. Il détourna la conversation et revint vers le hockey.

— Il a bien joué sur notre ligne l'année dernière.

Flash arrêta le tapis roulant pour ajuster le bandage de compression de son genou droit.

— Oui, je sais, répliqua-t-il. J'étais là. J'ai aussi regardé les enregistrements des matchs. Ensuite, j'ai passé en revue les statistiques…

Gabe rit et secoua la tête.

— D'accord, n'en rajoute pas. J'arrête de jouer à la mouche du coche.

Flash continuait à le regarder comme s'il s'attendait à davantage. Comme s'il pensait encore à… Pouah ! Gabe en eut les tripes nouées. Il détestait ce regard sous lequel il se sentait comme un insecte sous une lentille de microscope.

— Arrête, répéta-t-il. C'est bon. Mets Baller où tu veux. Ça n'affectera pas mon jeu.

Les autres joueurs commençaient à sortir du vestiaire. Flash repassa à l'anglais.

— Oui, je sais.

Oh, une formule bateau.

Gabe ne supportait plus l'attention de Flash.

— Quoi encore ? jeta-t-il.

— Tu pourrais leur dire la vérité, répondit le capitaine à mi-voix, ça ne gênera personne. Ce sont de braves garçons et ils t'apprécient.

Gabe inspira un grand coup et se concentra pour ne pas frapper du poing la rambarde du tapis roulant. Il n'exprima pas ce qu'il pensait :

5

comment peuvent-ils réellement m'apprécier s'ils ne me connaissent pas?
Tant mieux, d'ailleurs, il préférait ne rien changer à cet état de fait.

— Non.

Il n'avait pas honte d'être gay, mais il ne voulait pas être « Gabriel Martin, le joueur de hockey gay ». Il voulait être « Gabriel Martin, l'étoile montante des Nordiques et le vainqueur de la Coupe Stanley ».

Et cela n'arriverait pas si son club le transférait sous prétexte que ses coéquipiers ne voulaient plus lui envoyer de passes.

D'ailleurs, il avait pratiquement grandi dans les vestiaires, il savait que l'acceptation universelle, c'était une illusion.

Flash soupira.

— Comme tu voudras.

Exactement.

DANTE ADORAIT le jour des médias.

C'était probablement de la fatuité, mais peu importait. Il refusait de faire semblant : il était toujours lui à cent pour cent. Bien sûr, poser avec tout son équipement et ses chaussures en faisant des mimiques sexy devant la caméra était un peu ridicule, mais Dante n'avait pas peur du ridicule. Il aimait faire rire l'équipe de tournage, c'était divertissant. Avec un peu de chance, les journaleux l'en remercieraient en n'utilisant pas ses pires photos dans les réseaux sociaux.

Certes, le maquillage n'était pas ce que Dante préférait. Il avait l'impression de porter un masque. En plus, les techniciens lui avaient laqué les cheveux ! Mais le but était de minimiser les reflets des spots, pas de rendre sa peau brune plus blanche, donc il prit son mal en patience et fit de son mieux pour donner une version mexicano-américaine de Blue Steel [4] – avec une expression faciale à la fois sérieuse et comique – jusqu'à ce que Trish, des relations publiques, le menace en levant sa bouteille.

Dante fila en courant dans le couloir vers les vestiaires et cria par-dessus son épaule :

— Hé, vous m'adorez !

— Vous en faites trop ! répondit-elle sur le même ton.

---

4 D'après le film humoristique *Zoolander*

Mais il entendit le rire dans sa voix. Il sourit. Il imaginait déjà son visage sur l'écran Jumbotron de l'Amphithéâtre de Québec, les statistiques à côté de son nom notant chaque point qu'il marquait.

L'an passé, il avait pris un mauvais coup sur la tête à un tiers de la saison. Cette année, il devait faire mieux. Un point par match par exemple, ça sonnait plutôt bien. Un objectif peut-être prétentieux, mais il était conseillé de viser les étoiles, pas vrai ?

Il n'avait plus qu'à convaincre son entraîneuse de le nommer au poste d'ailier de première ligne.

Par chance, il jouait encore mieux sous pression.

Il jeta son équipement dans son vestiaire et plongea dans la douche pour nettoyer la merde qui lui maculait le visage et les cheveux. Puis il se sécha et jeta la serviette sur son épaule. Le moment était venu de passer à la première phase de son plan : se faire apprécier de ses coéquipiers.

Le vestiaire était à moitié plein lorsqu'il y entra. La plupart des gars se rhabillaient et quelques recrues parlaient à mi-voix dans le coin, têtes penchées. Dante ne put distinguer les mots échangés, mais il déchiffra sans peine leur langage corporel : « j'ai du mal à croire que je suis enfin arrivé là ! » Adorable. Et compréhensible.

Olie, le gardien de but, souriait tout seul tout en vérifiant son équipement. Les lampes du plafond scintillaient sur sa tête brune, créant une sorte d'auréole, mais Dante n'était pas dupe. La vérification du matériel faisait partie du rituel, pas le sourire. Donc, une farce se préparait.

Flash n'était pas là. Rien d'étonnant. Il était leur capitaine, aussi les médias l'accaparaient-ils davantage. En revanche, il y avait Gabe Martin, l'ailier droit : il grimaçait en fixant son téléphone. Puis il le referma rageusement et le jeta dans son vestiaire, enfoui sous ses affaires. Dante reconnut l'expression frustrée : le gars avait des problèmes de couple.

Voilà qui donnait à Dante une ouverture parfaite !

Dante laissa tomber sa serviette dans le panier à linge sale et tapa une fois dans ses mains.

— Puis-je avoir votre attention, s'il vous plaît !

Ce n'était pas *vraiment* une question. Lorsque le volume des voix baissa, Dante réalisa qu'il était nu. *Oups.* Tant pis.

— Je sais que je vous ai manqué, les cocos. Alors, je vous invite à boire chez O'Ryan, d'accord ?

7

Les recrues crièrent de joie. Olie leva les yeux de son équipement, il croisa le regard de Dante, secoua la tête avec une exaspération affectueuse et se remit à la tâche. Dante en déduisit qu'il était partant.

Visant enfin sa véritable cible, Dante approcha de son vestiaire, à côté de celui de Gabe, il y récupéra un boxer et l'enfila. Merde, son cul aurait-il *encore* grossi ? Il était peut-être temps de pendre des sous-vêtements d'une taille supérieure…

— Tu viens aussi, Gabe ?

De temps à autre, Gabe accompagnait l'équipe au bar après un match, mais il était toujours le premier à partir, tout comme il l'était toujours le premier à arriver au vestiaire ou sur la glace pour s'entraîner. Il parlait peu, ce que Dante trouvait navrant, parce qu'il mourait d'envie de lui arracher des infos. Sur la glace, Gabe était si doué qu'il en faisait pleurer les gardiens adverses.

Gabe cligna des yeux, presque comme s'il ne voyait pas Dante, puis il se secoua et croisa son regard.

— Pardon ?

Waouh, ce n'était *vraiment* pas la forme ! Une nuit de bringue lui ferait le plus grand bien.

— Tu viens avec nous au bar ? insista Dante. Il faut noyer ton chagrin ! Je t'ai vu regarder ton téléphone. Je sais ce que tu vis, mec. Oublie cette personne et viens t'amuser.

Cette fois, les yeux bleu glacier étaient totalement concentrés. Et Gabe avait les joues rosies, ce qui justifiait son stupide surnom médiatique : l'Ange. En fixant les boucles blondes, Dante évoqua une fresque antique qu'il avait vue une fois.

— Tu m'as harponné, hein ?

Hein ? *Harponné ?* Dante tapa Gabe sur l'épaule.

— Pas encore, dit-il avec entrain. Mais je parie que nous trouverons chez O'Ryan la fille qu'il te faut.

Il attrapa son tee-shirt et l'enfila. Quand sa tête émergea, Dante constata que Flash le fixait, le visage sévère. Hé, oh, pas de chichis ! Dante avait vécu chez le Fillion, il avait vu Flash avec sa femme et ses quatre enfants. Yvette menait son mari par le bout de nez ! Si elle décidait un jour de tester le chevillage [5], c'est-à-dire de porter un gode-ceinture, Flash serait

---

5 Terme canadien pour le « pegging », pratique sexuelle dans laquelle une femme sodomise son partenaire masculin à l'aide d'un gode-ceinture.

à quatre pattes en un rien de temps. Bien étendu, Dante ne comptait pas le dire à haute voix. Il n'était pas fou.

Il prétendit donc ne pas avoir noté le regard létal.

— Capitaine! Dites à Gabe de venir avec nous chez O'Ryan ce soir, histoire de perdre cette triste mine!

Flash le toisa encore quelques secondes d'un air critique. Puis il se tourna vers Gabe.

— Oui, acquiesça-t-il. Tu y vas. C'est un ordre.

Dante leva le poing et pompa l'air.

— Victoire!

Maintenant, il pouvait passer à la phase deux : charmer Gabe afin d'être agréé en première ligne.

Tout guilleret, il se pencha en avant pour saisir son jean au fond de son vestiaire et... *crac*!

Un bruit de déchirure. Merde! Son boxer!

Dante se figea, un pied en l'air. Il nota enfin les ricanements qui avaient éclaté dans son dos.

— D'accord, Olofsson. Tu m'as eu!

Fils de pute! Olie avait échangé son boxer contre le même de taille plus petite. Voilà qui demandait une sacrée planification.

Dante jeta son jean à la tête du farceur.

Olie le rattrapa, toujours mort de rire. C'était contagieux, car Dante se mit à rire comme les autres.

— Oui, oui, j'ai un cul énorme. Tu es hilarant, Olie. Maintenant, où as-tu caché mon boxer?

LE PUB O'Ryan servait des portions en version XXL – exactement ce qui convenait à un joueur de hockey. Le propriétaire, un fan des Dekes de la première heure, était le favori de l'équipe. Même Gabe appréciait l'endroit, plus animé qu'un restaurant et plus discret qu'un night-club.

Et les frites de patate douce étaient excellentes.

Quand Gabe entra au pub, la moitié de l'équipe était déjà là. Les gars avaient déjà revendiqué plusieurs grandes tables, ils sirotaient des bières et échangeaient rires et plaisanteries. Mentalement, Gabe se tança : il était aussi à sa place que les autres dans ce pub et le malaise qu'il ressentait n'existait que dans sa tête.

Baller le vit et lui fit signe d'approcher.

— Gabe !

Gabe se résigna à une soirée épuisante. Baller avait une personnalité de tout aussi remarquable que son cul : il était bruyant, exubérant, plus grand que nature. Quelques années plus tôt, les Dekes avaient déjà envisagé de l'engager dans l'équipe, mais les entraîneurs ne l'avaient pas jugé tout à fait prêt pour la LNH, alors, il était resté quelques saisons de plus chez les juniors avant d'être repêché il y a deux ans. Durant sa première saison, il avait joué à différents postes de la formation ; l'an passé, il avait commencé sur la ligne de Gabe et Flash… jusqu'à ce coup sur la tête qui l'avait exclu de la deuxième partie de saison.

Gabe prit le siège à côté de Baller.

— Tentes-tu déjà de corrompre les recrues ?

C'était la même chose chaque année !

Baller esquissa son fameux sourire en coin.

— Moi ? Je n'y suis pour rien si les lois canadiennes concernant l'alcool sont si laxistes.

Olie, assis de l'autre côté de la banquette, lui donna un coup d'épaule.

— Quand nous serons en tournée aux États-Unis, Flash va te nommer baby-sitter des jeunes. Tu le sais, pas vrai ?

Dans le dos de Baller, Gabe croisa le regard d'Olie et les deux amis échangèrent un sourire narquois. Les recrues avaient l'âge légal d'entrer dans les bars américains, bien évidemment, mais leur faire croire le contraire était amusant.

À vingt-deux ans, Baller buvait ce qu'il voulait dans tous les bars de la Terre. Cependant, il haussa les épaules et agita la main.

— Aucun problème, déclara-t-il. Je suis sûr que mon foie appréciera de faire une pause.

C'était probablement vrai.

— Mais pour le moment… enchaîna Baller.

Il avait dans chaque main un verre à liqueur rempli de liquide jaune, il en offrit un à Gabe.

Gabe décida de se débarrasser de la corvée le plus vite possible. Il l'espérait juste qu'il ne s'agissait pas de tequila.

Autour de la table, Flash, Olie et quelques recrues, dont la plupart ne finiraient pas la session d'entraînement, levèrent également leur verre à shot. Par superstition, personne ne porta un toast « à la saison ! » – inutile de provoquer le sort. Il n'était pas conseillé d'évoquer une victoire sous peine de se porter malheur, ou de parler des séries éliminatoires* au cas où l'équipe ne les passe pas. Bien entendu, pas un joueur n'osait prononcer à haute voix le mot « exclusion » avant la dernière minute de jeu.

Ils firent cliquer leurs verres les uns contre les autres et avalèrent le contenu.

Putain ! De la tequila ! Gabe fit la grimace.

— Tu es d'un chiant !

Baller lui tapa sur l'épaule sans trop de douceur.

— Admets-le, tu es dingue de moi et de Jose Cuervo [6].

Les tables se remplirent et les serveurs passèrent prendre les commandes. Gabe s'inquiéta de ne rien avoir à dire à son voisin. Ou que Baller en profite pour lui servir une autre tequila.

Mais Flash les entraîna dans une discussion concernant les mérites et faiblesses de l'avantage* ou du désavantage numérique* en disséquant la finale de la Coupe de la saison passée, ce qui les occupa jusqu'à ce que les assiettes soient débarrassées.

Baller paraissait sonné.

— Si je comprends bien, nous allons passer huit mois à ne parler que de hockey !

Flash ricana.

— Tu t'y feras. Gabe est très… *concentré*.

Il prononça le mot comme une insinuation. Gabe s'en agaça.

— J'aime gagner ! grogna-t-il. Je ne vois pas le problème !

Baller éclata de rire.

— Bien sûr, je comprends. Je respecte même ta position.

D'accord, tant mieux. Même si Gabe ne comptait pas traîner régulièrement dans les bars avec l'équipe, il reconnut qu'il s'amusait.

Du moins jusqu'à ce que son téléphone sonne dans sa poche.

Gabe faillit l'ignorer, mais il vérifia quand même qui l'appelait. *Numéro inconnu.* Ah. C'était le troisième appel du genre depuis qu'il avait bloqué le numéro de son ex.

Il avait rencontré Pierre à Ottawa la saison dernière. Ayant grandi là-bas, Gabe continuait à y passer ses étés. Pierre ne connaissait rien au hockey, il n'avait donc pas reconnu le nom de Gabe. Ce qui était pour Gabe une nouveauté, un attrait de plus, même. Durant les premiers mois, les deux amants avaient baisé comme des lapins chaque fois que Gabe était en ville.

---

6 Marque de tequila mexicaine.

Et de toute évidence, le sexe lui avait grillé le cerveau, parce qu'il avait mis des mois à se rendre compte que Pierre ne comptait pas rester dans l'ombre. Non, il attendait son heure, espérant convaincre Gabe de l'entretenir.

Gabe regrettait amèrement de ne l'avoir compris qu'*après* avoir invité Pierre à le rejoindre à Québec, peu avant le camp d'entraînement. En tout cas, mieux valait une rupture rapide, il évitait ainsi les problèmes relationnels en cours de saison. Il rangea son téléphone dans sa poche.

Quand il releva la tête, il constata que Baller le fixait.

— Quoi?

— Oublie cette fille! Je suis bien plus intéressant, je te le garantis!

Il envoya à Gabe un coup de coude avant d'ajouter :

— Bouge ton cul, maintenant. Je dois aller draguer sans perdre une minute, parce que l'entraîneuse nous attend demain matin à une heure franchement indue.

Gabe se leva pour laisser Baller s'extirper de la banquette.

— Bonsoir, messieurs, déclara Baller.

Après un geste désinvolte, il s'éloigna et disparut dans la foule agglutinée autour du bar.

Avec un soupir exagéré, Flash posa la tête sur l'épaule d'Olie.

— Notre petite recrue a bien grandi!

L'un des nouveaux – Tom? – secoua la tête et voûta les épaules.

— Je ne comprends pas comment il réussit à lever des filles *ici*! Il ne parle même pas français.

Gabe s'étrangla avec sa bière. Il toussa et parvint de justesse à ne pas cracher sur le gamin. Ce fut Olie qui se chargea de répondre :

— C'est un joueur de hockey professionnel. Il gagne près d'un million de dollars par an. Et il a une belle gueule.

— Et un super cul, ajouta Flash avec un grand sérieux.

Gabe roula des yeux.

— L'an dernier, annonça-t-il, il m'a chanté en boucle *Lady Marmalade* jusqu'à ce que je lui apprenne quelques répliques françaises.

C'était lors d'une des rares soirées que Gabe avait passées avec l'équipe.

Un adolescent dégingandé assis à côté de Tom se pencha en avant, les yeux brillant d'espoir :

— Oh! J'aimerais bien les apprendre aussi!

— Demande à un vrai Canadien, répondit Gabe.

Il avait appris le français à l'école et depuis qu'il vivait au Québec, son accent s'était nettement amélioré, mais personne ne se méprenait en l'écoutant parler : le français n'était pas sa langue maternelle.

— Pourquoi n'as-tu pas dit la même chose à Baller?

Baller réapparut, une belle fille à chaque bras. Waouh! Le gars était efficace et *rapide*. Gabe prit note de vérifier sa montre la prochaine fois.

— Il l'a fait, déclara Baller, mais Flash n'a pas été d'une grande aide.

Il fit les présentations. Il commença par la fille à sa gauche, celle qui avait des pommettes saillantes, des lèvres charnues et qui rougissait timidement.

— Voici Fleur et elle, c'est Elise. Elle tenait à te rencontrer, Gabe, ajouta-t-il en baissant la voix. J'ai pensé qu'elle pourrait te remonter le moral.

Il lui fit un clin d'œil entendu. Oh, merde! Gabe regretta de ne pas avoir raconté des craques à Baller, comme quoi il recevait des spams. Comment avait-il pu être assez stupide pour espérer que Baller le laisse tranquille?

Pour cacher son malaise, il s'adressa à Elise en français :

— Vous avez un téléphone?

Elle hocha la tête et sortit un iPhone dans un étui rose avec le logo des Nordiques. Gabe se leva et posa un bras sur les épaules d'Elise le temps que Baller les prenne en photo, puis il s'écarta et tendit la main :

— J'ai été ravi de vous rencontrer, Elise.

Maintenant, il devait la diriger vers quelqu'un susceptible de s'intéresser à elle. Il désigna Baller et ajouta en français :

— Soyez gentille avec lui, c'est un garçon fragile. Il dort toujours avec son ours en peluche, il préfère garder une veilleuse et jusqu'à ce qu'il trouve un autre logement, Yvette, la femme de Jacques, devait le border la nuit.

À ces derniers mots, il adressa un clin d'œil à Flash.

Fleur éclata de rire.

— Qu'est-ce que tu as dit, Gabe? cria Baller, méfiant. Je ne parle pas français!

Gabe repassa à l'anglais.

— Rien d'important. Bonne nuit, les enfants.

Baller ne résista pas quand les deux filles l'entraînèrent vers la porte. Quand Gabe se retourna, toutes les recrues le regardaient. Il soupira.

— Quoi?

Tom agita les mains avec emphase.

— Mais tu as…

— Cette Elise était superbe ! s'exclama tristement son voisin – dont Gabe avait oublié le nom. Et Baller va se taper *les deux* ?

Gabe haussa les épaules.

— Probablement.

— Mais pourquoi avoir refusé de…

Flash prouva une fois de plus qu'il était le meilleur des amis.

— Gabe est superstitieux, déclara-t-il avec fermeté. Une fois, il a baisé avec une telle énergie qu'il s'est déchiré un muscle dans le dos. Il a dû rater trois matchs.

C'était exact, mais ce n'était pas avec une femme. Et ce n'était pas non plus la raison pour laquelle Gabe ne draguait jamais quand il sortait avec ses coéquipiers.

— Mais nous n'en sommes qu'à l'entraînement !

— Justement ! déclara Gabe. Des recrues aux dents longues cherchent des places dans l'équipe, la mienne y compris. Je dois faire attention. Je vous signale quand même que vos chances de réussir seront faibles si vous continuez à boire autant.

Consterné, Tom baissa les yeux et examina les verres vides qui s'agglutinaient sur la table. Satisfait de son petit effet, Gabe ricana et sortit quelques billets de sa poche.

— Je rentre, ajouta-t-il. À demain, les jeunes, j'espère que vous serez au mieux de votre forme.

Dans sa poche, son téléphone sonna à nouveau. En sortant du pub, Gabe l'éteignit. Il avait très envie de passer un moment dans son garage pour jouer sur son simulateur de golf. Peut-être le claquement satisfaisant d'un club heurtant la balle soulagerait-il la tension de ses épaules.

LE TROISIÈME jour du camp d'entraînement, Dante se dirigea vers la patinoire. Il réfléchissait si intensément à son plan qu'il télescopa Olie devant le vestiaire.

— Fais un peu attention, quoi ! protesta Olie, sans cacher sa contrariété.

En temps normal, Dante avait meilleure conscience de son environnement.

— Merde. Excuse-moi.

Il s'arrêta et secoua la tête d'émerveillement.

— Comment es-tu aussi gigantesque même sans équipement ?

Si Olie n'était pas le plus grand joueur de l'équipe, il était le plus large et le plus solide. Lui rentrer dedans était comme foncer dans un mur et sous l'impact, Dante avait bien failli se retrouver sur le cul.

Quand Olie lui donna une chiquenaude entre les yeux, Dante réalisa qu'il portait toujours ses lunettes de soleil.

— Tu as trop fait la bringue hier soir, je présume ?

Dante secoua la tête.

— Tss-tss, un gentleman ne bavasse pas sur ses conquêtes, voyons !

Il aimait baiser et ne refusait jamais – ou presque – une proposition, mais il respectait les femmes. De plus, il avait un plan à mener à bien, aussi s'était-il couché raisonnablement tôt.

Il ôta ses lunettes de soleil pour prouver qu'il n'avait pas la gueule de bois.

— Je réfléchissais, ajouta-t-il.

— J'ignorais que tu en étais capable ! railla un joueur qui passait derrière eux dans le couloir.

Dante exagéra son soupir.

— Je suis un incompris !

Mais il sourit quand même. Aujourd'hui commençaient les mêlées suite auxquelles l'entraîneuse St. Louis déciderait à qui donner le poste qu'il visait en première ligne.

Il était temps de se préparer et de lacer ses patins.

Quand Dante quitta le vestiaire, la moitié de l'équipe était déjà sur la glace, mais les entraîneurs parlaient encore entre eux, aussi la session n'avait-elle pas officiellement commencé. Il n'était donc pas en retard.

Pendant une minute, Dante savoura son exultation intérieure. Lui, un jeune latino adopté dans un État du Sud, il avait réussi à entrer dans la LNH ! Il avait passé deux ans à serrer les dents chez les Juniors en attendant une opportunité, puis, une fois admis comme recrue, une blessure frustrante avait écourté sa première saison.

Aujourd'hui, je vais enfin leur prouver ce que je vaux !

L'entraîneuse St. Louis siffla et Dante s'élança sur la glace. Cette fois, il ne laisserait pas passer sa chance.

Pas si c'était en son pouvoir.

Au début, l'entraînement s'annonça bien : St. Louis l'avait mis chez les rouges avec Flash et Gabe.

Dante savait qu'il ne reprendrait pas tout de suite la position qu'il occupait à la saison dernière avant son accident – avant sa commotion cérébrale. Il s'attendait aussi à être un peu rouillé. De plus, Flash et Gabe, qui jouaient ensemble depuis des années, semblaient communiquer par télépathie à chaque avancée, à chaque mouvement de crosse. C'était génial à regarder et émouvant d'y participer.

Conscient de ne pas être à la hauteur, Dante s'en irrita.

Oh, il les égalait question vitesse. Il n'avait aucune difficulté à se placer là où il pensait devoir être, et même Kitty Kipriyanov, un défenseur imposant, ne réussissait pas à l'écarter du palet. Dante l'envoyait souvent à Flash.

Le problème, c'était Gabe : il n'était jamais là où Dante s'y attendait et vice versa. C'était comme s'ils envisageaient des angles d'attaque totalement différents. Ils rataient autant de passes qu'ils en réussissaient.

Au moment de la pause-déjeuner, Dante en était à réévaluer la deuxième étape de son plan. Demander à l'entraîneuse de le mettre en première ligne avec Flash et Gabe ne suffirait pas s'ils continuaient à jouer comme ils l'avaient fait ce matin. Les scores allaient dramatiquement chuter et tout le blâme retomberait sur Dante, le nouveau.

Pire encore, même lui se considérait *presque* responsable du fiasco, ce que son ego n'acceptait pas. Il devait donc corriger… ce qui n'allait pas et trouver le moyen, quel qu'il soit, d'être mieux en phase avec Gabe sur la glace.

Pas de pression, hein ? Juste le triste constat que Dante n'avait aucune alchimie avec le meilleur buteur de l'équipe. Ce qui en théorie ne devrait *même pas* être possible !

Peut-être Dante avait-il voulu agir trop vite. Avec un peu plus de temps… Non, du temps, justement, il n'en avait pas beaucoup. St. Louis risquait même de ne pas le remettre dans le même groupe à l'entraînement du lendemain. Bien sûr, peut-être Dante s'accorderait-il mieux avec un autre centre… mais peut-être pas.

Un traiteur s'occupait du déjeuner, car juste après, les joueurs avaient le séminaire annuel sur la santé mentale, le harcèlement sexuel, les conseils d'investissements et patin-couffin.

À peine entré dans la salle de conférence, Dante se précipita pour revendiquer le siège à côté de Gabe. Ensuite, il remplit son assiette de glucides et de protéines. Le menu du jour était un poulet dans une sauce au… vin blanc ? L'odeur était délicieuse. Dante se servit d'une aile avant de tendre les pinces à Gabe.

— Hé ? J'ai un service à te demander.

Il tenait toujours le plat. Gabe le dévisagea avec suspicion, comme s'il s'attendait à ce que Dante renverse le poulet sur ses genoux. De toute évidence, Gabe le connaissait bien mal, car jamais Dante ne gaspillait la nourriture.

Gabe se servit d'une aile, comme lui.

— Lequel?

Fantastique!

Dante reposa le plat sur la table. Il examina le reste des offrandes présentées. C'était quoi au juste ces trucs orange dans le saladier? Des frites des patates douces? Intéressant. Dante se servit avant de jeter un nouveau coup d'œil à son voisin.

Gabe examinait du même œil soupçonneux un plat d'épinards à la crème. Dante comprenait sa méfiance, il ne comptait pas y goûter.

Abandonnant les épinards, Gabe se servit de pâtes et passa le plat à Dante sans un mot. Dante le remercia d'un mouvement de tête.

— Nous nous accordons mal sur la glace, déclara-t-il.

— Oui, je sais. J'étais là pendant l'entraînement.

Quand Dante ne répondit pas, Gabe demanda :

— Et alors…?

À regret, Dante dut accepter que pour le moment, son assiette était pleine à ras bord, il ne pouvait rien y ajouter. Il ramassa ses couverts et entama son poulet.

N'étant pas du genre à jouer les faux modestes, il attaqua franco :

— Je reste le meilleur candidat pour la première ligne, annonça-t-il, la bouche pleine. Mais évidemment, nous devons résoudre ce problème de communication. Je voulais donc te demander de rester un peu plus tard ce soir pour travailler avec moi.

Surpris, Gabe cligna des yeux.

— Et tu n'as pas pensé que je pouvais avoir d'autres projets pour la soirée?

— Avec la fille à qui tu refuses de répondre?

Gabe roula des yeux.

— Ne parle pas de ce que tu ne connais pas!

— Allez, insista Dante. Je t'invite ensuite à dîner. Que dirais-tu d'un énorme steak? Et peut-être que nous serons moins nuls cette année.

Sa réflexion fut accueillie par un regard noir. *Oups.* Il avait sans doute été un peu trop franc. Gabe continuait à le dévisager.

17

— Je te ferai aussi un dessert, insista Dante, désespéré. Et j'ai à boire tout ce que tu voudras, bière, vin. Écoute, je te cuisinerai un repas gastronomique, s'il le faut. Accepte, s'il te plaît !

— D'accord.

— Je te ferai mon risotto et… oh, putain !

Les épaules affaissées, Dante afficha un air penaud avant d'ajouter :

— Je vois, tu avais déjà décidé d'accepter, c'est ça ?

Gabe esquissa un sourire narquois.

Mierda.

— Tu patines pas mal, lança Gabe. Je pense aussi que tu es notre meilleur candidat.

À ce commentaire désinvolte, Dante grinça des dents et fit un effort pour ne pas se vexer.

— Trop aimable !

Gabe ajouta :

— Tout allait bien l'année dernière, je ne sais pas pourquoi ce n'est plus le cas. Alors, oui, je suis partant pour un entraînement supplémentaire. Mais j'aurai certainement besoin de manger après ce qui nous attend cet après-midi… Rappelle-moi le thème ?

Il tourna la tête vers la porte de la salle où un grand panneau annonçait l'ordre du jour.

Dante pinça les lèvres.

— La responsabilité sociale des joueurs de hockey ?

Gabe cacha son ricanement en mordant dans un morceau de pain.

DEUX HEURES plus tard, Gabe regrettait sa décision. Oui, Baller était rapide. Oui, il tirait bien.

Et il vibrait à une fréquence susceptible de vider les entrailles de Gabe. Il passait d'un pied à l'autre, tapait sans relâche sa crosse contre les planches, expulsait l'air de sa bouteille d'eau, puis le laissait lentement revenir en sifflant. Pendant ce temps, Gabe en était toujours à lacer ses patins.

— Tu es d'une agitation alarmante. Aurais-tu bu une caisse entière de Rockstar [7] pendant la conférence ?

---

7 Boisson énergisante.

18

— J'ai pris trois tasses de café, admit Baller, penaud. Je n'en ai pas bu de tout l'été. Ce n'était peut-être pas une idée géniale.

Sans blague ? Gabe poussa Baller vers la glace.

— Va te défouler un moment. On ne peut pas s'entraîner si tu es dans cet état.

Mieux valait oublier tout espoir d'accorder leurs passes. S'ils réussissaient à ne pas se détester, ils auraient de la chance.

Pendant que Baller faisait des tours sur la glace, Gabe fit quelques étirements. C'était très étrange. L'équipement d'un joueur de hockey puait effroyablement… sauf sur la glace, là, il était à sa juste place.

À l'autre bout de la patinoire, Baller fit rebondir un palet et cria :

— Hé ! Ce n'est pas l'heure de faire du yoga ! Allons-y.

Un jour, il n'aurait plus vingt et un ans. Alors, il comprendrait la nécessité de ménager ses muscles.

— Rappelle-moi qui m'a supplié de lui accorder une séance d'entraînement ? railla Gabe.

Baller fit gicler la glace quand il s'arrêta à côté de lui. Le jet passa à quelques centimètres du visage de Gabe. Au début, Dante essaya d'en rire. Puis il grimaça et son masque d'assurance excessive glissa un peu, révélant une anxiété authentique.

— Excuse-moi, Gabe. Je suis un peu tendu.

Gabe inspira un grand coup et souffla en étirant ses ischiojambiers. Son irritation s'était estompée. Lui aussi était souvent tendu, étant plus jeune, à son arrivée dans la ligue, quand il était anxieux de faire ses preuves. Il l'avait juste exprimé différemment.

— Je comprends.

De la tête, il désigna le banc, où un gars de la maintenance avait laissé des mannequins. De vrais adversaires auraient été préférables, bien entendu, mais pour le moment, les mannequins feraient l'affaire.

— Viens avec moi, déclara Gabe. Installons-les.

Pour commencer, ils reprirent les manœuvres de la saison précédente, en tournoyant autour des mannequins d'entraînement. Ils commentèrent le placement de leurs pieds par rapport à la position du palet, les arcs de leurs crosses, leurs angles de frappe.

Tout se passant bien, ils passèrent à l'étape suivante, l'improvisation. Immédiatement, ils rencontrèrent les mêmes difficultés que durant la matinée. Gabe voyait une voie de tir s'ouvrir, il plaçait le palet pour son ailier… et découvrait que Baller était placé à un tout autre endroit.

Baller revint vers lui, décontenancé

— Je ne comprends pas, admit-il. Qu'est-ce qui ne va pas ? Pourquoi interprétons-nous le jeu d'une façon aussi radicalement différente ?

Ils analysèrent chacun de leurs «ratages».

— ... en plus, tu es gaucher, déclara Gabe. Ces deux joueurs-mannequins couvrent entre eux plus de terrain que tu le penses, mais si tu patines un peu plus loin...

— Je contournerais le défenseur de gauche et j'aurais un meilleur angle vers le filet, termina Baller.

— Tu peux aussi tirer derrière lui et... envoyer le palet à un des nôtres à proximité des buts.

Après cela, les passes s'améliorèrent notablement. À la grande surprise de Gabe, les ajustements stratégiques ne venaient pas seulement de lui. Pour deux corrections qu'il faisait, Baller en trouvait une tout aussi valable, soulignant un point que Gabe n'avait pas pris en considération : comme la rapidité de son jeune ailier ou le fait qu'il pouvait réussir un deke* – une technique de feinte par laquelle un joueur attire un adversaire hors de sa position tout en conservant la possession et le contrôle du palet.

Et Dante n'était pas seulement *bon* tireur. Il était *vicieux*.

Gabe avait hâte que la saison commence.

Cependant, ils avaient encore du mal à s'accorder en mode improvisé. Parfois, les manœuvres ne se déroulaient pas comme prévu sur la glace. Ils devaient donc pouvoir anticiper leurs mouvements respectifs. Jouer avec un centre les aiderait sans doute, mais Gabe ne voulait pas demander à Flash de faire des heures supplémentaires. D'abord, son ami voyait à peine ses enfants pendant la saison. De plus, Flash ne serait pas toujours là pour combler le fossé.

— Peut-être faudrait-il plus de contact, suggéra Baller. Une passe par déviation ? Avec les mannequins installés sur la glace ?

C'était un exercice assez simple, il suffisait de patiner ensemble et de faire glisser le palet d'avant en arrière. Tous deux le faisaient depuis qu'ils étaient enfants. Le problème était de travailler en parfaite coordination pour réussir à jouer au ping-pong avec le palet sans le garder.

Ils firent plusieurs longueurs de patinoire, lentement d'abord, puis à pleine vitesse, et cela fonctionna parfaitement. Dès qu'ils se remirent à jouer sans se regarder, comme ils auraient à le faire pendant un match, tout foira...

Manifestement frustré, Baller jura en espagnol.

— Nous continuons à perdre le rythme, déclara Gabe, contrarié.

Baller se figea et son expression s'éclaircit. Il esquissa un sourire espiègle.

— J'ai une idée !

Il patina jusqu'au banc de touche. Une minute plus tard, la musique d'un haut-parleur portable s'élevait et Dante agitait fièrement les mains comme pour dire « et voilà ! »

— C'est pour nous aider à ne pas perdre le rythme, déclara-t-il.

Au début, Gabe ne reconnut pas la chanson, mais vu que les paroles conseillaient de tirer jusqu'aux étoiles, elle lui parut de circonstance.

Gabe se mit à patiner au rythme de la musique, tout en poussant le palet. Lorsque Baller le rejoignit, la passe eut lieu sans difficulté. Même sans le regarder, Gabe sut que Baller était placé au bon endroit. Au bout de la patinoire, ils virevoltèrent et repartirent en sens inverse, échangeant des passes sans un mot. Gabe ignorait toujours ce qu'ils écoutaient. Après une autre longueur, il souleva le palet et l'envoya dans le filet. Il s'apprêta à demander le titre de la chanson quand il entendit le refrain.

— *Moves Like Jagger* [8] ? s'exclama-t-il. Vraiment ?

Baller éclata de rire.

— Quoi, tu n'avais pas encore reconnu ce brave Adam ?

Qui ? Bien que tenté de poser la question à haute voix, Gabe ne voulut pas paraître ridicule.

— C'est loin d'être ma chanson préférée, grommela-t-il.

— Dommage pour toi, déclara Baller.

Il désigna un autre palet de la pile et ajouta :

— Emporte-le derrière le filet le temps que je monte les planches.

Une fois terminée, la chanson reprit.

— Tu l'as mise en boucle ? se plaignit Gabe.

Baller sourit.

— Elle a un bon rythme.

Pour accentuer ses paroles, il remua du cul. Il parvint cependant à attraper le palet que Gabe lui envoyait. Il avança jusqu'au filet et y jeta le palet. Apparemment, le « rythme » était ce qu'il leur fallait.

— D'autres chansons aussi, insista Gabe. Nous ne sommes pas tenus d'écouter sans arrêt le même air.

---

8 Chanson écrite par Adam Levine, chanteur et guitariste américain, leader du groupe de pop rock Maroon 5.

Il ignorait l'âge exact de la chanson, mais d'après lui, elle était sortie à peu près au moment où il entrait dans sa phase de recrue.

— Ne sois pas pénible! J'adore cette chanson, elle était hyper branchée quand j'ai dansé à mon premier bal à l'école primaire!

Gabe cacha sa grimace : encore un rappel que Dante était bien plus jeune que lui! Merde! Il ne devrait pas fantasmer sur son cul – ce cul qu'il aurait aimé marteler à en perdre le souffle.

— En plus, insista Dante, c'est chouette à écouter en courant! Tu aimes le footing?

— Oui.

Chassant ses pensées lubriques, Gabe choisit un autre palet et suivit le jeunot jusqu'au bout de la patinoire pour la suite de leur entraînement.

Ils patinèrent autour des obstacles et Baller récupéra toutes les passes sans problèmes.

D'accord. Finalement, la musique était une bonne idée. Gabe commençait même à apprécier ces putains de sifflements qu'il associait de plus en plus au rythme qu'ils partageaient et au bruissement satisfaisant du caoutchouc vulcanisé heurtant le filet.

Malgré ce changement d'avis, Gabe n'en trouva pas moins Baller très chiant au moment où ils retournèrent au vestiaire. Le con se mit à fredonner : il chantait faux, c'était atroce. Gabe en regrettait presque les incessantes sonneries de son téléphone.

C'était définitivement un temps de bilan : «fais attention à tes choix, ils auront des conséquences». Gabe en avait ras la frange.

Il donna un coup de crosse au cul qui se tortillait.

— Arrête de faire le pitre!

Baller ne fit que ricaner.

— Oh, va te faire foutre! J'ai un cul somptueux.

Malheureusement, Gabe était tout à fait d'accord avec lui.

— Ce n'est pas une raison suffisant pour te comporter comme un con!

— Aïe.

Baller, la mine faussement blessée, posa la main sur son cœur.

Gabe roula des yeux

— Va prendre une douche, déclara-t-il. Tu pues. Et pour l'amour de Dieu, trouve une autre chanson!

Baller le prit au mot : à peine sous la douche, il entonna *Lady Marmalade* à pleins poumons. D'humeur joyeuse, il abandonna même les

22

paroles d'origine pour inventer les siennes. C'était très divertissant. Baller continua sa sérénade alors que Gabe se rhabillait :

— … *il a tourné dans un porno plutôt salé…*

Cédant à la tentation, Gabe vérifia son téléphone. Deux appels manqués et quatre nouveaux messages. Ça aurait pu être pire.

Sa boîte vocale était vide. Son téléphone indiquant que deux des textos venaient d'un numéro bloqué, ils étaient certainement de Pierre. Gabe les effaça sans les lire et rentra chez lui alors que Baller était encore de la douche.

QUAND DANTE ouvrit les yeux, il avait encore *Moves Like Jagger* ancré dans la tête, ce qui ne le tourmenta nullement. En fait, il souriait en s'adonnant à sa routine matinale et en sirotant le milk shake protéiné que le nutritionniste de l'équipe leur avait conseillé au printemps dernier. Gabe et lui avaient enfin trouvé leur rythme, leur alchimie. Leur entente de l'an passé allait se confirmer, l'entraînement gâché d'hier matin n'était qu'un aléa de parcours et Dante comptait bien le démonter à l'entraîneuse St. Louis.

Il se rendit aux vestiaires d'un pas élastique et se contenta de sourire d'un air entendu aux questions de ses coéquipiers demandant ce qu'il avait fait hier soir. Il ne se vanterait certainement pas d'avoir regardé Disney+ et de s'être couché tôt, pas plus qu'il évoquerait son plaisir d'avoir enfin retrouvé une entente avec Gabe Martin sur la glace.

En fait, c'était à Gabe qu'il devait sa joyeuse énergie ce matin. Et il garderait aussi ce secret. Dante se fichait de l'opinion des autres ou de leurs éventuelles moqueries quant à sa fascination pour le joueur de légende, mais d'après lui, Gabe apprécierait peu que ses coéquipiers le charrient à ce sujet.

Ils passèrent tous la matinée sur la glace, avec d'autres exercices, d'autres mêlées. L'entraîneuse essaya différents assemblages, mais elle sembla apprécier le rythme que Dante et Gabe avaient mis en place la nuit précédente. Dante continuait à fredonner entre ses dents pour rester dans l'ambiance. Et Gabe faisait la même chose. Et c'était efficace.

L'entraîneuse n'arrêtait pas de remettre Dante sur la ligne de Gabe et chaque fois, Dante réprimait son envie de lever le poing en signe de victoire. L'an dernier, l'entraîneuse le tolérait, un peu comme un chiot maladroit, mais attachant. Mais sur la glace, elle visait les résultats et ne laissait passer aucune connerie. Seule femme parmi les entraîneurs de la ligue, St. Louis était une légende dans le milieu. Dante était certain que pour en arriver là, elle avait dû jouer plus souvent qu'à son tour à « c'est moi qui ai les plus grosses ». Elle ne laisserait jamais un joueur impétueux mais stupide se mettre en travers de son chemin, même si elle le trouvait amusant.

Donc, si Dante sautillait de joie en se préparant pour le prochain exercice, personne n'avait à savoir pourquoi.

— Oh, merde, marmonna Gabe. As-tu encore abusé du café ?

Dante cligna des yeux, l'air aussi innocent que possible.

— Pourquoi dis-tu ça ?

— Parce qu'à te voir sauter d'un pied sur l'autre, on dirait que tu as envie de pisser !

— Je promets de ne pas inonder les tapis !

Dante riait encore quand Flash les rejoignit. Le capitaine se contenta de secouer la tête en marmonnant en français quelques sombres paroles, et Dante ne se donna même pas la peine de justifier son comportement.

Après l'entraînement, Dante suivit l'équipe jusqu'au vestiaire, mais il ne se précipita pas sous la douche. Il prit son temps et profita de l'ambiance, de l'énergie. Étant gosse, avant de tomber raide dingue du hockey, il avait d'abord adoré son équipe. C'était enivrant de faire partie d'un groupe, d'avoir des coéquipiers, de viser le même but. Ce soir-là, il plaisanta longuement avec les uns et les autres. Le vestiaire se vida peu à peu. Ce fut alors que Dante remarqua le sac de Gabe, toujours dans son casier. Mais où était Gabe ?

Il partit à sa recherche et le trouva sur la glace. Il patinait tout seul.

Oh, voilà une opportunité que Dante ne comptait pas laisser passer !

Gabe prit son temps pour revenir vers lui.

— Tu veux quelque chose ?

Dante haussa les épaules, l'air désinvolte, cachant de son mieux sa tourmente intérieure.

— Je me disais que nous pourrions nous entraîner au tir. Tu es d'accord ?

— Bien sûr.

Souriant, Dante attrapa les palets.

Ils continuèrent ainsi à rester tard le soir. Ils patinaient, ils enchaînaient les exercices et les expériences, les défis même, pour savoir lequel d'eux deux tirait le mieux ou allait le plus vite. Dante était aux anges.

Le quatrième jour, l'entraîneuse les surprit et les chassa.

— Tabernacle! s'exclama-t-elle. Vous êtes fous? Essayez-vous de vous épuiser avant même que la saison commence?

Elle les regardait, toute vibrante de fureur. Pour une fois, ses cheveux bruns lui encadraient le visage, libérés de la queue de cheval bien serrée qu'elle portait d'ordinaire pendant les entraînements et les matchs. Elle en paraissait plus sauvage. Dante quitta rapidement la glace, la queue entre les jambes. Gabe était sur ses talons.

Le lendemain, Dante rentra chez lui plus tôt que d'habitude. Il s'assit sur son canapé pendant quelques instants, sans trop savoir quoi faire. Il était trop tôt pour dîner et il devait occuper les heures qu'il avait devant lui. Alors, il appela son *abuela* [9].

— *Mijo* [10], salua-t-elle avec ravissement. Comment vas-tu? Heureux de retrouver le froid?

Sa grand-mère lui disait toujours qu'il était trop mexicain pour apprécier la neige. En vérité, elle n'avait jamais compris que Dante aime autant le hockey, un sport qui se pratiquait sur de la glace. Sur le ton de la plaisanterie, Dante répondait que ses parents biologiques étaient peut-être des Nordistes bien adaptés au froid. Sa grand-mère protestait : « tss-tss, *mijo*, tu as été trouvé dans une église, une maison de Dieu, emmitouflé dans une couverture mexicaine avec un bracelet contre le *mal de ojo* [11]. Tu es Mexicain. »

Dante était d'avis qu'avoir un père mexicain ne comptait que si ledit père vous élevait dans les coutumes et traditions de son pays, mais il savait que sa grand-mère ne serait pas d'accord avec lui. D'après elle, le Mexique était dans son sang, dans ses gènes. Parfois tenté de vérifier son ADN, Dante n'était jamais passé à l'acte. Il ne voulait pas risquer de heurter la foi profondément enracinée de son *abuela*.

Il éclata de rire.

— Je suis très heureux, reconnut-il. La glace me manquait. En plus, je pense que je serai bientôt nommé en première ligne.

— En première ligne! C'est merveilleux. Raconte-moi tout.

Même si sa grand-mère n'éprouvait aucune passion innée pour le hockey, elle avait appris les bases du jeu pour l'amour de son petit-fils.

---

9 Grand-mère (esp.)

10 Mon fils, mon petit (esp.)

11 Le mauvais œil (esp.)

Dante lui raconta tout ce qui s'était passé, son premier entraînement désastreux, la façon dont Gabe et lui avaient contourné ce handicap en restant plus tard sur la glace, leur entente qui se consolidait.

— Quel bon garçon, ce Gabriel!

Elle prononçait le nom à l'espagnole.

— Je suis heureuse, reprit-elle, que tu aies de bons et sages amis pour veiller sur toi, *mijo*. Tu es si jeune! Et les jeunes manquent de bon sens!

— Merci, *abuela*.

— Tss-tss. Tu sais ce que je veux dire. Il faut être jeune et sot pour avoir ses amours divulguées sur Internet.

Dante se souvint d'avoir rougi en découvrant que sa grand-mère avait lu des articles concernant sa vie sexuelle.

— D'accord, d'accord, *abuela*, je suis jeune et irresponsable, et j'ai beaucoup de chance que ce bon vieux Gabe si sage agisse comme mon ange gardien.

Sa grand-mère se mit à rire.

Le reste du camp d'entraînement passa très vite.

Puis Dante gara son truck devant la résidence Fillion pour le traditionnel barbecue de début de saison. Demain aurait lieu le premier match d'exhibition. Dante vibrait d'impatience de faire ses preuves.

Avant cela, il devait passer à la phase trois du plan.

Yvette, la femme de Flash, l'étreignit dès qu'il ouvrit la porte.

— Te voilà, Coco! Tu es parti trop longtemps.

— Je suis de retour maintenant.

Il la fit virevolter, puis la reposa sur le sol et tendit le cadeau qu'il avait apporté : une bouteille de Glenlivet.

— Et j'ai ton whisky préféré, ajouta-t-il.

Yvette l'embrassa sur la joue.

— Oncle Dante! cria une voix juvénile.

— Baz!

Dante s'accroupit pour accueillir l'avant-dernier des Fillion. Il se redressa avec le petit garçon dans les bras.

— Houlà! se plaignit-il. Comme tu es devenu lourd! Tu as beaucoup trop grandi cet été! Je ne vais plus pouvoir te jeter dans la piscine!

Baz gloussa.

— Je me suis entraîné, oncle Dante. Comme avec l'anglais.

Les petits Fillion étaient tous abominablement mignons. Enfant unique et adopté, Dante ne connaissait rien aux gosses. La famille de sa mère vivait loin d'eux et son père n'avait ni frère ni sœur. La saison dernière, Dante avait séjourné chez Flash et Yvette avec trois gamins, quatre même, après la naissance de Dominique. Pour la première fois, il avait découvert ce qu'était une famille nombreuse : une ambiance toujours chaotique, chaleureuse, aimante et très bruyante. En clair, Dante s'était trouvé dans son habitat naturel.

Il cala Baz sur sa hanche, prêt à créer une nouvelle vague de chaos.

— Bonne idée. Veux-tu que nous allions le vérifier à la piscine ?

— Non… je dois prendre mon…

L'enfant regarda Yvette et prononça des mots français.

— Maillot de bain, déclara-t-elle.

Dante lui fit un clin d'œil et emporta Baz ; il traversa la maison jusqu'à la porte de derrière.

— Es-tu sûr d'avoir besoin d'un maillot ? Je peux te jeter à l'eau tout habillé.

Baz se tortilla et poussa des cris stridents.

— Noooon ! Je veux mon maillot ! Pose-moi !

Dante dut ajuster sa prise pour s'assurer de ne pas le laisser tomber.

— Tant pis pour toi.

Il s'arrêta sur la belle pelouse derrière la maison, fit semblant de lâcher Baz, puis le rattrapa et le déposa doucement dans l'herbe. Le petit garçon riait comme un bossu en se tenant les côtes. Dix secondes plus tard, il reprit son souffle et partit en courant, vraisemblablement pour se changer.

Mission accomplie.

Bien que Dante soit arrivé tôt, la cour grouillait déjà de monde. Flash avait invité les cinquante joueurs du camp d'entraînement, bien que la moitié d'entre eux soient déjà retournés chez les juniors, la AHL des Dekes. Les partenaires des joueurs, leur progéniture et le personnel étaient également invités. Flash prétendait que c'était pour éviter à sa femme et à ses enfants de s'ennuyer.

Pas de danger aujourd'hui, pensa Dante. Apparemment, les deux recrues qui les avaient accompagnés au bar l'autre nuit étaient peu à l'aise en public, parce qu'ils restaient à l'écart, près de la table des boissons, serrés l'un contre l'autre.

Ah, les jeunes ! Comment s'appelaient-ils déjà ? Tom quelque chose… Yorkshire ? Oui. Et l'autre ? Simmons ? Ou Stevens ? Quelque chose comme ça.

De toute façon, ils préparaient quelque chose et Dante semblait le seul à l'avoir remarqué. Bien. Il était prêt à se charger de tout. C'était l'occasion parfaite de développer ses compétences de chef d'équipe hors de la glace.

Il se glissa derrière la paire et posa les bras autour de leurs épaules.

— Coucou, les recrues ! Rappelez-moi vos noms. Yorkshire, n'est-ce pas ? Et… Simmons ?

— Symons, corrigea le gamin à sa droite.

Merde, les avait-il mélangés dans sa tête tout ce temps ? Oups.

— Symons, répéta Dante. Il va vous falloir des surnoms… Yorkie et Symzy ? C'est nul. Je vais devoir améliorer le tir.

Il baissa les yeux. Symons tenait une bouteille de Jack Daniel, ce qui prouvait son idiotie incurable.

— Je note que vous vous cachez devant la table des boissons. C'est louche, les enfants. Vous ne comptez quand même pas alcooliser le punch comme des gamins de quatorze ans à la rentrée des classes, hein ?

Les oreilles de Yorkie devinrent écarlates. L'idée ne venait pas de lui, devina Dante, d'autant plus que c'était Symzy qui tenait la bouteille.

Symons lui tendit le whisky, la mine honteuse.

— Nous voulions juste nous assurer que la fête serait réussie.

Dante posa la bouteille sur la table, tout au fond, là où elle ne serait pas accessible aux enfants.

— Aurais-tu dormi en classe cette semaine et raté des informations importantes ?

Yorkshire se tortilla.

— Je t'avais dit que c'était une idée stupide, marmonna-t-il.

Dante constata que la recrue n'hésitait pas à vendre l'instigateur de la mauvaise blague. Pire encore, cela lui réchauffait le cœur. Que devait-il en déduire ? se demanda-t-il.

— Jamais vous n'auriez versé de l'alcool dans ce punch, déclara-t-il avec autorité. Ce serait une blague lamentable, illégale et contraire à l'éthique. Regardez autour de vous, *gilis*, il y a des enfants et des femmes enceintes.

Sérieusement. Quels abrutis ! Il y avait quarante gars entre dix-huit et trente-cinq ans, et leurs partenaires.

Yorkie était livide.

— Je suis désolé, dit-il rapidement. Tu as raison. C'était stupide.

Il écrasa le pied de Symons.

Symons grimaça.

— Oui. Euh, évidemment, nous ne recommencerons pas. Merci de nous avoir arrêtés à temps.

— De rien.

Dante recula d'un pas, il prit les deux têtes et les cogna doucement l'une contre l'autre.

Les deux gamins s'éloignèrent de la table des boissons et Dante entendit Symons se plaindre :

— Le play-boy a bien changé ! Je n'arrive pas à croire que Dante Baltierra joue ainsi les rabat-joie pendant une fête !

Putain, maintenant, Dante avait besoin d'un verre.

Il prit dans une glacière une de ces bières artisanales dont Flash était si friand.

Oui, il avait changé. Espérons que le gamin n'en dirait rien à personne.

FLASH REFUSAIT à quiconque la permission d'esquiver ses barbecues traditionnels, aussi Gabe n'avait-il même pas essayé. Il gardait ses distances par nécessité, non parce que cela lui plaisait, mais dans une foule pareille, passer inaperçu était assez facile.

En arrivant, il posa un whisky Bowmore de dix-huit ans d'âge sur le cabinet d'alcool d'Yvette – la bouteille étant pour elle, elle n'avait pas à la partager – et se rendit au jardin.

C'était une bonne chose que Flash ait un grand terrain ! Outre la piscine, il avait installé un filet de volley-ball dans le coin le plus reculé de la pelouse, une tente et des tables pliantes. Gabe avait plein d'endroits où disparaître. Il opta d'abord pour le volley-ball, un jeu sociable, mais pas intime et qui semblait amusant.

— Besoin d'un remplaçant ?

Kitty se retourna avec un sourire.

— Gabe ! Tu es grand. Je te prends dans mon équipe.

— Waouh ! Quel plaisir pour moi de répondre à des qualifications aussi pointues !

— Ha ha ha ! Des qualifications aussi pointues !

Le rire venait de Baller, qui était de l'autre côté du filet avec une des recrues.

— Allez, les vieux ! enchaîna-t-il. Je parie que nous allons vous battre !

Gabe regarda Kitty.

29

— Des vieux ? Où voit-il des vieux ?

— J'ai vingt-quatre ans, déclara Kitty. Ce sont encore des enfants !

— C'est vrai, confirma Gabe. Et je parie qu'ils pleureront comme des bébés quand on en aura fini avec eux.

Avec un rire, Kitty lui passa la balle.

— Tu sers le premier.

Le match se termina par une belle victoire de Gabe et Kitty, qui avaient un avantage de *taille* – au sens littéral –, même si Gabe fut souvent distrait après que Baller avait enlevé son tee-shirt. Gabe abandonna le terrain à deux défenseurs et leurs copines, avec Baller et Yorkie en guise de renfort.

En quête d'un verre, Gabe retourna affronter la foule. Pendant qu'il jouait au volley, la cour s'était remplie. La piscine était pleine d'enfants grimpés sur les épaules de leurs parents ou de tout autre adulte faisant temporairement office d'oncle ou de tante. Les plus jeunes portaient des brassards, les plus âgés des lunettes de plongée ou des tubas. Le fils aîné de Flash combattait celui de Kitty sur le plongeoir avec des frites de piscine. Un groupe d'enfants de six à dix ans jouait au ballon d'eau.

Gabe repoussa l'émotion qui tentait d'émerger en lui et prit, par politesse, une deuxième bière avant de filer jusqu'au fond de la cour, car un nuage inquiétant s'élevait du grill où Flash opérait.

Gabe agita la main dans l'air enfumé.

— *Tout va bien ici ?*

Merde, ses yeux le brûlaient. Il battit des paupières pour les humecter.

— Tout est sous contrôle, déclara Flash avec une toux.

Son tablier disait « Embrassez le cuisinier ». Gabe décapsula sa bière et la tendit à Flash, qui l'accepta automatiquement.

Profitant de cette distraction, Gabe attrapa les pincettes.

— Tout est en feu !

Il souleva le couvercle du barbecue et inhala une bouffée de viande carbonisée. Génial ! Ses poumons allaient apprécier ! Avec un haussement d'épaules mental, il versa une partie de sa bière sur le grill pour éteindre les flammes.

— D'après ta femme, élever quatre enfants est une tâche épuisante et elle ne veut sûrement pas mourir de faim, alors, elle a de la chance de m'avoir.

Mensonges. Gabe était nul en cuisine, mais au moins ne brûlait-il pas sa viande sur un grill.

Flash fronça les sourcils.

— Elle n'a pas dit ça !

Puis il regarda le barbecue et pinça les lèvres.

— Très bien, ajouta-t-il, un sourire dans la voix, je te laisse prendre le relais, mais tu dois porter le tablier.

— D'accord.

Gabe comptait bien remettre ses pincettes au premier qui s'aviserait de commenter ses compétences en grillades. Cela ne devrait pas prendre longtemps. Il tripota le barbecue. La « viande » noircie avait tout d'un morceau de charbon. Gabe la repoussa dans un coin.

— Olie m'a annoncé qu'il viendrait avec une fille.

Surpris, Gabe cligna des yeux.

— Oh ?

Olie ne lui avait pas parlé d'une nouvelle rencontre. Bien sûr, Gabe préférait éviter les conversations d'ordre intime avec ses coéquipiers. Comme il ne pouvait se confier, recevoir des confidences était plutôt gênant.

— Tu penses que c'est sérieux ? demanda-t-il.

Flash lui donna un coup de coude.

— Nous allons vite le découvrir, je présume. Elle s'appelle Adèle. Si elle arrive à nous supporter, il devrait l'épouser sans attendre.

— C'est vrai.

Si Olie se mariait, Gabe serait officiellement le plus vieux célibataire de l'équipe.

Il posa des hamburgers crus sur le grill et espéra qu'un père sans méfiance vienne vite vérifier ce qui se passait. Avec un peu de chance, il déciderait que Gabe s'y prenait comme un manche et insisterait pour le remplacer.

Gabe se retourna, mais il n'y avait aucune trace d'un éventuel remplaçant.

En revanche, il vit Olie et une jeune femme arriver sur la terrasse derrière la maison Fillion. Adèle était belle, bien sûr, avec de longs cheveux bruns et brillants, et un grand sourire. Elle portait une robe d'été à carreaux roses et des baskets vert citron. Un ensemble parfait !

Oui. Olie allait définitivement l'épouser.

— Encore un qui mord la poussière, hein ? déclara Baller.

Il approcha avec la petite Dominique de cinq mois sur son épaule. Il tint le bébé à l'écart de la fumée du barbecue et resserra le petit chapeau jaune sous son menton pour qu'elle ne puisse l'enlever.

Il examina le tablier de Gabe et ses yeux brillèrent.

31

— Ne t'inquiète pas, Gabe, ajouta-t-il. Je suis sûr que tu seras le prochain.

Flash toussa sans discrétion. Baller croisa le regard de Gabe, le rire pétillait dans ses yeux.

— Waouh! s'exclama-t-il. Quel vote de confiance de la part du capitaine. Tss-tss. Je sais que Nikki croit en toi, Gabe.

Tout en parlant, il retourna Dominique vers Gabe, puis il prit la main droite de l'enfant et l'agita.

Dominique poussa un petit cri ravi et tendit ses bras potelés.

— D'accord, répondit Gabe. On échange.

— Quoi?

Baller fut trop lent à réagir. Gabe avait déjà pris le bébé et donné à Baller les pinces à barbecue.

Gabe embrassa Dominique sur la joue et recula du grill.

— Merci, Baller! Si tu tiens à manger, ne laisse surtout pas Flash approcher de cette viande. Il porte un peu trop bien son surnom! Tout ce qu'il touche devient du charbon de bois.

Laissant Baller à ses vaines protestations, Gabe fila vers la terrasse ombragée. Dominique allait peut-être lui vomir dessus, mais elle au moins ne ferait aucun commentaire quant à son statut relationnel. Et les câlins d'un bébé étaient une excellente distraction.

POUR LE premier match préparatoire à Ottawa, Dante obtint d'avoir Tom Yorkshire comme colocataire de tournée.

Il donna un coup d'épaule à Yorkie et se laissa tomber sur le siège à côté de lui dans le bus de l'équipe. Symons avait été renvoyé chez les juniors, mais Yorkie avait de bonnes chances de rester dans l'équipe cette saison. Ce serait agréable d'avoir quelqu'un de son âge avec qui créer des liens.

— Génial! déclara Dante. C'est de bon augure pour toi! Et je suis un super coloc, bien évidemment.

— Pas moi, déclara Yorkie. Je ronfle, je suis bordélique et je ne baisse jamais la lunette des toilettes.

Il fit une pause, puis sourit et ajouta :

— Je plaisante!

Dante ricana. Lui-même n'était pas très ordonné.

— Tu m'as bien eu, admit-il. Hé, quels sont tes jeux vidéo préférés?

En temps normal, il dormait pendant un trajet en bus, mais pas aujourd'hui, il était trop survolté. Ce n'était que la présaison, d'accord, mais Dante avait hâte de rejouer au vrai hockey. De plus, si Yorkie restait dans l'équipe, il avait de fortes chances d'être son coloc pendant la saison régulière, aussi était-il préférable d'en faire un copain.

Il raconta à Yorkie avoir grandi dans le Sud des États-Unis. Il avait été adopté en Louisiane, mais ses parents avaient ensuite déménagé dans le Kentucky, en Caroline du Nord et au Tennessee. Enfant unique, il était très proche de ses parents, ce que Yorkie comprendrait rapidement puisque Dante les appelait tous les soirs quand il était sur la route.

À son tour, Yorkie lui narra les farces faites à ses deux sœurs aînées et ses démêlés au pensionnat.

— … mais ça a bien marché, au final, parce que Jenna a accepté sortir avec moi.

Dante gloussa. Gabe ne serait peut-être pas le prochain à se marier après tout.

— C'est adorable ! Et tu disais qu'elle continuait ses études pas loin ?

— Oui ! Elle suit des cours complémentaires alors qu'elle a aussi une bourse de hockey. Elle est incroyablement intelligente !

C'était adorable !

Dante agita les sourcils d'un air entendu.

— Vas-tu la voir ce soir ?

— Oui, elle viendra au match.

Encore mieux.

— Et tu la raccompagneras chez elle après ? Si c'est le cas, je te couvrirai.

Yorkie soupira.

— J'aimerais bien, mais elle a une chambre au dortoir. Un truc à l'ancienne, tu sais, avec les lits à un mètre les uns des autres !

Dante ricana.

— Ce sera aussi notre cas !

Il cherchait déjà à aplanir les obstacles pour Yorkie – il avait un faible pour l'amour vrai. Un coéquipier accepterait sûrement de l'accueillir pour que Yorkie puisse passer un moment avec sa copine, non ? La moitié des gars avait un contrat standard et une chambre pour eux tout seuls, contrairement à Dante et Yorkie, encore à l'essai, ce qui signifiait qu'ils devaient partager une chambre à l'hôtel. Dante ne devrait pas avoir de mal à trouver un lit vide.

Il s'agissait simplement de choisir sa cible… quelqu'un qui lui devait un service ou qui tenait à se mettre en bons termes avec lui. Flash, par exemple, avait parfois besoin d'un baby-sitter de dernière minute pour passer la soirée en tête-à-tête avec sa femme…

Dante ne devrait-il pas plutôt viser quelqu'un qui lui avait déjà rendu service ? Quelqu'un ayant prouvé qu'il se laissait facilement attendrir, parce qu'il avait bon fond ?

Il décida d'attendre l'acceptation de Gabe avant de parler à Yorkie. Inutile de lui donner de faux espoir.

Puisqu'il s'agissait d'un match de présaison, il n'y avait que les jeunes et les nouveaux membres, dans le but de mieux les tester dans divers scénarios de jeu. Le dîner d'équipe fut donc des plus amusants. Dante aimait avoir une audience suspendue à ses lèvres, aussi fut-il comblé que les jeunes écoutent ses perles de sagesse avec attention – même si les vétérans roulaient des yeux.

Après avoir donné à tout le monde un faux sentiment de sécurité, Dante se tourna vers Gabe avec le regard du Chat Potté.

— Tu sais peut-être que je partage une chambre avec Yorkie…

Gabe haussa un sourcil comme pour dire : *Et alors ?*

À ce moment-là, Dante comprit que l'affaire était dans le sac.

— Eh bien, il est amoureux d'une étudiante qui finit ses études à quelques minutes de notre hôtel…

— À l'université, coupa Gabe.

Dérouté, Dante cligna des yeux.

— Quoi ?

Gabe lui tapota l'épaule avec condescendance.

— Si elle vit au centre-ville, c'est à l'université. Tu es toujours au Canada.

Dante roula des yeux.

— Peu importe, mec. Ça n'a rien à voir avec mon problème. Elle est en colocation dans une minuscule chambre de dortoir. Yorkie, en bon gentleman, la raccompagnera chez elle après le match, mais il aimerait avant passer un moment avec elle et ici…

— Ce n'est pas possible parce qu'il n'est pas seul dans sa chambre.

Dante sourit, heureux que Gabe ait un cerveau sous ses boucles blondes.

— Alors, je me suis dit… il y a un second lit dans ta chambre, non ?

Il en était certain, car il avait jeté un coup d'œil dans quelques chambres quand les joueurs étaient montés déposer leurs sacs.

— … si tu me laisses y dormir, je te promets d'être aussi discret qu'une petite souris.

Gabe céda. Dante ne put déterminer si c'était par attendrissement pour les amours de Yorkie ou pour son regard breveté.

— D'accord, mets tes affaires dans ma chambre quand tu iras te changer avant les boissons.

Baller sourit et lui donna un coup de poing à l'épaule.

— Merci. Hé, Yorkie. Devine un peu !

Le match de ce soir-là ne fut pas parfait. Dante et Gabe jouèrent la première ligne, mais Flash était chez lui à Québec, alors, leur centre fut un gars avec qui Dante avait déjà joué étant junior. Pourtant, quand il envoya le palet à Gabe en zone neutre*, Dante savait exactement où il devait être – là où Gabe allait mettre le palet. Effectivement, le palet passa à travers les joueurs et arriva à portée de sa crosse.

Dante simula un tir au coin le plus éloigné du filet et visa en réalité le bas. Le « *bing* » du palet heurtant le métal fut la plus douce des musiques. Dante poussa un cri de triomphe et ses coéquipiers vinrent le percuter pour marquer leur satisfaction.

Cela ne dura pas, malheureusement. Le match se termina par un score de 3 à 2 en la faveur d'Ottawa. Dante n'en restait pas moins vibrant d'adrénaline, ravi de retrouver le hockey et d'avoir un peu progressé vers son objectif : obtenir un poste permanent en première ligne.

Dans le vestiaire après le match, il annonça :

— Je sors ce soir. Qui m'accompagne ?

Pas Yorkie, évidemment, mais le centre voudrait peut-être célébrer avec son ailier une alchimie durement gagnée.

Dante regarda Gabe en battant des cils.

— Je serai ton chaperon.

— Non, merci, déclara Gabe, du tac au tac.

Le vestiaire éclata de rire.

— Aïe.

Dante posa la main sur son cœur comme s'il avait reçu une balle. En vérité, que Gabe refuse de l'accompagner ne l'étonnait pas. À part le hockey, ils avaient peu de points communs et Gabe n'avait pas vraiment la réputation d'être un fêtard.

Dante si, et il avait fait son possible pour que Gabe le sache, appliquant ainsi sa philosophie de vie : *je suis tel que vous me voyez*. Cela avait pour but d'éliminer les personnes incapables de l'accepter tout entier. Le rejet de Gabe ne devrait pas le blesser. Dante chercha à se convaincre qu'il s'en fichait.

— Je viens, déclara Kitty. C'est toi qui nous invites, après tout.

Dante sentit son sourire se figer.

— Ah, bon ? D'accord, j'offre la première tournée.

Il aurait dû commencer par ça, comprit-il, quand sa proposition reçut un chœur de réponses enthousiastes.

Alors qu'il boutonnait son pantalon, Gabe annonça :

— Je ne peux pas venir, je suis censé rencontrer mon père.

Oh. Dante releva la tête.

— Je ne savais pas que tu étais d'Ottawa.

Voilà pourquoi Gabe savait où se trouvait l'université.

Gabe enfila sa veste avant de répondre :

— Je suis né ici, j'y ai aussi grandi. J'essaye de voir mon père à chacun de mes passages.

— Tu as bien de la chance ! Mes parents vivent en Louisiane. Je ne les vois jamais en cours d'année !

Alors qu'ils sortaient du vestiaire, Gabe lui lança un regard de côté.

— De Louisiane ? Tu n'as pas d'accent.

Dante ricana.

— Oh, si ! Quand je veux, je l'ai, répondit-il en faisant traîner les voyelles.

En voyant que Gabe le fixait d'un air interloqué, il esquissa un sourire et ajouta :

— Mais avec cet accent, il m'était plus difficile d'avoir une conversation avec ceux qui parlent l'anglais en seconde langue, alors, j'ai vite appris à simuler l'accent du Midwest.

C'était essentiellement la vérité. Dante avait pris cette décision étant gamin, au primaire, parce qu'il en avait assez que les autres se fichent de lui. Plus âgé, quand il avait fini par comprendre que certaines personnes auraient éternellement un problème avec la différence, il avait gardé son nouvel accent, trouvant qu'il facilitait la communication avec des coéquipiers étrangers.

Gabe lui donna un coup d'épaule.

— Le Midwest? Quelle idée! Personnellement, j'aurais choisi un accent plus cool : californien, écossais ou australien.

Des suggestions tout à fait logiques.

Dante renvoya le coup et protesta :

— Mon objectif n'était pas d'être *cool*, mais de me faire comprendre !

Gabe se contenta d'un rire d'autodérision.

— Bien sûr !

Dante monta derrière lui dans le bus. Il hésita une seconde, puis se dit «*pourquoi pas?*» et s'assit à côté de lui.

— Comptes-tu rentrer tard? demanda Gabe. Dois-je aller te chercher si tu n'es pas à l'hôtel avant minuit?

— Je ne vais pas me transformer en citrouille, promit Dante avec un sourire. Mais, comme je vise effectivement minuit, je serais peut-être un peu orange.

— En clair, je ne dois pas t'attendre.

— Bien sûr que non !

Le bar que trouvèrent Dante, Kitty et les autres cette nuit-là était rempli d'étudiants célébrant la rentrée – et le retour à la liberté universitaire, loin des parents. Dante traversa la foule et fonça jusqu'au bar pour commander la tournée promise, puis il s'insinua sur la piste de danse bondée où les corps se tordaient.

Il en émergea vingt minutes plus tard en tenant par la main une fille petite et agréablement potelée, à la peau brune, avec une mèche teinte en rose dans ses cheveux bouclés.

Elle se présenta dès qu'ils furent assez loin des haut-parleurs pour communiquer.

— Je m'appelle Tessa. Tu viens chez moi?

Dante adorait les bars universitaires !

— Bien sûr !

DEUX HEURES plus tard, Dante sortait de son taxi Uber. Il remercia le chauffeur et se dirigea vers l'hôtel. La soirée ne s'était certainement pas déroulée comme il l'avait prévu, les chagrins d'amour étaient une vraie plaie et Dante espérait ne jamais se comporter de façon aussi émotionnelle, mais il aurait d'autres occasions. D'ailleurs, maintenant qu'il avait recommencé à jouer au hockey, rien ne pouvait entamer son moral.

Il sifflotait entre ses dents en remontant le couloir désert. Il était tôt, Gabe était sans doute encore avec son père et Dante espérait avoir le temps de prendre une bonne douche chaude avec la Veuve Poignée et ses cinq suivantes.

Il présenta sa carte clé devant la porte et l'ouvrit en silence.

À peine entré, il se figea.

Parce que Gabe était dans la chambre, torse nu, assis sur son lit, il roulait un patin à un inconnu – un homme !

Le couple se retourna en entendant la porte s'ouvrir et...

Après un moment de silence atroce et mortifié, Dante retrouva la parole :

— Je vois, cela explique pas mal de choses. Je vous laisse... euh...

Il ferma la porte et s'enfuit.

GABE S'ÉCARTA de Nick et cacha son visage dans ses mains.

— Merde !

Quel idiot d'avoir eu la flemme de prendre un taxi au centre-ville pour retrouver Nick dans l'appartement qu'il gardait à Ottawa ! Mais c'était à une demi-heure de l'hôtel et Nick se trouvait à Kanata, à quelques minutes à peine.

Nick s'éclaircit la gorge.

— Eh bien. Je dois reconnaître qu'il a cassé l'ambiance. Une chance qu'il ne soit pas entré dix minutes plus tard !

Ce n'était pas le coming-out que Gabe avait eu l'intention de faire devant un coéquipier. En fait, il aurait nettement préféré rester dans le placard, mais si par hasard l'idée lui était venue... il aurait tenu à être habillé. Baller allait-il en parler aux autres ? Pire encore, allait-il révéler au monde entier le secret de Gabe ?

Nick lui frotta le dos de sa grande main chaude.

— Hé, chuchota-t-il. Respire. Je suppose que ton coéquipier n'était pas au courant ?

— Non, confirma Gabe. Seuls Olie et Flash savent la vérité à mon sujet.

Il connaissait Nick depuis des années, c'était plus un ami qu'un amant au sens réel du terme. Gabe était infiniment soulagé d'avoir été surpris avec lui plutôt qu'avec Pierre, qui aurait été insupportable dans de telles circonstances.

Nick se pencha et ouvrit le mini-frigo placé entre les lits. Il en sortit deux bouteilles d'eau. Il en tendit une à Gabe.

— C'est la première fois que tu te fais surprendre par un autre joueur ?

Avec un soupir, Gabe ouvrit la bouteille et en sirota une gorgée.

— Non, mais c'est certainement la plus embarrassante.

Nick vida la moitié de son eau avant de poser sa bouteille. Il adressa à Gabe un sourire éclatant.

— Il ne m'a pas semblé si choqué que ça ! Vois le bon côté des choses : je suis canon !

Nom de Dieu ! Oui, avec Baller, c'était sans doute un élément qui compterait. Le problème restait le même : Baller savait tout. Accepter que quelqu'un soit gay était une chose, accepter qu'un autre homme fantasme sur vous était totalement différent. Gabe devait donc veiller à ce que Baller ne découvre jamais cette seconde partie de son secret.

Sans doute Baller cesserait-il désormais de tortiller du cul devant lui, pensa Gabe, le cœur lourd. Il soupira, les tripes nouées, étreint d'une vague nausée.

— Je suis désolé, Nick. Il faut que j'aille lui parler. Je ne comprends pas qu'il soit rentré si tôt ! Il était censé passer la nuit chez une fille.

— Peut-être qu'il a laissé tomber ?

Gabe ricana. Il se savait un peu partial, mais…

— Peut-être que les poules ont des dents !

Nick eut un petit rire.

— D'accord, le temps de retrouver ma chemise, je rentre chez moi et je te laisse à ta conversation avec son coéquipier. Au fait, conseille-lui de frapper à l'avenir avant d'entrer dans une chambre qui n'est pas la sienne ! Et vu que tu me plaques sans façon, j'espère une invitation à dîner à notre prochaine rencontre.

— C'est promis, répondit Gabe. Je t'enverrai un texto avec le programme des mois à venir.

Nick roula des yeux.

— Pour ça, je n'ai qu'à consulter *GameCenter*, répliqua-t-il.

Gabe cacha sa grimace. D'accord, il n'était pas très romantique, et alors ? Ce n'était pas totalement de sa faute, les impératifs du hockey ne lui permettaient pas une vie sociale très étendue.

Dix minutes plus tard, Gabe était seul dans sa chambre. Il était temps d'affronter la musique. Gabe enfila un tee-shirt et un jean, puis il mit dans

39

sa poche son téléphone et sa carte clé, et sortit dans le couloir. Avec un peu de chance, il ne rencontrerait personne d'autre de l'équipe.

DANTE ATTENDAIT dans le hall, recroquevillé sur un siège pas assez large pour qu'il y soit à l'aise. Il tournait le dos au flux de personnes et fixait son téléphone pour éviter les regards. Dans un autre contexte, il aurait volontiers signé des autographes, bien sûr, mais pas ce soir…

La scène à laquelle il venait d'assister tournait en boucle dans sa tête.

Comment avait-il pu ne pas remarquer que Gabe aimait les hommes ? Ça semblait si évident, pourtant. Jamais Gabe ne draguait une fille dans un bar, jamais il ne venait accompagné d'une amie à un évènement d'équipe. Dante se sentait stupide de ne pas avoir compris la vérité plus tôt, même s'il n'était pas dans l'équipe depuis longtemps. Les autres joueurs étaient-ils au courant ? Certains vétérans avaient dû deviner, sans doute, surtout ceux qui connaissaient bien Gabe.

Flash le sait, décida Dante. Pas étonnant qu'il intervienne si fermement devant toute dérive homophobe au vestiaire… Peut-être était-ce juste de la tolérance, mais Dante en doutait. Une telle virulence sur le sujet indiquait un intérêt personnel.

Et puisque Flash reprenait les autres joueurs, ça signifiait qu'il était le seul à être au courant. Donc, Dante venait par inadvertance de tomber sur un énorme secret.

Maintenant, il devait décider quoi en faire.

Là, apparemment, il ne pensait qu'à la large paume de Gabe posée sur la poitrine nue de son partenaire. Gabe était grand, il avait cinq centimètres de plus que Dante, déjà solidement bâti.

L'image lui revint encore… l'inconnu accroché à l'épaule musclée de Gabe.

Non ! Il devrait arrêter d'y penser, mais son cerveau s'y refusait. Pire encore, il essayait de remplir les trous. Où était l'autre main de Gabe ? Dante ne pensait pas l'avoir vue. Était-elle sur la cuisse de son partenaire ? Ou Gabe s'appuyait-il dessus pour se stabiliser ? À moins qu'il l'ait utilisé pour incliner le visage de son amant au meilleur angle possible pour le baiser…

Oh, Dante ne parvenait pas à oublier ce baiser !

Il serra la main autour de son téléphone et expira lentement. Toute cette histoire ne le regardait vraiment, *vraiment* pas. Y réfléchir à outrance ne lui causerait que des ennuis. Il devait pouvoir prétendre que tout était normal au lieu d'être obsédé par le fait que son coéquipier ait tripoté et embrassé un mec.

Oui, la situation était normale. Il avait été *sexilé* par un coloc. Aucun problème! Ce n'était pas la première fois qu'une telle mésaventure lui arrivait. Aujourd'hui, c'était la seconde fois, en fait. Dante espéra que Yorkie passe une meilleure nuit que Gabe.

Plus important encore, c'était normal d'abandonner sa chambre pour permettre des ébats à un ami.

Faisait-il chaud ici?

Des pas qui approchaient l'arrachèrent à ses pensées. Dante tourna la tête et vit Gabe marcher vers lui, la tête baissée, les épaules voûtées. Il n'avait pas l'air d'un mec qui venait de s'envoyer en l'air.

Mierda.

Gabe se laissa tomber sur le siège en face de lui. Il semblait aussi mal à l'aise que Dante. De toute évidence, il aurait préféré devoir boire cinquante des shots de Kitty qu'avoir cette conversation.

Au moins, ils étaient sur un pied d'égalité à cet égard.

Dante rangea son téléphone et carra les épaules. Conscient que le lobby, bien que calme, n'était pas totalement désert, il s'exprima d'une voix très basse :

— Euh, excuse-moi d'être arrivé à un moment aussi inopportun.

Mais je dois te dire, c'est de ta faute. Pourquoi n'as-tu pas accroché à ta porte le panonceau « Ne pas déranger »? Et pourquoi ne m'as-tu pas envoyé bouler quand j'ai demandé à partager ta chambre?

Compte tenu des circonstances, il évita d'énoncer ses commentaires à haute voix. Il y reviendrait peut-être plus tard, quand Gabe ne serait pas aussi pâle, sinon verdâtre – il semblait prêt à dégobiller sur le tapis!

Gabe se voûta davantage, mais sa crispation s'atténua un peu. Le remarquant, Dante se demanda si Gabe s'était attendu à recevoir son poing en plein visage.

— Je n'avais pas prévu que ta présence serait un problème, admit Gabe. Pourquoi es-tu revenu si tôt? Je te croyais avec ta conquête?

Dante agita la main dans un mouvement de bascule.

— Eh bien, nous avons croisé l'ex de Tessa, elle a aussitôt fondu en larmes. Du coup, je l'ai emmenée au Dairy Queen manger une glace. Quand elle a été un peu réconfortée, elle est allée se remaquiller et m'a demandé de prendre un selfie avec elle pour le poster sur Instagram. Ensuite, je suis rentré.

Gabe avait retrouvé ses couleurs quand il releva la tête et croisa le regard de Dante pour la première fois depuis cet horrible moment à l'étage.

— Eh bien, ce n'est pas notre soir de chance, on dirait, déclara-t-il.

Il parlait un peu timidement, comme s'il n'était pas sûr que Dante prenne bien sa tentative d'humour.

— Je serai muet comme une tombe, proposa Dante, si de ton côté, tu ne parles à personne de cet accroc à mon tableau de chasse.

Il avait parlé sans réfléchir, anxieux que sa réputation de tombeur ne soit pas ternie, mais une fois les mots sortis de sa bouche, il comprit la vraie portée de son offre : il ne dirait rien du secret surpris ce soir.

— Deal, déclara immédiatement Gabe.

Il esquissa un sourire soulagé et les lignes de tension qui marquaient son visage disparurent.

Bien. Dante était content que l'affaire soit réglée.

— Super! dit-il dans un énorme bâillement. Bon, on peut aller se coucher, alors? J'ai le ventre bourré d'alcool et de glace, je suis prêt à dormir.

La conversation n'était pas terminée, bien entendu, mais la suite attendrait qu'ils aient davantage d'intimité.

Une fois la porte de la chambre refermée sur eux, Dante se débarrassa de ses chaussures et les balança devant lui. Elles cognèrent sourdement contre le mur.

— Tu aurais dû me dire que tu étais gay, marmonna-t-il sans regarder Gabe. J'aurais évité de me ridiculiser en essayant de te coller une nana dans les pattes au cours de la saison dernière... ou pendant le camp d'entraînement.

Gabe fixait les chaussures de Dante d'un air sévère. Puis il se pencha et aligna avec soin les siennes sous le bureau.

— Je n'en parle jamais, répondit-il.

Dante se tortilla pour se débarrasser de son jean. Avec le cul et les cuisses qu'il avait, se déshabiller était toujours une épreuve de force.

— Putain! Oui, je m'en doute. Qui d'autre est au courant dans l'équipe? Flash, je suppose, ce qui explique la virulence de sa réaction dès que les commentaires déraillent au vestiaire.

Gabe eut un bref éclat de rire.

— Je lui ai dit la vérité quand j'ai été transféré ici, un soir où j'étais vraiment ivre. Olie, lui, a deviné tout seul.

Il s'assit sur le lit, à la place qu'il avait occupée plus tôt, avec l'inconnu. Les couvertures étaient encore froissées. Dante préféra de ne pas y penser.

Il se dirigea vers sa valise pour y chercher son nécessaire de douche.

— Et c'est tout?

Gabe avait vingt-huit ans. Il avait été repêché à dix-huit ans. Ça faisait donc dix ans qu'il vivait dans le placard, en cachant à tout le monde ce qu'il était vraiment? Putain, ce devait être une vie terriblement solitaire!

Dante entra dans la salle de bain et jeta le kit sur le comptoir.

— Maintenant, il y a aussi toi, déclara Gabe depuis la chambre. Et…

Il marqua une pause. Du coup, Dante se figea. Au lieu d'entrer dans la douche, il repassa la tête par la porte et fixa Gabriel.

— Et quoi?

Après un moment, Gabe reprit :

— Tu l'as plutôt bien pris.

Dante éteignit la salle de bains et revint dans la chambre, il s'assit devant le bureau. Il avait l'habitude de dire tout ce qui lui passait par la tête et pour le moment c'était : *à dire vrai, je suis encore sous le choc*. Mieux valait prendre son temps. Il soupira, frustré d'avoir du mal à trouver ses mots.

— Je suis… pas en colère, bien sûr, ni traumatisé. Je ne sais pas comment définir ce que je ressens. Le mot «tolérant» a été si galvaudé qu'il a perdu son sens. Tu es… gay, c'est sûr?

Un muscle se contracta sur la mâchoire de Gabe.

— Oui, répondit-il à mi-voix.

Dante s'aperçut alors qu'il faisait tambouriner les doigts de sa main gauche sur le bureau. Il fit l'effort d'arrêter.

— D'accord. Si tu n'as rien dit aux autres, tu crains sans doute que certains le prennent mal, même s'il est probable que la plupart s'en fichent, comme moi. Je ne suis pas certain qu'on puisse déduire grand-chose de ma réaction, tu sais. Je suis comme qui dirait… hors norme.

Gabe se frotta la nuque.

— Parler de sa sexualité est rarement la première chose qu'on fait en se présentant.

Pourquoi pas? pensa Dante. Autant affronter le taureau en le prenant par les cornes. Il avait de plus en plus l'impression de perdre son emprise sur la réalité. Il se mordit les lèvres pour retenir des paroles trop rapides.

— Oui, peut-être.

Il tenta de faire le tri dans ses pensées puis laissa échapper :

— Quand j'étais enfant, je croyais que Phil Esposito [12] était latino.

Envoyant l'expression perplexe de Gabe, Dante regretta d'avoir ouvert la bouche. Il piquait un fard, en plus. Pourtant, il tenait à faire passer son message.

— Tu vas comprendre, ajouta-t-il. Je ne passais pas tout mon temps sur Internet, d'accord ? Et Esposito ressemble à un nom espagnol si tu mets un accent, ce qui n'est jamais le cas sur un maillot de sport.

En fait, ça arrivait parfois au Québec, pour les joueurs avec des noms français, mais ça restait une exception.

Dante secoua la tête et enchaîna :

— Quand j'ai commencé à jouer au hockey, tous mes coéquipiers étaient blancs. Alors, ça me remontait le moral de me dire qu'un latino était au Temple de la renommée du hockey.

Gabe se racla la gorge.

— Et ensuite, tu as découvert Phil était italo-canadien…

Dante esquissa un sourire. La douleur de sa déception d'antan s'était depuis longtemps évanouie. Pourtant, un de ses coéquipiers l'avait raillé pour cette erreur pendant des semaines.

— Oui, admit-il, et ça a été très dur. Mais à ce moment-là, j'étais le meilleur joueur de l'équipe et je savais qu'un jour, j'entrerais dans la LNH. S'il devait y avoir un latino célèbre au hockey, eh bien, ce serait moi. Il faut bien une première fois, pas vrai ? Depuis mon admission dans la ligue, plus personne ne peut dire qu'un latino n'est pas fait pour jouer au hockey.

Gabe fronçait les sourcils, ne voyant toujours pas où Dante voulait en venir.

Dante haussa les épaules. Rien n'avait été facile pour lui ou pour Gabe. Déterminer lequel des deux avait tiré les plus mauvaises cartes ne servait à rien. Ce n'était pas juste qu'un latino ou un gay doive se battre pour être accepté.

— Mon cas et le tien ne sont pas tout à fait pareils, reconnut-il. Mais toi, tu n'avais même pas de Phil Esposito pour te remonter le moral et ça, c'est hyper dur !

Cette fois, Gabe comprit. Il esquissa un sourire.

— Oui, eh bien, c'est la vie d'un athlète professionnel. Si on aime les queues, il faut savoir la boucler.

---

12 Joueur professionnel canadien de hockey sur glace.

Dante rit parce qu'il était censé le faire, mais l'image évoquée par les mots de Gabe le frappa en plein dans les tripes, profondément, là où il avait déjà enfoui la scène surprise plus tôt.

— Je suppose, oui. Dis-moi juste un truc.

Gabe cessa de rire et inclina le menton, méfiant, comme s'il s'attendait toujours à ce que Dante laisse tomber les gants.

— Quoi ?

— Dis-moi que ce type n'était pas ton père !

D'abord, Gabe resta bouche bée, puis il cacha son visage dans ses mains. Après tout, c'était de sa faute ! Il avait prétendu qu'il irait voir son père ce soir.

— Non, bien sûr que non ! Quelle… abomination ! Je présume que je l'ai bien mérité.

Dante agita à nouveau la main.

— Eh. Peut-être pas. Mais c'était drôle. Je vais prendre une douche maintenant, si tu n'as plus besoin de moi. Je pue.

— Bien sûr. Vas-y…

Gabe s'empara de la télécommande de la télévision.

— À tout'.

La télévision s'alluma alors que Dante refermait sur lui la porte de la salle de bain. Il se déshabilla, pénétra dans la cabine de douche, alluma le jet et laissa l'eau chaude couler sur lui, emportant la sueur, la crasse et l'abus de gel pour les cheveux.

Il gardait en tête l'image de Gabe embrassant un autre homme sur le lit dans leur chambre d'hôtel. Seul et nu dans sa douche, dans cette relative intimité, Dante fut forcé d'affronter la vérité : il bandait.

Il secoua la tête et tendit la main vers son shampoing.

— Merde alors ! marmonna-t-il. Celle-là, je ne m'y attendais pas !

Si un autre de ses coéquipiers l'avait surpris, Gabe aurait probablement passé le reste de la présaison sur des charbons ardents, attendant que l'inévitable lui tombe dessus. Mais là, il s'agissait de Baller, un homme qui se contrefichait de ce que les gens pensaient de lui, un homme qui avait les couilles d'être lui-même envers et contre tout.

Plus important encore, il gardait le secret de Gabe. Il n'y faisait jamais la moindre allusion. Les premiers jours, Gabe avait décortiqué les moindres faits et gestes de Baller à son égard, sans rien y trouver de nouveau ou de changé. Il finit donc par se détendre et reprendre le cours de sa vie.

Une vie qui était belle ! Les Dekes conclurent la présaison par trois victoires consécutives. Gabe ne joua qu'un seul de ces matchs, avec Baller dans l'aile opposée, mais ils marquèrent deux buts contre les Voyageurs.

Et maintenant arrivait l'ouverture de la saison.

Ils jouaient au Québec contre les Orques de Vancouver, ce qui était formidable, car les Orques souffriraient d'un décalage horaire. Pas les Nordiques.

Alors que les joueurs filaient sur la glace pour l'hymne, l'entraîneuse jeta à Baller :

— Essaye de ne pas te tortiller comme un bébé qui réclame son pot !

Baller sourit en retour.

— Oui, Coach.

Flash roula des yeux et le poussa vers la porte.

Sur la glace, en écoutant la musique s'élever, Gabe sentit la saison de hockey se poser sur ses épaules comme un manteau. À présent, c'était le hockey *sérieux*. La saison régulière ressemblait à une sorte de bulle : de début octobre à mi-avril, le monde rétrécissait et devenait cette communauté insulaire. Gabe n'avait jamais le temps de s'ennuyer ou de penser à autre chose qu'aux matchs. En cours de saison, les transferts de joueurs étaient assez rares, donc, une fois la liste établie, Gabe pouvait se concentrer *totalement* sur ce qui lui importait le plus. L'entraînement était derrière lui, il ne lui restait plus qu'à marquer et à gagner.

Il se sentait en sécurité.

Une fois la musique finie, les spots s'illuminèrent et le palet tomba.

D'un coup de crosse, Flash l'envoya vers Gabe, qui fonça sur la glace, avec le rugissement de la foule dans son dos. Gabe n'eut pas à regarder pour savoir où envoyer le palet à Baller, il connaissait exactement sa position. Le palet atterrit directement devant Baller. Avant que le défenseur adverse ait le temps d'approcher, Baller l'envoya à Flash, qui tira.

Le gardien de but adverse bloqua le tir, mais Gabe profita du rebond. Le palet n'entra pas et le gardien de but se précipita pour le couvrir.

Bien que la période* se termine sans but, le cœur de Gabe battait d'anticipation. Ce n'était qu'une question de temps, il le savait.

Le gardien lui donna raison une fois que le match reprit.

Dante prit le palet dans la zone et l'envoya à Flash, qui le fit passer à Gabe. Mais il n'avait pas un bon angle de tir, aussi recula-t-il. Baller fit passer le palet par-dessus l'épaule gauche du gardien. Putain, c'était sexy ! Gabe heurta Baller et l'étreignit avec entrain.

— Joli coup ! cria-t-il.

Les acclamations de la foule accentuèrent encore son exultation. Sur le banc, Baller lui donna un coup d'épaule en riant à pleines dents.

— C'est un super match !

L'énergie les porta à travers les trois périodes et le match se termina par un une victoire de 5 à 1.

Après le match, l'ambiance au vestiaire fut très bruyante. C'était la fête ! Gabe n'hésita pas une minute à se joindre à la célébration de l'équipe.

Ils étaient tous d'excellente humeur quand ils s'entassèrent dans les stalles de chez O'Ryan.

— Vodka ! cria Kitty en regardant le bar.

Leur serveuse préférée agita la main pour signifier qu'elle avait entendu la commande.

— Tequila ! ajouta Baller.

— Non, dit Gabe.

Baller protesta.

— Comment ça, non ? Je marque le premier but de la saison et je ne peux pas avoir l'alcool que je préfère ?

— D'accord, céda Gabe avec magnanimité, bois de la tequila, moi, je préfère une boisson au goût moins vil. Une bière pour moi, s'il vous plaît, Avril.

— Entendu !

Les boissons arrivèrent rapidement.

Flash se leva et brandit son verre.

— D'accord. Ce soir, c'est la fiesta !

Gabe trouva la formule un peu extravagante, mais il leva sa bière quand même.

— À quatre-vingt-un jeux de plus comme celui d'aujourd'hui !

Oh, oui, voilà un toast qu'il accepterait volontiers.

Gabe en était à sa seconde bière, il se sentait détendu. Cette victoire de son équipe au premier match de la saison l'enivrait bien plus que l'alcool. À côté de lui, Baller sirotait un cocktail aux couleurs psychédéliques qui devait contenir autant de sucre que d'alcool et manifestement, il s'en délectait.

Gabe s'étonna qu'il soit encore là, il aurait plutôt pensé que Baller irait cueillir un joli petit lot avec lequel passer la nuit. Mais pas du tout, ce soir, Baller restait avec l'équipe à crier des éloges, des bêtises et à donner de terribles conseils aux recrues.

Gabe secoua la tête et se leva. Baller se retourna avec une vivacité étonnante et lui jeta un regard horrifié.

— Gabe ! Ne me dis pas que tu t'en vas déjà alors que nous célébrons notre génialité collective ! Où vas-tu ?

— Pisser, répondit Gabe, pince-sans-rire. Je peux ?

— Oh, d'accord. Mais je te surveille !

Baller pointa deux doigts sur ses yeux, puis sur Gabe. Vu qu'il était complètement bourré, la menace n'était pas très inquiétante.

Gabe lui tapota l'épaule en passant devant lui.

— Bien sûr.

En revenant des toilettes, il fit un détour par le bar pour commander une troisième bière.

Kitty vint l'y rejoindre. Il fit la grimace.

— Tu bois de la bière ? Je préfère la vodka.

Il leva son verre comme pour porter un toast et en avala une grande gorgée.

— Je préférerais ne pas avoir la gueule de bois demain matin, répondit Gabe.

Pour une fois, ce n'était pas seulement sa paranoïa teintée d'amertume qui le retenait de boire : Gabe savait bien que s'enivrer avec ses coéquipiers était dangereux pour lui. Si l'alcool lui déliait la langue, il risquait de trop parler et de révéler sa véritable orientation sexuelle à ce lot d'hétéros qui ignoraient tout de lui.

— Les Américains ne savent pas boire ! se plaignit Kitty.

Sans laisser à Gabe le temps de protester qu'il était Canadien, Kitty posa une grande main sur son épaule et le poussa en avant.

— Viens, jouons aux fléchettes.

— Tu es sûr que c'est une bonne idée ?

Gabe s'inquiétait de mélanger des trucs pointus et de l'alcool.

— *Da*. Tu n'as rien bu.

Sachant d'expérience ce qu'un Russe était capable d'ingurgiter, Gabe se demandait parfois comment Kitty ne prenait pas feu.

Kitty récupéra le jeu de fléchettes et tendit à Gabe les rouges.

— C'est toi qui commences. À mon avis, tu ne sais pas jouer.

En général, Gabe passait peu de temps avec Kitty. Certes, le monde du hockey était plutôt conservateur, mais Gabe se méfiait tout particulièrement des joueurs ayant grandi dans des contrées notoirement homophobes. Mais Kitty – « Minou » – avait gagné son surnom parce qu'il était gentil et ouvert, sauf sur la glace. En, tant que joueur, il était un défenseur efficace aussi grand qu'une montagne, aussi féroce et agressif qu'un tigre. Une fois ses patins raccrochés, il était comme un matou à la recherche d'un foyer accueillant, toujours à se frotter à vous en réclamant un geste d'affection.

Gabe considéra les fléchettes avec suspicion.

— Rappelle-moi comment ça marche ?

Kitty ricana.

— Nous allons commencer par la formule la plus basique – l'horloge –, c'est facile. Tu envoies trois fléchettes dans la cible en visant des zones données. *Da* ?

Gabe haussa les épaules et visa, soulagé de constater que sa première flèche avait trouvé la cible. Quelques-unes des suivantes le firent aussi.

Kitty secoua la tête.

— Comment expliques-tu être aussi bon au hockey et aussi nul aux fléchettes ?

— C'est peut-être que je suis bourré, proposa Gabe.

Après tout, il pouvait difficilement dire la vérité : *je n'ai quasiment jamais joué aux fléchettes, d'abord, j'ai consacré tout mon temps à ma carrière au hockey, ensuite, mon désir de rester dans le placard me tient le plus souvent à l'écart des bars et des fêtes entre coéquipiers.*

— Non, contra Kitty. Tu n'es pas ivre, pas encore.

Ses yeux scintillaient de malice.

Baller les rejoignit pendant la seconde partie, après que Kitty avait brillamment gagné la première. Gabe gardait l'espoir de s'améliorer, mais Kitty avait veillé à lui offrir un verre de whisky après sa troisième bière. C'était plus d'alcool que Gabe en avait consommé depuis… qu'il avait remporté une médaille d'or. Et son jeu ne cessait d'empirer.

Sa fléchette suivante se planta dans le bord extérieur de la cible. La neuvième la rata de loin – Gabe doutait de pouvoir faire pire même s'il essayait.

Baller arriva derrière lui, il jeta les bras autour de sa taille et posa le menton sur son épaule.

— Waouh ! s'exclama-t-il. Tu es vraiment mauvais !

Gabe ignora le souffle chaud qui lui caressait l'oreille, la mâchoire et le cou, et se concentra sur des pensées moins attrayantes.

— Combien de verres as-tu bus ? Ton haleine est si chargée en alcool qu'elle risque de s'enflammer !

Il posa la main sur le visage de Baller et l'écarta de lui.

Kitty récupéra les fléchettes et examina Baller.

— Tu sais jouer, toi ? Gabe est…

Il termina sa phrase en russe.

Baller sourit.

— Tu as dit quoi ? Nul, atroce, irrémédiablement mauvais ?

— Oui, plus il joue, plus sa visée s'aggrave. C'est sans espoir.

— Je suis d'accord avec toi.

Tout en parlant, Baller récupérait les fléchettes à empennage rouge.

Gabe lui céda sa place et s'écarta, mais il resta pour assister à la rencontre. Il sirotait un autre whisky – sans trop savoir comment le verre était apparu dans sa main.

Kitty gagna en deux temps trois mouvements.

Gabe ricana.

— Baller, tu es presque aussi mauvais que moi !

— Au moins, je connais des variantes plus excitantes que l'horloge !

Baller avait l'air ravi, bien que son score pitoyable soit affiché au tableau. Ils passèrent au 301. Gabe comprit que Kitty pensait la règle trop compliquée pour la lui expliquer. Il hérita à se sentir insulté, mais le whisky le rendit charitable. D'ailleurs, qui avait envie de faire des calculs délicats en étant bourré ?

Kitty secoua tristement la tête.

— Gabe a raison, Baller, tu es nul !

— Hé ! protesta Baller. Je suis bien meilleur que lui, quand même.

Il plissa les yeux et ajouta :

— Accorde-moi une revanche ! Je te parie cent dollars que je te bats !

Kitty ricana.

— Aucune chance.

Il accepta cependant le défi. Baller alla effacer le tableau.

— Tu es si mauvais, déclara Kitty, que je vais te donner un avantage. Commence. La cible est à toi.

Il désignait le mur avec emphase.

Baller leva le menton, la mine butée.

— Merci. J'accepte.

Il se positionna et leva le bras pour le premier lancer. Soudain, sa posture d'homme ivre, relâchée et mal coordonnée, disparut. Baller plissa les yeux et atteignit deux fois le chiffre 20, son objectif. Ses deux fléchettes suivantes heurtèrent la cible en son milieu.

Kitty poussa un juron coloré qui arracha à Baller un sourire narquois.

Gabe vida ce qui lui restait de whisky en cherchant à se convaincre qu'une telle arrogance n'était pas bandante.

DANTE SE réveilla en pleine forme. Même s'il devait combattre Dieu en personne, il se sentait capable de gagner. Quoi de mieux au monde qu'une victoire 5 à 1 à domicile* pour débuter la saison, suivie d'une soirée avec les garçons ? Il avait un cul d'acier et un foie de titane. Il était invincible.

Il le pensa du moins jusqu'à ce qu'il sorte de son lit et trébuche sur son pantalon de la nuit dernière qui traînait par terre, au milieu de la chambre. Il évita la chute – de justesse – et se cogna l'orteil sur le pied de la commode.

Sa mère avait raison, au fond. Peut-être aurait-il dû trouver une colocation, ce qui l'aurait obligé à se montrer un peu plus ordonné avec ses affaires. De plus, Dante n'aurait pas ressenti cette étrange solitude qui pesait ces derniers temps sur ses épaules. Pourtant, il devrait y être habitué, étant enfant unique, mais il avait passé son adolescence dans des familles d'hébergement et l'année dernière, il avait vécu avec Flash et sa famille.

Évidemment, un colocataire aurait pu trouver étrange sa récente expérience : le porno gay.

En revenant d'Ottawa, une fois seul dans son salon, Dante avait regardé une fellation gay – la vidéo la mieux notée qu'il ait trouvée. Appréciant *tout particulièrement* recevoir une pipe, il s'était dit que pour un début, c'était sans risque, mais très vite, il avait fixé le gars à genoux en pensant : *je veux faire ça*. Quelques minutes après cette révélation, encore sous le choc, il avait baissé les yeux sur sa queue en se demandant pourquoi il n'y avait jamais pensé plus tôt, alors qu'il avait passé l'essentiel de sa vie entouré d'hommes nus.

Puis l'odeur du vestiaire lui était revenue en mémoire. Un équipement de hockey puait horriblement, c'était indéniable, et un homme capable de penser au sexe malgré l'agression olfactive de vingt-trois odeurs toutes plus toxiques les unes que les autres était un cas dont le cerveau devrait être disséqué par la science.

L'entraînement étant facultatif ce matin, Dante prit son temps pour se réveiller. Il passa dans la cuisine en boitillant et, pendant que le café

51

passait, il agita ses orteils pour s'assurer de n'avoir rien de cassé. Ensuite, il réfléchit aux résultats de ladite expérience.

En conclusion, il était bi.

Maintenant qu'il le savait, il était impatient d'en parler à ses parents. Oh, il ne leur disait pas tout, bien entendu, même s'il était plus permissif que la plupart des gens, certains secrets dépassaient quand même les limites laxistes qu'il s'était fixées. Mais dans ce cas précis, Dante n'aimait pas l'idée que ses parents ne sachent rien.

De plus, il avait besoin de conseils. La discrétion étant pour lui une notion inconnue, la simple perspective de vivre dans le placard lui donnait des boutons. Mais un coming-out serait… difficile.

De plus, sa grand-mère n'allait pas apprécier.

En y pensant, Dante voûta les épaules. Il se versa un café et réfléchit. Il avait toujours été proche de sa grand-mère, elle l'aimait. Petit, elle lui avait même voué une véritable adoration. Il était toujours heureux de passer de longs week-ends chez elle. Elle lui faisait des *flautas* [13], il l'aidait à jardiner et regardait avec elle les *telenovelas* romantiques qu'elle aimait.

Bien sûr, elle insistait aussi pour le traîner à la messe. Même adulte, Dante avait du mal à rester longtemps assis et immobile – durant son enfance, ça avait été une vraie torture.

Depuis qu'il avait l'âge de jouer au hockey et de s'en aller de ville en ville, il n'allait plus à l'église avec sa grand-mère. Peut-être la situation aurait-elle évolué… Non, il était plus vraisemblable que sa grand-mère soit toujours en quête de l'approbation de son prêtre.

Dante ne le saurait qu'après avoir parlé à son père. Et il avait le temps de le faire ce matin puisqu'il n'avait pas l'intention d'assister à l'entraînement.

Mais quand il sortit son téléphone, il y trouva de multiples notifications : messages de l'équipe, du groupe, notifications des sites d'actualités, appels manqués et même un texto d'une amie d'enfance – il avait passé pas mal de temps dans la famille de Rina. *Madre de Dios.* Que se passait-il ? Aurait-il été transféré ?

Il ouvrit en premier le texto de Rina. Elle parlait franc, il était donc certain qu'elle irait droit au but. Elle lui envoyait avait un lien avec le message :

---

13 « Flûtes », plat mexicain, tortilla garnie de bœuf, de fromage ou de poulet, roulée et frite,

J'espère que tout ira bien pour ton ami! Salue-le de ma part.

Dante cliqua sur le lien.

Gabriel Martin, la superstar de la LNH, est gay! Tout sur sa liaison secrète!

Il y avait une photo de deux hommes étendus dans un lit, torse nu. Dante ne reconnut pas celui de gauche, mais à droite, c'était Gabe, incontestablement. Et il avait les yeux fermés.

Oh, putain! Une photo de Gabe endormi? Sans doute son amant l'avait-il prise à son insu. Quel enfoiré! Comment avait-il osé faire un truc pareil?

Dante fixa son téléphone pendant trois bonnes secondes. Puis il poussa un juron, se leva d'un bond et courut dans la chambre récupérer son pantalon. Serrant toujours son téléphone à la main, il tenta d'appeler Gabe. La sonnerie dura et dura, mais Gabe ne décrocha pas.

Dante ramassa son jean et eut une grimace de dégoût, car il sentait la vodka. Tant pis, il n'avait pas le temps d'en chercher un autre. Il enfila le premier tee-shirt qui lui tomba sous la main et regarda autour de lui. Où avait-il mis ses clés? Et pourquoi Gabe ne répondait-il pas?

Dante n'avait même pas son adresse. D'ailleurs, Gabe serait-il chez lui? Dante n'en avait aucune idée. Où devait-il aller au juste? À l'entraînement?

Gabe n'y serait probablement pas. Il n'avait pas fait de coming-out devant ses plus proches ses amis, pas vrai, alors, aurait-il envie d'affronter toute l'équipe ce matin? Dante en doutait. D'un autre côté, s'il se montrait, il veillerait à étouffer dans l'œuf toute réaction à la con. Il pouvait… euh, faire quoi? Il ne savait pas. Peut-être démontrer à tout le monde qu'il soutenait Gabe envers et contre tout. Il était déjà en retard, mais il valait mieux tard que jamais, non?

Putain, il espérait vraiment ne pas avoir à cogner sur un coéquipier. Quand on occultait les détails pour étudier l'image d'ensemble, Gabe était important dans l'équipe, un des meilleurs ailiers de la ligue. Sur la glace, il était irremplaçable. Avec de telles compétences, il aurait pu devenir capitaine depuis des années, mais il avait refusé.

C'était un homme réservé, il restait à l'écart de tout le monde, même de ses coéquipiers.

Dante espérait que cette attitude n'inciterait pas les autres joueurs à se retourner contre lui.

Il conduisit beaucoup trop vite et se gara n'importe comment dans le parking des joueurs. Gabe ne décrochait toujours pas. *Merde.* Dante fourra son portable dans sa poche et fonça vers le vestiaire…

Dans le couloir, il faillit télescoper l'entraîneuse.

St. Louis le salua d'un signe de tête, elle avait la mine tendue.

— Bonjour, Baltierra. Vous ne vérifiez jamais vos messages ?

— Euh… bredouilla Dante.

Il avait du mal à déchiffrer leur entraîneuse. Certaines rumeurs couraient à son sujet, prétendant qu'elle passait tout son temps libre à Las Vegas, que c'était une accro du jeu, qu'elle plumait sans pitié les *yuppies* [14] sans méfiance.

Elle l'étudia un moment, puis elle s'adoucit un peu et agita la main.

— Étant donné les… circonstances, l'entraînement a été annulé. Nous sommes censés présenter un front uni.

Dante devina qu'elle citait des instructions reçues d'en haut.

— En clair, ajouta St. Louis, les sommités cherchent encore la bonne méthode à appliquer.

Dante comprit que lesdites sommités n'étaient pas non plus au courant de l'homosexualité de Gabe.

— Oh, marmonna-t-il. Va-t-il y avoir… euh… une réunion ?

— Les détails sont dans le mail que vous n'avez pas lu, répondit-elle d'un ton égal. Vous êtes arrivé dans un état d'agitation notable. Auriez-vous des informations à me communiquer ?

Waouh ! Elle aurait dû être avocate ! Dante se dégonfla. Il vibrait encore de l'impatience d'agir, sans trop savoir où déverser son énergie. Il ne pouvait rien faire de concret pour l'instant.

— Non, je voulais juste… être là pour Gabe. Au cas où il ait besoin… de soutien.

Pouah ! C'était puéril. Dante se serait mis des claques.

À sa grande surprise, l'entraîneuse esquissa un sourire, bref, mais authentique.

— Vous êtes un gentil garçon, Dante. Je suis sûr que Gabriel apprécierait votre empressement à prendre sa défense s'il était en état de penser à autre chose qu'à réparer les dégâts.

---

14 Acronyme de « *Young Urban Professional* », anglicisme définissant les jeunes cadres des grandes métropoles, évoluant dans le commerce international et la haute finance.

— Attendez, il est là?

— Vous avez dû sacrément arroser la victoire de l'équipe après le match. Gabe est arrivé dans un sale état ce matin, il avait oublié son téléphone chez lui. Il ignorait tout...

Jésus. Dante espéra que tous les autres joueurs avaient lu leurs messages et étaient restés chez eux.

— Est-il toujours là? Puis-je l'attendre?

Elle pinça les lèvres et le regarda de haut en bas, comme si elle réfléchissait.

— Vous ne comptez pas lui faire des reproches, c'est promis?

— Coach, en arrivant, j'étais prêt à cogner le premier qui disait un mot de travers!

Elle laissa échapper un long soupir.

— D'accord, dit-elle enfin. Il est avec Trish dans le bureau des relations publiques. Attendez-le dans le couloir, si vous y tenez. Mais n'aggravez pas la situation, putain!

Dante s'éloignait déjà.

— C'est promis! Merci, Coach!

PENDANT LES dix dernières années, Gabe s'était si bien contrôlé qu'il n'avait jamais pris le risque de boire plus que deux bières en public – sauf le soir de sa médaille d'or.

Malheureusement, sa tempérance impliquait aussi une très faible tolérance à l'alcool. La veille au soir, il avait subi la mauvaise influence de Baller et de Kitty, il reconnaissait aussi avoir eu terriblement envie d'un peu d'interaction sociale en dehors du travail. Ce matin, au réveil, il souffrait d'une terrible gueule de bois.

En chemin, il s'était arrêté dans un McDonald, il avait bu deux cafés et pris deux beignets, espérant que la caféine et le gras apaisent sa migraine et ses nausées.

En se garant dans le parking des joueurs, il avait mis des lunettes de soleil pour cacher ses yeux rougis. Il avait alors réalisé avoir oublié son téléphone portable chez lui, car il l'avait mis à charger sur sa table de chevet. Il espérait que l'entraînement serait calme ce matin. En principe, il n'était pas tenu de venir, mais après ses excès d'hier, Gabe tenait à faire un peu d'exercice. Une victoire ne suffisait pas à gagner la saison et Gabe tenait à mettre toutes les chances de leur côté.

Quand il entra au vestiaire, il le trouva vide.

C'était bizarre.

Gabe n'était pas en retard, pourtant, il n'y avait personne sur la glace. Même le personnel de la patinoire lui sembla moins nombreux que d'habitude. Gabe approcha des bancs en se demandant s'il venait d'entrer dans un univers parallèle dépourvu de joueurs de hockey.

Il reçut alors une tape sur l'épaule et fit un bond d'un mètre.

Il *détestait* être surpris comme ça. Il se retourna.

— Jésus Christ! Flash? Où sont les autres?

Son ami avait le visage crispé, ce qui étirait la cicatrice de son œil.

— Tu n'as pas regardé ton téléphone ce matin?

Gabe commençait à flipper.

— Non. J'étais en retard et j'avais oublié de le charger. Pourquoi? Que se passe-t-il?

Flash soupira.

— Je vais te montrer, mais pas ici. Viens, suis-moi.

Il entraîna Gabe jusqu'au bureau de Brigitte.

Oh, merde! La situation devait être grave si elle justifiait l'intervention du manager général de l'équipe et non celle de St. Louis.

Brigitte était assise derrière son bureau, ses cheveux grisonnants tout ébouriffés. L'entraîneuse de l'équipe était là, elle aussi, assise devant le bureau, la mine sombre, des cernes sous les yeux. Des gobelets vides au logo de Tim Hortons [15] jonchaient le bureau. Gabe en déduisit que les deux femmes étaient là depuis un moment.

— Il n'est pas au courant, annonça Flash.

Brigitte se frotta le visage, puis elle posa ses mains à plat sur le bureau. D'un signe de tête, elle laissa la parole à l'entraîneuse.

— D'accord, déclara St. Louis en anglais. Gabe, asseyez-vous.

Gabe obtempéra, sonné et anxieux. Avait-il été transféré si tôt dans la saison? Son contrat stipulait une clause en cas de mouvement, sans doute allait-on lui demander sa liste d'équipes de prédilection. Il ne voyait rien d'autre qui justifie une telle réunion.

— Pour commencer, déclara Brigitte, je tiens à vous assurer que nous ne vous tenons pas rigueur de nous avoir caché cela. J'aurais cependant préféré que vous soyez franc envers moi, envers l'équipe, ce qui nous aurait

---

15 Chaîne canadienne de restaurants fast-food fondée en 1964

aidés à nous préparer, mais vous deviez avoir vos raisons de vous taire, je le comprends.

Oh.

Merde.

À moitié étranglé par la bile qui lui remontait dans la gorge, Gabe chercha ses mots.

— Quoi…?

L'entraîneuse secoua la tête.

— Je vais vous montrer, ce sera aussi simple. Brigitte, je vous prie…

Brigitte tourna son écran d'ordinateur vers Gabe.

GABRIEL MARTIN EST GAY : UN DE SES AMANTS RACONTE TOUT

Gabe sentit ses mains trembler et sa gorge se serrer. Il y avait une photo. Il était dans son lit et Pierre, le bras tendu, prenait un selfie. À son habitude, Gabe dormait nu, enroulé autour de Pierre, le visage niché dans son cou, un bras jeté sur sa poitrine. Outre la pose révélatrice, Pierre avait un suçon sur la clavicule, ce qui ne laissait aucun doute possible sur les récentes activités du couple.

Gabe avait envie de vomir.

Des mots lui échappèrent :

— Pourquoi a-t-il pris cette photo?

Comme première remarque, c'était un peu stupide, mais son cerveau avait buggé. Jamais Gabe ne laissait Pierre prendre des photos de lui. Il savait le tort que pouvait causer une photo potentiellement compromettante. Et quand un partenaire devenait un ex plein d'amertume, qui savait ce qu'il était capable de faire pour se venger?

Gabe avait eu raison de se méfier, pourtant, il s'avérait qu'il n'avait pas été assez prudent.

Flash posa une main sur son épaule et serra.

Gabe frissonnait d'angoisse. Il avait du mal à respirer. Comment une telle catastrophe pouvait-elle lui arriver *maintenant*?

— Les relations publiques ont passé la matinée à répondre aux appels, déclara Brigitte. Jusqu'à présent, nous n'avons pas fait de déclaration officielle, mais il va falloir nous y résoudre.

Gabe hocha la tête, même si tout en lui se révoltait à cette idée. Pour l'équipe, c'était essentiel, mais lui n'avait qu'une envie : se cacher dans son sous-sol jusqu'à ce que la presse oublie son visage.

Ce visage endormi posé sur le torse nu d'un autre homme…

— Je devrais appeler mon agent, déclara-t-il d'un ton hébété

Il tapota ses poches à la recherche de son portable, puis il se souvint de l'avoir laissé chez lui.

— Je n'ai pas de téléphone… bredouilla-t-il.

Il se sentait perdu. Il regarda Flash.

Son ami répondit aussitôt :

— Hé. Ça va aller, ne t'en fais pas, tout va s'arranger.

Putain, c'était la voix réconfortante que Flash prenait pour rassurer ses enfants. L'entendre rendit Gabe encore plus mal.

— Il a foutu ma vie en l'air, croassa-t-il.

Pourquoi n'était-il pas en colère, tout simplement ? Il aurait préféré la fureur que cette impuissance amère en constatant que tous ses efforts de ces dernières années allaient lui glisser entre les doigts.

— Hé, ne dites pas de bêtises, coupa l'entraîneuse. Votre vie est loin d'être fichue, vous rencontrez juste un obstacle à cause d'un malotru. Vous êtes trop bon joueur pour baisser les bras.

Même si Gabe voulait y croire, il n'était pas sûr d'y parvenir.

Brigitte intervint :

— Nous voulons en finir le plus vite possible, je vais donc appeler Trish, des relations publiques, pour mettre au point notre déclaration. Nous pouvons toujours menacer d'un procès et prétendre que c'est un montage Photoshop ou un sosie, peu importe. Ce sera à Trish d'en décider. Votre agent est bien Erika Orrick, n'est-ce pas ? Je la contacterai pour la tenir au courant.

Elle grimaça avant d'ajouter :

— La façon dont cette histoire est parue me consterne, mais je ne vous en tiens pas rigueur. Nous sommes à vos côtés, Gabriel. Gardez la tête au jeu et tout ira bien.

Garder la tête au jeu ? Comment Gabe était-il censé le faire alors que le monde entier savait tout de lui – sans qu'il l'ait voulu ?

Il se rendit néanmoins chez Trish. Il n'avait pas d'autres options, après tout.

Les relations publiques étaient au deuxième étage, la pièce était gaie avec une fenêtre orientée au sud et des murs peints en vert pâle. Des babioles en tricot étaient exposées sur les surfaces disponibles. L'une d'elles, un bonhomme de neige, avait un équipement de hockey et le numéro 53, celui de Gabe, ce qui contribuait à rendre l'ambiance chaleureuse.

Trish était assise derrière son bureau, la tresse de ses longs cheveux noirs pendant dans son dos. Elle accueillit Gabe d'une version atténuée de son habituel sourire amical et poussa vers lui une assiette de biscuits – de ceux vendus par les Girl Scouts pour collecter des fonds.

— Salut, Gabe. Je vous dirais bien « bonjour », mais je doute que ce jour ait si bien commencé.

Il avait même *dramatiquement mal* commencé, corrigea Gabe en son for intérieur. Il essaya de sourire, mais ne parvint qu'à esquisser un rictus contraint.

— Salut, Trish. Je suis désolé de vous compliquer ainsi la vie.

— Vous plaisantez ? En ce qui concerne les crises de RP, votre histoire est le scénario idéal. Pas d'adultère, pas d'illégalité flagrante, pas d'alcoolisme public… Vous n'avez rien fait de mal, Gabriel.

— Je me suis fait prendre, lâcha Gabe.

Trish fronça les sourcils

— Vous vous êtes… *fait prendre*, répéta-t-elle.

Gabe se verrouilla.

— Quoi ?

Elle secoua la tête.

— Rien, c'est juste votre formulation qui me surprend.

Elle pencha la tête et ajouta :

— Je suppose que vous êtes gay, pas bi.

Il acquiesça.

— Effectivement.

— Alors, où est le problème ? Vous ne vous êtes pas « fait prendre », vous êtes gay, point barre. Se faire prendre sous-entend un mensonge par omission.

Oh. Gabe déglutit. Il voyait soudain sa situation d'un tout autre point de vue. Il savait que son homosexualité n'était ni anormale ni immorale, alors, pourquoi s'était-il toujours senti coupable ? Pourquoi avait-il la nausée chaque fois qu'il pensait à être découvert ? Il n'avait pas eu honte d'être gay, il avait eu honte de mentir.

Sans doute étonnée de son long silence, Trish enchaîna :

— Excusez-moi si j'ai été trop directe. Vous n'imaginez pas à quel point une attachée de relations publiques est censée se montrer psychologue ! Voulez-vous que je contacte votre agent ? Elle attend certainement mon appel, elle m'a déjà téléphoné deux fois aujourd'hui. Si vous préférez, nous pouvons d'abord discuter de la réaction que vous envisagez. Auriez-vous préparé un plan d'urgence avec votre agent ?

Oui, pensa Gabe, mais à l'époque, il s'obstinait à vouloir tout nier en bloc et attendre que le soufflé retombe. Et si…

S'il agissait différemment cette fois ? Et s'il cessait de se cacher ?

Bien sûr, ce serait difficile. Mais à ce stade, la difficulté paraissait inévitable. Certains gars de l'équipe lui en voudraient certainement. D'autres l'accepteraient pour ce qu'il était, comme l'avaient fait Flash et Olie, et même Baller, les seuls de ses coéquipiers que Gabe considérait vraiment comme des amis. S'il ne se cachait plus, peut-être pourrait-il créer de nouvelles amitiés. Il n'aurait plus à s'inquiéter constamment de se trahir.

Il pourrait être lui-même en public.

Mais s'il prenait la décision de sortir du placard une fois pour toutes, la moindre des choses était qu'il en parle en priorité à ses coéquipiers. La presse allait s'acharner sur cette histoire, la rogner jusqu'à l'os. Tous les joueurs de l'équipe seraient poursuivis par les paparazzis qui chercheraient à leur arracher des commentaires. Et cela signifiait qu'ils devaient entendre la vérité de lui, Gabe, pas d'une déclaration officielle médiatisée et soigneusement expurgée.

Il s'éclaircit la gorge.

— Pourriez-vous m'excuser une minute ?

Trish acquiesça.

— Bien sûr.

Gabe se leva et se dirigea vers la porte. Dans le couloir, i trouva Flash là où il l'avait laissé, assis sur un banc, occupé à jouer sur son téléphone.

Baller était à côté de lui, étrangement immobile, la tête renversée contre le mur, les yeux fixés au plafond. Quand il entendit la porte s'ouvrir, il sursauta et son regard se tourna vivement vers Gabe.

— Salut ! Je… Euh. L'entraîneuse m'a autorisé à monter t'attendre ici au cas où tu aies besoin d'un soutien moral.

Flash rangea son téléphone. Il resta silencieux, mais le regard qu'il posa sur Baller brillait de fierté.

— Alors, Gabe ? Que vas-tu faire ?

Gabe inspira un grand coup.

— Parler aux autres, répondit-il. Pourrais-tu organiser une réunion de toute l'équipe ?

Il jeta un coup d'œil au bureau derrière lui et rectifia :

— Là, je vais être pas mal occupé avec Trish, alors… à l'heure du déjeuner peut-être ?

Flash et Baller échangèrent un regard.

Puis Baller proposa :

— Je peux réserver la salle de conférence et envoyer un SMS collectif pour convoquer les gars.

Flash ajouta :

— Je contacte le traiteur.

Il s'éloigna dans le couloir, le téléphone déjà collé à l'oreille. Baller envoya quelques messages rapides sur son portable, puis il releva les yeux.

— Gabe, euh… ça va ? Tu veux que je vienne avec toi chez Trish ? Je resterai dans un coin silencieux et discret comme une petite souris.

Malgré son effondrement général, Gabe faillit rire. La discrétion n'était pas le point fort de Baller.

— Tu t'en sens vraiment capable ?

En voyant le sourire de Baller, Gabe fut soudain frappé par sa beauté. Baller avait des yeux noirs très vifs, des cils incroyablement épais et une expression espiègle. En ce moment, pourtant, son soutien inconditionnel comptait plus que son physique exceptionnel.

— Probablement pas ! reconnut Baller. Mais je ne suis pas impliqué dans cette histoire, alors, ce serait peut-être bien d'avoir un avis objectif, tu ne crois pas ? C'est comme tu le sens, bien sûr.

Gabe y réfléchit un instant. Oui, il apprécierait de ne pas affronter cette épreuve seul, de pouvoir articuler ses pensées à haute voix à un collègue plutôt qu'à une professionnelle. Mais dans ce contexte, pourquoi Baller plutôt que Flash, son meilleur ami ? Gabe connaissait son capitaine depuis plus longtemps.

Et Flash ne cessait de lui seriner : *tu devrais leur parler. Ce sont de braves gars, ils t'apprécient.* Et peut-être avait-il raison.

Baller, lui, avait dit : *tu n'avais même pas de Phil Esposito, c'est hyper dur !*

En ce moment, c'était le genre d'ami que Gabe voulait à ses côtés.

— Ce serait… Oui, viens.

Il recula et ouvrit la porte du bureau de Trish, tout en faisant un geste pour que Baller le suive.

Quoi qu'il arrive désormais, Gabe savait que sa vie serait très pénible pendant un long moment. Mais pour la première fois depuis longtemps, il n'aurait pas à y faire face tout seul.

DANTE TINT parole : il resta assis en silence, légèrement en retrait derrière Gabe afin de ne pas le déranger. Trish appela l'agent de Gabe et la mit sur haut-parleur, tout en coupant de temps à autre le son pour discuter en privé avec Gabe. Et comme Gabe ne protestait pas, sans doute ne tenait-il pas à tout dire à son agent.

Conscient que son rôle était essentiellement passif, Dante se contenta d'écouter la conversation tout en répondant aux textos des autres gars de l'équipe – oui, la réunion était importante ; oui, tout le monde devait y être ; non, Yorkie n'avait pas à arborer un tee-shirt arc-en-ciel. Dante craignait la réaction de Gabe si tout le monde se pointait aux couleurs LBGT ! Sans doute s'effondrerait-il en larmes. Merde quoi, même lui avait les yeux humides à cette perspective. Pourtant, l'encre avait à peine séché sur sa carte de bisexuel.

Il envoya cependant un message à Flash en réclamant des tee-shirts *You Can Play*, l'organisation du même nom soutenait les athlètes LGBT dans tous les sports et leurs vêtements et logos étaient un peu plus subtils que la proposition de Yorkie. Dante ne verrait pas d'inconvénient à en avoir un ou deux dans son placard dans un avenir proche, en particulier pour les porter chaque fois qu'il affronterait un journaliste susceptible de lui poser une question idiote.

Après avoir obtenu les réponses de toute l'équipe, Dante referma son téléphone et le glissa dans sa poche. Même s'il était principalement là pour un soutien moral, autant se montrer respectueux.

Il ne s'attendait pas vraiment à ce qu'on lui demande son avis, aussi fut-il surpris quand Gabe lui tendit un document : le projet de déclaration que Trish et son agent avaient établi.

— Qu'en penses-tu, Baller ?

Baller trouva le communiqué assez fade. Tout le monde s'était accordé sur le fait qu'à ce stade, un déni n'apporterait rien de positif. La déclaration reconnaissait donc la véracité des faits cités dans l'article, tout en affirmant que Gabe avait le soutien inconditionnel de son équipe – à qui il n'avait pas encore parlé. Dante constata que les relations publiques n'hésitaient pas à mentir sans vergogne, ce qu'il trouvait lamentable. La déclaration se terminait par un appel à respecter la vie privée de Gabe, dont le seul but restait de jouer au hockey.

Dante retint un bâillement. C'était d'un ennui mortel.

Il rendit le papier à Gabe

— Si ça tenait à moi, je serais plus virulent vis-à-vis de ton ex. Vendre à un tabloïd une photo d'un ex célèbre et notoirement dans le placard, c'est une sacrée vacherie.

Il pencha la tête avant d'ajouter :

— Euh, sans vouloir t'offenser, tu choisis bien mal tes mecs !

Trish toussa derrière sa main.

Un peu perplexe, Gabe marmonna :

— Si tu le dis.

Soudain agité, Dante se mit à taper du pied tout en cherchant ses mots.

— Écoute, sur le papier, tout est... inoffensif. Tu n'as rien fait de mal, mais...

Il s'interrompit.

Après quelques secondes de patience, Gabe demanda :

— Mais quoi ?

— Mais est-ce bien *toi* ? insista Dante. D'être ainsi la cible des médias ne t'arrivera qu'une seule fois. Maintenant, si ton but est d'admettre la vérité et de reprendre ta vie en attendant que la tempête se calme, c'est ton droit, aucun problème. Mais que tu le veuilles ou pas, ton homosexualité a été révélée, tu n'as plus à faire semblant. Tu peux, euh...

Quand la bonne phrase lui vint, il esquissa un sourire en espérant que Gabe comprenne sa pensée,

— ... devenir Phil Esposito juste pour toi.

Quelque part, il s'attendait à voir sa suggestion rejetée d'emblée, mais pas du tout. Gabe réfléchissait, la mine pensive.

Après un moment, il déclara :

— Je ne veux pas que cela se passe pour moi comme pour toi.

Dante ouvrit les mains, essayant de faire taire la petite voix en lui qui s'attristait que ses plans personnels doivent rester en attente pendant un certain temps.

— Donc, tu n'as pas à embaucher un pilote pour écrire un message dans le ciel. Ça nous laisse beaucoup d'autres options. Te faire tatouer un arc-en-ciel ? Créer un faux profil Grindr ? Ou même un vrai profil ? Une pub pleine page dans le *Ottawa Sun* ? Hé, le monde est à toi !

— Il n'est pas question de créer un profil Grindr, trancha Trish avec autorité.

Rabat-joie !

Finalement, Gabe reporta son attention sur elle et lui remit le communiqué de presse.

— Pouvons-nous faire un texte un peu plus gay ?

Merde, oui, pensa Dante. Ça pouvait être le début d'une belle amitié.

PREMIÈRE PÉRIODE

Au moment de la réunion d'équipe, Gabe avait patiné jusqu'à être «*engourdi et déterminé*». Quand il s'arrêta net sur la glace, une terreur glacée lui noua l'estomac.

Après leur entretien, Trish l'avait laissé utiliser son bureau pour appeler son père, qui lui laissait depuis le matin de frénétiques messages vocaux.

Quand Gabe sortit de son bureau, fort secoué, Flash, Olie et Baller l'attendaient.

— Euh…

Sans attendre, Olie le serra dans ses bras. Surpris, Gabe commença par se figer. Puis il réalisa son incorrection et étreignit son ami.

Olie finit par le libérer avec une bourrade à lui ébranler les vertèbres. Gabe se dirigea vers la salle de conférence, encadré des trois autres.

— Seriez-vous mes gardes du corps?

Il les examina, fronça les sourcils et ajouta :

— Et que portez-vous au juste?

Tous les trois arboraient des tee-shirts identiques, mais Gabe n'avait pas pensé à lire le logo. Celui de Baller, trop petit pour lui, le serrait de… partout. La largeur de ses épaules distrayait l'attention de Gabe.

— Des vêtements, répondit Olie.

Ce fut en prenant un angle du couloir que Gabe reconnut les tee-shirts : les Dekes les avaient vendus pour la marche LTBG de l'an passé.

— Tu es prêt?

Non.

Flash lui donna un coup d'épaule.

— On y va.

Sans meilleure option, Gabe laissa ses amis lui faire passer la porte.

Lorsqu'ils entrèrent, la salle de conférence bourdonnait d'activité. Des tables s'alignaient le long d'un mur, couvertes de plats chauds. Gabe fut surpris d'entendre son estomac gronder, lui rappelant qu'il n'avait pas mangé depuis son petit déjeuner chez McDonald, le biscuit de Trish ne comptant pas.

Finalement, Tips, le centre de deuxième ligne, remarqua leur arrivée et siffla bruyamment. Bruit et mouvements cessèrent, tous les yeux se tournèrent envers eux.

Gabe se sentit soulagé d'être entre Flash et Olie.

— Comment avez-vous prévu de dénouer la situation ? marmonna-t-il à mi-voix.

— Nous pourrions faire comme pour une conférence de presse, suggéra Baller. Une table devant nous et tout le monde au milieu de la pièce.

Olie ricana :

— Comme la table d'honneur d'un mariage ?

— Il n'en est pas question, grommela Flash. Ça fait penser à un procès.

Gabe en fut très soulagé. Baller préférait peut-être ce modus operandi, mais pas lui.

— Merci, Flash. Alors, c'est quoi le plan B ?

Flash tapait déjà dans ses mains pour attirer l'attention.

— Prenez tous une assiette, déclara-t-il, et allez vous servir. Vous passerez ensuite les uns après les autres. Nous allons nous asseoir là-bas.

Il désignait une table au fond, à l'opposé du buffet.

Gabe sentit sa poitrine se contracter quand Bricks, un défenseur aux cheveux roux avec des mains aussi larges que des pelles, s'exprima d'une voix forte :

— Vous comptez donc faire une annonce ?

Gabe avait la gorge si serrée qu'il n'était pas certain de pouvoir répondre. Il n'en eut pas l'occasion, car Baller prit la parole.

— Et ça t'étonne ? Tu crois que j'ai réclamé une réunion d'équipe pour garder le statu quo ? Bouffe, Bricksy. Ton QI ne vole pas haut quand tu as faim.

On pouvait toujours compter sur un joueur de hockey pour manger. Gabe apprécia cette vérité première en voyant Flash et Olie s'installer à côté de lui tandis que tous les autres remplissaient leurs assiettes. Il se demandait comment il allait réussir à se nourrir sans quitter sa zone de sécurité lorsque Baller revint et posa devant lui une assiette bien remplie. Il avait également pris deux bouteilles d'eau. Il prit place devant Flash et attaqua sa portion.

— *Buen prouvecho* [16].

_____

16 « Bon appétit » (esp)

Gabe ravala la boule qu'il avait dans la gorge, il éprouvait une immense reconnaissance envers ses amis. À partir d'aujourd'hui, se promit-il, il ferait un effort pour passer plus de temps avec eux et apprendre à mieux les connaître.

— Merci, les gars.

Il ne savait ce qui serait le pire : que tout le monde lui pose des questions en même temps… ou que personne ne vienne. Pour éviter d'y penser, il se mit à manger son poulet.

Il avait à peine avalé trois bouchées quand Bricksy s'assit en face de lui.

— Salut, capitaine. Salut, Gabe.

Olie hocha la tête.

— Bricksy. Tu es le premier.

Il sortit de sa poche un petit pistolet à eau en plastique orange.

— Je vais t'indiquer les règles. À la première connerie, tu prends une giclée, à la deuxième, une amende de cinq cents dollars pour l'association «You Can Play».

Bricks acquiesça son approbation.

— Pas de problème.

Tout en plantant sa fourchette dans sa salade de pommes de terre, il demanda :

— Alors, Gabe, Trish n'a-t-elle pas été trop vache avec toi ?

Comme première question, celle-ci était assez… anodine.

— Non. Elle a été super.

Bricks sourit en piquant une boulette de viande.

— Bien. J'ai toujours apprécié cette fille. Alors, notre prochain match est à Toronto. Que penses-tu de leur nouveau gardien de but ? Si j'ai bien compris, il sort tout juste de l'Université. J'ai oublié son nom, merde !

Il regarda Olie.

— Vanderberg ? proposa Olie, après réflexion.

— Exactement ! Crois-tu qu'ils vont le mettre en avant cette année ?

Quand Gabe comprit que Bricks ne lui demanderait rien sur sa sexualité, il se détendit. Peut-être était-ce dû aux menaces d'Olie, peut-être était-ce une forme de respect pour Gabe qui venait de voir sa vie bouleversée, mais Bricksy avait lancé le ton.

Tips passa le second.

— Veux-tu que nous payions un malfrat pour casser la gueule de ce Pierre, Gabe ? Quelle ordure !

Baller approuva aussitôt :

— Oui ! Excellente idée ! Nous devrions au moins bousiller sa voiture.

— *Non* ! s'exclama Gabe, alarmé.

Quand Baller fit la moue, il soupira et s'expliqua :

— Si le type se fait prendre, je devrai revoir Pierre au tribunal, alors, non.

— Pouah ! D'accord.

Certaines questions furent plus difficiles, comme celle de leur goal de remplacement :

— Depuis combien de temps sais-tu que tu es gay, Gabe ?

Il ne pouvait savoir que le sujet était… sensible. Dès que Gabe, étant ado, avait fait son coming-out, sa mère avait quitté mari et enfant pour s'expatrier au Royaume-Uni avec un nouveau compagnon. Le père de Gabe avait beau affirmer que le timing était une coïncidence, Gabe refusait d'y croire.

En voyant Olie poser la main sur son pistolet à eau, Gabe secoua la tête. S'il n'accordait pas aux gens le bénéfice du doute, il ne ferait que rendre la situation plus douloureuse encore.

— À douze ans, répondit-il, j'ai fait mon coming-out chez mes parents. Même si j'y pensais depuis quelque temps, c'est à ce moment-là que j'en ai été certain.

Le reste des questions fut essentiellement des taquineries :

— Tu vois quelqu'un en ce moment ? Parce que mon cousin est libre…

— C'est pour ça que tu ne buvais jamais avec nous ?

Oui, c'était le genre d'échange que Gabe aurait probablement dû avoir depuis longtemps avec ses coéquipiers, mais dont il s'était privé par peur de se trahir.

Yorkie voulut savoir où il achetait ses costumes. Gabe promit de l'emmener faire du shopping la prochaine fois qu'ils auraient un congé et le gamin s'illumina comme si Wayne Gretzky [17] venait de le féliciter sur son jeu.

Alors que Baller distrayait Yorkie en lui parlant de Super Smash Bros, Flash se pencha pour murmurer à Gabe :

— Tu vois ? Tout se passe bien, je te l'avais dit ! Tu es une idole, les recrues t'admirent. Tu as toujours du temps à leur consacrer, grâce à toi, ils se sentent appréciés, ils t'en gardent une éternelle reconnaissance.

Pour la première fois, Gabe se sentait prêt à le croire.

---

17 Joueur professionnel canadien de hockey sur glace.

Tout le monde ne vint pas à leur table. Certains auraient sans doute besoin de temps pour s'adapter à la nouvelle donne, mais leur relation de travail avec Gabe n'en souffrirait pas. Il l'avait déjà constaté avec des mecs en désaccord, qu'il s'agisse de football ou de politique. En fin de compte, le plus important pour un joueur de hockey, c'était de gagner un match.

Mais cela n'empêcha pas Gabe de souffrir en voyant à l'autre bout de la pièce des têtes détournées et des épaules voûtées. Ses coéquipiers ne voulaient plus lui parler à cause de sa sexualité… quelque chose qu'il ne pouvait pas changer !

Flash réclama des glaces. Gabe mangeait la sienne quand il vit Kitty se lever et quitter la salle de conférence. Le défenseur ne revint pas.

Toutes choses considérées, la journée n'était peut-être pas le désastre total que Gabe avait prévu, mais la disparition suspecte de Kitty lui coupa l'appétit. Il repoussa son bol encore à moitié plein.

Sous la table, Baller lui donna un coup de pied.

Gabe releva les yeux.

— Quoi ?

Du menton, Baller désigna la glace.

— Tu ne comptes pas finir ?

Avec un sourire, Gabe lui fit passer son bol.

— Non, je te la donne.

DANTE AVAIT prévu de passer la journée à paresser chez lui, à faire un peu d'exercice, à récupérer des excès de la nuit dernière et à parler à ses parents. Dans son zèle à soutenir Gabe, il n'en avait rien fait.

C'était mentalement troublant. Avant même de jouer, Dante était fan du hockey. Il connaissait par cœur le parcours de Gabriel Martin. Gabe avait été repêché à douze ans. Dès sa saison de recrue, il était devenu une star, et au fil des années, son jeu n'avait fait que s'améliorer.

À dix-huit ans, Dante avait été repêché dans l'équipe qui venait d'acquérir Gabe. Follement excité à la perspective de jouer avec un de ses héros, il avait vite déchanté en restant coincé chez les juniors sous prétexte que ses entraîneurs ne le jugeaient pas prêt. Deux ans plus tôt, en fin de saison, il avait enfin été appelé, il avait pu faire ses preuves et jouer en première ligne. Après deux matchs à peine, il avait reçu ce mauvais coup sur la tête et sa saison s'était terminée.

Dante n'oublierait jamais que Gabe s'était mis en quatre pour l'aider à améliorer son jeu.

Il aurait aidé n'importe lequel de ses coéquipiers à traverser l'épreuve que Gabe connaissait, mais avec un autre, son engagement aurait été moins… personnel.

Merde, le problème était que Dante se trouvait désormais dans la même situation que Gabe.

Du coup, il pouvait encore accomplir une des tâches qu'il avait prévues pour la journée.

Il entra chez lui, enleva ses chaussures dans son corridor, alla se chercher une bière du réfrigérateur et s'affala sur le canapé. Puis il renversa la tête contre les coussins, mit son téléphone sur haut-parleur et pressa le bouton.

— Bonsoir, mon cœur !

Dante sourit.

— Salut, maman. Tu as passé une bonne journée ?

Sa mère était assistante sociale dans une maison de retraite. Aux yeux de Dante, elle était une sainte.

— Oh, nous avons eu de la musique aujourd'hui.

Ces journées-là étaient soit des réussites, soit d'affreux échecs. À la voix de sa mère, Dante sut qu'aujourd'hui entrait dans la seconde catégorie.

— Nous avons eu un joueur de cornemuse, enchaîna sa mère. Il était très… énergique, même s'il nous a tous donné la migraine.

Aïe.

— Contrairement à toi, maman, les résidents pouvaient couper le son de leurs appareillages auditifs.

Elle rit.

— Tu es terrible ! Je suis sûre que beaucoup d'entre eux ont apprécié la musique. Tous les goûts sont dans la nature, après tout.

— C'est vrai, acquiesça-t-il.

Il l'écouta pendant quelques minutes raconter d'autres anecdotes, car les personnes âgées avaient beaucoup à partager.

Tout à coup, sa mère changea de ton :

— Maintenant, dis-moi à quoi je dois ce coup de fil !

Dante s'étonna de cette question. Après tout, il téléphonait à ses parents plusieurs fois par semaine, non ? Alors, pourquoi ces soupçons injustes… qui tombaient si juste ?

— Je n'ai pas le droit de téléphoner quand j'en ai envie ?

— Bien sûr que si, chéri, mais d'habitude, je dois me battre pour placer un mot.

Aïe. Touché. Mais Dante avait toujours tant à dire à sa mère !

— En plus, ajouta-t-elle, je suis ta mère. Je t'ai élevé et ni toi ni moi n'aurions survécu jusqu'à ce jour si je n'avais pas été dotée d'un sixième sens en ce qui te concerne.

À contrecœur, Dante admit qu'elle avait raison.

Sa mère lui prouva son « sixième sens » quand elle enchaîna :

— Ton appel serait-il lié aux nouvelles concernant Gabriel Martin parues aujourd'hui dans la presse ?

Serait-elle devineresse ou sorcière ?

— Pourquoi cette question, maman ?

— Tss-tss, répondit-elle. Je connais mon fils. Tu protégeras toujours tes coéquipiers. Combien de fois as-tu été pénalisé pour ça chez les juniors ?

D'accord, il ne s'agissait donc pas de clairvoyance, sa mère se souvenait de ses pénalités. Dante se sentit mieux.

— Assez souvent pour que tu le notes, maman.

Il s'arrêta un moment pour réfléchir, mais il ne trouva pas le moyen d'aborder le sujet de but en blanc – et c'était bien la première fois que ça lui arrivait ! Alors, il tergiversa.

— L'équipe a plutôt bien pris la nouvelle, tu sais. Les gars étaient plus surpris que choqués. Au fond, je pense que ça explique pas mal de choses. Gabe sortait rarement avec eux. Maintenant, les autres ont compris pourquoi.

Sa mère fit une pause révélatrice.

— *Les autres* ?

Dante devina qu'elle levait les sourcils.

— Moi, je le savais déjà. Je… euh, je l'ai découvert par hasard.

Il se mordilla la lèvre. N'allait-elle pas penser que Gabe et lui correspondaient sur Grindr ?

Il s'empressa d'ajouter :

— J'ai ouvert la porte de sa chambre à l'hôtel au mauvais moment.

Ou au bon moment, selon la façon dont on examinait la situation.

— Oh, chéri ! Pourquoi n'avait-il pas mis la chaîne de sécurité ?

— C'est exactement ce que je lui ai dit !

Mais elle ne le laissa pas s'en sortir si facilement.

— Donc, si ton ami n'a pas de problème avec l'équipe et que tu ne comptes pas monter au créneau pour le défendre, que se passe-t-il ?

Bon, il était temps d'y passer. Il s'éclaircit la gorge.

— Maman, je suis bi.

— Ooooh.

Après quelques secondes pour gérer la nouvelle, elle ajouta :

— Mon chéri! Je t'adore! Tu as le don de te compliquer la vie, on dirait!

Dante en vacilla de soulagement.

— Je n'ai pas fait exprès de mettre aussi longtemps à le réaliser, tu sais!

— Bien sûr que non!

Une autre pause révélatrice. Puis :

— Tu sais, je commence à comprendre pourquoi, étant plus jeune, tu affichais dans ta chambre ces joueurs de hockey à moitié nus!

Dante les avait oubliés.

— Je te promets que je ne me suis jamais branlé en les regardant, sinon, j'aurais compris bien plus tôt que j'étais bi!

— Évite les détails, mon chéri, je suis ta mère!

Elle aurait dû être habituée, pourtant, Dante parlait toujours sans filtre. Il avait fini par s'y faire.

— Je suis toujours moi.

Son soulagement fut de courte durée. Maintenant, il devait poser la question vraiment difficile.

— Euh… papa est-il rentré? Je ne veux pas le laisser dans le noir et je tiens à lui demander…

— C'est sa soirée poker avec ses amis, répondit-elle d'une voix où se mêlaient la tendresse, l'amusement et le regret. Si tu y tiens, je peux lui envoyer un texto et lui demander de rentrer.

Elle savait très bien que Dante ne parlerait pas à son père tant que ce dernier n'était pas chez lui.

— Non, laisse-le s'amuser. Demande-lui juste de m'appeler dès qu'il rentrera, d'accord?

— Ce sera sans doute assez tard, prévint-elle.

— Aucune importance. Je me rendormirai sans difficulté.

Une fois de plus, sa mère lut entre les lignes.

— Tu t'inquiètes de la réaction de ta grand-mère?

Bon sang!

— Oui. Pour toi et papa, j'étais plutôt confiant.

Étant plus jeune, Dante se disait parfois que ses parents cherchaient à compenser le fait qu'il ait été adopté par leur amour si inconditionnel.

L'expérience venant, il avait fini par comprendre qu'ils étaient sincères. Et qu'ils n'avaient aucun préjugé, d'aucune sorte.

Abuela, en revanche….

— Je dirai à ton père de te rappeler, c'est promis. Mais Dante, quoi que tu penses, quoi que les autres pensent, tu n'es pas obligé de le dire à grand-mère. Nous t'avons élevé en te conseillant de ne jamais chercher à cacher qui tu étais, je le sais bien, et ton père et moi sommes très fiers de toi. Mais tu ne dois toute la vérité ni à ta grand-mère ni à quiconque, c'est à toi seul de décider ce que tu veux partager de ta vie.

— Je sais, maman.

Dante se demanda pourtant comment les gens étaient censés l'aimer s'ils ignoraient qui il était.

TRISH DONNA à Gabe différentes options pour gérer la frénésie médiatique. Aucune d'elles ne le tenta : il détestait parler de lui-même. Trish souligna alors que plus tôt les journalistes auraient leurs informations, plus vite tout le monde se désintéresserait de l'affaire et Gabe pourrait reprendre son travail en paix.

À contrecœur, Gabe accepta donc une interview avec un présentateur de *SportsNet*, solution qu'il jugea préférable à divers entretiens sur des sites Internet. De cette façon au moins, ce serait fini plus rapidement.

L'entretien fut programmé après le match des Dekes contre les Boucliers de Toronto.

La veille du match, pendant l'entraînement, St. Louis regarda Gabe de la tête aux pieds, s'attardant sur les cernes qu'il avait sous ses yeux.

— Vous n'êtes pas au top de votre forme, remarqua-t-elle. Je pourrais vous faire remplacer.

Gabe n'avait eu qu'un rêve dans sa vie : jouer qu'au hockey. Il n'avait jamais renoncé – ni étant junior, quand les garçons plus âgés se moquaient de lui, ni après le départ de sa mère, quand seul son père était sur les gradins pendant ses matchs, ni après sa tardive poussée de croissance, quand il était devenu la cible des railleries sur la glace. Il n'abandonnerait pas davantage aujourd'hui.

— Non, merci, Coach. J'ai besoin de jouer.

Tout partait à la dérive autour de lui, mais pas le hockey.

L'entraîneuse se renfrogna, ce dont Gabe ne lui tint pas rancune. Il ajouta donc :

— Vous pensez que je risque de nuire à la bonne coordination de l'équipe ? Je ne voudrais pas…

L'entraîneuse lui coupa la parole en agitant la main.

— Non ! Ils devront tous tôt ou tard affronter la nouvelle donne. Nous mettrons plus de gardes de sécurité et nous bloquerons aux médias l'accès aux vestiaires afin de vous offrir autant d'intimité que possible. Espérons qu'après votre interview, nous aurons enfin la paix.

— Merci.

Vu l'encombrement du parking pendant l'entraînement, Gabe apprécia que les journalistes soient tenus à l'écart.

Pour la première fois depuis des lustres, il redoutait d'entrer dans le vestiaire. Mais l'ambiance lui parut comme d'habitude : Bricks et Kitty parlaient en tête-à-tête dans le coin ; Baller et Flash dessinaient des schémas de jeux sur le tableau blanc ; Olie faisait des boulettes avec des morceaux de ruban adhésif et en bombardait Yorkie. Le garçon n'avait pas remarqué que l'une d'elles restait collée à ses cheveux.

Le volume des conversations baissa un tantinet quand Gabe entra, mais cela ne dura pas.

— Alors, as-tu pensé à mon cousin ? C'est un très gentil garçon !

— Oh, ce n'est pas génétique, alors ? intervint Baller.

Les vannes s'enchaînèrent à partir de là jusqu'à ce que St. Louis entre, la mine furibarde, et les envoie manu militari sur la glace.

Gabe maniait sa crosse en attendant son tour pour l'exercice de tir, écoutant d'une oreille le bavardage de Baller.

— Ensuite, nous sommes tous allés dans cette boîte hyper louche, tu sais, parce qu'à dix-huit ans, il faut bien trouver un endroit où personne ne te réclame des papiers d'identité, hein ?

Là, Gabe s'intéressa davantage à l'histoire : des juniors, peut-être de la AHL, qui buvaient illégalement de l'alcool ?

— … et là, l'idiot commence à draguer la copine d'un type alors que…

Gabe se pencha en avant et frappa son palet, qu'il envoya rebondir. Il le rattrapa sur sa crosse et fit quelques mouvements rapides.

— Mec, tu m'écoutes ?

Gabe laissa retomber son palet.

— Quoi ? Oui, bien sûr. Ton pote et toi vous êtes enivrés dans le Vermont. Je te comprends, d'ailleurs. Honnêtement, qu'y a-t-il d'autre à faire dans un coin pareil ?

Skier, bien entendu, mais les joueurs de hockey n'y avaient pas le droit pendant la saison. Récolter le sirop d'érable, peut-être ?

Avec un éclat de rire, Baller chercha à piquer son palet, Gabe le repoussa.

— Waouh, c'est vache de dire ça ! Tu n'as aucune imagination, c'est tout, et...

Il ne put en dire plus parce que Kitty les télescopa latéralement, ce qui faillit les envoyer valdinguer sur la glace. Le Russe continua vers le filet sans un mot d'excuse ni un regard en arrière.

Gabe sentit un gouffre s'ouvrir dans son estomac. En général, Kitty était facile à vivre, le plus stable de l'équipe d'après Olie. Mais son geste, surtout après la façon dont il avait quitté la salle de conférence la veille, indiquait un problème sérieux.

— Euh... marmonna Baller. En parlant de vacherie !

Il pinça les lèvres et son regard devint froid et dur. Cette expression ne lui convenait pas.

Gabe fut soulagé que ce soit enfin son tour, car il ne tenait pas à parler de l'incident. Il récupéra un palet sur le tas préparé à cet effet et s'élança vers le filet. Il marqua par-dessus l'épaule d'Olie et s'éloigna en souriant de la volée d'insultes que lui adressait son ami. Mais la satisfaction qu'il éprouvait habituellement après un but sonnait creux.

LE MATCH eut lieu en matinée, ce que Gabe n'aimait pas. Pour lui, le hockey ne se jouait ni le week-end ni en milieu de journée. Et dès le départ, tout se passa mal. Les Boucliers – qu'on appelait aussi les « T », à cause du logo de l'hôtel de ville qui s'affichait sur leurs maillots – les contraient à chaque passe, les laissant à peine tirer, même en position d'avantage numérique. Tous les rebonds semblaient en faveur de Toronto. À deux reprises, Gabe réussit à toucher la barre transversale et le poteau, mais aucun de ses palets n'entra.

Franchement, c'était même impressionnant que les Dekes aient gardé le palet assez longtemps pour qu'il ait pu tirer. Ils étaient désorganisés et la frustration grandissante ne fit qu'ajouter au problème.

Le jeu devint bâclé. Gabe regretta que personne ne réussisse à canaliser sa colère vers un objectif plus efficace, mais il ne parvenait pas plus que les autres à se ressaisir. Quand il partit chercher le palet dans un coin, il avait la tête baissée, comme un pied-tendre. Bien entendu, un T lui rentra dedans.

— Pédale! aboya le gars en s'éloignant avec le palet à toute vitesse dans un flou exaspérant de blanc, de bleu et de jaune.

Frappé par la violence de l'insulte, Gabe hésita une seconde, son ego ayant encaissé un coup aussi cuisant que l'impact physique. Mais ses jambes tenaient, il n'avait rien de cassé. Pas question de laisser passer cela, cependant. Cette fois, il ne pouvait prétendre que le choc n'avait pas été délibéré. Mais s'il y réfléchissait trop, son jeu pouvait en souffrir.

Le match était foutu de toute façon.

Seule l'habileté d'Olie au filet minimisa la défaite des Dekes et le score final fut de 2 à 0. Considérant que les tirs avaient été de 43 contre 17, Gabe accepta le verdict... même s'il l'appréciait peu.

Le couloir menant au vestiaire était bondé. Les journalistes étaient encore plus nombreux que d'ordinaire, mais comme St. Louis l'avait promis, ils ne furent pas autorisés à entrer dans le vestiaire. Quelques-uns crièrent le nom de Gabe, mais il passa devant leurs micros et/ou caméras brandis sans un regard ni un mot. Il n'était pas capitaine, il n'était pas suppléant et aucune de ses actions de jeu ne méritait un commentaire, aussi n'était-il pas d'humeur à parler à la presse.

Dans le vestiaire, Kitty évita son regard. Et la plupart des autres firent comme lui. Après une défaite frustrante, il n'était pas rare que les joueurs préfèrent rester à l'écart les uns des autres. Gabe fit donc semblant de croire que leur attitude distante n'avait rien à voir avec lui. Il resta plus de temps que d'habitude sous une douche brûlante. Personne ne fit de commentaire. Personne non plus ne sembla se soucier d'être nu devant lui.

Quand il termina de s'habiller, il ne restait que Tips dans l'une des salles d'entraînement, derrière les vestiaires : il mettait de la glace sur son genou sous la supervision de l'un des entraîneurs.

Gabe passa la tête.

— Ça va?

Tips avait pris un mauvais coup à la troisième période et il boitait depuis lors.

Tips grimaça.

— Pas terrible. Je vais rater un match ou deux, mais rien n'est cassé. Je me remettrai vite.

— Dieu merci! Bonne nuit.

Gabe s'éloigna à contrecœur, peu impatient de ressortir et d'affronter à nouveau la meute. Une fois dans le couloir, il dut s'arrêter et réfléchir à un autre itinéraire, parce que Baller lui bloquait le passage : il papotait avec la presse. Par chance, les journalistes étaient suspendus à ses lèvres et aucun d'eux n'avait encore repéré Gabe.

— Dante, la polémique autour de Gabriel Martin a-t-elle eu un impact sur les Nordiques en tant qu'équipe ?

Il fallait très bien connaître Baller pour noter l'irritation qui crispa une seconde sa belle bouche.

— Il est gay, et alors ? Je vois mal en quoi c'est un problème.

Bien que son sens de l'auto-préservation le pousse à fuir, Gabe resta figé sur place.

Toutes les voix ne portaient pas, ce qui rendait son écoute plus difficile. En revanche, Baller avait bien intégré le B.A.-BA des cours de formation médiatique et ses réponses étaient clairement audibles. À une question sur l'étiquette au vestiaire, Baller roula des yeux. Une chance pour lui que son sourire soit aussi charmant ! Si Gabe avait agi ainsi face à la presse, Trish lui aurait arraché les couilles.

— Gabe raille mon cul *exactement* comme les autres. En y réfléchissant, je trouve offensant qu'il n'y porte pas plus d'attention.

Gabe retint un ricanement d'autodérision.

Un journaliste posa une question inaudible et Gabe comprit, rien qu'au langage corporel de Baller, qu'une frontière avait été franchie. Il serrait les dents de façon assez ostensible pour que Gabe note sa crispation à l'autre bout du couloir.

Baller fit néanmoins l'effort de recentrer la conversation.

— Vous n'avez aucune question sur le hockey ? demanda-t-il, tendu. Vous savez, ce jeu pour lequel nous recevons des sommes d'argent obscènes ? Plus précisément concernant la façon dont nous n'avons pas réussi ce matin à trouver le fond du filet, probablement parce que nous n'avons jamais gardé le palet assez longtemps pour tirer correctement ? Je déteste perdre, je l'avoue, mais je préfère évoquer cette défaite que la vie amoureuse d'un ami.

Son plaidoyer fit mouche et la question suivante porta sur les problèmes rencontrés pendant le match.

Gabe s'assura une dernière fois de ne pas avoir été repéré, puis il rebroussa chemin et trouva un autre couloir qui le mena, par une voie détournée, à la sortie réservé aux joueurs. Comme Brigitte l'avait promis, le parking était sécurisé. Si un journaliste voulait une photo de Gabe montant dans sa voiture, il devrait utiliser un téléobjectif.

Une fois assis, Gabe prit le temps de respirer profondément, les mains serrées sur le volant, le front posé dessus.

Il s'en était plutôt bien sorti. Il s'était attendu à pire. Bien sûr, les questions étaient indiscrètes et gênantes, mais dès demain, il aurait son interview à *SportsNet*. Une fois celui-ci diffusé, les choses reviendraient peu à peu à la normale. Ou pas. Mais en général, le temps était un bon guérisseur.

Gabe évoqua alors la façon dont Baller avait affronté la presse... c'était poignant, Gabe le reconnut. Le soutenir en privé, c'était une chose, faire face aux journalistes, c'était nettement plus difficile. Gabe avait beau réfléchir, il ne se souvenait pas d'avoir déjà été défendu aussi vaillamment ailleurs que sur la glace. Et jamais il n'aurait cru Baller capable d'un tel dévouement! Oh, Gabe ne le prenait pas pour un homophobe fanatique, loin de là, juste... pour un jouisseur sans réelle profondeur. Il s'était bien trompé. Baller avait prouvé son sérieux, aussi bien pour défendre un ami que pour tout le reste. Son audace et sa désinvolture n'étaient au fond qu'une façade.

Gabe sursauta en entendant un coup sur sa vitre. Il releva la tête et vit que Baller le regardait d'un air inquiet. Combien de temps était-il resté à ruminer?

Il baissa sa vitre.

Baller pencha la tête.

— Ça va?

Gabe essaya de sourire.

— Non, je suis devenu nul au hockey.

— Eh bien, restons positifs, je suis là!

Il recula d'un pas en arrière et tendit les bras, paumes vers le haut, son geste indiquant clairement : «*regarde-moi!*» Cette fois, le sourire de Gabe fut authentique, presque malgré lui.

— Je ne comprends pas qu'avec un melon pareil, tu parviennes encore à enfiler ton casque.

Baller enfouit les mains dans ses poches.

— Je suis un miracle ambulant. Écoute, envoie-moi sur les roses si je te pompe l'air, mais j'ai l'impression... que ça te ferait du bien de souffler un peu. À moins que tu préfères rester seul?

— Non, absolument pas, coupa Gabe.

Les mots étaient sortis sans même qu'il le veuille. C'était étrange. Il était enfant unique, la solitude ne l'avait jamais effrayé. Il restait toujours à l'écart de tout le monde, même de son équipe. En général, il préférait lécher ses plaies sans témoin.

Maintenant, il avait le choix.

Si Baller trouva sa réponse bizarre, il n'en montra rien.

— Super ! Alors, dis-moi, que fais-tu habituellement pour te détendre après un mauvais match ? Je sais que tu ne sors pas boire avec les autres et de toute façon, c'est un peu tôt pour aller au bar...

Gabe ne se souvenait pas d'avoir invité chez lui un de ses coéquipiers, mais pourquoi pas ? Sa femme de ménage passait régulièrement, la maison était bien tenue. Il ne connaissait rien en cuisine, mais il pouvait toujours commander une pizza.

Et la semaine avait été difficile, alors, il méritait bien de passer un moment agréable avec Baller, un gentil garçon qui tenait vraiment à lui remonter le moral. Où était le mal ?

— Je t'envoie une adresse par SMS, répondit-il. Si tu passes chez toi te changer, mets-toi à ton aise.

DANTE RETOURNA dans son appartement pour se changer, mais une fois devant son placard, il s'arrêta net. « Mets-toi à ton aise », ça voulait dire quoi ? Gabe et lui allaient-ils se prélasser dans un canapé ? Jouer au basket dans l'allée ? Prendre une bière sur la terrasse ?

Il aurait l'air fin s'il arrivait en survêtement alors que Gabe avait prévu de sortir dans un bistrot branché pour boire une vodka tonic !

À ce stade, Dante avait fini par oublier ses espoirs de réconcilier Gabe et la tequila.

Il aurait air tout aussi con s'il arrivait en jean classe et polo pour manger des plats chinois devant la télé et jouer à des jeux vidéo.

D'accord, c'était ridicule. Il passait beaucoup moins de temps à choisir sa tenue quand il sortait avec une super nana ! Même si Gabe était indirectement responsable de la récente réalisation de Dante concernant sa sexualité, ça ne voulait pas dire que l'Ange était attiré par lui. Il était bandant, voilà tout.

Sauf que la soirée n'avait rien d'un tête-à-tête romantique. Ce n'était qu'un moment décontracté avec un coéquipier, le code vestimentaire étant « mets-toi à ton aise ».

Dante enleva son costume et opta pour un tee-shirt bordeaux et un chouette survêtement gris. Le tissu était aussi doux qu'un nuage et la coupe plutôt classique. Là. Il était parfaitement à son aise !

L'adresse envoyée par Gabe s'avéra un agréable quartier résidentiel, juste à l'extérieur de la ville. Le code de la porte fit ricaner Dante : 68.96.53, les numéros, dans l'ordre, des maillots de la première ligne des Dekes. Ce code n'était-il pas trop évident ? se demanda-t-il. Gabe pensait-il que les cambrioleurs ne regardaient pas le hockey ?

Dante se gara dans l'allée circulaire devant une maison qui semblait sortir tout droit d'un magazine d'architecture : elle était en pierre, sur deux niveaux, le toit était en bardeaux métalliques et un énorme garage se trouvait sur la droite. Dante siffla entre ses dents. Gabe avait l'argent, bien sûr, mais quand même, c'était une maison bien grande pour y vivre seul.

Peut-être les agents immobiliers ne vendaient-ils pas de garçonnières avec portail privé ?

Dante se demandait s'il devait monter les marches avant et sonner à la porte imposante, trois mètres cinquante de haut, en bois et métal poli, d'aspect onéreux... quand l'une des portes du garage s'ouvrit.

Dante s'attendait à trouver à l'intérieur des voitures de luxe. Mais... Pas du tout.

Gabe sortit du garage vêtu d'un sweat qui moulait délicieusement sa poitrine et ses bras, et d'un pantalon de sport. Aux pieds, il avait des baskets. Ses cheveux étaient encore humides de la douche prise après le match. Ses cheveux blonds, un peu trop longs, bouclaient au-dessus des oreilles et sur la nuque. Dante ne s'était pas trompé quant à sa tenue, mais sur Gabe, le survêtement était hyper sexy.

Merde, le mec était bandant !

Gabe leva la main avec un sourire accueillant.

— Salut ! Bienvenue dans mon humble demeure.

Comme d'habitude, Dante parla sans filtrer ses paroles – sa bouche agissant toujours plus vite que son cerveau.

— Je n'ai pas la même définition que toi de l'humilité !

Gabe ignora sa réflexion, ce qui était probablement un signe de bonne éducation.

La porte étant maintenant ouverte, Dante constata que l'intérieur du garage avait été divisé en deux. Les voitures devaient être du côté encore fermé. De ce côté-ci, Gabe avait installé un bar, une table haute et quatre tabourets et un écran.

Et… de l'Astroturf [18] ?

— J'ai commandé des pizzas, annonça Gabe, mais le livreur risque de mettre un moment. En général, il se perd chaque fois qu'il vient ici.

— Pas de problème, déclara Dante. En cas d'urgence, nous nous rabattrons sur le pop-corn.

Il désigna le coin avant droit du garage, où une vieille machine à pop-corn montée sur une charrette ramassait la poussière. Puis il ajouta :

— Qu'est-ce que c'est que ce *truc* ?

Gabe suivit son regard.

— Je n'y suis pour rien, se défendit-il. C'était déjà là quand j'ai acheté la maison. Je présume que les anciens propriétaires ont eu la flemme de le déplacer.

Quel gaspillage ! Dante en frémit d'horreur, avant de se rappeler que lui aussi, comme Gabe et lesdits proprios négligents, appartenait désormais à la tranche d'imposition de ceux qui n'avaient pas vraiment à vendre leurs biens sur *Craigslist* [19] quand ils n'en avaient plus l'usage.

— Cette machine est géniale ! J'adore son côté rétro ! Tu devrais l'apporter au prochain barbecue de Flash ! Mais je parlais de *ça* !

Il désignait l'écran.

— C'est un simulateur de golf vidéo, mon hobby préféré.

Dante s'inquiéta : Gabe parlait-il sérieusement ? Il devint franchement désespéré quand Gabe se dirigea vers un placard de rangement dont il sortit un grand sac étroit.

Oh, Seigneur !

— Gabriel, je ne dis pas ça pour te vexer, mais… tu joues *vraiment* au golf pour t'*amuser* ?

En voyant Gabe plisser le front, Dante s'en voulut. Merde, il avait été impoli – encore ! En plus, il détestait faire de la peine à ses amis.

Gabe avait rougi, comme s'il était gêné.

— Oui, répondit-il. Mon père m'emmenait quand j'étais plus jeune.

— Je n'ai jamais essayé, avoua Dante.

Oubliant son embarras – Dieu merci ! –, Gabe ouvrit de grands yeux.

— Quoi ? Tu es sérieux ? Comment est-ce possible ?

C'était une question logique, car tous les autres membres de l'équipe jouaient au golf. Quand ils allaient en Floride, ils faisaient un golf. Quand

---

18 Revêtement synthétique qui ressemble à du gazon naturel.
19 Site Web américain de petites annonces entre particuliers.

ils assistaient à divers évènements caritatifs hors saison, ils faisaient un golf. Quand un des leurs se mariait, ils faisaient un golf.

Au début, Dante hésita à parler. Puis il décida que c'était la soirée des confidences, alors, pourquoi ne pas se lancer ?

— Le golf, ça coûte cher. Mes parents ont dépensé tout leur argent pour m'acheter du matériel de hockey, un sport en principe réservé aux blancs et aux riches.

Maintenant, Gabe affichait un air penaud.

— Oh. Désolé, je supposais que…

En son for intérieur, Dante s'auto-félicita de ne pas exprimer sa pensée : *seuls les ânes font des suppositions gratuites sans réfléchir aux réalités de la vie !*

— Non, laisse tomber, je comprends. Personnellement, je me défoule en baisant ou en jouant à des jeux vidéo où je pulvérise les zombies. Toi…

Gabe esquissa un sourire.

— Avec un club en métal, je tape aussi fort que je peux dans une petite balle, histoire de voir jusqu'où je peux l'envoyer.

Sidéré, Dante resta un moment à cligner des yeux tout en réévaluant son opinion sur le golf.

Puis il retrouva sa voix :

— Waouh ! Apprends-moi !

La demande s'avéra plus compliquée qu'il s'y attendait. Gabe avait deux sets de clubs de rechange. En les voyant, Dante plissa les yeux, soupçonneux, mais Gabe affirma qu'il s'agissait de l'ancien sac de son père et d'un set de clubs acquis pour cinquante dollars dans un vide-grenier.

— On ne peut pas jouer avec n'importe quel club, expliqua-t-il. Par exemple, regarde mon driver.

Il tendait un club d'une longueur… anormale. Dante l'essaya sans conviction. Il ne comprenait même pas qu'on puisse tirer avec un truc pareil.

— Tu n'es pas beaucoup plus grand que moi, pourtant, grommela-t-il.

— Là n'est pas la question. Et c'est une chance que tu ne sois pas gaucher, en tout cas, pas au golf. Les clubs du vide-grenier seraient trop courts pour toi.

C'était super bizarre ! Dante étant gaucher avec une crosse de hockey, pourquoi avait-il d'instinct utilisé sa main droite pour manier le driver ?

— Essaye celui-ci, ajouta Gabe.

Dante s'ébaudit en regardant l'écran : il projetait l'image d'un terrain de golf, un ciel bleu, des arbres et des oiseaux, et un green au départ d'un neuf trous. Un graphique dans le coin inférieur indiquait la force du vent et la direction dans laquelle il soufflait. L'ordinateur calculait la trajectoire de la balle en fonction de la force du swing et de l'orientation du club au moment de l'impact sur la balle. C'était très réaliste.

Dante constata vite qu'il était nul au golf.

Écœuré, il regarda sa troisième balle se perdre dans un étang virtuel.

— Pouah !

Gabe, qui revenait avec les pizzas que le livreur venait d'apporter, ricana en posant les cartons sur la table.

— D'accord, je vais te montrer comment faire.

— Oh, oui, supplia Dante.

S'il devait jouer à ce sport stupide, autant ne pas se ridiculiser.

— D'abord, oublie mes paroles inconsidérées. J'ai dit que j'aimais taper dans la balle *aussi fort que possible*, mais ce n'est pas le but que doit viser un débutant.

Gabe prit l'un des clubs d'occasion qu'il laissa tomber sur le sol entre les pieds de Dante. Il le poussa du pied jusqu'à lui faire toucher l'arrière de son talon gauche et le gros orteil côté droit. Il était si proche que Dante sentait l'odeur de son gel douche.

— Toi, ajouta Gabe, tu vas d'abord apprendre à viser droit.

— Je sens qu'il y a une blague à faire ! s'exclama Dante.

Il espérait la trouver, ça l'empêcherait d'être distrait par la proximité de Gabe. Il se sentait presque étourdi.

Gabe roula des yeux avec un sourire. Une fois le club positionné là où il le voulait, il recula de quelques pas.

— Concentre-toi au lieu de faire le clown. Quand tu exécutes un swing, tu tiens fermement le club dans la position que je t'ai montrée et tes mains doivent rester parallèles à cette ligne.

Bien que sceptique, Dante tenait à voir sa balle atterrir sur l'herbe au moins une fois, alors, il essaya.

— C'est beaucoup mieux, dit Gabe.

Dante plaça une autre balle sur le tee et reprit sa position, Gabe s'approcha et se pencha pour examiner ses mains, serrées sur le club.

— C'est bien, tu as déjà compris la prise. La prochaine fois, donne plus d'ampleur à tes bras sans oublier de faire pivoter tes épaules. Et ne plie pas le bras gauche.

Dante se perdit un peu dans toutes ces instructions. Sa balle partit complètement sur la gauche.

82

Gabe éclata de rire.

— D'accord, je vois le problème maintenant. Tu finis mal ton swing. Au hockey, on bloque le mouvement d'une crosse pour ne pas décapiter les joueurs placés devant ou à proximité, mais au golf, en principe, personne n'est dans ta ligne de mire. Tu peux donc lâcher tout ton potentiel.

— Mon potentiel, répéta Dante, sceptique.

Gabe ramassa un club et écarta Dante de l'Astroturf.

— Regarde-moi, d'accord ?

Dante regarda. Il regarda même avec une attention fébrile. Gabe ajusta sa position, les jambes écartées. Son sweat se tendit sur ses épaules et son dos. Les muscles des bras étaient gonflés, le cul – ce cul de joueur de hockey, moins imposant que celui de Dante, mais néanmoins superbe – s'exhiba avec fierté. Le mouvement s'exécuta en douceur, tout en fluidité et en puissance. Gabe se détendit comme un ressort, le club s'enroula pratiquement autour de lui comme un amant… Grrr.

Dante serait-il jaloux d'un club de golf ?

Peut-être qu'il aurait dû sortir ce soir et s'envoyer en l'air au lieu de s'exercer au golf. En baisant un bel étranger, peut-être oublierait-il qu'il ne pouvait avoir son coéquipier.

Non, pas question de prendre un tel risque ! Le hockey comptait bien plus pour lui que le sexe.

Dante s'était figé, incapable de parler, parce que son cerveau s'était déconnecté.

Gabe finit par noter son silence inaccoutumé.

— Je vais trop vite ? demanda-t-il.

— Peut-être, bredouilla Dante.

Ce n'était pas tout à fait un mensonge : il n'avait rien entendu, rien écouté et donc, rien appris d'utile pour améliorer sa technique.

Gabe reposa son club dans son sac.

— D'accord. Reprends la position. Et évite de me coller un gnon.

Hein ? Pourquoi voudrais-je…

Dante perdit le fil de ses pensées quand Gabe se plaça derrière lui, collé à lui, les mains sur ses hanches.

Quand il sentit la chaleur corporelle de Gabe à travers ses vêtements, l'intérieur de ce garage au Québec, courant octobre, lui parut plus étouffant que la Louisiane en pleine vague de chaleur.

83

— Tu es trop raide au moment de swinguer, déclara Gabe. Recommence le mouvement au ralenti. Essaye de ne pas me donner un coup de club.

Survolté par la sensation des mains de Gabe sur lui, Dante doutait de parvenir à toucher la balle. Plutôt que d'y penser, il tenta de se concentrer sur les conseils que Gabe lui avait donnés. *Le bras bien droit, les poignets verrouillés, laisser ses épaules accompagner le mouvement…*

Gabe poussa sur sa hanche gauche au moment voulu afin d'accentuer l'amplitude de son swing, tout en tirant la droite vers lui.

— Bien.

Sa voix était-elle plus rauque ? Dante se demanda si son cerveau ne coulait pas par ses oreilles.

— Maintenant, continua Gabe, relâche tout et laisse-toi aller…

Le problème, décida Dante, était que son cul frôlait maintenant l'entrejambe de Gabe, ce qui déroutait totalement sa concentration.

Pourtant, son swing n'avait pas dû être aussi mauvais que le précédent, parce que Gabe s'écarta de lui avec une petite tape d'approbation.

— Pas mal du tout ! Maintenant, allons manger ces pizzas avant qu'elles refroidissent.

Dante inspira un grand coup et retint un frisson. La chaleur de Gabe contre son dos lui manquait.

— Bonne idée ! Je meurs de faim !

Il prit un des tabourets et s'attabla pendant que Gabe sortait deux bières du mini-réfrigérateur. Le délai donna à Dante une chance de reprendre le contrôle de ses réactions. De toute évidence, son corps, maintenant qu'il s'intéressait aux hommes, tenait à rattraper le temps perdu, voilà tout. C'était logique.

Dante s'essuya le coin de la bouche – la pizza, c'était salissant.

— Tu sais, je commence à voir l'effet thérapeutique qu'il peut y avoir dans le fait de frapper très fort dans une petite balle. Réussir à l'envoyer là où je veux serait un plus !

Gabe se resservit.

— Le golf est plus intéressant sur un vrai parcours, bien entendu.

Il tourna la tête vers Dante, haussa les épaules, puis ajouta :

— Mon père et moi passions beaucoup de temps au golf, c'est toujours sur les greens que nous avions nos discussions importantes.

84

Pour une fois, Dante réussit à tenir sa langue. C'était l'imbécillité la plus adorable qu'il ait jamais entendue dans la bouche d'un gosse de riche blanc, mais Gabe n'avait pas à le savoir.

— Vraiment?

Gabe hocha la tête.

— Oui. J'ai fait mon coming-out au dix-septième trou de Richmond Centennial. Deux mois plus tard, c'est là qu'il m'a annoncé son divorce avec maman.

Oh, merde! Et ça n'avait pas dégoûté à vie Gabe du golf?

D'un autre côté...

— Chez moi, les importantes discussions familiales ont lieu à table, en plein repas.

Pas cette fois cependant. Quand Dante avait compris sa bisexualité, il se trouvait à plusieurs milliers de kilomètres de ses parents. Et jamais les discussions aussi animées soient-elles ne lui avaient coupé l'appétit.

Dante pensa alors à sa récente conversation avec son père : tout s'était déroulé comme s'il y attendait. Son père lui avait dit : «quoi que tu fasses, tu seras toujours mon fils», comme s'il n'avait jamais eu le moindre doute, puis il avait reconnu craindre la réaction d'*abuela*. Du coup, Dante, indécis, n'osait plus appeler sa grand-mère ces derniers jours.

— Quels genres de discussions aviez-vous?

Dante croqua dans un *pepperoni* avant de répondre.

— Eh bien, je demandais pourquoi, quand j'allais au hockey, les autres mamans regardaient la mienne bizarrement en apprenant que j'étais son fils, ou pourquoi elle s'énervait quand quelqu'un, même pour plaisanter, disait que je devais ressembler à mon père.

Gabe haussa les sourcils, l'air perplexe. Il n'avait pas tous les faits, comprit alors Dante.

— Ma mère est blanche. Papa est d'origine latino.

Gabe fit la grimace.

— Ah. Je vois. Les gens sont stupides!

Dante secoua la tête.

— Oui, c'est une façon de les décrire. Nous parlions aussi de nos déménagements. J'étais toujours prévenu d'une nouvelle destination parce que papa faisait la *taupe*.

Gabe haussa les sourcils.

— Il était dans l'armée?

Dante sourit.

— Non, il travaille pour une chaîne hôtelière. Il savait que je détestais déménager, alors, il s'évertuait à profiter de la moindre opportunité de nous rapprocher d'un meilleur programme de hockey.

Une fois dans les juniors, à la LAH et enfin à la LNH, Dante avait constaté que ces déménagements, au fond, lui avaient été profitables, d'une certaine façon. Il espérait ne pas être transféré, du moins pas avant d'avoir mieux établi sa réputation. Il y avait néanmoins de fortes chances pour qu'un jour ou l'autre, ça lui arrive.

— Tu sembles très proche de ta famille.

Dante sourit.

— Oui. Et toi ?

Les épaules de Gabe se voûtèrent un peu.

— Je suis proche de mon père, oui. Je n'ai pas revu ma mère depuis bien longtemps.

Rien qu'à sa voix, Dante devina qu'il y avait davantage, mais il n'insista pas pour en savoir plus. Ça pouvait attendre.

Il leva sa bouteille de bière.

— Buvons aux pères super sympas, alors.

— Oh, oui !

— QU'EN PENSEZ-VOUS ?

Gabe était dans la salle verte avec Flash, Trish et Erika, son agent, il regardait ses choix en matière de vêtements. Sa première option était un costume conçu pour le faire ressembler à un joueur de hockey classique – gris anthracite avec une chemise d'un bleu lumineux, sans cravate, et une petite épingle *You Can Play* sur la veste.

Sinon, il pouvait porter un pantalon gris et un pull en cachemire lavande. Gabe jugeait ce choix audacieux par rapport au costume, mais c'était le mois de la Lutte contre le Cancer, même le hockey y participait, et l'équipement de tous les joueurs serait couleur lavande. L'épingle cette fois arborait une crosse de hockey.

Le costume représentait une armure confortable et familière, même si en temps normal, Gabe ne l'aurait jamais choisi à porter.

Avec le pull lavande, il serait bien plus « voyant ». Contrairement au costume, cette tenue soulignait que Gabe avait une personnalité propre en dehors du hockey. Or, l'entrevue portait justement sur sa vie personnelle.

Trish finit par intervenir :

86

— Le costume est le choix le plus sûr, déclara-t-elle.

Gabe en avait soupé de jouer la carte de la «sûreté». N'avait-il pas assez donné dans ce registre ?

— Je préfère le pull.

Erika lui lança un regard oblique.

— Depuis quand préférez-vous les choix risqués ?

Depuis que mon ex a vendu ma vie sexuelle aux tabloïds.

— Tout le monde sait déjà que je suis gay, déclara-t-il. Porter du lavande ne changera rien à l'opinion des gens. En plus, je serai plus à l'aise qu'en costume.

Cette fois, Erika lui tapa sur l'épaule.

— Bien parlé ! lança-t-elle. J'approuve tout à fait votre nouvelle assurance. Je vais prévenir l'équipe de la télévision.

Étonné, Flash fronça les sourcils.

— Pourquoi ? En quoi sont-ils concernés ?

Trish et Erika échangèrent un regard.

— L'habilleuse va vouloir coordonner le nœud papillon du présentateur.

Flash avait l'air perdu.

— *Pourquoi* ? répéta-t-il.

Erika quittait déjà la pièce pour s'entretenir avec l'équipe de tournage. Trish répondit ;

— Pour un meilleur effet visuel, une façon subtile d'indiquer que la chaîne soutient Gabe.

— Ne peuvent-ils pas tout simplement l'exprimer ?

Trish eut une curieuse expression, mélange de tendresse et de compassion. Gabe chercha où il l'avait déjà vue. Ah, oui ! C'était dans la série *Le trône de Fer*, un des personnages qui disait : *oh, mon doux enfant de l'été...*

Trish enchaîna :

— Je vais vous laisser vous habiller, Gabe, la maquilleuse vous attend dans dix minutes. Et n'oubliez pas ce que je vous ai dit, d'accord ?

Elle tenait à ce qu'il fasse *au moins* un geste pour la *Pride de Nuit* de l'équipe, qui se déroulerait en novembre, le lendemain du jour où ils rentreraient de leur longue tournée. Tenté de rejeter l'idée d'emblée, Gabe avait fini par admettre que s'il ne faisait rien, ça paraîtrait bizarre.

En plus, quelque part, il le voulait. Mais qu'allaient en penser ses coéquipiers ? Ou le reste de la ligue ? Ou les amateurs de hockey dans leur ensemble ? À l'époque d'aujourd'hui, c'était comme si les gens s'efforçaient d'empêcher les athlètes, les joueurs de hockey en particulier, d'avoir une opinion sur un sujet important.

Le hot-dog pouvait-il être considéré comme un sandwich ? Même cette question basique créait de terribles controverses !

Gabe enfila son pantalon.

— J'aurais dû le faire chez moi, grommela-t-il.

— Vraiment ? ricana Flash. Aurais-tu apprécié de voir ta maison envahie par des étrangers pour cette interview ?

Gabe lui jeta un regard noir. Flash le connaissait bien.

— Pourquoi pas dans le garage ? insista-t-il. J'aurais pu jouer au simulateur de golf. Un hobby très hétéro-normatif.

— Pour les sexagénaires, oui, je présume.

— Baller a bien aimé !

Tout à coup, Gabe évoqua la soirée de la veille, et pas seulement parce qu'il avait apprécié de ne pas rester seul à ruminer son mauvais match. La conversation avec Baller avait été facile, bien que tous deux aient mené des vies bien différentes. Quelques minutes à peine après l'arrivée de Baller chez lui, Gabe avait oublié le match et le cauchemar médiatique. Bon, Baller s'était parfois moqué de lui, mais comme il pratiquait aussi l'autodérision, ses blagues n'étaient pas offensantes. D'ailleurs, Gabe avait décidé de se prendre moins au sérieux après ce qu'il venait de vivre au cours de la dernière semaine. Et s'il voulait des leçons en ce domaine, il ne pouvait choisir mieux que Baller comme tuteur.

Gabe s'étonnait même d'avoir osé lancer une vanne – *évite de me coller un gnon* – quand il avait tenté d'aider Baller à améliorer son swing. À la réflexion, il aurait mieux fait de s'en abstenir. Gabe était *certain* qu'il s'agissait d'une plaisanterie de sa part, son geste n'avait rien eu de sexuel. Mais quelle idée de poser les mains sur les hanches de Baller ! Quelle folie ! Baller était chaud, il sentait bon, ses muscles étaient souples et puissants – Gabe en gardait la sensation au creux des paumes.

Puis sa tête jaillit de l'ouverture du pull lavande et Gabe croisa le regard éberlué de Flash.

— Quoi ?

— Tu as laissé Baller entrer dans la Forteresse de la Solitude ? Tu l'as fait jouer au golf sur ton équipement vidéo ?

Gabe aurait voulu que Flash cesse de donner à sa maison ce sobriquet ridicule.

Et il n'avait pas à se sentir coupable d'avoir reçu Baller chez lui. Rien ne lui interdisait d'avoir des amis dans l'équipe. Flash l'y encourageait souvent, en fait.

Alors pourquoi Gabe se sentait-il aussi gêné qu'un adolescent surpris à rentrer après le couvre-feu ?

Sur la défensive, il haussa les épaules.

— Ça s'est fait par hasard. Je l'ai trouvé après le match occupé à répondre aux journalistes et quand j'ai entendu les questions… Bref, j'étais dans ma voiture, la tête sur le volant quand il est sorti. Il m'a demandé si je voulais de la compagnie, alors, nous avons commandé des pizzas.

Maintenant, c'était Flash qui avait l'air coupable.

— Il a agi en ami. J'aurais dû être là pour toi.

— Tu as une femme et quatre enfants, Flash ! En occupant la soirée de Baller, j'ai évité à la gent féminine de Québec d'écouter ses bêtises.

Flash ricana.

— Rien que pour ça, tu mérites une médaille !

Il étudia la tenue de Gabe et ajusta le cachemire sur les larges épaules. Ensuite, il poussa son ami vers la porte.

— Tu es très bien, ajouta-t-il. Allons-y, ton public t'attend.

Le présentateur était Rob McDonagh, un ancien recruteur de hockey. Il avait les cheveux grisonnants, un visage rond et le teint rougeaud. Comme Trish l'avait prévu, il portait un nœud papillon lavande.

Gabe avait déjà rencontré Rob au fil des années : d'abord, le jour où il avait été repêché chez les juniors, ensuite, quand il était avec l'équipe canadienne aux Jeux olympiques et enfin à New York, lors d'un évènement médiatique de la LNH.

Gabe serra la main que Rob lui tendait. Sa poignée était ferme, son sourire authentique.

— Salut, Gabe, content de vous revoir.

— Merci. C'est aussi mon cas.

Rob lui fit signe de s'asseoir. L'interview avait lieu dans une des petites salles de conférence de l'Amphithéâtre, en général utilisée pour filmer l'équipe pour les médias sociaux. Rob et Gabe étaient tous les deux assis à un bout de la table, tandis que l'équipe de tournage, installée autour d'eux, se faisait aussi discrète que possible.

— Erika a déjà évoqué avec vous les principaux points que nous aborderons durant cette entrevue, déclara Rob. Avez-vous des questions ou des préoccupations particulières avant de commencer ?

J'aimerais aller vite et en avoir fini au plus tôt.

— Euh, non, je pense être… prêt, même si le mot ne me semble pas très adéquat.

D'après Erika, l'interview ne serait pas diffusée en direct. De plus, Gabe et son agent auraient un droit de regard sur la version finale, aussi s'il disait une « bêtise » – c'était la formule d'Erika –, il serait possible de la rattraper au montage.

Une technicienne approcha et épingla un micro sur le pull de Gabe.

Parlez-moi, demanda-t-elle. Pour un contrôle du son.

— Je peux le faire, déclara Gabe, un peu perdu.

Il pouvait au moins faire semblant.

— Le volume est correct ! déclara la jeune femme, le pouce levé. Pour moi, c'est tout bon.

Elle retourna vers l'équipe de tournage et d'autres techniciens ajustèrent l'éclairage. Rob répéta quelques points de détail. Gabe l'écouta d'une oreille, il essayait de rester calme et de respirer normalement.

Le producteur jeta alors :

— D'accord, dès que vous êtes prêts.

Rob tendit une bouteille d'eau à Gabe.

— Prêt ?

Gabe but une gorgée d'eau, puis il posa la bouteille sous son siège et hocha la tête.

— Oui.

— Ça tourne !

Rob McDonagh s'adressa à la caméra :

— Ce soir, au cours de cette émission spéciale de *Loin de la Glace*, j'ai avec moi l'attaquant des Nordiques, Gabriel Martin, qui a récemment attiré l'attention des médias. Gabe, merci d'avoir accepté cette interview ;

Je n'ai pas eu le choix. Ça a été une décision des relations publiques.

— Merci de m'avoir invité, Rob, répondit Gabe, suivant à la lettre le script qui lui avait été seriné.

Tant pis ! Rome ne s'était pas construite en un jour.

Pour commencer, Rob lui posa des questions faciles concernant l'équipe – oui, Baller s'intégrait bien en première ligne ; oui, Gabe appréciait les progrès de Tom Yorkshire, la recrue ; non, il n'avait aucun problème à avoir une femme comme entraîneur, St. Louis était encore plus dure avec l'équipe que le seul autre entraîneur que Gabe ait connu dans la LNH.

Rob passa ensuite à la façon dont Gabe occupait son temps une fois la saison finie. Gabe évoqua brièvement Pierre, bien sûr, mais il insista surtout sur le fait qu'il jouait fréquemment au golf.

Enfin, Rob fixa Gabe droit dans les yeux, indiquant ainsi qu'il passait aux questions sérieuses.

— Gabe, avec tout ce récent tapage médiatique, je suis sûr que les fans qui vous regardent de chez eux attendent de ma part la question fatidique. Un de vos ex a communiqué à la presse des photos intimes. Lors d'une récente conférence de presse, vous avez confirmé être gay. Dites-moi, comment la semaine s'est-elle passée pour vous ?

La bouche sèche, Gabe faillit récupérer sa bouteille d'eau, puis il se souvint du conseil de Trish, « ne pas gigoter parce que l'audience en déduirait qu'il avait quelque chose à cacher ».

— Pour être franc, j'ai passé beaucoup de temps aux relations publiques. J'ai bien peur que Trish en ait assez de me voir.

C'était faux, elle avait été étonnement patiente, mais plaisanter permettait à Gabe de gagner du temps. Et puis, il avait oublié son texte, pourtant dûment répété.

Par chance, Rob était un pro. Il sut le remettre sur la bonne voie.

— J'imagine qu'il ne vous a pas été facile d'exposer votre vie privée.

Pourquoi avait-il utilisé le mot « exposé » ? Ça donnait une touche… obscène. La photo parue dans la presse était relativement innocente.

Gabe se racla la gorge.

— Oui, c'était assez chaotique. Moi tout ce qui m'intéresse, c'est de jouer au hockey, vous savez. J'ai commencé à l'âge de cinq ans et c'est vite devenu ma passion. Je suis conscient qu'un jour, je serai trop vieux pour continuer, mais pour le moment, je ne me suis jamais sérieusement demandé où j'allais me reconvertir une fois ma carrière professionnelle derrière moi.

— Est-ce parce que, étant gay, vous avez ressenti la pression de devoir cacher cette partie de vous-même ?

Cette fois, Gabe fit une pause pour boire un verre de l'eau.

Rob sourit.

— Prenez votre temps, Gabe, je vous rappelle que l'interview n'est pas en direct et que nous couperons ce qu'il faut afin que vous sembliez plus confiant dans vos réponses.

Gabe espéra qu'ils avaient de bons techniciens de montage vidéo.

Une fois désaltéré, il reposa sa bouteille.

Rob répéta la question.

— La pression n'a jamais été aussi forte que vous semblez le penser, déclara lentement Gabe. En tout cas, je ne l'ai pas réellement ressentie, mais j'ai vite réalisé, étant ado, qu'il n'y avait pas d'homosexuel dans la LNH, pas officiellement. Et dans les vestiaires… Les esprits sont plus ouverts actuellement et je pense que la plupart des joueurs ne pensent qu'aux matchs, mais quand j'étais plus jeune, l'homophobie était bien plus flagrante, surtout dans les conversations. Comme je vous le disais, je tenais avant tout à jouer, alors, j'ai préféré éviter un coming-out susceptible de me créer des problèmes.

— Et de quelle façon cette décision vous a-t-elle affectée ?

— Pour être franc, c'est une question que je me pose encore. Je crois que… eh bien, je suis resté à l'écart, j'ai évité de créer des liens avec mes coéquipiers. J'ai mené une vie très solitaire.

— En revanche, vous avez réussi votre carrière. Vous avez été médaillé aux derniers Jeux olympiques. Vous avez gagné le Trophée Art Ross*. Vous avez un impact énorme sur la glace. Pourtant…

Sans même avoir préparé sa réponse, Gabe entendit les mots sortir de sa bouche :

— Je n'ai pas considéré que ça me permettait de faire un coming-out. Quels que soient mes succès, ils ne me paraissaient pas suffisants pour être vraiment moi.

Je vis seul dans une immense maison et je joue au golf dans mon garage pour me calmer quand je suis tendu.

Gabe enchaîna :

— Je n'ai pas de modèle à suivre dans ma vie privée, voyez-vous, contrairement au hockey. Et je vais être franc avec vous, Rob. Quelle que soit l'évolution récente des opinions vis-à-vis des gays, je considère que le conseil «reste dans le placard, ta carrière en sera facilitée» est toujours d'actualité. Mais la vie ne se résume pas à une carrière. Alors…

Tu peux devenir Phil Esposito juste pour toi.

Satané Baller ! Gabe entendrait ces mots résonner dans sa tête jusqu'à la fin de sa vie !

Il continua :

— Un ami m'a dit récemment qu'*il faut toujours une première fois*. À défaut de modèle existant, je dois forger le mien. Et si des jeunes envisagent un jour de me prendre pour modèle, je veux leur dire une chose : ce n'est pas juste de devoir choisir entre une carrière et… une vie privée, avec un compagnon et des amis. Un homme a droit aux deux.

— Puisque nous sommes sur le sujet, avez-vous un compagnon, Gabe ?

Gabe éclata d'un rire un peu amer.

— Non ! Le dernier en date a mal pris notre rupture, j'ai dû bloquer son numéro et pour se venger, il a vendu des photos de moi aux médias. Depuis, je suis célibataire.

Il se figea et fronça les sourcils.

— Diable ! reprit-il. J'espère ne pas donner l'impression que je cherche quelqu'un !

Rob sourit.

— Je ne serais pas surpris qu'après la diffusion de cette interview, nous recevions de nombreux courriers avec des propositions et des numéros de téléphone à vous transmettre.

— Oh, mon Dieu ! Et moi qui me plains déjà parce que mes coéquipiers essayent de me coller dans les pattes tous les gays de leur entourage, depuis leur cousin jusqu'à d'anciens amis d'université !

Sa plaisanterie détendit l'atmosphère. Rob passa ensuite à des sujets moins délicats et Gabe en fut très soulagé.

À la fin de l'interview, il estima s'en être plutôt bien sorti.

Il serra la main de Rob, remercia les techniciens et fila sans demander son reste.

— Un ami t'a dit « il faut toujours une première fois », hein ? Je me demande qui c'est.

Flash avait parlé d'un ton taquin, mais Gabe le sentit néanmoins dévoré de curiosité. Cherchait-il à lui soutirer des informations ? Gabe ne mordit pas à l'hameçon. L'épreuve était derrière lui, il se sentait trop détendu pour repasser de sitôt sur la défensive. Il passa le bras sur les épaules de Flash et l'entraîna dans le couloir.

— Ne sois pas jaloux, capitaine. Tu restes mon préféré pour jouer au golf.

Flash secoua la tête et le prit par la taille.

— Le plus triste, c'est que tu dis vrai.

LA PLUPART de ceux qui évitaient Gabe depuis le scandale et la photo parue dans presse reprirent leurs esprits une fois l'interview diffusée. Dante leur en voulait toujours de s'être montrés aussi obtus, mais il comprenait aussi que certains d'entre eux se soient sentis trahis. Ils avaient cru tout connaître de leur coéquipier !

La situation aurait probablement été plus tendue si Gabe n'avait pas été le meilleur joueur de l'équipe, mais il l'était... sauf quand il avait du mal à admettre que sa vie privée soit devenue aussi publique.

Et si Dante vibrait de fierté que Gabe l'ait cité dans son interview, de façon anonyme, certes, eh, bien c'était son secret. Et il n'en parlait à personne. Pour une fois dans sa vie, il parvenait à la boucler.

Il était déterminé à ce que son attirance pour Gabe ne devienne pas un problème. Le monde ne manquait pas de personnes attrayantes et Dante ne les avait pas encore toutes baisées. Certes, la plupart d'entre elles n'étaient pas l'idole de son enfance. Et puis, Gabe s'était donné la peine de l'aider à se perfectionner, il était généreux et humble, et doté d'un remarquable sens de l'humour.

Dante ne pouvait qu'apprécier un homme pareil ! *Ne pas* apprécier Gabe, c'était comme ne pas aimer les chiots, les bébés ou la *junk food* : impossible !

Si Gabe n'avait pas été son coéquipier, Dante lui aurait déjà sauté dessus, aussi collant que du fromage sur une pizza. Mais *il était* son coéquipier, aussi mieux valait-il cesser de fantasmer. En plus, Dante n'était pas le genre qui intéressait Gabe.

Quand novembre arriva, la morsure de l'hiver était déjà dans l'air. Les Dekes étaient allés jouer sur la côte Est et dans les Prairies. Dante était heureux que ces déplacements aient eu lieu avant que la moitié des routes canadiennes soient bloquées par le gel hivernal. Oh, il faisait froid à Québec, mais en plein hiver, Winnipeg était bien pire, un vrai désert de désespoir glacé. Quand il était à l'hôtel, Dante passait en général ses soirées à jouer à des jeux vidéo avec Yorkie. De temps à autre, l'un d'eux réquisitionnait la chambre pour un coup de téléphone ou une vidéoconférence *FaceTime*. Dante appelait surtout ses parents. Yorkie communiquait avec les siens, ses deux sœurs et sa copine.

Pour le laisser tranquille, Dante allait jouer sur son téléphone dans le hall de l'hôtel.

La saison n'avait pas aussi bien commencé qu'il l'avait espéré. Les Dekes avaient remporté quelques victoires décisives – par exemple, contre les Orques –, mais ils avaient aussi connu d'humiliantes défaites.

Les Dekes digéraient mal de perdre d'un point quand ils avaient bien joué, parfois même mieux que leurs adversaires.

Pour aggraver les choses, leur division était farouchement compétitive, avec quatre des meilleures équipes de la ligue.

Bien sûr, la saison n'en était qu'à ses débuts, mais si les Dekes ne rectifiaient pas le tir très vite, ils ne passeraient pas les séries éliminatoires en février. Et ce serait la cata.

En son for intérieur, Dante s'inquiétait que le scandale médiatique ait troublé le jeu parfait de Gabe. Et comme il était leur meilleur buteur, ça affectait la ligne… et *toute* l'équipe. L'alchimie entre Gabe et Dante durant la présaison avait fait long feu. L'entraîneuse les avait prévenus : s'ils ne réussissaient pas à enchaîner quelques victoires, elle allait devoir rompre leur ligne et essayer une autre formule.

Dante espérait que ce voyage, un long périple jusqu'en Arizona et au Tennessee, avec des arrêts ultérieurs en Californie, leur fournirait à tous une injection d'enthousiasme, de points et de confiance en eux. L'équipe en avait bien besoin !

Le premier match commença et le palet tomba sur la glace.

Quatre-vingt-dix secondes plus tard, il était au fond du filet des Nordiques et Olie jurait avec virulence dans une langue étrangère – du suédois, supposa Dante. Dans les gradins, les fans des Scorpions applaudissaient leur équipe.

Le match ne faisait que commencer, il restait beaucoup à jouer.

Flash cogna son casque contre celui d'Olie.

— D'accord, dit-il ensuite, oubliez ça, les gars. Ils ont eu de la chance. Ça arrive à tous les joueurs de hockey, même à nous.

Dante ne put s'empêcher de l'ouvrir :

— La chance est une garce, déclara-t-il, mais je l'accueillerai toujours à bras ouverts.

La chance ne lui sourit pas, cependant. La première période était presque finie et les Scorpions avaient marqué un autre but.

À moins d'une minute avant la fin, il y eut un changement de ligne. Dante quittait la glace résigné à commencer la seconde période avec deux buts de retard quand l'un des Scorpions cassa sa crosse en tentant de tirer.

À toute vitesse, Bricks monta sur le palet et le fit sortir de la zone défensive, Yorkie le récupéra alors que sa ligne entrait sur la glace.

Les Scorpions étaient en désavantage numérique. Yorkie envoya le palet sur Tips dans une passe qui aurait été suicidaire si un joueur avait été assez près pour le contrer. Malheureusement, Tips n'avait pas un bon angle de tir. Il renvoya donc le palet.

Quand Yorkie le récupéra, il avait un angle pratiquement impossible. Pourtant, il tira et sa lame fit passer le palet juste au-dessus du gant du gardien adverse. C'était le premier but LNH de Yorkie, il hurla de joie avant même que le compteur officialise le point.

Les Dekes assis sur banc crièrent des acclamations victorieuses qu'ils attendaient depuis longtemps. Tips récupéra le palet avant de rejoindre son équipe pour fêter l'évènement.

Plus tard, dans le couloir qui menait aux vestiaires, Dante serra la tête de Yorkie au creux de son coude.

— Bien joué, jeunot !

Yorkie le repoussa en riant.

— Arrête ! Si tu me casses le cou, je ne pourrai plus marquer !

— Crétin, répondit affectueusement Dante. Allons-y, ne manquons pas le discours qui nous attend.

Un but dynamisait toujours une équipe, ce fut le cas pour celui de Yorkie. Pour la première fois cette semaine, l'ambiance au vestiaire était unie, déterminée, pleine d'espoir.

En deuxième période, les Dekes jouèrent leur meilleur hockey de l'année, leur défense était parfaite, leurs attaques serrées, ils ne laissèrent aucun répit aux Scorpions. Le gardien adverse encaissa quinze tirs. L'arbitre ne siffla pas un seul penalty.

Aucun but n'entra, mais ça ne devrait pas tarder.

Avant la troisième période, St. Louis leur jeta :

— Je ne sais pas ce qui vous a pris, les gars, mais continuez, vous avez été brillants ! C'est ce que j'attendais de vous depuis le début de la saison. Maintenant, il faut marquer.

Dante jeta un coup d'œil à sa gauche et croisa le regard de Gabe.

Il serra le poing et tendit son gant.

— On va les défoncer !

Ils durent attendre jusqu'à la moitié de la troisième période. Le gardien adverse était au taquet et le score restait de 2 à 1 en faveur des Scorpions.

Dante força un revirement en ligne bleue et la course fut lancée.

Gabe dut savoir presque avant Dante qu'il avait le palet. Flash resta derrière eux, bloquant les attaquants adverses qui revenaient en masse.

Dante ne put tirer, mais il eut une courte opportunité pour envoyer une passe entre les jambes de son défenseur, comme il l'avait souvent fait en présaison.

Il n'hésita pas. Un coup de poignet et le palet arriva sur la lame de Gabe, sans rien entre lui et le filet. Gabe ne tira pas tout de suite, il attendit de voir ce que le gardien allait faire…

Il esquissa un tir bas sur le côté, le gardien y crut et se déplaça.

Gabe marqua juste derrière lui. En entendant le bruiteur accepter le but, Dante percuta Gabe et cria :

— C'était sacrément bien joué !

— J'ai pensé la même chose en voyant ta passe ! Tu as envoyé le palet entre ses jambes !

— Comme à l'entraînement, bébé ! rétorqua Dante, hilare.

Gabe sourit et le frappa à l'arrière de son casque. Flash arriva alors et les télescopa tous les deux. Il passa ensuite chacun de ses bras autour de leurs épaules.

— Il faut recommencer !

Huit minutes plus tard, la sonnerie indiquait la fin de la période.

— On est bons pour des prolongations* ! marmonna Olie avec amertume.

— Ne me regarde pas comme ça ! protesta Dante. J'ai fait une bonne passe !

Après avoir vu comment l'équipe jouait ce soir, ces prolongations ne l'inquiétaient pas.

Il ne fallut pas longtemps avant qu'ils aient leur chance.

Au hockey sur glace, les prolongations se jouaient trois contre trois et chaque seconde comptait. Parfois, un joueur restait coincé sur la glace et se retrouvait à jouer dans une autre ligne. En général, Dante était avec Flash et Kitty, mais Gabe ne pouvait se détacher sans donner un avantage aux Scorpions.

L'un des Scorpions éjecta Gabe contre les planches* et repartit avec le palet vers le centre de la glace. Il ne put tirer, car Kitty intervint sur une passe arrière.

Soudain, ce fut une folle ruée de tous les joueurs vers la zone offensive. Les Scorpions cherchèrent à récupérer le palet, mais Kitty parvint à les contourner.

Dante fonça tout droit vers le filet en espérant avoir un meilleur angle de tir à l'extrémité du cercle. Devinant son intention, les Scorpions bloquèrent la voie de dépassement.

Ils laissèrent ainsi Gabe face à Kitty, avec la voie ouverte devant lui jusqu'au filet. Dante tenta de distraire son défenseur pour l'empêcher de remarquer Gabe. Si Kitty passait le palet à Gabe...

Non, Kitty l'envoya à Dante. Le Scorpion l'intercepta, bien entendu, et Dante jura furieusement. Pourquoi cette passe risquée ? Kitty n'avait-il pas vu Gabe ?

La ruée reprit sur la glace, les joueurs se pourchassaient l'un l'autre, sauf Gabe, sans doute était-il épuisé d'avoir joué deux périodes de suite. Flash le remplaça, mais quand il arriva en zone défensive, le palet était entré dans le filet de Dekes et le match était terminé.

Que s'était-il passé au juste ? se demandait Dante.

Pourquoi Kitty lui avait-il envoyé le palet ? Pourquoi ne pas l'avoir gardé ? Ou ne pas l'avoir envoyé en arrière à Gabe. Les Dekes auraient pu marquer !

— Merde !

En devinant la vérité, Dante fit claquer sa crosse sur la glace. Ils avaient laissé passer leur meilleure chance de remporter une victoire depuis des lustres, pendant un match dont ils avaient dominé les deux dernières périodes et tout ça parce que...

Au milieu de la patinoire, Kitty et Flash s'engueulaient férocement. À les voir, il était évident qu'ils n'allaient pas tarder à en venir aux mains. Bravo ! C'était malin de faire une scène publique et d'exposer des tensions internes devant vingt mille fans des Scorpions.

Le match se terminait en apothéose, quoi !

Les problèmes de Dante n'étaient pas terminés. Le retour à l'hôtel fut tendu. Tout le monde évitait Kitty et, d'après Dante, c'était pour ne pas être tenté de lui casser la figure.

— Je vais, euh... déclara Yorkie. Une celly* mon premier but.

D'un geste au-dessus de son épaule, il désigna Tips et Bricksy qui l'attendaient.

Dante ne comptait pas sortir ce soir. Vu son humeur, il n'avait *vraiment* pas envie de compagnie. Et il le regrettait.

— Ne les laisse pas trop te saouler, dit-il gentiment.

Au moins, il aurait la chambre pour lui tout seul pendant un moment.

Il ôta ses vêtements et ses chaussures, et s'effondra sur son lit, l'esprit plein de questions. D'un côté, il avait envie d'aller parler à Gabe. Il ne parvenait pas à oublier l'expression de son ami quand Kitty avait fait cette passe absurde parce que...

C'était peut-être une erreur d'appréciation. Ça arrivait. Rarement de manière aussi spectaculaire, mais quand même.

Mais vu la façon dont Kitty se comportait ces derniers temps, Dante était presque certain que le geste avait été délibéré. Kitty avait snobé Gabe et passé le palet à Dante, qui n'était pas en position de marquer. Et il avait fait perdre son équipe pour une seule et unique raison...

Depuis la soirée de coming-out de Gabe, Kitty était ouvertement hostile, il n'adressait plus la parole à Gabe, il l'évitait aussi aux évènements d'équipes.

Donc, Kitty était un connard homophobe et il détestait Gabe depuis qu'il savait la vérité le concernant.

Si Dante révélait sa bisexualité, Kitty le mettrait dans le même sac. Il le détesterait aussi.

Vu son état d'esprit, Dante n'aurait pas dû prendre l'appel de sa grand-mère. Pourtant il le fit, sans trop savoir quelle mouche le piquait.

— Dante ! Enfin ! Je ne t'ai pas parlé depuis un bail, *mijo*, tu me manquais !

Il sourit malgré lui.

— Salut, *abuela*. Toi aussi, tu m'as manqué.

— Oh, j'en doute fort, plaisanta-t-elle. Tu es gentil de me le dire, mais tu es certainement trop occupé pour penser à ta vieille grand-mère.

— Je suis content de t'entendre, *abuela*. Tu sembles en grande forme.

Il roula sur le côté et regarda par la fenêtre. La vue n'était pas terrible, pour dire la vérité, rien qu'une vague lueur orange-jaune émanant des magasins.

Il enchaîna :

— J'avais oublié à quel point les premières semaines sont fatigantes avant qu'on retrouve le rythme de la saison. Sans parler de tous ces voyages et du décalage horaire !

— Oh, *mijo*, prends soin de toi ! Est-ce que tu manges au moins ?

— Autant que je peux, promit-il. Et ce n'est pas grave, c'est juste un ajustement. J'ai un colocataire cette année, Tom Yorkshire. Si tu as regardé le match de ce soir, c'est celui qui a marqué notre but, son premier dans l'équipe !

— Oui, bien sûr que j'ai regardé. Et ce Tom m'a semblé un gentil jeune homme. Pas comme l'*autre* ! marmonna-t-elle, d'une voix durcie.

Merde. Dante déglutit la boule qu'il avait dans la gorge.

— De qui parles-tu ? Tous mes coéquipiers – à une exception près – sont géniaux !

L'exception était Kitty, mais Dante ne tenait pas à entamer le sujet.

— Oh, les joueurs d'une même équipe partagent des liens très forts, je le sais bien, mais fais attention, Dante, évite ce Gabriel Martin, il n'est pas sain.

Dante sentit une sueur froide perler à son front.

— Il m'a aidé à perfectionner mon jeu il y a deux mois, en me donnant des leçons ! Et tu l'aimais bien !

Abuela soupira.

— C'est vrai, mais je me suis trompée sur son compte. Je pensais qu'il avait reconnu ton potentiel. En vérité, il tentait d'abuser de toi !

Avec des exercices si exténuants que nous en perdions tous les deux la capacité de respirer ? Super sexy ! Comment résister ?

— Gabe est trop honnête pour avoir une idée pareille, *abuela*, c'est un homme gentil et bon. Il n'a jamais eu un geste déplacé.

Et quelque part, Dante le regrettait beaucoup.

— Dante Baltierra ! tonna-t-elle, sévèrement. Cesse de discuter et écoute mes conseils ! Ne fréquente pas cet homme, sinon, il t'entraînera à pécher.

C'était la meilleure ! Ces dernières années, Dante avait eu beaucoup plus d'aventures que Gabe et sa grand-mère le savait, puisque la plupart de ses frasques paraissaient dans la presse. Elle en riait, elle lui tapotait la joue et lui disait que c'était bien de jeter sa gourme, parce qu'un jour, il rencontrerait une gentille fille sérieuse.

Ce soir, Dante était trop fatigué pour discuter.

— Oui, *abuela*.

Il soupira, dégoûté de lui-même et de son manque de courage.

Rassurée, elle lui raconta une vente de charité que son église organisait pour récolter des fonds et la panique des voisins qui avaient récemment trouvé un alligator dans leur bassin d'ornement.

En raccrochant quelques minutes plus tard, Dante se demandait comment les gens pouvaient être assez bêtes pour se bâtir un bassin en Louisiane, un État où il y avait plus d'alligators que d'humains. Il essaya de réfléchir à ces pensées pour ne pas retomber dans celles, plus sombres, qui l'obsédaient.

Il aurait dû sortir boire avec Yorkie, après tout.

EN ARRIVANT dans sa chambre, Gabe fulminait de rage. Il n'arrivait pas à croire ce qui venait de se passer ! Kitty avait préféré dénier un but à son équipe plutôt que lui faire une passe ?

Et tout ça parce que Gabe était gay ?

100

Gabe ne se faisait pas d'illusion. Il faudrait du temps, beaucoup de temps, pour que ses coéquipiers s'adaptent à cette nouvelle réalité, il le savait. Il savait aussi que parmi eux, certains étaient très cons – et le resteraient –, mais il avait sincèrement cru que sur la glace, seul le jeu compterait et que le désir de gagner l'emporterait sur les préjugés.

Il s'était trompé. Et c'était dur à digérer.

Il avait la sensation qu'il aurait dû accompagner les autres pour la celly du premier but de Yorkie, mais après ce qui s'était passé, il craignait que sa seule présence casse l'ambiance. Et puis, il n'avait pas envie de faire la fête. Il était trop amer. Très tenté de tout casser, il aurait bien aimé pouvoir se défouler en tapant sur une petite balle aussi fort que possible, mais il doutait de trouver dans ce patelin une salle de jeux ouverte toute la nuit.

En désespoir de cause, il descendit au gymnase de l'hôtel et courut huit kilomètres sur le tapis roulant. Les Dekes n'avaient pas de match le lendemain. Gabe pensait récupérer son sommeil en retard pendant le vol jusqu'au Tennessee.

Il avait éteint la machine et commençait ses étirements quand il sentit une présence. Il fit un bond. Adossé à un mur au coin du gymnase, Olie le regardait.

— Oh, putain ! se plaignit Gabe. Je ne t'ai pas entendu arriver !

Olie leva les mains. Dans l'une, il avait une barre protéinée, dans l'autre, une bouteille de Gatorade – une boisson énergisante.

— Je viens avec des offrandes, déclara-t-il.

Gabe ricana et se plia en deux, le front sur son genou.

— J'attendais plutôt notre capitaine.

Et c'était vrai, à quatre-vingt-dix pour cent. Mais il attendait aussi Dante, doté d'une sorte de sixième sens pour deviner quand Gabe avait besoin du soutien d'un ami.

Olie s'assit sur le banc, contre le mur, il déposa ses « offrandes » à côté de lui et laissa pendre ses mains entre ses genoux.

— Je suis en quelque sorte son ambassadeur.

Même si Gabe appréciait sa sollicitude, il ne put s'empêcher de demander :

— Je présume que Flash avait mieux à faire ce soir…

— Il est en réunion avec St. Louis.

Gabe grimaça.

— Oh.

Le capitaine et l'entraîneuse des Dekes discutaient probablement du comportement de Kitty et des sanctions à prendre. Les pauvres ! Ça ne devait pas être facile pour eux. Il leur fallait cependant prendre une décision, parce qu'ils ne pouvaient garder un défenseur qui refusait d'envoyer des passes à son buteur. Allaient-ils envisager un transfert ? Gabe imagina l'entrevue avec la haute direction : *il faut transférer cet excellent jeune défenseur, car il refuse de jouer avec un attaquant gay.*

— Merde.

— Oui.

Gabe se souvint alors que les défenseurs créaient des liens solides avec leur gardien. Était-ce le cas entre Kitty et Olie ?

— Je suis désolé, Olie.

Le silence devenant pesant, Gabe releva la tête. Il croisa un regard scrutateur et se sentit comme un insecte sous la lentille d'un microscope.

— De quoi ? dit alors Olie. Ce n'est pas ta faute si Kitty agit comme un troll des cavernes.

— Je sais.

Mais si Gabe avait été hétéro, ou s'il était resté dans le placard, Kitty lui aurait fait cette foutue passe et les Dekes auraient pu gagner.

Gabe jeta un coup d'œil vers la porte du gymnase.

Remarquant son geste, Olie haussa les sourcils.

— Tu attends quelqu'un ?

Pas exactement.

Gabe continua ses étirements sur son autre jambe.

— Non. Je ne suis pas d'humeur à avoir de la compagnie.

Un petit mensonge pieux.

— Tu as certainement faim, déclara Olie, cette barre ne sert à rien. Dès que tu as fini, on va passer commande au room-service, se faire une soirée télé et parler garçons.

Gabe se figea, le pied gauche appuyé contre sa cuisse droite.

— Hé ! Je ne suis pas une ado !

Une seconde après, il ajouta :

— D'accord, c'est moi qui choisis le film.

— Bien sûr !

Olie rangea la barre dans sa poche, il se redressa et tendit la main pour aider Gabe à se relever.

— Je veux un cheesecake ! déclara Gabe.

— Excellente idée.

102

— Et si tu me parles du cousin de ta voisine, je te mets à la porte.

Olie lui passa un bras autour des épaules.

— Je sais.

AU FINAL, Gabe dormit très mal pendant le vol vers le Tennessee. Le siège était trop petit, même en l'inclinant au maximum, et il ne parvint pas à trouver une position confortable.

La nuit passée, il avait fini par s'endormir assis devant un film, ce qui s'était avéré une erreur.

Baller était dans le siège d'à côté, les yeux rouges, l'air hagard.

— Tu es sorti avec Yorkie hier soir ? demanda Gabe, espérant une distraction.

Baller cligna des yeux.

— Quoi ? Euh... non. Ma grand-mère m'a appelé, ensuite... je n'ai pas réussi à dormir.

Il regarda Gabe avec plus d'attention et fronça les sourcils en notant sans doute qu'il était tout tordu dans son siège. Il ajouta :

— Qu'est-ce que tu as fabriqué hier soir pour être dans un état pareil ?

— De l'auto-flagellation, répondit Gabe.

Dante ouvrit de grands yeux et l'étudia de la tête aux pieds, mais plus en retrait.

— Oh, merde ! Je ne t'aurais jamais pris pour un adepte du BDSM !

Gabe piqua un fard.

— C'était une image, idiot ! J'ai trop forcé au gymnase de l'hôtel et j'ai écourté mes étirements ensuite.

Baller ricana.

— C'est dur de vieillir, hein, pépé ?

Il avait de la chance d'être mignon !

— Ne sois pas chiant ! Et tu peux parler ! Tu as une mine à faire peur et tu n'as fait que parler à ta grand-mère.

Baller esquissa un sourire.

— Touché.

Sa réaction était forcée, Gabe le sentit. Il ne put l'interroger davantage, car Baller fermait déjà les yeux.

— Réveille-moi quand nous atterrirons, d'accord ?

Il inclina son siège, il étendit ses jambes devant lui et croisa ostensiblement les bras. Oh, ainsi, il avait bel et bien un problème. Était-ce la raison pour laquelle il n'était pas venu le voir hier ?

Lui en voulait-il, pour une raison ou une autre ?

— Bien sûr, marmonna Gabe avec amertume.

Bon sang. Baller avait toujours réussi à lui remonter le moral. Et voilà, Gabe le mettait dans un état pareil, même s'il ne savait comment et pourquoi ! Comment s'excuser vu qu'il ignorait qu'il avait fait et que Baller refusait d'en parler ?

— Ça te dit de passer un moment avec moi après le dîner ? lança-t-il sans réfléchir.

Putain, on croirait un ado enamouré quémandant un rendez-vous ! Pire, Gabe se sentait exactement dans cet état d'esprit.

Baller ouvrit les yeux. Il paraissait réellement épuisé.

— Oui, d'accord. Euh… Merci.

Il avait ajouté le dernier mot d'une voix coincée, il semblait aussi peu à son aise que Gabe.

Pour leur soir de repos à Nashville, les Dekes mangèrent des steaks énormes. Pendant le dîner, Yorkie prit Gabe à part et lui posa des tas de questions concernant le gardien des Mustangs. De toute évidence, il ne pensait qu'à marquer un autre but. De l'autre côté sur la banquette, il y avait Dave Symons, une recrue récemment repêchée à la LAH et qui jouait défenseur. D'après Gabe, Symons risquait de remplacer Kitty pendant que la haute direction cherchait une solution au problème qu'il représentait. Symons tenait manifestement à faire bonne impression : il écoutait Yorkie et s'accrochait aux paroles de Gabe. Ému de cet enthousiasme juvénile, Gabe répondait de bon cœur aux questions, sans se soucier que son assiette refroidisse.

Le temps était clément, aussi en quittant le restaurant retournèrent-ils à l'hôtel à pied. Peu pressé d'arriver, Gabe s'attardait à l'arrière du groupe. Baller ralentit le pas pour marcher à ses côtés.

— J'ai remarqué que les jeunots t'avaient accaparé au dîner ! s'exclama-t-il avec entrain.

Sans doute avait-il bien dormi dans l'avion pour avoir aussi vite récupéré.

— Ne te fous pas de leur gueule, protesta Gabe, tu faisais la même chose il n'y a pas si longtemps.

En son for intérieur, il reconnut qu'il préférait sa nouvelle relation avec Baller, plus adulte, d'égal à égal, même si ça lui paraissait parfois malhonnête.

— Le temps passe si vite ! Au fait, j'ai appris un truc intéressant.

Il fit une pause dramatique.

— Quoi ? insista Gabe.

— Il y a un bain à remous sur le toit de l'hôtel !

Les muscles de Gabe, toujours endoloris malgré une sieste, une douche et divers étirements, frémirent d'anticipation.

— Tu as raison, c'est intéressant. Et même *très* intéressant !

— Alors, j'apporte de la bière, tu te charges des collations et nous oublions tous les deux le hockey cette nuit.

— Super programme !

Bizarrement, Gabe était sincère, alors qu'il aurait dû redouter une soirée en tête-à-tête avec Baller. Ce désir qu'il ressentait avait toujours été un problème, mais depuis son coming-out, Gabe contrôlait moins bien ses émotions. Il appréciait plus Baller que c'était sage envers un coéquipier et il ne le dirait jamais, parce qu'il s'en voudrait trop de gâcher leur amitié. Pourtant, Gabe trouvait réconfortant d'avoir de vrais sentiments pour un homme qui savait tout de lui.

La digue s'était rompue, Gabe devait nager.

Ce soir-là, il eut une brève conférence téléphonique avec Trish et Erika concernant la *Pride de Nuit*. Puis il dut réévaluer sa décision.

Tout d'abord, en arrivant sur le toit-terrasse, il trouva Yorkie et Symons déjà immergés. Et d'après leurs rires bruyants, ils étaient aussi bien imbibés – sans doute à cause de Tips, leur chaperon ce soir.

Le spa était à plusieurs places, mais Gabe hésita. Avait-il envie d'y entrer ? Et serait-il le bienvenu. Ses coéquipiers n'allaient-ils pas répugner à être à poil devant lui maintenant qu'ils le savaient gay ? Il envisagea d'envoyer un texto à Baller et de trouver une autre occupation…

— *Gabe* ! Tu as apporté des chips ! Je *t'adore* !

Bien, Gabe avait la réponse à une de ses questions, mais déjà, d'autres naissaient. Au dîner, Yorkie avait avalé son poids en viande. Comment pouvait-il *déjà* être ivre et avoir encore faim ?

Gabe toisa Tips, les sourcils froncés.

— S'ils vomissent dans ce spa, je te dénonce à Flash.

Tips grogna :

— Je n'ai pas pu résister à leurs yeux de Chat Potté !

105

Si la présence de Gabe le mettait mal à l'aise, ça ne se voyait pas. Mais peut-être était-il un excellent acteur.

— Tu aurais fait quoi à ma place ? insista Tips.

Malheureusement, Gabe n'avait pas de réponse. Lui aussi cédait souvent aux demandes des jeunes et des recrues. Avec un soupir, il jeta sa serviette sur une chaise longue et entra dans l'eau.

Quel pied ! Il ferma les yeux.

— Waouh ! La fête a commencé sans moi ? Je suis en retard ?

Gabe ouvrit les yeux et vit Baller poser un pack de bières sur le bord du jacuzzi. Il était déjà torse nu et son maillot, qui aurait pu être décent sur un autre, moulait son cul et ses cuisses. Ses cheveux, qui ce soir ne portaient pas de gel, lui retombaient dans les yeux. Les longues mèches brunes paraissaient d'aspect soyeux.

Gabe apprécia soudain la présence des témoins : ça l'empêcherait de trop regarder.

— Oui, tu es en retard, répondit Symons, mais vu que tu apportes de la bière, tu es pardonné.

Aussitôt, Gabe réagit et l'aspergea d'eau.

— Pas touche à nos stocks, recrue ! Si tu veux de la bière, va en acheter. Oh, j'oubliais : tu ne peux pas ! Tu n'as pas encore l'âge légal !

Baller s'émergea dans le bain à remous avec un gémissement presque pornographique.

— Désolé, Slimer [20], il n'y en a que pour deux.

Il jeta un coup d'œil à Gabe, les joues déjà rouges à cause de la chaleur de l'eau, et lui tendit une bière.

— Santé ! Je ne suis pas le seul à avoir cette idée, on dirait.

— Merci.

Quand les genoux de Baller touchèrent les siens sous l'eau, Gabe frissonna. Il inspira un grand coup pour se calmer. *Tu as vingt-huit ans*, s'admonesta-t-il. Aucune excuse pour se comporter en adolescent.

Symons intervint :

— Tipsy, allez ! C'est ton tour !

Gabe comprit alors que Tips n'avait pas fait boire les mineurs. C'était juste un jeu à shots.

Tips soupira et renversa la tête vers le ciel.

— Yorkie, qu'est-ce que tu préfères ? Chanter ou danser ?

---

20 Personnage de la franchise *Ghostbusters* : grosse limace vert pomme.

Sa voix indiquait qu'il parlait sous la contrainte.

— Quoi ? hoqueta Gabe.

Yorkie tourna vers lui des yeux embrumés.

— Oh, tu n'as jamais joué ? Tu ne sais pas ce que tu rates, Gabe !

Puis une pensée lui venant, il fronça les sourcils,

— Hé ! reprit-il. Ce n'est pas juste ! Pourquoi tu n'as pas de surnom ?

— Oui ! insista Symons. Tout le monde en a un. Même moi, alors que je ne le méritais pas !

Baller éclata de rire.

— Tu es devenu « Slimer » depuis le dernier barbecue, quand tu as vomi de la margarita vert pomme sur la terrasse de Flash. Si tu veux mon avis, tu as bien mérité ton surnom !

Oh, Gabe ignorait cet incident. En y réfléchissant, il était très heureux de ne pas y avoir assisté. Il se tourna une fois encore vers Tips.

— Tu surveilles sa consommation, j'espère ?

Sans laisser à Tips le temps de répondre, Yorkie se mit à compter sur ses doigts :

— Regarde les autres surnoms : Slimer, Flash, Olie, Tips. Pourquoi j'ai hérité de Yorkie, hein ? Ça fait mini-toutou !

— Ça te va très bien ! répondirent en chœur Gabe et Tips.

— Et puis il y a *Baller* !

Baller se rengorgea comme un paon.

— Oui. J'ai un surnom génial ! J'ai toujours eu de la chance. En plus, de baiseur suprême, ça me représente parfaitement !

Gabe roula des yeux.

Yorkie se tourna vers lui et insista :

— Tu devrais avoir un surnom de hockey, Gabe.

Gabe ne se sentait pas exclue. Il aurait été mortifié qu'on lui donne un surnom comme *Baller*, même Yorkie était mieux, en fait.

— Lequel ? demanda-t-il. Mon nom de famille ne s'y prête pas.

Baller se prêta aussitôt au jeu :

— En prenant la première syllabe de Martin, on obtient… Marteau ou Martyr ? Non ! protesta-t-il, le nez plissé, c'est trop à consonance catho.

— C'est bien ce que je disais, répéta Gabe. Mon nom ne s'y prête pas.

— Attends, intervint Slimer. Essaye avec « sy ». Martsy ? Non, pas terrible.

Yorkie pencha la tête.

— Marty, alors, ajouta-t-il. Non, trop banal.

107

Exactement.

— Je crois que je vais garder Gabe.

— Et si on testait ton prénom ? Gaber ?

Sauf qu'en anglais, cela se prononçait : *Gay-ber*.

Gabe grimaça, attendant les rires inévitables...

Mais Yorkie pâlit.

— Oh, désolé. Je comprends que tu préfères éviter... tu as raison, restons-en à Gabe.

Gabe leva sa bière pour porter un toast.

— Merci. À présent, expliquez-moi les règles de votre jeu idiot.

Baller ricana.

— Personnellement, j'ai toujours joué la version sexe. Les questions sont du genre : qui tu préfères baiser, ta grand-mère ou ta prof de maths en secondaire ?

Gabe ouvrit de grands yeux.

— C'est horrible !

— Hé, tu peux aussi donner des options attrayantes !

— Même pour jouer, ajouta Slimer, Yorkie refuse de baiser quelqu'un d'autre que sa copine, alors, nous avons dû adapter les questions.

Serait-ce grossier de rire ? se demanda Gabe. Il se mordit l'intérieur des joues pour retenir ses ricanements.

— Je vois. Il faut effectivement ménager le véritable amour.

Tips jeta sur Yorkie la capsule de la bouteille de Gabe.

— Alors, gamin, tu réponds ou pas ?

Yorkie soupira.

— Chanter, je pense. Je ne sais *vraiment* pas danser. En plus, je serais distrait par la musique des haut-parleurs.

Baller secoua la tête.

— Tu ne sais pas chanter non plus, Yorkie. Je t'ai entendu sous la douche, j'ai beaucoup regretté de ne pas être sourd !

— Oui, mais dans la salle de bain, je n'ai pas de micro. Et puis, conduire pourrait être dangereux !

Yorkie se tourna vers Slimer.

— Que préfères-tu...

Gabe n'entendit pas la suite, car Baller s'adressait à lui :

— Si tu veux, chuchota-t-il, nous pouvons aller nous détendre ailleurs.

Mais ça ne dérangeait pas Gabe de rester ici. Pendant la plus grande partie de sa carrière, il avait évité ce genre de rassemblements avec les autres. C'était une nouvelle expérience pour lui, même s'il espérait que Slimer ne réitère pas la performance lui ayant valu son surnom.

— Hé ! Si vous restez, vous devez jouer aussi. Sinon, c'est pas juste !

Au scintillement de ses yeux bruns et à ses lèvres frémissantes, Gabe sut que Baller retenait un fou rire.

— Qu'en dis-tu ?

De toute évidence, les recrues les accueillaient sans déplaisir. Gabe regarda Tips.

— Ne suis-je pas trop vieux pour ce jeu ?

— Putain, non ! Si je m'y colle, pourquoi pas toi ? Le gosse a raison. Et Dieu sait que ça me fait mal de l'admettre.

Gabe se tourna vers Baller.

— Et toi ?

Baller éclata de rire.

— Oh, je suis trop vieux pour ça, c'est certain, mais jusqu'à ce jour, l'âge mûr ne m'a jamais empêché de faire des conneries. D'accord, les jeunes, on y va !

Pendant que Yorkie réfléchissait, Gabe ouvrit un des sacs de chips.

— Baller, déclara enfin Yorkie, tu préférerais porter les mêmes chaussettes pendant un mois ou le même boxer pendant une semaine ?

Oh, Seigneur !

— Je comprends mieux ton « c'est horrible ! », Gabe, marmonna Baller. Je vote pour le boxer. Je risquerais de perdre mes pieds si je gardais les mêmes chaussettes dans mes patins pendant un mois. À moi, maintenant. Slimer ! Tu préférerais rencontrer demain l'amour de ta vie ou rester célibataire avec un plan cul tous les soirs ?

Symons avait, quoi, dix-neuf ans ? Gabe s'attendait à le voir choisir les multiples aventures, ne serait-ce que pour jouer à l'adulte.

Il se trompait.

— Peuh ! Le véritable amour, évidemment.

La surprise de Gabe devint un véritable choc quand Baller secoua la tête.

— Tu as raison. C'était idiot.

Sans laisser à Gabe le temps de le faire, Yorkie formula la question qui lui brûlait les lèvres :

— C'est *toi* qui dis ça, Baller ? demanda-t-il, incrédule. Toi, le tombeur de ces dames ?

Baller haussa les épaules.

— Oui, parce qu'après avoir connu d'innombrables aventures au fil de mes errances, je ne suis pas opposé à l'idée de poser mes valises pour savourer le bonheur domestique. D'ailleurs, qui sait si je ne rencontrerai pas l'amour de ma vie dans un bar, au milieu de tous ces corps chauds et excités qui se trémoussent sur la piste, hein ? Les plans cul, c'est sympa, mais ça n'a qu'un temps. Mes parents sont encore super amoureux l'un de l'autre. Même moi, ça me fait rêver…

En vérité, pensa Gabe, Baller saurait aimer. Il était du genre à tout donner quand il avait un objectif. Bien sûr, il était lourd parfois, mais il avait tant de qualités pour le compenser : gentil, loyal, drôle et honnête. Des qualités fondamentales chez un partenaire.

Dommage que Gabe ne puisse jamais le vérifier in situ.

— Il faudra être asexué pour dire le contraire, remarqua Tips. Ou manquer totalement de romantisme. Ou être vraiment une pute !

L'Amour avec un grand A le faisait-il rêver ? se demanda Gabe. Avant son coming-out, il avait préféré ne pas y penser. Oh, il espérait un jour rencontrer « l'élu », mais pour ça, mieux valait attendre d'avoir raccroché ses patins, oui, c'était plus sensé.

Aurait-il changé d'avis ?

Sans le vouloir, il jeta un coup d'œil à Baller.

Baller croisa son regard et agita la main.

— Hé, c'est parce qu'il a dit « pute » que tu penses à moi ? À qui le tour ?

Slimer, l'œil vitreux, se tourna vers Gabe.

— À moi. Hum, Gabe. Vous préférez… un beignet ou une part de tarte ?

La question paraissait… tarte. Gabe vérifia auprès de Yorkie, perplexe, mais aussi très ivre. Gabe tourna alors les yeux vers Tips, qui fronçait les sourcils. Pourquoi cette question stupide et sans intérêt ? Était-ce une preuve de respect ? Après tout, Slimer le vouvoyait, peut-être tenait-il à initier en douceur un néophyte à ce jeu idiot.

Ou était-ce pour ne pas le créer un malaise ? Gabe étant gay, une question d'ordre sexuel ne risquait-elle pas de plomber l'ambiance ?

Peut-être aussi Slimer était-il nul à ce jeu.

— Précise la question, déclara Gabe, c'est pour manger ou me branler avec ?

Tips éclata d'un rire rauque.

Yorkie écarta les mains.

— Se branler avec un morceau de tarte ? N'importe quoi ! C'est trop petit !

— Tu peux toujours te branler avec le beignet et le manger après, suggéra Baller.

— C'est dégueulasse! se récria Tips. Si je me branlais avec un beignet, il n'en resterait que des miettes!

— Parce que tu es une brute...

— Ben voyons, tu veux faire des câlins à un Donut?

— Imagine toute la bonne crème dedans!

Gabe secoua la tête avec un soupir. Sans plus écouter les trois autres, il répondit à Slimer :

— La tarte. À l'ananas.

— À la nana?

Yorkie se mit à rire si fort qu'il fut secoué de hoquets. Gabe et Baller le sortirent du spa et l'entraînèrent jusqu'à un palmier en pot. Pendant qu'il vomissait, Gabe le tint par un bras, Baller par l'autre.

Le short de Baller remontait sur ses jambes et des gouttelettes coulaient sur sa peau nue. Gabe les suivit des yeux. Il inspira un peu fort et se lécha les lèvres. Quand Baller se pencha, exposant son cul parfait, les gouttes formèrent un petit lac au creux de ses reins.

Merde. Gabe devait arrêter de le regarder comme ça. Surtout après cet étonnant discours sur l'amour vrai. En plus, ils n'étaient pas seuls, les trois autres risquaient de remarquer que...

Baller regarda par-dessus son épaule, il croisa les yeux de Gabe et...

Il piqua un fard.

Pourquoi rougissait-il? Ne devrait-il pas plutôt être choqué, sinon furieux que Gabe contrôle mal ses pulsions? Ne devrait-il pas...

Yorkie gémit et se remit à dégobiller, ce qui coupa court aux troublantes pensées de Gabe. Il grimaça et tapota le dos du jeune.

— Hé, Yorkie? Que préfères-tu, dégobiller dans un palmier sur un toit d'hôtel ou sur la terrasse de ton capitaine?

LE LENDEMAIN matin, à l'entraînement, Kitty n'était pas là.

Selon le communiqué officiel, que Dante lut par-dessus l'épaule de l'entraîneuse sans même faire semblant de s'en cacher, prétendait qu'il souffrait d'une blessure aux jambes.

— C'est plutôt dans sa tête que ça ne va du tout, marmonna Dante.

En l'entendant, St. Louis releva la tête et lui ordonna d'aller patiner avec le reste de son équipe.

Slimer était en ligne avec Bricks. Si certains pensaient que c'était une grosse responsabilité pour un gosse à son premier match de la LNH, personne

111

n'en parla, en tout cas pas à portée d'oreille de l'entraîneuse ou de Dante. De toute façon, St. Louis semblait avoir la tête ailleurs. Manifestement, elle en avait gros sur la patate.

Une fois l'entraînement terminé, les joueurs retournèrent au vestiaire. St. Louis entra, un bloc serré contre elle, la mine orageuse. Elle échangea un regard avec Flash, qui hocha la tête et quitta son casier pour s'asseoir à côté de Gabe.

Aussitôt, Dante comprit ce qui allait se passer. Et Gabe le savait aussi, car un muscle se crispait sur sa mâchoire.

— Je ne vais pas y aller par quatre chemins, déclara St. Louis. Nous avons appris qu'une manifestation homophobe était prévue au match de ce soir. Les Mustangs ont engagé des gardes supplémentaires et renforcé la sécurité, il y aura des barricades pour éviter que les émeutiers envahissent la patinoire, mais ça ne va pas être joli joli. Vous êtes tous avertis de ce qui se prépare, ne faites rien susceptible d'enflammer la situation, ne regardez pas ces connards, ne lisez pas leurs panneaux, ne réagissez pas à leurs provocations. Ils ne méritent que notre mépris. En plus, ils seront refoulés.

Dante en eut la nausée. Quant à Gabe, il avait le teint verdâtre et les épaules voûtées.

Flash marmonna quelques mots en français, mais Gabe secoua la tête, le visage durci et empreint d'une sombre détermination. Il comptait donc jouer envers et contre tout.

Dante frappa dans ses mains.

— Montrons-leur ce que nous pouvons faire, alors !

— Putain, oui !

Dante examina ses coéquipiers. À leurs visages inquiets, il devina leurs doutes et appréhensions. Quelque part, il le comprenait : les Dekes avaient besoin de victoires décisives ou de buts solides pour retrouver leur confiance en eux. Pour le moment, chacun se sentait déçu, sinon rejeté par la glace. Avec la star de l'équipe ébranlée par le récent scandale et le meilleur défenseur viré pour connerie, gagner le prochain match serait très difficile.

Pendant la sieste, avant le match, Dante mit un temps fou à s'endormir. D'habitude, il n'avait aucun mal à se détendre. Dormir, c'était facile, non ? Même un bébé y parvenait. Même Yorkie ! Dans le lit d'à côté, le gamin ronflotait, le nez dans son oreiller, bras et jambes écartés.

Mais pas Dante. Son cerveau tournait en vrille, cherchant les divers scénarios susceptibles d'arriver ce soir. Des gens allaient se rassembler et protester… contre quoi ? Contre le fait que Gabriel Martin existe et qu'il ait le « culot » de pratiquer un sport professionnel ?

Déjà, c'était nul.

Pire encore, Gabe entrerait dans l'arène ce soir convaincu le public le haïssait d'être ce qu'il était, qu'il le méprisait, qu'il le considérait comme un moins que rien. Même si le reste de l'équipe le soutenait et l'encadrait – Dante savait déjà que Flash et Olie se voyaient même comme ses gardes du corps –, Gabe se sentirait la seule cible de la haine.

Et c'était faux. Même si ces sales cons d'homophobes l'ignoraient encore, Dante était à mettre dans le même panier. Il devrait donc partager l'anathème et le rejet.

Seulement, il ne pouvait pas faire son coming-out maintenant. Ça n'aiderait nullement Gabe, au contraire, ça l'enfoncerait parce que les journalistes se demanderaient aussitôt si les deux coéquipiers couchaient ensemble, ce qui ne ferait qu'aggraver la tension générale. Dante devrait donc la boucler jusqu'à…

Quand ? Il n'en savait rien. Pendant l'intersaison, peut-être.

Avec un soupir silencieux, il quitta son lit, décidé à faire taire son cerveau sans réveiller Yorkie. Il passa dans la salle de bain, alluma la douche et resta un moment sous le jet bouillant. Il se concentra sur le martèlement de l'eau sur sa peau et sur le carrelage.

Il n'aurait pas à se cacher éternellement, se répétait-il. La situation était pénible, mais temporaire.

Tout comme son incapacité à dormir.

Dante ferma les yeux et appuya les mains contre le mur. *Pense à autre chose. À un truc relaxant.*

Le bruit de l'eau lui rappela le bain à remous de la nuit dernière. C'était un bon souvenir, aussi Dante se concentra-t-il dessus. Il se revit rire avec ses coéquipiers, taquiner Yorkie d'être aussi fou amoureux de sa copine. Puis il évoqua le moment où, en se retournant, il avait surpris Gabe à le regarder. Cet éclat brûlant dans les yeux bleu glacier, cet éclat qui n'avait duré qu'un instant, Dante était certain que c'était… du désir.

Un désir qu'il éprouvait également, il en sentait la chaleur se répandre à travers son corps.

D'accord, ce n'était pas du tout relaxant. En revanche, c'était une bonne distraction.

Dante avait essayé de ne pas y penser. Il était conscient de son physique, il se savait « sexy », du moins, ceux qu'ils rencontraient le pensaient. Mais jamais il n'aurait imaginé que Gabe soit du même avis.

Bien sûr, Gabe ne ferait jamais un geste, quelle que soit son attraction. Même si Dante brandissait un panneau avec écrit dessus «Embrasse-moi, je suis bi!», même s'il tortillait du cul et faisait un strip-tease, Gabe penserait à une plaisanterie.

Non, Gabe ne l'embrasserait jamais. Il ne mettrait jamais les mains sur lui – enfin, ailleurs que sur la glace. Il ne se collerait jamais à lui, assez pour faire sentir à Dante la force de son érection, il ne se penchait pas vers lui, il ne prendrait pas la queue de Dante dans sa main…

Dante sursauta et ouvrit les yeux. Sidéré, il regarda son sperme se répandre sur le mur carrelé, couler et disparaître avec l'eau dans le drain. Eh bien, c'était… une façon de se changer les idées.

Dante coupa l'eau, il attrapa sa serviette et se sécha avec énergie. Une fois rhabillé, il quitta la salle de bain et retourna dans son lit.

Peut-être s'était-il donné de nouveaux soucis à ressasser, mais les lois de la biologie humaine lui permirent de s'endormir à peine sa tête sur l'oreiller.

Lorsque l'alarme sonna, Dante et Yorkie se levèrent ensemble pour se préparer, mais l'atmosphère était tendue.

— Je sens que ça va être atroce, marmonna Yorkie.

Il ne parvenait pas à nouer sa cravate. Agacé, Dante s'en chargea lui-même.

— Oui, sûrement. Mais vois le bon côté des choses.

Yorkie attendit. Il s'impatienta quand Dante ne termina pas sa phrase :

— Lequel ?

Ayant terminé de nouer la cravate, Dante soupira et s'écarta.

— Eh bien, je n'en ai aucune idée. J'espérais que tu me le dirais. Au moins nous sommes beaux, pas vrai ?

Yorkie le regarda avec une grimace, puis il désigna la tête de Dante.

— Tes cheveux sont tout hirsutes, tu en es conscient ?

Merde, Dante s'en voulut de s'être couché les cheveux mouillés, mais il n'avait pas le temps de repasser sous la douche. Il tenta de mater ta tignasse avec un rapide coup de peigne et du gel. Puis il se précipita vers la porte, Yorkie sur ses talons. Le bus devait déjà attendre.

LE GROUPE homophobe était important et bruyant, les gens agitaient des panneaux que Gabe aurait préféré ne pas lire – tout en ne pouvant l'éviter. Il se força à détourner la tête.

Ses mains tremblaient.

— *Calme-toi, mon vieux* [21], murmura Flash.

Gabe prit une profonde inspiration pour essayer de se ressaisir.

— *Tout ira bien, tu crois ?* souffla-t-il.

Flash sourit en réponse.

— *Oui, exactement.*

Le bus s'arrêta.

Au premier rang, St. Louis se leva.

— Nous y sommes. N'oubliez pas ce que je vous ai dit, d'accord ? Rien à foutre de ces sales cons !

Un cri d'agrément unanime s'éleva. D'un coup de coude, Flash poussa Gabe à se redresser. Il obéit, tout engourdi.

— On fait quoi au juste avec lui ? demanda Baller.

Pardon ?

Gabe ne comprit qu'en entendant Flash répondre :

— Entourez-le et faites-le entrer aussi vite que possible. Tu es le moins grand, reste en arrière-garde.

Bricks, un mètre quatre-vingt-dix de muscles solides, se leva et roula des épaules.

— Aucun problème.

Quelques gars sortirent du bus les premiers et se dirigèrent vers la porte, comme St. Louis le leur avait recommandé.

— Ne traînez pas !

Une fois le bus partiellement dégagé, il fut plus facile de s'organiser.

— Il n'est pas nécessaire de… commença Gabe.

Bricks lui coupa la parole :

— Si ! À mon avis, ils ne tenteront rien, mais avec des cons pareils, je n'ai pas confiance.

Trop soulagé pour discuter davantage, Gabe ravala ses protestations.

Ils n'échangèrent plus un mot. Bricks et d'autres joueurs parmi les plus costauds quittèrent le bus et attendirent à sa porte. Ensuite, Flash poussa Gabe à descendre et le suivit de près.

Une fois sur le trottoir, ils se placèrent en phalange et avancèrent d'un pas rapide, Flash restant collé à Gabe, comme pour mieux le cacher. Il ne put cependant bloquer les insultes, le bruit et les panneaux colorés que brandissaient les contestataires.

Gabe se sentait littéralement agressé.

---

21 En français dans le texte originel

Une fois la porte passée, Flash entraîna Gabe vers le couloir et les autres se déployèrent, lui laissant plus d'espace sans pour autant s'éloigner.

En arrivant aux vestiaires, Flash tenait encore Gabe par le bras. Il ne le lâcha que devant le banc marqué à son numéro.

Il lui ébouriffa les cheveux.

— On s'est plutôt bien débrouillé, *non*?

Gabe avait du mal à respirer, il eut un pâle sourire.

— Je suis arrivé entier.

— Exactement.

La porte s'ouvrit et Gabe ne put s'empêcher de faire un bond, l'adrénaline bouillonnant encore en lui. C'était Baller. Il se laissa tomber sur le banc d'à côté.

Il lui donna un coup d'épaule en grognant :

— Enfoirés!

— Oui.

Le silence régnait dans le vestiaire. Personne ne semblait d'humeur à plaisanter. Gabe sentit la culpabilité lui nouer l'estomac. C'était à cause de lui que ses coéquipiers subissaient cette tension supplémentaire !

Peu après, ils étaient tous sur la glace pour s'échauffer. Les Mustangs s'écartèrent pour leur laisser de la place, comme pour s'excuser du comportement inadmissible de certains de leurs concitoyens.

Dans les gradins, les fans semblaient assez calmes eux aussi. Du moins, Gabe ne se fit pas huer dès le début du match.

Ensuite, tout alla de travers, comme toujours ces derniers temps.

Au milieu de la première période, l'arbitre colla une pénalité à Slimer. Les joueurs s'alignèrent et reformèrent leur ligne. Gabe jeta un coup d'œil vers les gradins et se figea. Au premier rang, face aux caméras, un groupe de spectateurs avait ôté sa veste. Tous portaient un maillot blanc avec une lettre peinte dessus et, ainsi alignés, ils écrivaient la phrase : MORT AUX PÉDÉS !

Gabe pensa qu'il allait vomir.

— Gabe ! cria Flash.

Gabe regardait toujours la rangée.

S'agissait-il de pro-Mustangs ou de cinglés ayant forcé le barrage de sécurité?

— Je pensais que les tarés seraient consignés dehors ! aboya Baller.

Il posa sa main gantée sur l'épaule de Gabe et le secoua.

— Arrête, Gabe ! insista-t-il. Ne leur donne pas le plaisir de t'atteindre.

116

Gabe ne répondit pas. Une fois encore, ses mains tremblaient.

Flash arriva à toute vitesse.

— La sécurité s'occupe de les virer. L'arbitre demande si tu veux une minute pour te reprendre.

Cette fois, Gabe retrouva ses esprits.

— Non. Sûrement pas. Je joue.

Baller afficha un sourire de requin.

— Oui, oublie ces enfoirés.

Flash hocha la tête.

— D'accord.

Lorsque Gabe quitta la glace, il vérifia la rangée et la trouva à moitié vide. Il s'assit sur le banc.

L'entraîneuse approcha et lui tapa sur l'épaule.

— Vous avez bien joué.

Elle se pencha soudain pour engueuler Bricks.

Le reste de la première période se déroula sans surprise, toujours pas de but. Aussi Gabe commença-t-il à se détendre. Il se réhydrata, vérifia son équipement et écouta d'une oreille le baratin habituel de Flash. Baller était de l'autre côté de la pièce, derrière le capitaine. En croisant le regard de Gabe, Baller mima – en récitant de mémoire – certains passages éculés du discours. Gabe tenta de lui lancer un regard sévère, mais il ne put retenir un sourire.

Olie, devenu plus amer au fur et à mesure que des défaites s'accumulaient, restait désormais à l'écart de l'équipe? Cette fois, il semblait un peu rasséréné à la reprise du match alors que tous s'élancèrent sur la glace.

Naturellement, cette euphorie relative ne dura pas.

Dix-neuf secondes après le début de la deuxième période, le capitaine des Bourrins piqua le palet à Baller et fit une passe à son centre, le gars fonça aussitôt à travers la glace, Flash sur ses talons. Avant que la défense des Dekes puisse réagir, le palet passait déjà à l'ailier droit des Mustangs. Il fit une passe aveugle et le palet passa au-dessus de l'épaule d'Olie presque avant que Gabe le voie décoller.

Merde.

Il expira fortement par le nez. Bien. Un but n'allait pas les briser. Ils pouvaient encore remonter et gagner. Gabe comptait bien se donner à fond et marquer.

Au cours de la période suivante, ses coéquipiers jouèrent de façon admirable, ils gardèrent le plus souvent le palet. Baller, à un moment assis lui aussi sur le banc avec Gabe, vibrait littéralement d'excitation. Olie n'eut que quelques buts à bloquer, les Dekes, en revanche, tiraient constamment. Le gardien des Mustangs parvint à tout bloquer.

C'était douloureux à regarder. Gabe serrait si fort les dents qu'il avait les mâchoires tétanisées. Pour ceux qui étaient sur la glace, c'était pire.

Les Dekes essayèrent toutes les techniques. Sur le papier, ils auraient dû marquer. Ils ne le firent pas. Malgré deux bonnes occasions pour Baller et une passe incroyable de Flash qui envoya le palet droit sur la lame de Gabe, aucun but ne rentra.

La période se termina par un score de 1 à 0 en faveur des Mustangs.

Gabe s'affaissa, l'esprit en déroute. En dix ans de carrière professionnelle dans le hockey, il avait connu des difficultés, aussi bien à titre personnel qu'en tant que membre de l'équipe. Mais là, c'était différent. Et comme la malchance des Dekes faisait suite à son coming-out, il ne pouvait s'empêcher de se sentir responsable. Du coup, il était tenté de se cacher au fond d'un trou, comme un ado traumatisé par un appareil dentaire et une mauvaise haleine.

Ses coéquipiers ressentaient également le poids de ces défaites. Seuls Yorkie et Slimer gardaient le moral, trop excités à l'idée de jouer avec les pros. Baller, lui, s'enfermait dans un silence inhabituel. Il paraissait même totalement éteint et c'était effrayant. En temps normal, il était le plus bruyant, le plus brillant, le plus heureux de vivre du vestiaire.

En dehors de la glace, Gabe était un homme discret, il n'avait jamais interrogé un coéquipier sur d'éventuels problèmes ou tenté de lui remonter le moral. Désormais, il n'avait plus son excuse habituelle comme quoi, cachant un secret, il était mal placé pour demander à connaître ceux des autres. Et puis, Baller l'avait épaulé plus d'une fois au cours des dernières semaines. Il était plus que temps que Gabe lui renvoie l'ascenseur, même s'il ignorait comment s'y prendre. Il trouverait bien une idée. Baller méritait cet effort.

À Los Angeles, les Dekes perdirent le match de matinée de 3 à 2.

Désormais, Dante commençait à penser que son équipe ne gagnerait plus jamais. Cette défaite lui était d'autant plus amère qu'à la fin de la première période, les Dekes menaient par 1 à 0. Dante avait marqué les deux points du match, le premier en simple but, le second, sur une passe décisive de Flash à la troisième période. Malgré cela, Dante se sentait totalement anéanti.

Gabe avait dû le remarquer, parce qu'en revenant à hôtel, il abandonna sa place habituelle dans le bus, à côté de Flash, pour s'asseoir avec Dante.

— Si j'avais scoré ce soir, je ferais au moins semblant d'être heureux.

Gabe avait envoyé deux passes décisives, pourtant, il semblait à peine moins sinistre que Dante.

Malgré lui, Dante esquissa un sourire.

— N'importe quoi !

— Oui, tu as probablement raison. Mais là n'est pas la question. Moi, je suis toujours morose, pas toi. Tu veux m'expliquer ce qui ne va pas ?

Seigneur, Dante aurait bien voulu vider son sac, mais comment pouvait-il dire : *je suis bi, ma grand-mère a peur que tu me séduises et que j'aille en enfer et je ne peux en parler à personne parce que tout le monde croira que nous sommes déjà amants...*

— Merci, mais c'est compliqué. C'est juste... un problème familial. Il n'y a rien à expliquer.

— D'accord.

Dante se mordit la lèvre.

— Et si nous recommencions à nous entraîner un peu plus ? Il doit y avoir un moyen d'améliorer...

Il s'interrompit en voyant Gabe secouer la tête.

— J'ai une meilleure idée ! Viens me rejoindre dans ma chambre, après le dîner avec l'équipe, d'accord ?

Dante repoussa fermement les idées lubriques que lui suggérait son cerveau. L'invitation de Gabe n'était pas une proposition romantique ! En bon mentor, il cherchait juste une solution pour marquer des buts.

Dante répondit néanmoins :

— Dans ta chambre ! Waouh !

Comme il s'y attendait, Gabe se contenta de lever les yeux au ciel.

Une demi-heure après le dîner, Dante frappait la porte de la chambre de Gabe. Quand ce dernier lui ouvrit, il portait un pantalon de survêtement et un vieux tee-shirt qui devait dater de ses années chez les juniors. Le tissu, effiloché par l'usage, moulait étroitement une poitrine solide. En général, Dante n'avait pas de complexes quant à son physique, mais regarder les biceps de Gabe gonfler les manches de son vieux tee-shirt le fit soudain douter de ses attraits.

119

— Je suis venu, comme tu l'as demandé, annonça-t-il. Mais je n'ai toujours pas compris ce que nous étions censés faire.

— Quoi, ma compagnie ne te suffit pas ? plaisanta Gabe.

Il s'écarta de la porte et fit un geste pour inciter Dante à entrer. La chambre était banale, un grand lit, un comptoir avec une télévision, un petit bureau dans un coin et un siège qui ne semblait pas d'un grand confort.

Dante s'assit sur le matelas.

— Si, bien sûr, mais je me creuse la cervelle depuis que tu m'as annoncé avoir une meilleure idée que nous entraîner davantage. Si tu voulais juste qu'on traîne ensemble au lit...

Comme d'habitude, il avait parlé sans réfléchir et sans peser ses paroles.

Gabe piqua un fard, mais il ne répondit pas à la provocation – involontaire. Dante en fut soulagé. Il ignorait quelle aurait été sa réaction dans le cas contraire.

Gabe le toisa sévèrement :

— Si tu squattes mon lit, enlève au moins tes chaussures ! Tu te crois où ?

Dante obtempéra sans discuter. Quand il releva la tête, Gabe récupérait la télécommande du téléviseur.

— Ah, je vois, nous allons décortiquer le match.

Ce n'était pas idiot. Peut-être comprendraient-ils ce qui n'allait pas dans l'équipe.

Dante enchaîna :

— Crois-tu que mon tir au poignet* puisse être... Quoi ?

Il ne comprenait pas le regard que Gabe lui lançait.

— Qu'est-ce que je viens de dire, Baller ?

Et soudain, Dante eut un flash-back : il se revit à l'école, incapable de répondre à la question du professeur parce qu'il avait été trop occupé à échanger des messages avec Maisie Harris.

— Euh... que nous n'allions pas nous entraîner ?

— Oui, confirma Gabe. Tu n'en as pas besoin. Tu as marqué deux buts ce soir. Nous vivons une période difficile contre des équipes qui jouent plutôt bien et nous avons perdu notre meilleur défenseur. Kitty avait beau être le roi des cons, son départ ne nous arrange pas.

Dante reconnut la vérité de ces paroles, tout en ne voyant pas en quoi ça pouvait aider les Dekes à renverser la vapeur et recommencer à gagner.

Gabe alluma la télé. Puis il ajouta :

— Toutes les équipes, aussi bonnes soient-elles, connaissent de temps à autre une série de défaites, c'est un fait avéré.

Dante le savait, ce n'était pas pour autant qu'il appréciait d'entrer dans ce genre de statistiques à la con.

— D'accord. Et alors ? J'espérais que tu m'avais convoqué pour faire cesser cette fichue malchance !

Gabe lui remit une petite boîte blanche, puis il s'assit à côté de lui sur le lit et s'empara d'un oreiller qu'il cala derrière son dos.

— Nous donnons tout au hockey, déclara-t-il. Maintenant, le boulot, c'est terminé, nous sommes en pause, alors, autant se détendre. Je n'ai pas emporté mon sac de golf, mais…

Cette fois, Dante regarda l'écran. Surpris, il eut un bref éclat de rire.

— Du Wii golf ? Où as-tu trouvé cette console ? Ça date de Neandertal, non ?

Gabe esquissa un sourire ironique.

— À LA, on obtient tout ce que l'on veut en y mettant le prix et on se le fait livrer à n'importe quelle heure du jour ou de la nuit.

Dante secoua la tête tandis qu'une bouffée d'affection montait en lui.

— Et plutôt que le sexe tarifé, tu as choisi une Wii ?

Gabe ne cacha pas son amusement.

— Je craignais que nous n'ayons les mêmes goûts.

— Hé, question sexe, je suis toujours partant pour tester de nouvelles expériences ! Il y a juste la pipe, je les reçois, je n'en fais…

Putain ! Une fois encore, Dante avait parlé trop vite. Il regretta de ne pas avoir apporté un truc à manger : s'il avait la bouche pleine, ça lui éviterait peut-être de déblatérer toutes les conneries qui lui passaient par la tête.

Par chance, Gabe ne lui demanda pas de terminer sa phrase. En revanche, il semblait soudain moins sûr de lui. Il agita sa manette en direction de l'écran.

— Euh… j'aime le golf et toi, tu aimes les jeux vidéo. Alors, je me suis dit que la Wii était un bon compromis.

Dante trouva le geste adorable, d'autant que Gabe n'avait pas la réputation de faire beaucoup d'efforts de « sociabilisation ».

— D'accord, maintenant que je suis là, je peux essayer. En plus, tu as déjà fait mon personnage !

Son avatar venait d'apparaître sur l'écran, un « Baller » de taille moyenne, avec la peau brune, des cheveux noirs, des yeux énormes et un

121

tee-shirt orange. Il ne ressemblait pas beaucoup à Dante, mais l'avatar de Gabe, un blondinet bouclé, non plus.

— As-tu déjà joué à la Wii ? ajouta Dante, fasciné.

Gabe secoua la tête.

— Absolument pas. Je m'étonne même d'avoir réussi à la brancher. Si j'avais su que c'était aussi compliqué à configurer, j'aurais payé le livreur pour qu'il s'en charge. Je ne suis pas très doué en technologie, fut-elle néandertalienne. En principe, il y a un mode d'emploi quelque part.

Jouer au golf assis n'était pas évident, mais la chambre était trop petite pour qu'ils s'organisent autrement, aussi finirent-ils par trouver un modus operandi. Ils riaient même lorsque leurs mouvements contraints entraînaient des swings sauvages qui atterrissaient n'importe où. À un moment, Gabe, emporté par son élan, lâcha sa manette, elle s'envola jusqu'au plafond et les deux hommes durent quitter le lit d'un bond pour ne pas la recevoir sur la tête. Morts de rire, ils décidèrent d'un commun accord avoir assez joué.

Les yeux encore mouillés de larmes, Dante jeta un coup d'œil à l'écran.

— Gabe, regarde ! Bien que peu orthodoxe, ton swing a été brillant ! C'est un Par 3, d'accord, mais tu as quand même fait un trou-en-un.

La balle était effectivement entrée dans le trou du green.

Une fois leur rire calmé, Dante et Gabe retombèrent sur le lit, appuyés contre leurs oreillers.

— Rappelle-moi la leçon que je suis censé retenir ? lança Dante, encore hilare. Tu avais peut-être prévu « cesse de t'inquiéter et amuse-toi », mais je garderai plutôt en mémoire un truc du genre « pour résoudre un problème, mieux vaut avoir de l'argent ».

Avec une grimace, il ajouta :

— Merde ! Ce qui me rappelle que je dois conduire mon truck au garage quand nous rentrerons.

Gabe roula sur le côté pour le regarder.

— Pourquoi ce ton exaspéré ?

Dante retint un frisson, la question était délicate. Il soupira et pesa sa réponse.

— Euh… tu vas peut-être me trouver bizarre…

Gabe ricana.

— Quand deux athlètes professionnels jouent au Wii golf assis, je pense que le « bizarre » est largement dépassé.

Dante hocha la tête. Dans l'équipe, Olie l'aurait compris, mais Gabe aussi.

— D'accord, eh bien, j'ai gardé le truck de mon grand-père maternel. Il est mort quand j'étais au secondaire. Et même à l'époque, son véhicule avait déjà six ou sept ans.

— Où est le problème ? Un truck a la vie dure, non ?

Dante eut un petit rire.

— Oui, une chance, d'ailleurs, parce que je ne suis pas toujours très doux avec lui. Pourtant, j'adore ce truck ! Il a une valeur sentimentale parce que c'est papi qui m'a fait découvrir le hockey. Mais… Eh bien, ce n'est pas pour ça que je conduis toujours.

Gabe glissa un bras sous sa tête.

— Quelle est donc ta raison ?

Dante esquissa un sourire.

— Tu sais sans doute que je loue un studio dans un quartier correct ?

— Oui.

— Devine le temps qu'il m'a fallu pour arriver là ?

— *Là* ? Je présume que tu parles de la LNH, pas de ton studio ?

Dante hocha la tête :

— Oui, j'ai été repêché à dix-huit ans et à l'époque, le hockey était tout ce qui comptait pour moi.

Il avait été particulièrement fier d'être envoyé dans l'équipe de ses héros préférés, mais il préférait que Gabe ne le sache pas.

— Le hic, ajouta Dante avec un peu d'amertume, c'est que les entraîneurs ne m'ont pas jugé prêt pour la LNH, alors, je suis resté chez les juniors. En fait, ils avaient raison, mais sur le moment, j'ai trouvé la pilule duraille à avaler. Au cours des deux années suivantes, aucun de mes entraîneurs n'a fait grand-chose pour me *préparer*. J'ai fait tout ce que j'ai pu, tout ce qu'on me demandait. J'ai passé du temps au gymnase, j'ai suivi le régime préconisé, je n'ai rien dit quand ils m'ont fait jouer à tous les postes de la formation ou quand je voyais des joueurs bien moins doués être repêchés avant moi, je gardais la foi, je me disais toujours que mon heure viendrait.

Gabe s'accouda dans le lit.

— Et ça a été le cas, pas vrai ?

Dante haussa les épaules.

— Oui, tu connais mieux que personne la passion que le hockey engendre chez ceux qui le pratiquent à titre professionnel. Je présume que mon agent a usé de son influence, en tout cas, j'ai enfin pu jouer.

— Et tu as tout de suite trouvé tes marques. Et...

Soudain, Gabe perdit son sourire distrait et fronça les sourcils.

— Attends un peu ! reprit-il. Si je me souviens bien, l'entraîneur de la AHL a été congédié peu de temps après, c'est ça ?

Dante eut un sourire satisfait.

— Oh, oui ! Bien fait pour sa gueule, c'est un sale con hyper raciste avec une dent contre les latinos ! Mais comme beaucoup partagent ses idées dans le hockey, il a retrouvé assez vite un autre job.

Dante apprécia que Gabe ne lance pas de phrases creuses, se contentant de hocher la tête, l'air pensif.

Du coup, Dante décida de lui faire confiance.

— Je me suis un tantinet égaré, désolé, mais si j'ai gardé mon truck, c'est que je ne suis pas encore certain de rester dans l'équipe. Mon contrat est d'entrée de gamme, je n'ai aucune garantie. Mes parents ont beaucoup sacrifié pour me permettre de réaliser mon rêve, ils ne regrettent rien, je le sais, mais je tiens à pouvoir prendre soin d'eux. C'est normal, non ? Et si je suis transféré, hein ? Ou si...

Cette fois, Gabe enchaîna :

— ... St. Louis se fait virer parce que nous ne cessons de perdre, elle pourrait être remplacée par un salopard.

Dante sourit.

— Exactement ! Et dans ce cas, je me retrouverais à la case départ. Alors, je préfère économiser tant que je n'ai pas un contrat top niveau qui paie vraiment bien. Et même là, je ne dépenserai sûrement pas mon fric avec des putes !

— Je te comprends. La vie sexuelle de certains joueurs de hockey s'étale dans tous les magazines people !

Putain, Dante n'y avait même pas pensé à cet aspect du problème !

Il grimaça.

— Bon, cette conversation devient un peu déprimante. Je croyais que le but de la soirée était de nous remonter le moral ?

Gabe agita la main.

— Non, le but était de penser à autre chose. N'est-ce pas ce que nous faisions ?

Dante décida de pousser un peu sa chance.

— En clair, si je te demande de venir plus tôt demain matin pour t'entraîner avec moi, tu vas m'envoyer bouler?

Gabe roula sur le dos en riant.

— Ne fais pas ça, malheureux! Si St. Louis te tombe dessus, elle sera si furieuse que tu te retrouveras consigné d'office. C'est un jour de repos, profites-en et amuse-toi. Nous sommes en Californie, je te le rappelle que l'hiver va être très long une fois à la maison.

C'était la vérité. Dante était content qu'ils aient encore la Floride avant de reprendre la route du Nord.

— Que font les autres pour se détendre? demanda-t-il. J'étais trop occupé à me morfondre pour leur poser la question.

— Du beach-volley, je pense.

Quand Dante se mit à fredonner la musique de *Top Gun*, Gabe éclata de rire.

— Oui, je connais cette scène! Tu n'aimes pas le beach-volley?

— Si, si. Je pensais juste…

Je pensais juste que plus ça va, plus je t'apprécie. Tu prêtes attention à ce que je te dis, tu me traites comme quelqu'un de valeur, quelqu'un qui mérite d'être écouté.

Je pensais juste que je serais peut-être transféré, ou j'aurais un autre accident qui m'empêcherait de jouer.

Je pensais juste, le Wii golf était-il vraiment ce qu'il me fallait ce soir? N'était-ce pas plutôt d'être avec toi?

Je pensais juste… que je veux sortir avec toi.

Dante savait déjà que Gabe le trouvait attirant, qu'il l'appréciait assez pour passer du temps avec lui, plus qu'avec les autres joueurs de l'équipe. Oui, Dante s'était dit que pour une fois dans sa vie, il allait la jouer prudente avec Gabe, mais en vérité, ce n'était pas son style. Il n'était pas arrivé à sa position actuelle en se cachant la tête dans le sable.

Le problème, c'était qu'il fréquentait aussi Gabe sur le plan professionnel, donc, il lui fallait une stratégie. Avant de tenter une invite, Dante tenait à être sûr que Gabe l'accueillerait favorablement – ou s'il refusait, qu'il le fasse au moins de façon à préserver leur amitié.

Dante se racla la gorge.

— J'ai vingt-deux ans et je ne suis jamais allé à Disneyland, ça ne te paraît pas dingue? C'est presque anti-américain, non?

Il prit un air de Chat Potté pour accentuer son effet.

— Tu as envie de voir Disneyland? demanda Gabe.

Rien qu'à son ton, Dante comprit que l'affaire était dans le sac. D'ailleurs, Gabe ne cachait ni son sourire ni son amusement.

— Oui! s'exclama Dante avec enthousiasme. Ne dit-on pas que c'est l'endroit le plus merveilleux qui existe sur la terre? Y aller me rendrait très heureux. Tu veux que je sois heureux, pas vrai?

Gabe leva un sourcil.

— Tu en fais un peu trop. Ne me dis pas que ce cinéma t'aide à obtenir tout ce que tu veux?

— Si, bien entendu, confirma Dante, hilare. C'est très efficace.

Et ça allait aussi marcher avec Gabe!

Résigné, Gabe soupira et récupéra sa tablette posée sur sa table de chevet.

— D'accord, allons à Disneyland. Après tout, je n'ai pas apporté mes clubs, aussi mes options sont-elles limitées.

Dante sourit, le cœur battant d'anticipation.

— Merci, Gabe. Tu ne le regretteras pas.

BALLER INSISTAIT pour payer les billets – « si, si, disait-il, c'est mon idée, après tout! » Gabe refusa fermement. Il n'avait pas oublié leur conversation de la nuit dernière.

Il tendit sa carte de crédit au guichetier.

— J'ai dit non, trancha-t-il. Je ne veux pas te vexer, mais je gagne dix fois plus que toi. Tu paieras notre déjeuner.

Il aurait volontiers attendu l'après-midi pour se rendre au parc d'attractions, mais Baller, bien entendu, préférait de pas perdre une minute. Du coup, ils étaient là à l'ouverture des portes, entourés de familles bruyantes et de jeunes surexcités.

Le soleil était radieux, l'ambiance festive et Gabe, même s'il ne voulait pas l'admettre, trouvait cet enthousiasme contagieux.

— D'accord, céda Baller. Je t'offrirai aussi un souvenir de la journée.

La préposée de la billetterie sourit, son clin d'œil complice indiquant qu'elle les prenait pour un couple – et les trouvait adorables. Gabe apprécia de ne pas être reconnu. Vive la Californie!

Une fois entré, il se laissa guider.

— Tu sembles vraiment très excité d'être là, Baller, remarqua-t-il.

Trépignant presque sur place, Baller lui jeta le bras sur les épaules.

— On est à Disneyland, Gabe! On va s'amuser comme des gosses!

Des *gosses*? Gabe se sentait vieux. Et il n'était pas certain de tenir le coup jusqu'à la fin de la journée si Baller continuait à être aussi énergique.

Ils prirent un petit train du parc et descendirent au premier arrêt. Baller resta planté un moment, les bras ballants, rayonnant de joie, comme si être à Anaheim, Californie, était la plus belle aventure de sa vie. Avait-il déjà oublié les défaites que les Dekes accumulaient?

Pour une fois, Gabe céda à une impulsion et leva son téléphone pour immortaliser l'instant. Il prit une photo.

Baller saisit Gabe par le bras et l'entraîna vers la droite.

— Commençons par les Pirates! s'écria-t-il. Tu verras, Will est tout à fait comestible, il va te plaire!

Gabe ne protesta pas. Il savait très bien que les employés se déguisaient pour amuser les enfants, mais quelle importance? Ce qui comptait, c'était que Baller s'amuse. Quant à Gabe, eh bien, sans doute finirait-il la journée plus attiré que jamais par son coéquipier, mais ça, c'était son problème.

La queue devant l'attraction *Pirates des Caraïbes* était assez courte. Baller passa ces dix minutes à sautiller sur place en fredonnant la chanson de Jack Sparrow : *Yo ho, yo ho, une vie de pirate pour moi!*

Dieu, qu'il était gamin! Parfois, c'était presque un avantage! Près de lui, Gabe se sentait rajeunir.

N'exagère pas quand même. Tu n'as que vingt-huit ans, se rappela-t-il. Peut-être devrait-il aller plus souvent à Disneyland.

Lorsqu'ils s'installèrent dans leur voiture, Baller vibrait toujours d'excitation. Gabe secoua la tête.

— Tu n'es qu'un gosse! Il m'arrive de l'oublier. Aujourd'hui, ce serait plus difficile.

— Ne joue pas au vieux rabat-joie et détends-toi, répondit Baller, ça te fera le plus grand bien.

Gabe leva les mains en signe de reddition.

— D'accord, d'accord, je vais suivre ton exemple. Je ne suis là que pour te regarder, de toute façon.

Ceci étant admis, il décida de profiter de la journée. L'attraction terminée, ils revinrent à leur point de départ et retrouvèrent le soleil. Baller fonça alors vers un stand qui vendait des chapeaux à thème. Il choisit un tricorne noir pour Gabe et prit pour lui un feutre mauve avec une plume d'autruche.

— Qu'en penses-tu?

Il caressait du doigt le bord de son couvre-chef, les yeux pétillants d'amusement. Gabe fut pris d'une soudaine envie de l'embrasser.

Pour résister à la tentation, il essaya son chapeau ridicule.

— Eh bien, tu n'es pas Will Turner, mais dans ton genre, tu n'es pas si mal.

Baller lui tira la langue, mais il renonça à acheter les chapeaux.

Devant le manoir hanté, ils mangèrent des glaces Mickey.

— On essaye aussi le manoir ? demanda Gabe.

— Bien sûr, je compte tout tester avant d'arriver à *Splash Mountain*.

Il jeta son bâton de glace et se lécha le pouce. Un geste qui n'était peut-être pas délibérément pornographique…

Mais Gabe avait des doutes.

Après l'*Aventure d'Indiana Jones*, Baller faillit acheter à Gabe un feutre encore pire que le tricorne.

— Un fedora ? protesta Gabe. Heureusement que le ridicule ne tue plus !

Mort de rire, Baller le prit en photo avec son téléphone.

— Justement ! Tu ne risques rien.

Gabe fit une grimace.

— Tu avais accepté que je t'offre un souvenir, lui rappela Baller.

— J'avais pensé à un bandana !

Baller roula des yeux.

— Mais c'est pas marrant !

Il opta finalement pour un bandeau avec oreilles de Mickey.

— C'est un compromis ! affirma-t-il.

À son cœur défendant, Gabe accepta de le porter, soulagé que ses coéquipiers n'assistent pas à son humiliation. Sinon, il se serait fait charrier jusqu'à la fin de ses jours !

En vérité, il passait un bon moment, le meilleur qu'il ait connu depuis des lustres. À la réflexion, il trouvait ça plutôt triste : il n'avait ni vie sentimentale ni vie sociale. Depuis qu'il avait quitté l'Université, il ne sortait jamais en public avec un partenaire, il n'allait pas au restaurant. Et quand il fréquentait un night-club, c'était en cachette.

En plus, il ne comprenait pas ses sentiments pour Baller, si différent des hommes auxquels Gabe s'intéressait habituellement. Baller était amical, chaleureux et tactile. Il était aussi cent pour cent lui-même, ce que Gabe trouvait d'autant plus fascinant que lui évitait autant que faire se pouvait de scruter de trop près sa psyché.

Depuis son coming-out forcé, Gabe devait reconnaître que les anciennes barrières qui le séparaient de ses coéquipiers étaient tombées. C'était la seule explication, d'après lui, de ses fantasmes concernant Baller. Et c'était très gênant.

Mais ce problème, c'était à lui de le gérer, pas à Baller. Gabe ne comptait pas laisser ses idées déplacées lui gâcher son plaisir. Même si son cœur aurait bien voulu réclamer davantage du bel homme à ses côtés, Gabe n'en profitait pas moins du soleil, de l'ambiance du parc et du chapeau de Baller.

Au moins, ce ridicule couvre-chef empêcherait Baller d'attraper un coup de soleil, pensa Gabe. Cette idée le poussa à entrer dans une boutique pour acquérir un flacon de protection solaire – qu'il trouva hors de prix.

En milieu d'après-midi, ils affrontèrent un autre type de défi.

— On tire avec des pisto-lasers, expliqua Baller. Et à la fin, le score dépend du nombre de fois où tu as descendu un méchant.

Son langage corporel annonçait un féroce esprit compétitif.

Gabe lut le panneau : «*Décollez pour l'espace intergalactique et utilisez votre laser pour aider Buzz à vaincre Zurg*».

— D'accord. Le perdant achètera les boissons de nos deux prochaines nuits.

— Houlà! cria Baller, faussement affolé. Tu prévois d'autres nuits de débauche?

Heureusement, le coup de soleil de Gabe cacha sa rougeur révélatrice.

— Je n'ai pas parlé de débauche, sombre idiot, juste de beuverie!

Baller éclata de rire.

— D'accord. C'est parti.

Les voitures se balançaient d'un côté à l'autre pour permettre de mieux viser. Gabe regretta de ne pas porter ses protections d'épaules parce que Baller trichait : il n'arrêtait pas de le pousser pour lui faire rater ses tirs. Pour ne pas être en reste, Gabe fit la même chose, bien entendu. Il rugit de triomphe quand son score s'afficha meilleur que celui de Baller.

Au quatrième tour, il était pas mal contusionné, mais ravi. Il regardait la photo-souvenir qu'il venait d'acheter : deux adultes riant comme des bossus, épaule contre épaule.

Il désigna le score.

— Tu es sûr de vouloir recommencer, Baller? Je t'ai encore battu.

— Non, on arrête! rugit Baller, la mine sombre. Et arrête de rire, enfoiré! Tu as triché!

129

Gabe perdit son sourire.

Baller éclata de rire.

— Ah! Je t'ai bien eu! Non, mais franchement où as-tu appris à tirer comme ça? J'étais sûr de gagner, j'ai plus d'expérience que toi aux jeux vidéo! Tu t'es entraîné toute la nuit avec la Wii ou quoi?

— Non, j'ai juste une meilleure coordination œil-main que toi.

Tout fiérot, Gabe ajusta ses oreilles de Mickey. Le bandeau lui donnait mal à la tête, mais comme Baller continuait à arborer son stupide chapeau, Gabe se sentait tenu de garder ses oreilles. Pas question de caner le premier!

— Ce n'est pas ce que disent les statistiques, mon pote.

Effectivement, reconnut Gabe en son for intérieur. Sur leurs quatre derniers matchs, Baller le battait aux points.

Au même moment, Baller inclinait la tête vers Gabe, un étrange sourire aux lèvres. Il avança d'un pas et leva la main vers les cheveux de Gabe.

— Baisse la tête, déclara-t-il à mi-voix. Tu as quelque chose sur le…

Gabe se figea lorsque Baller lui attrapa le poignet droit. Son bandeau bascula, mais Gabe ne s'en préoccupa pas. Il ne pouvait plus bouger. Il respirait à peine.

Baller était près, tout près. Si près que Gabe voyait les pores de son visage.

Du bout des doigts, Baller caressa les oreilles Disney de Gabe.

— Ce n'est qu'une toile d'araignée, souffla-t-il. Une feuille est restée accrochée… Là, c'est arrangé.

Il retira sa main droite, mais la gauche se serra un peu sur le poignet de Gabe. Leurs yeux se croisèrent.

Le temps d'un battement de cœur, Gabe attendit que Baller l'embrasse. Ça n'arriva pas.

Baller le lâcha et recula. Il souriait.

— Ton look parfait est restauré, lança-t-il. Heureusement que je suis là pour veiller sur toi, hein?

Gabe se reprit et parvint, avec effort, à hocher la tête.

— Oui, merci.

Ils partirent sans hâte vers *Space Mountain*.

— J'ai faim! déclara Baller.

Gabe répondit du tac au tac :

— T'inquiète, tu auras bientôt la bouche pleine.

Baller trébucha et faillit s'étaler. Gabe le rattrapa de justesse par le dos de son tee-shirt. Intérieurement, il se fustigeait. Il était allé trop loin, merde, Baller était dans tous ses états.

Baller redressa son chapeau, puis poussa Gabe du coude.

— Je veux une grosse saucisse pleine de jus, répondit-il, l'œil lubrique.

Sidéré, Gabe resta bouche bée. Puis il réalisa que Baller désignait un marchand de hot-dogs devant eux. Il ne faisait aucune allusion douteuse et son appétit n'était que… stomacal, ce qui était tout à fait naturel chez un jeune athlète dans la force de l'âge.

— St. Louis serait furieuse de nous voir boulotter de la *junk food*.

— Bah! C'est la fête! En plus, c'est moi qui t'invite, n'oublie pas!

Lorsqu'ils retournèrent à l'hôtel pour dîner avec l'équipe, Gabe avait complètement oublié leurs couvre-chefs. Flash, qui parlait avec un réceptionniste, se retourna en les entendant approcher. Il ouvrit de grands yeux et éclata de rire.

— Inutile que je vous demande ce que vous avez fait aujourd'hui!

— Nous sommes allés à Disneyland, déclara cependant Baller.

Il agita la tête avec enthousiasme, ce qui fit osciller la plume de son chapeau.

Flash roula des yeux et désigna le serre-tête de Gabe.

Gabe s'en débarrassa avec une grimace.

— Vous avez intérêt à avoir gardé de l'énergie pour le match de demain, grommela Flash.

Gabe se hérissa.

— Hé, pourquoi cette accusation? J'ai ramené le gamin avant le couvre-feu. Et en parfait état!

Baller afficha un air innocent.

— C'est vrai, il s'est comporté en gentleman. Il n'a pas même essayé d'abuser de moi.

Gabe s'attendait à un regard sévère de Flash, mais le capitaine se contenta de tirer le bord du chapeau de Baller sur ses yeux.

— D'accord, maintenant, file te changer. Si tu es en retard pour dîner, nous commencerons sans toi.

Ils étaient rentrés un peu tard, aussi Gabe n'eut-il que le temps de prendre une douche rapide avant de se changer. Dans le couloir, il tomba sur Baller, qui attendait l'ascenseur. Ils échangèrent quelques vannes sur leurs scores de la journée.

Au dîner, ils s'assirent l'un à côté de l'autre, mais Gabe fut rapidement entraîné dans une conversation avec Flash, Olie et Tips tandis que Baller répondait aux questions de Yorkie et de Slimer.

— Tu es vraiment allé à Disneyland, Gabe? s'étonna Tips, les sourcils levés.

— Oui, Baller y tenait.

Qu'était-il censé faire sinon l'accompagner?

Flash roula des yeux.

— Pas étonnant! Il a douze ans d'âge mental.

Gabe ressentit un brusque accès de culpabilité.

— Je n'avais aucune envie de faire du beach-volley, grommela-t-il.

Olie ricana.

— Étrange pour un gay!

Gabe ne voyait pas en quoi, mais comme il n'avait pas envie d'en discuter, il n'insista pas. Il termina son dîner, resta encore un petit moment, par politesse, à écouter les conversations, puis il s'excusa en disant qu'il tenait à se coucher tôt.

Le soleil de Californien l'avait mis K.O, même si Disneyland s'était avéré une excellente distraction.

En tout cas, Gabe n'avait pas pensé au hockey. Quant à calmer ses sentiments pour Baller, la journée avait eu l'effet... opposé.

DANTE REFERMA sur lui la porte de sa chambre d'hôtel et s'appuya contre le panneau, tout en ravalant son sourire. Dans le cas contraire, qui savait les bruits qu'il risquait d'émettre?

Cette journée avec Gabe à Disneyland n'aurait pas pu se passer mieux même s'il avait tout planifié. Ils s'étaient amusés et Gabe ne s'était pas offusqué que Dante flirte outrageusement de temps à autre.

Dante expira lentement et fit le point sur la situation. Primo, Gabe le désirait, il admirait son corps. Dante s'en doutait depuis ce regard brûlant qu'il avait surpris la nuit sur le toit, pendant l'épisode spa. Secundo, Gabe appréciait sa compagnie, suffisamment en tout cas pour passer avec lui un de ses rares jours de congé. Et il s'était amusé aujourd'hui dans le parc d'attraction, même s'il avait cherché à prétendre le contraire. Tercio – et c'était le point le plus important –, il y avait eu ce moment si spécial quand Dante avait débarrassé Gabe d'une toile d'araignée prise dans son bandeau… Oh, ce regard! Gabe avait eu de grands yeux impatients et des lèvres entrouvertes comme s'il voulait que Dante l'embrasse.

Et c'était *génial*, mais Dante ne comptait pas entamer une aventure pareille pendant un voyage d'équipe et la veille d'un match. D'autant plus qu'ils prenaient l'avion dès le lendemain pour retourner à Québec. Connaissant Gabe, Dante se doutait qu'il allait prendre le temps de réfléchir… Ou plus probablement qu'il allait paniquer, se verrouiller et ensuite, réfléchir. Sauf qu'il n'en aurait pas le temps. Ils atterriraient à Québec aux petites heures du matin. Ils auraient ensuite un jour de congé pour se remettre du décalage horaire avant de reprendre leurs matchs.

Et Dante devait réellement emmener son véhicule au garage. Pas question avant la fin du voyage de troubler Gabe – et leur amitié, et la dynamique de l'équipe. Sa queue devrait patienter.

De plus, il y avait ce match demain, ce match que Dante tenait tant à gagner.

Sans même attendre le retour de Yorkie, toujours attablé en bas avec les autres, Dante se jeta sur son lit et s'endormit, souriant toujours.

Sa bonne humeur était encore là à son réveil, le lendemain matin. Disneyland avait dû le mettre en appétit, car il se réveilla affamé. Il se leva d'un bond, impatient de prendre son petit déjeuner. Yorkie, lui, paressait au lit et marmonnait qu'il avait sommeil.

— Baller! Où tu vas d'un pas si pressé?

Dante se retourna.

— Chercher à manger!

Yorkie toussota.

— À poil? Tu es exhibitionniste, je sais, mais tu ferais mieux de mettre un pantalon avant de quitter la chambre.

Dante baissa les yeux, étonné. *Oups!* Oui, il était tout nu. Quelle distraction! En vérité, il rêvait debout, ça arrivait à tout le monde, pas vrai?

Il retraversa la chambre et ouvrit sa valise dont il sortit un pantalon.

— Je n'arrive pas à croire que la LNH accepte des petits malins dans ton genre! grogna-t-il. Insolent envers leurs aînés, qui plus est!

Yorkie s'assit et enfila un jean qui traînait près de son lit, celui qu'il avait porté la veille au soir.

— Comment est ta nouvelle copine?

— *Qui?* s'étonna Dante.

Yorkie savait qu'il était allé à Disneyland avec Gabe, pas vrai? Alors, pourquoi cette question? N'était-il pas capable d'additionner deux plus deux?

133

Yorkie se redressa en enfilant son jean. Dante admira un mouvement qu'il ne réussirait jamais à accomplir – il avait trop de matos dans la malle arrière.

— Tu dois bien avoir quelqu'un de sérieux, insista Yorkie, parce que ça fait… au moins trois semaines que tu ne lèves plus personne dans les bars.

Oh. Dante reconnut que c'était un indice comportemental des plus révélateurs. Et Yorkie ne devait pas être le seul à l'avoir remarqué.

— Pas envie, mentit-il.

Oh, si, il avait envie, mais aucune fille de bar ne pouvait le tenter alors qu'il rêvait de son coéquipier. Il préféra ajouter une excuse à la portée de Yorkie :

— Ces putains de défaites… c'est pas génial pour la libido.

— Moi, j'assure toujours, déclara Yorkie, goguenard.

Enfoiré !

Dante enfila ses chaussures.

— Magne-toi le cul au lieu de dire des conneries. J'ai une super dalle !

Sans doute l'équipe avait-elle passé une bonne journée la veille, car pour la première fois du voyage, les bavardages dans le vestiaire avant le match furent détendus. Olie avait retrouvé le sourire, Yorkie et Slimer apportaient leur enthousiasme de jeunes et maintenant que l'éléphant – Kitty – avait disparu, Gabe plaisantait avec Tips et Bricksy, leur rappelant leurs rôles de mentor vis-à-vis de leur recrue respective.

Tips roula des yeux.

— Ah, tu peux parler ! Tu n'es pas censé baby-sitter un joueur de vingt-deux ans ! Au moins, Yorkie ne m'a pas obligé à l'accompagner à Disneyland !

Dante lui jeta à la tête une capsule de Gatorade.

— Ne sois pas jaloux, Tips !

— Tu sais, Tips, intervint Yorkie, avec un grand sérieux. Je serais allé à Disneyland avec toi si tu me l'avais gentiment demandé.

L'entraîneuse coupa court aux conversations d'un coup de sifflet.

— La fête est finie ! Allez vous échauffer !

Dans le couloir menant à la patinoire, Dante donna un coup d'épaule à Gabe.

— Je te préviens, j'ai une revanche à prendre après tes tricheries avec Buzz l'Éclair. Je compte donc marquer plus de buts que toi ce soir.

Gabe lui jeta un coup d'œil, mais il souriait toujours.

— Dans tes rêves !

La bonne humeur perdura pendant l'échauffement. Slimer marqua pendant l'exercice de tir et Olie l'arrosa de sa bouteille d'eau, tout le reste de l'équipe leva le pouce, sauf Bricks, qui étreignit sa recrue sans cacher sa fierté.

Gabe simula une libération en amenant sa lame *sur* le palet mais sans le toucher, puis tira derrière lui et marqua par-dessus l'épaule d'Olie alors que le gardien, trompé par sa feinte, s'était déplacé.

Dante sifflota entre ses dents.

— Joli coup. Mais tu aurais dû le garder pour le match.

Le sourire aux lèvres, Gabe leva sa crosse vers son visage et souffla dessus comme si c'était un flingue.

De retour dans le vestiaire, l'ambiance redevint sérieuse. Pour la première fois, Dante remarqua des cernes sous les yeux de St. Louis.

— Vous me semblez en forme, déclara-t-elle, aussi vais-je être brève. Je veux que vous gagniez contre les Piranhas, ce qui m'évitera de former de nouvelles lignes afin de garder mon emploi.

Elle soupira et ajouta avec un sourire :

— Je vais bientôt avoir une autre bouche à nourrir, ça ne m'arrangerait pas du tout de pointer au chômage.

Après un court silence sidéré, Yorkie s'exclama :

— Oh, mon Dieu, Coach, vous avez engrossé Henri ?

Les félicitations durèrent jusqu'à ce qu'ils retournent sur la glace pour l'hymne national. Ensuite, le match commença.

Et les Dekes semblaient voler. En première période, Gabe sortit d'un revers un palet dans un coin, comme s'il avait des yeux derrière la tête, il l'envoya sur la lame de Dante.

Dante marqua son but avec un hurlement de triomphe et, emporté par son élan, il se rua vers le banc pour serrer ses coéquipiers dans ses bras.

Trente secondes avant la fin de la seconde période, Slimer bloqua un Poisson au centre de la glace et Yorkie accéléra pour récupérer le palet. Le gardien des Piranhas bloqua le tir, mais Slimer tira sur le rebond et marqua son premier but dans la LNH.

Les Piranhas se montrèrent très agressifs dans la troisième période. Dante en sortit contusionné de la hanche à l'épaule. Mais Olie tint bon.

À mi-période, Gabe scella la victoire des Dekes avec un superbe but style Lacrosse – un but marqué derrière le filet. Quarante secondes plus tard, pour assurer le coup, Flash marqua encore en revers de sa ligne.

135

Lorsque le bruiteur sonna la fin de la période, les Dekes avaient la sensation d'avoir gagné une série éliminatoire.

— C'est nul que nous devions prendre l'avion dès ce soir! se plaignit Slimer. Je voulais fêter dignement mon premier but!

Il se consola un peu en faisait une interview médiatique, mais Dante prit note de lui acheter une bouteille à l'aéroport. Le gosse méritait bien sa celly. La tarte à la crème qu'Olie et Yorkie lui avaient jetée au visage ne comptait pas vraiment.

Dante aurait aimé se dire qu'il était trop excité pour dormir dans l'avion, mais il constata vite que la vie d'un athlète professionnel était épuisante, même avec des siestes de trois heures en milieu de journée. Dès que les lampes de la cabine baissèrent après le décollage, Dante inclina son siège...

Et il réveilla quand l'avion se posa à Québec.

Slimer n'eut pas de celly, finalement, mais Bricks lui promit une méga bringue après leur prochain match.

Quelques flocons tombèrent alors que Dante revenait chez lui. Il s'inquiéta de l'aggravation de la météo, car il n'avait pas encore monté les pneus d'hiver sur son truck. Il aurait même dû le faire des semaines plus tôt. Par chance, le vieux véhicule géra la neige à la perfection. Dante se gara dans son parking, devant son immeuble, puis il monta dans son appartement et se rendormit.

Voyager, c'était épuisant!

Il fut réveillé par un martèlement insistant et la luminosité dans sa chambre le surprit.

Il ne rêvait pas. Le martèlement n'était pas dans sa tête. Et il était midi passé, d'après son téléphone. Il allait devoir se dépêcher pour ne pas être en retard à son rendez-vous au garage!

Avec un juron, Dante quitta son lit d'un bond. Pour une fois, il avait rangé ses affaires avant de partir en voyage, aussi trouva-t-il facilement un jean propre. Deux minutes après, il ouvrait à sa porte d'entrée – où l'on tambourinait toujours – la brosse à dents dans la bouche.

— D'accord, d'accord, grommela-t-il. Pas la peine de faire tomber la... Merde!

Il ouvrit de grands yeux en voyant Kitty dans le couloir, les épaules voûtées, l'air effondré.

Dante sentit le dentifrice couler à sa commissure. Il chercha à le retenir, ce qui rendit son élocution difficile.

136

— Ch'en ai pour une checonde, entre !

Il retourna dans la salle de bain se rincer la bouche. Qu'est-ce que Kitty faisait chez lui ? Ne se doutait-il pas que Dante n'avait aucune envie de le voir ? Merde, quoi, Dante avait clairement indiqué qu'il restait loyal à Gabe, pas vrai ?

Bien, autant crever l'abcès. Quand Dante retourna au salon, Kitty avait à peine bougé. Il était entré et il avait refermé sur lui la porte d'entrée pour éviter que la chaleur se perde.

Dante se sentait prêt à l'affrontement.

Il afficha un sourire glacé.

— Je comprends mal ce que tu fous là, Kipriyanov, mais je n'ai pas le temps de papoter, j'ai un rendez-vous et je suis déjà en retard. Alors, je vais devoir te laisser.

Kitty sembla rétrécir un peu plus, mais il esquissa une grimace et proposa :

— Un rendez-vous ? Je peux t'y conduire ? J'ai besoin… de toi, s'il te plaît.

Bien sûr, mon pote, pensa Dante. La trahison de Kitty l'avait blessé, ce qu'il trouvait étrange, au fond, car le Russe et lui se connaissaient fort peu. D'un autre côté, vu que Dante n'avait raconté qu'à ses parents l'évolution de sa sexualité, aucun de ses proches n'avait eu une chance de réagir comme Kitty – et de lui faire mal.

— Non, tu ne peux pas me conduire, soupira-t-il, je dois déposer mon truck au garage.

Kitty ne céda pas pour autant. Il devait *vraiment* être désespéré.

— Je peux te suivre ? J'ai été nul avec Gabe, je le sais, ça me mine. Je voudrais… t'expliquer, m'excuser aussi, mais je ne sais pas comment.

Il agitait ses épais sourcils et son visage exprimait la contrition.

Dante hésita. Il n'était pas certain que Kitty mérite un pardon. Nombreux étaient ceux qui refuseraient d'emblée de l'écouter.

Mais pas Gabe. Lui, il le ferait probablement et le succès de l'équipe comptait beaucoup pour Dante.

Et si Kitty, par ses explications, obtenait son pardon, sans doute Dante ne serait plus aussi triste chaque fois qu'il voyait Slimer sur leur ligne bleue.

— D'accord, céda-t-il. Retrouve-moi au garage devant le restau Tim Hortons, tu sais, celui où ils vendent de super bons trous-de-beigne [22] ?

Tout le monde connaissait cet endroit.

— *Da*, répondit très vite Kitty. Merci.

Malgré son imposante stature – et le froid –, Kitty conduisait une voiture de sport deux places, déterminé à profiter de tous les plaisirs de la vie. Dante lui demanda de passer au drive-in, où il acheta une portion XXL de beignets – il y en avait une quarantaine. Kitty se gara au parking et Dante engloutit un bon tiers de son sachet avant de se sentir assez généreux pour prêter une oreille à son ancien équipier.

— D'accord, je t'écoute.

Kitty devait avoir préparé son discours, car il répondit assez vite :

— J'ai vu à la télé ce qui s'était passé à Nashville, ces gens odieux et leurs panneaux haineux.

En y repensant, Dante frissonna. Kitty le remarqua sans doute, car il pressa un bouton pour chauffer le siège passager.

Dante s'éclaircit la gorge.

— Merci. Euh… oui, ça a été assez tendu à Nashville.

Kitty examinait le sac de beignets d'un œil concupiscent, hésitant manifestement à en réclamer un. Dante poussa un soupir et le lui tendit la boîte. De toute façon, il avait déjà mangé tous ceux avec des paillettes de toutes les couleurs.

Kitty en prit un à la crème aigre. Drôle d'idée !

— En Russie, déclara-t-il, nous avons un problème avec… Euh, je connais pas le mot américain pour les mensonges du gouvernement ?

Surpris, Dante cligna des yeux.

— Conspiration ?

— *Niet.* Plutôt… le baratin comme quoi les politiciens sont des superhéros décidés à sauver le monde ?

Ooooh.

— La propagande ?

— Oui. Parfois, faire la différence entre la vérité et le baratin des politiques n'est pas évident, jusqu'à ce qu'on voit de ses yeux…

Il plissa le front et déglutit avant d'enchaîner :

---

22 Petits beignets ronds vendus dans les chaînes nord-américaines de restauration rapide, Tim Hortons et Dunkin Donuts.

— En Russie, les homosexuels ne sont pas acceptés… comme en Amérique. Tout le monde trouve… normal de les traiter comme l'ont fait ces gens de Nashville.

Dante sentit son estomac se nouer, un autre frisson le traversa

— Maintenant que je vis en Amérique, ajouta Kitty, j'oublie le plus souvent ce que j'ai appris en grandissant, mais certains de ces trucs sont restés dans ma tête, alors que je le savais même pas. Quand j'ai appris que Gabe était gay, ça m'a mis en colère. Il était censé être mon ami, alors, pourquoi mentir sur qui il était ? Mais je me trompais, Gabe n'a jamais menti et il n'a pas changé. Il est resté exactement le même. Ce qui a changé, c'est mon regard sur lui, parce que j'ai réagi avec cette homophobie qui m'a été inculquée étant enfant et que j'ignorais avoir gardée en moi.

Il s'arrêta pour manger un autre beignet. Dante fit pareil, il en croqua un au chocolat, ne serait-ce que pour éviter de répondre. D'après lui, Kitty avait besoin de vider l'abcès. Et Dante devait l'endurer sans donner son avis sur la question.

Kitty fixa ses mains, couvertes de sucre alors qu'il continuait :

— En regardant ces gens de Nashville à la télévision, ces gens en colère dire les mêmes horreurs que j'avais entendue en Russie – et qui me sont peut-être restées en tête –, j'ai été très secoué. Leur haine est tellement, *tellement* intense. J'ai eu la sensation de me voir dans un miroir, tu comprends ? Et je n'ai pas aimé ce reflet. J'ai compris aussi que Gabe me mettait sans doute dans le même sac qu'eux. Il doit penser que je veux aussi…

Il s'étrangla et ne put terminer sa phrase.

— Prends un beignet, dit Dante pour le réconforter.

Kitty en fourra deux dans sa bouche l'un après l'autre.

Une main sur les yeux, il coassa :

— Personne n'a le droit de souhaiter la mort d'autrui. Donc, les haineux sont dans leur tort. Moi, l'idée que Gabe s'imagine que je souhaite sa mort me rend malade. Il est gay, c'est son problème, ça me regarde pas.

Dante avait l'impression d'avoir des pierres dans l'estomac.

— Il n'est pas le seul, lâcha-t-il.

Kitty tressaillit et tourna la tête vers lui.

— Quoi ?

Merde ! Quelle idée de faire son coming-out devant Kitty ! Ce n'avait pas du tout été son intention, mais il était trop tard maintenant pour faire machine arrière.

— Moi aussi, dit Dante.

Kitty écarquilla les yeux.

— Tu es… avec Gabe ?

— Non ! Nous ne sommes pas ensemble !

Pas encore, ajouta-t-il mentalement, mais s'il annonçait de but en blanc qu'il rêvait de baiser Gabe, la tête de Kitty risquait d'exploser.

— En fait, ajouta Dante, je suis bi, et Gabe n'en même pas au courant.

Kitty semblait statufié, il ne faisait que cligner des yeux. Savait-il au moins ce qu'était la bisexualité ?

Dante crut bon de préciser :

— J'aime les garçons et les filles.

Kitty plissa les yeux.

— Tu dis que Gabe le sait pas. Et les autres gars de l'équipe ?

Bien sûr que non ! Tous arriveraient à la même conclusion embarrassante que Kitty.

— Non.

— Alors, pourquoi me le dire à moi en premier. ? Surtout après ce que j'ai fait ? L'équipe me déteste, je le mérite, je sais, mais j'aimerais me racheter. Comment faire ?

Il baissa les yeux, la bouche amère. Ce qui ne l'empêcha pas de piquer trois autres beignets dans le sac de Dante.

Soulagé que le sujet de sa sexualité soit clos, Dante s'adossa dans son siège, appréciant sa chaleur. Mais pour répondre à la question de Kitty, il n'avait pas d'idées…

Devinant son sac presque vide, il s'empara du dernier beignet. Oh, des vermicelles de couleurs, ainsi, il avait oublié un beignet arc-en-ciel.

Tiens, tiens, tiens…

Oui, ça marcherait peut-être.

— J'ai une idée, annonça-t-il.

Il en expliqua le concept. Kitty le regarda, puis il désigna le sac vide.

— Il va nous falloir d'autres beignets.

Merde, Kitty était un ogre !

— Tu as encore faim ?

— C'est pas pour moi. C'est pour faire passer la pilule.

Après l'entraînement du matin, Gabe resta sur la glace afin de filmer son clip vidéo pour la nuit. Puis Trish lui demanda de signer des palets, des photos et un maillot pour la tombola. À un moment, Gabe vérifia que l'encre de son feutre ne coulait pas sur un tee-shirt avec le numéro 53, il découvrit alors un détail nouveau : la petite poupée en crochet qui le représentait sur les étagères de Trish avait désormais une écharpe arc-en-ciel.

Trish remarqua son regard.

— Je parie que je pourrais gagner gros en vendant ces poupées aux enchères, déclara-t-elle. Dommage que le temps me manque pour les confectionner.

Il sourit.

— C'est mignon.

Elle lui rendit son sourire.

— Merci, Gabe. Au fait, désolée de vous prévenir à la dernière minute, mais j'aurai besoin de vous avant le match pour une séance photo. Ça ne vous prendra pas longtemps, mais un mécène local qui milite pour la cause LGBT est un de vos fans. Pourriez-vous arriver une demi-heure plus tôt demain ?

Gabe cacha sa grimace en signant la dernière carte.

— Vous m'aviez promis que l'interview suffirait, Trish. Je n'étais pas censé faire des mondanités !

— Je ne vous impose pas un long dîner, tout de même ! D'ailleurs, c'est pour être sûre de ne vous prendre qu'un minimum de temps que j'ai programmé ça juste avant le match, vous n'aurez qu'une photo à subir et une poignée de main à donner.

Gabe s'étonna, cette opération Relations publiques aurait été plus rentable *après* le match, avec le produit de la tombola acquis et un gros chèque à remettre devant les caméras, mais ce n'était pas à lui d'en décider.

— Bien, céda-t-il, avec une moue ironique. Que puis-je refuser à une dame qui réalise de si jolis ouvrages en crochet ?

Trois mois plus tôt, il n'aurait pas pu *imaginer* cette apparition médiatique, aujourd'hui, il regrettait juste de raccourcir sa sieste de l'après-midi. Après avoir dormi trois heures, il appela son père.

— Comment vas-tu, fils ?

Un vrai papa poule !

Gabe enfila sa veste avant de répondre :

— Un peu tendu, admit-il, mais moins que le jour où j'ai été repêché, quand même. Je ne sais pas. C'est bizarre.

— Tu sais, ce coming-out pourrait s'avérer bénéfique, finalement. Tu n'as plus à rester seul.

Eh merde !

— Papa ! Ne t'y mets pas aussi ! Tout le monde cherche à me caser !

Mais Gabe ne lui en voulait pas. Depuis le départ de sa femme, la mère de Gabe, son père vivait seul. Peut-être était-ce pourquoi la vie amoureuse de son fils comptait tant pour lui.

Son père gloussa.

— Je me fais du souci pour toi, c'est normal, c'est mon rôle. Tu es si seul depuis si longtemps…

— Une relation ne simplifie pas toujours la vie, grommela Gabe. Je te rappelle que si je suis dans un merdier pareil, c'est à cause d'un ex !

Son père ne manqua pas de souligner :

— Maintenant, tu ne risques plus ce genre de dénonciation.

Gabe sentit qu'il s'aventurait dans un territoire dangereux : quand il gardait un secret, son père le savait toujours.

Une chance, pensa Gabe avec ferveur, que son père n'ait jamais rencontré Baller. Parce que s'il les voyait ensemble, il comprendrait instantanément les sentiments de Gabe pour son coéquipier, ce qui serait sacrément gênant.

— Coming-out ou pas, rétorqua Gabe, je ne tiens pas à afficher ma vie personnelle dans les journaux people !

Il s'imagina en vedette d'une saison de *Le Bachelor* et frissonna d'horreur.

— Oh, que Dieu nous en préserve ! Je veux juste que tu sois heureux, fils, et que tu ne finisses pas comme ton vieux père, tout seul chez lui à jouer au solitaire.

Aïe. Il ne mâchait pas ses mots, ce soir.

Avec un léger soupir, Gabe avoua :

— Je sais, papa. Merci de te soucier autant de moi. Si tu veux tout savoir, je gère en ce moment…

… une attirance très malvenue pour un coéquipier hétéro,

— … tous ces récents changements. Ça va me prendre du temps.

Ce n'était même pas un mensonge.

— D'accord, écrase-les tous ce soir, d'accord ? Comme à Anaheim !

Gabe ne put retenir un rire.

— Papa ! Aurais-tu encore parié avec Nelson au pub ?

— Question éthique, ce serait discutable, non ?

Ben voyons !

Gabe secoua la tête.

— Au hockey, rien n'est jamais sûr, tu sais.

Il arriva avec cinq minutes d'avance et se gara dans le parking des joueurs. Il entrait à peine dans le bâtiment quand Trish l'intercepta.

— Bien, vous êtes là.

Gabe fronça les sourcils.

— Oui, comme promis.

— Oui, mais je suis consciente que vous avez cédé à contrecœur.

Le prenant par le bras, elle l'entraîna dans le couloir perpendiculaire, les cameramen étaient déjà en place, face aux portes principales.

Pourquoi diable s'étaient-ils placés là ? se demanda Gabe, suspicieux. Certes, il arrivait que les journalistes prennent des photos de tous les arrivants, comme pour un défilé de mode, mais Gabe avait été convoqué une demi-heure avant le reste de l'équipe.

— Que se passe-t-il, Trish ? Qu'avez-vous manigancé ?

Elle sourit.

— Moi ? Rien du tout. Ces clichés seront postés sur nos réseaux sociaux et pour une fois, vous y serez.

Gabe ne se sentit pas rassuré du tout.

— Alors, il n'y a pas de poignée de main ? Vous m'avez menti ?

— *Menti* ? Oh, Gabe comme vous y allez ! C'est un si vilain mot !

Quelques minutes plus tard, un truck de location s'arrêta devant l'entrée des joueurs et deux hommes en sortirent. Ils s'entretinrent brièvement avec les gardes de sécurité postés à la porte, puis ils avancèrent vers Gabe et Trish…

— Waouh ! souffla Trish. C'est encore plus lumineux que je le prévoyais !

Gabe ne sut nommer ce qu'il voyait. Ce n'était pas un tapis, puisque jamais un tapis ne reflétait autant la lumière. On aurait cru une boule de discothèque aplatie et transformée en paillasson géant.

Seigneur, pourvu que ce ne soit pas pour lui ! Il détestait le clinquant et le disco !

— Dix minutes ! annonça l'assistante de Trish.

Les deux livreurs fixèrent le « tapis » au béton à l'aide de bandes adhésives, et vérifièrent qu'il tenait. En se redressant, le plus grand cria à Gabe :

— J'espère que les Dekes vont gagner ce soir ! Mon père supporte les Voyageurs, pas moi !

Gabe se mit à rire.

— Je ferai de mon mieux.

Il attendit que le couloir s'éclaircisse pour chuchoter :

— Trish, pourquoi avez-vous transformé l'entrée des joueurs en boîte de nuit des années 70?

— Vous vous obstinez à m'en croire responsable? C'est chou!

Certes, l'ambiance disco ressemblait davantage à... à une idée de...

— D'où vient cette musique? demanda Gabe.

Était-ce *Don't Stop Me Now* (Ne m'arrêtez pas maintenant)?

Oh, mon Dieu!

Dans l'équipe, beaucoup seraient pour une idée aussi grotesque... mais un seul aurait les couilles de tout organiser.

Gabe se cacha les yeux.

— Trish! Pitié! Dites-moi qu'il n'a pas fait ça!

Avec un ricanement ironique, elle lui tapota l'épaule.

— Oh, si! Mais ne vous inquiétez pas, les photographes ne prendront que les arrivées, pas votre réaction. Vos amis se sont donné du mal, alors, faites semblant d'apprécier leurs efforts, d'accord?

La porte de la rue s'ouvrit au moment où Freddie Mercury roucoulait qu'il était une étoile filante. Flash entra, vêtu d'un costume rouge foncé que Gabe ne lui connaissait pas. Au moins, il ne dansait pas, même s'il marchait en se pavanant, ses lunettes de soleil sur le nez, comme dans une chanson de Corey Hart.

Tips entra derrière lui, de mandarine de la tête aux pieds, le ton le plus éclatant que Gabe ait jamais vu. Il fit en parcourant le couloir une horrible danse du pistolet – c'était vraiment difficile à regarder –, aussi Gabe apprécia-t-il que Flash lui cache cette vue en le serrant dans ses bras.

Les yeux brûlants, il enfouit son visage contre l'épaule de son ami.

— Je n'arrive pas à croire que tu me fasses un coup pareil, marmonna-t-il

Flash le libéra avec une tape dans le dos.

— L'idée ne vient pas de moi.

Gabe s'essuya subrepticement le coin de l'œil.

— Oui, j'avais deviné.

À son tour, Tips l'étreignit.

Olie, Slimer et Yorkie furent les suivants à arriver, en jaune citron, vert pomme et bleu turquoise.

— Tu es gonflé de porter cette couleur! déclara Gabe à Slimer. Elle ne te rappelle pas trop la margarita de Flash?

Slimer se contenta de sourire en lui tendant son poing.

144

— On ne vit qu'une fois, mec. Moi au moins, j'ai le sens du style, pas comme lui !

Il désignait Olie, qui arrivait avec une fedora moutarde lui allant remarquablement bien – et c'était injuste ! Loin de se contenter d'une simple étreinte, Olie attrapa Gabe à bras-le-corps et le souleva pratiquement de terre.

— Ahhh ! Euh… Merci.

Olie le libéra et recula avec un clin d'œil.

— J'aurais dû le faire il y a des semaines. Adèle adore cet ensemble, tu sais.

Il tourbillonna sur lui-même. Gabe parvint à rire.

— Elle a du goût.

La gorge serrée d'émotion, il ne parvenait même pas à exprimer à ses coéquipiers combien leur geste comptait pour lui.

À ce moment-là, la musique devint plus sauvage, plus rapide, plus sonore, et bien entendu, Baller fit son entrée. Il portait un costume violet fait sur mesure et une chemise d'un blanc éclatant dont les boutons étaient ouverts. Gabe sentit son pouls s'emballer. Puis il remarqua le sourire éblouissant de Baller et le chapeau de pirate acheté à Disneyland.

Oh, merde !

Gabe avait déjà deviné que l'idée était de Baller, mais là, il se sentait vu, accepté et aimé pour ce qu'il était vraiment. Il avait du mal à trouver ses mots…

En même temps, il était triste, atrocement triste, aussi étrange que cela paraisse, parce qu'une vérité venait de le frapper : il était amoureux et Baller ne verrait jamais en lui qu'un ami.

Gabe attendait de Baller une tape dans le dos, ou peut-être un poing tendu, comme avec Slimer. Jusqu'ici, ils ne s'étaient jamais étreints.

À sa grande surprise, Baller lui passa les bras autour de la taille et serra… fort. Gabe déglutit et fit la même chose, un peu perdu, et très soulagé que les photographes ne soient pas en train de le mitrailler.

— Ah, Baller ! Il faut toujours que tu en fasses des caisses, hein ?

Il espérait avoir réussi à cacher son émotion.

Baller s'écarta enfin. Gabe pensait lui voir un sourire espiègle, mais il se trompait, le sourire de Baller était intime, presque secret.

— C'est ma nature, admit-il.

Puis se tourna pour vérifier ce que faisaient les photographes : ils emballaient leur matériel, prêts à s'en aller.

Dante ajouta alors :

— Mais l'idée ne vient pas seulement de moi.

La musique se termina. Pourtant, la porte s'ouvrit encore et Kitty entra dans une tenue rose bonbon, un sac-cadeau à la main.

— Il ne sera pas photographié, chuchota Baller. Ça lui laisse une option de déni plausible.

Gabe s'étouffa de rire.

— Le rose lui va très bien, tu ne trouves pas ?

— Je suis sur le cul qu'il ait cette couleur dans sa garde-robe, reconnut Baller. Bon, je te laisse un moment avec lui.

Il rejoignit les autres et tous s'éloignèrent.

Maintenant, Gabe comprenait pourquoi Trish lui avait demandé de venir une demi-heure avant le match. Kitty s'arrêta à un mètre de lui et tendit son sac-cadeau.

— C'est pour toi.

Gabe l'accepta et s'étonna du poids.

— Qu'est-ce que c'est ?

— De la vodka. Je voulais… m'excuser.

Kitty mit les mains dans ses poches et croisa le regard de Gabe. Il avait des cernes sous les yeux et sa voix était plus rauque que d'ordinaire.

— Gabe, je te demande pardon. Mon comportement a été inadmissible, tu ne peux pas savoir combien je regrette. Le problème, vois-tu, c'est que j'ai été élevé dans un pays où tout est différent. Je croyais m'être adapté à l'Amérique, mais parfois… je suis encore perdu. Votre bouffe est horrible, votre vodka encore pire !

Il fronça les sourcils, comme si c'était une offense personnelle, puis il esquissa un sourire.

— En revanche, reprit-il, vous avez l'esprit plus ouvert que chez nous. Et ça, c'est bien. C'est même super bien.

Gabe avala la boule qu'il avait dans la gorge.

— D'accord.

Toujours très gêné, Kitty haussa les épaules.

— J'ai déconné, je suis désolé. Si tu te sens un jour capable de me pardonner, nous boirons cette vodka ensemble, d'accord ? J'aimerais revenir dans l'équipe, marquer des buts et battre Montréal. Ça te va ?

— Oui, bien sûr, acquiesça Gabe.

— Alors, c'est tout bon, on boira après le match !

— Après le… ah, je vois, tu étais sûr de ton coup !

Gabe réfléchissait. Sans doute Kitty s'était-il déjà excusé auprès de St. Louis, parce qu'elle l'avait réintégré dans l'équipe – à la place de Slimer. En fait, Kitty était déjà vêtu pour jouer.

Dans le vestiaire, Gabe s'approcha de Baller :

— Pauvre Slimer! Pourquoi faire des frais pour un match où il ne jouer même pas? Un costume aussi moche a dû lui coûter une fortune!

Dante lui lança un regard oblique.

— Non, t'inquiète.

Surpris, Gabe cligna des yeux.

— Ne me dis pas qu'il avait déjà *ça* dans sa garde-robe?

Baller se redressa et fit des mouvements pour détendre son cou. Il hésita, puis prit sa décision :

— Non, mais Kitty a insisté pour régler la facture. Et pour avoir nos costumes à temps, il a contacté tous les tailleurs de la ville et a aplani les difficultés à coups de trous à beignes.

— Hein?

C'était un acte de contrition sacrément coûteux!

Gabe refusa d'y penser, ce n'était pas le moment de laisser l'émotion lui ôter sa combativité. Il devait se concentrer sur le hockey.

Pour la première fois de sa vie, il portait un maillot arc-en-ciel sans se sentir hypocrite. La plupart des équipes avaient une *Pride de Nuit* une fois par saison et pendant les échauffements d'avant-match, ils tiraient au sort les tenues qu'ils allaient porter.

Ce soir, les Dekes s'affichaient ouvertement aux couleurs de l'arc-en-ciel. Chez les Voyageurs, leurs adversaires, certains arboraient également le logo LGBT, une bande colorée autour de la manche droite.

Dans les gradins, les trois premiers rangs portaient des tenues coordonnées. Les premiers du rouge, ceux d'à côté du orange, puis jaune, vert, bleu et violet, formant ainsi un arc-en-ciel derrière le banc des Dekes.

Un enfant en doudoune jaune agitait un panneau : un grand cœur marqué en son centre du numéro de Gabe, #53.

Merde. Gabe n'allait quand même pas verser une larme!

Baller le bouscula d'un coup de hanche.

— Reviens sur terre, Phil Esposito! Ne pense plus qu'au hockey!

Gabe lui répondit d'un sourire rayonnant.

— Oui.

Néanmoins, il quitta la glace, récupéra à son stand une crosse de rechange et la jeta par-dessus la rambarde à son jeune fan, ravi de ce cadeau inattendu.

Ensuite, les Dekes mirent le feu à la glace.

Flash gagna la mise à jeu et fit une passe à Baller, qui fonça sur la gauche. Les Dekes gardèrent le palet dans la zone, devant le filet, et tirèrent deux fois avant qu'un des Voyageurs le récupère. Flash se lança à sa poursuite. Puis Kitty intervint et vola le palet sur la lame même du Voyageur. Il fit une passe à Gabe.

Enivré de joie, Gabe rapporta le palet en zone d'attaque, filant si vite sur la glace qu'aucun adversaire ne parvint à le rattraper. Il arriva face au filet et le but se marqua presque tout seul.

Baller et Flash le télescopèrent si fort que Gabe s'écrasa contre les planches, un grand sourire aux lèvres. À peine avait-il retrouvé son équilibre que Kitty se jeta sur lui et l'étouffa à moitié.

Les Dekes marquèrent un second but avant la fin de la première période. Baller reçut une passe de Gabe et, sans même regarder où il visait, il envoya le palet dans le filet d'un revers imparable. Gabe en eut l'eau à la bouche.

Baller se mit à rire et à danser, il chantait aussi à pleins volumes sa chanson de but.

Gabe posa sa main gantée sur l'épaule de Baller et le poussa vers le banc.

— Allez, viens, Jagger, c'est la pause.

Deux autres buts furent marqués au cours de deuxième période, un par Yorkie après une passe de Bricks, un par Tips sur un rebond de Kitty.

Le score était de 4 à 1 en faveur des Dekes quand les joueurs reprirent la glace pour la troisième période. Montréal marqua un but, puis Tips envoya un palet dans le filet.

En rentrant aux vestiaires, Baller claqua Gabe sur les fesses.

— On sort ce soir, hein ?

— Oh, oui ! s'exclama Yorkie avec ferveur.

— *Da*.

— Oui.

Étonné, mais ravi, Gabe vit toute l'équipe accepter l'invitation.

— On va être nombreux ! Vous ne croyez pas qu'on devrait réserver ?

Mais avant, Gabe avait encore une corvée à assumer. Après une nuit comme celle-ci, il ne pouvait éviter la presse.

— Quel effet ça vous fait-il, Gabe, qu'un match aussi brillant ait eu lieu précisément pour la *Pride de Nuit* ?

Gabe fut surpris du calme qu'il ressentait – il y a peu, une telle question lui aurait donné envie de se cacher au fond d'un trou.

Il s'éclaircit la gorge et répondit avec un sourire.

— C'est un heureux hasard ! Je suis infiniment reconnaissant à tous ceux qui m'ont marqué leur soutien, mes coéquipiers, mes supérieurs, mes fans. Gagner un match est toujours une joie, mais c'est encore plus marquant quand on est à domicile.

La journaliste s'écarta pour faire place à un autre, mais elle garda son téléphone pointé vers Gabe.

— Vous avez reçu ce soir un accueil spécial de vos fans. Qu'en pensez-vous ? Ça a-t-il eu un impact sur votre jeu, surtout après ce qui s'est passé aux États-Unis ?

— Je vous rappelle que nous avons gagné à Los Angeles, mais oui, nous avons connu une période difficile et je préfère oublier l'épisode de Nashville. Je suis très heureux de retrouver mes compatriotes et le soutien de nos fans.

Il espérait que son sourire ne tremblait pas trop, mais il craignait fort d'avoir les yeux humides. Tant pis ! Il ne serait pas le premier joueur de hockey professionnel à pleurer devant une caméra.

— Nous avons vraiment les meilleurs fans, insista-t-il. Je présume que toutes les équipes le pensent, mais retrouver un accueil aussi chaleureux après les ennuis rencontrés et neuf défaites consécutives, ça compte terriblement pour notre moral. Alors, un grand merci à tous !

Trish intervint et les journalistes abandonnèrent Gabe pour se ruer vers Olie et Flash. Soulagé, Gabe fonça vers les vestiaires, impatient de prendre une douche.

DANTE PASSAIT un très bon moment. Son équipe avait gagné en marquant beaucoup de buts, il portait un costume magnifique et la vodka de Kitty avait été ouverte dans le vestiaire. En arrivant au club, le groupe était animé et bruyant. Rien que pour ça, Dante aurait été un homme heureux. Mieux encore, Gabe était avec eux. Et c'était un *vrai* night-club, avec piste de danse et tout.

En cas de fin du monde, Dante comptait mourir en apothéose. Il cherchait un moyen de convaincre le DJ de jouer *Don't Stop Me Now* avant que l'astéroïde frappe la terre.

Yorkie s'en alla tôt parce qu'il voulait appeler Jenna avant de se coucher – apparemment, elle veillait tard pour étudier. En partant, le jeune avait abandonné sur la table sa bière intacte. Dante la récupéra. Ce serait dommage de la gaspiller !

Slimer fit la moue.

— Je comptais la boire !

Dante porta un toast avec sa bouteille.

— Tu as été trop lent, tant pis pour toi. En plus, tu disais vouloir aller danser.

— Justement ! Je comptais sur cette bière pour me donner du courage.

Dante pointa sa bouteille vers l'autre bout de la salle.

— Le bar est par là, mon jeune ami.

Pour être franc. Dante connaissait la hiérarchie de l'équipe : il avait grimpé un échelon, Slimer pas encore. Donc, la bière était à lui. Il l'avait bien méritée, non, après toutes ces années à endurer les vannes de ses aînés ! Slimer le comprendrait dans quelques années, quand il serait à sa place.

À contrecœur, Slimer suivit des yeux la direction indiquée.

— Je sais, mais… Oh ! Gabe est très recherché ce soir !

Dante s'étrangla derechef et la bière lui ressortit par le nez. Oh, non, *certainement* pas ! Il ouvrait la bouche pour exprimer à Slimer que le très discret et réservé Gabriel Martin, ailier et superstar des Nordiques, ne draguait jamais sous les yeux de son équipe quand…

Il se retourna et constata que le jeunot disait vrai. Accoudé au bar, Gabe, très détendu et un sourire aux lèvres, conversait avec un parfait inconnu et son langage corporel indiquait l'intérêt.

Même si l'astéroïde était tombé, Dante ne l'aurait pas remarqué.

Pas étonnant que Gabe se fasse draguer au fond. En principe, Dante ne pouvait blâmer personne de se ruer à l'attaque…

En pratique, il se sentait tout à fait prêt à massacrer ce sale type. Quel cuistre ! Ne voyait-il pas que Gabe était avec son équipe pour fêter leur victoire ? De quel droit s'immisçait-il dans une celly – une célébration *privée ?* Ne réalisait-il pas que Gabe serait mortifié si son nom apparaissait demain matin dans un blog people ? Bon, d'accord, il n'y avait pas tant de cancans que ça à Québec, mais quand même.

En voyant Slimer lever son téléphone pour prendre une photo. Dante intervint d'instinct et le bloqua.

— Non.

— Quoi ? Allez, c'est juste pour rigoler…

150

Putain, il était bouché ou quoi?

— La dernière fois qu'un quidam a photographié Gabe à son insu, ça a foutu sa vie en l'air. Le droit à l'image, tu connais??

Slimer ouvrit grand la bouche.

— Oh.

Se détournant de Slimer, Dante vérifia ce qui se passait au bar : le dragueur se rapprochait de Gabe et posait la main sur son poignet. *Le sourire n'est pas mal*, pensa Dante, *mais c'est un freluquet*. En toute objectivité, Dante était plus beau. Et il gagnait davantage. Alors, pourquoi Gabe perdait-il son temps avec ce looser? se demanda-t-il, franchement amer.

Bien sûr, l'inconnu était gay... et disponible. Mais Dante aussi! Et il avait un cul spectaculaire. Pourquoi Gabe ne le draguait-il pas? Oh, oui. Parce qu'il ignorait avoir cette option.

Le mec au bar plaisanta sans doute, car Gabe eut un rire poli. Il ne s'était pas dégagé des doigts accrochés à lui.

Dante commençait à s'énerver : c'était à lui de faire rire Gabe! Ce devrait être sa main sur le poignet de Gabe.

Il donna un coup de coude à Slimer, pour l'éjecter de la banquette.

— Pousse-toi, je vais pisser.

Une fois dans les toilettes, il resta un moment à se laver les mains en réfléchissant. Il savait ce qu'il voulait. Bien. Et ensuite? Le plus sensé serait sans doute de ne rien faire, mais Dante n'était pas arrivé à sa position actuelle sans connaître l'efficacité des risques calculés.

Il était temps de se positionner.

Quand il retourna dans la grande salle, il reçut un choc. Gabe n'était plus au bar, le maigrelet non plus. Il vérifia les tables réquisitionnées par l'équipe, Gabe n'y était pas non plus.

Oh, merde! Il arrivait trop tard! Et si Gabe était parti avec sa conquête? Et s'il tombait amoureux dingue et l'épousait sous peu, s'il adoptait des gosses avec lui? Et si...

Dante vacilla de soulagement en voyant Gabe à la caisse, occupé à payer sa note. Il n'était pas trop tard. Le match restait à jouer.

Dante se rua vers Gabe et le prit par le bras.

— Tu as une seconde?

Sans attendre de réponse, il entraîna Gabe vers la porte.

Gabe ne protesta pas. Il attendit d'être dehors pour demander :

— Que se passe-t-il?

Dante salua le videur et continua à marcher vers la zone fumeurs, une allée étroite qui séparait le bar du bâtiment voisin. Au moins, ils seraient à l'abri du vent. Il s'arrêta si brusquement que Gabe vacilla, avant de retrouver son équilibre.

— Tu as un problème, Dante ? s'inquiéta-t-il.

— Oui !

— Oh. Lequel ? Tu as croisé une de tes ex ? Tu as une dette de jeu à rembourser à un malfrat ?

Dante eut un rire incrédule.

— Non ! Pas ce genre de problème. Je t'ai vu au bar avec un type.

Ah, bravo ! Belle ouverture !

Gabe fronça les sourcils.

— Hein ? Tu parles de Jean Claude ? Tu m'as vu avec lui ? Merde, les autres aussi ?

Quel idiot ! Il s'en faisait pour ce qui ne comptait absolument pas !

— Slimer t'a vu, répondit Dante, il trouvait ça marrant.

Non, il s'égarait. Il s'efforça de remettre la conversation sur ses rails :

— Là n'est pas la question, d'accord ? Ce gars est peut-être… gentil, agréable et disponible, mais ne pars pas avec lui, s'il te plaît, même si tu as envie de le baiser !

Oh, merde, ce n'était pas le moment de raconter des conneries !

Certain que s'il ouvrait encore la bouche, il n'en sortirait qu'un flot d'inepties, Dante préféra l'utiliser autrement.

Il embrassa Gabe.

Il le tenait toujours par l'avant-bras, il sentait la chaleur de sa peau à travers le tissu de sa chemise. Ses lèvres étaient douces et humides, et à leur contact, Dante eut la chair de poule.

Pendant un moment – que Dante jugea très *très* long et très *très* déchirant –, Gabe ne réagit pas.

Puis il posa la main sur le cou de Dante, il pencha la tête et se rapprocha jusqu'à plaquer Dante contre le mur de brique. Dante poussa un petit cri surpris que Gabe but sur ses lèvres, puis il insinua la langue dans sa bouche et s'en délecta avec gourmandise. Une vague de chaleur monta dans le corps de Dante, son pouls battait follement sous la paume de Gabe. L'espace entre les deux hommes crépitait d'électricité, comme des étincelles s'apprêtant à déclencher un incendie.

Oh, oui !

Soudain, Gabe recula. À la lumière du réverbère, ses yeux semblaient vitreux, comme s'il avait reçu un palet au milieu du front.

— Je… je…

— Ne pars pas avec ce type, s'il te plaît, répéta Dante. Je suis là.

Gabe inspira un grand coup.

— Mais…

Dante lui saisit la main et la posa sur son entrejambe. Son érection indiquait clairement ses intentions.

Dante regretta presque son geste quand Gabe l'empoigna à travers son jean et serra, savamment. Dante en perdit le souffle.

— Tu veux vraiment… ? haleta Gabe.

— Oui !

— D'accord, va régler ta note.

Gabe devait avoir prévu de rentrer tôt ce soir, parce que quand Dante sortit du bar, il l'attendait dans sa voiture devant la porte, le moteur tournant au ralenti. Or, Gabe ne conduisait jamais s'il avait pris plus de deux bières.

Une chance que ce n'ait pas été le cas ce soir.

Dante ouvrit la porte côté passager et se glissa dans le siège. En bon Canadien, Gabe l'avait déjà mis à chauffer.

Il parla sans regarder Dante.

— Tu es sûr de toi ?

— Non ! persifla Dante. Je me suis juste dit : et si ce soir j'embrassais un gay ?

Réalisant qu'il en aurait été capable, il s'empressa d'ajouter :

— Ce n'est pas un caprice, Gabe. J'y pense depuis des mois. Je pourrais tout te raconter en détail… mais je préfère attendre pour ça que tu n'aies pas un volant entre les mains.

Sans un mot de plus, Gabe s'engagea dans la circulation.

SECONDE PÉRIODE

À CETTE heure, les rues étaient désertes. Dieu merci, car si le trajet avait duré plus de dix minutes, Gabe aurait peut-être craqué.

Ne faisait-il pas une erreur d'emmener un coéquipier chez lui pour le baiser? Et pas n'importe quel coéquipier, mais Dante, Dante pour qui il avait des sentiments!

Puis Baller posa sa main sur sa cuisse et Gabe oublia tous les avertissements de son bon sens. Il était chaste depuis des mois – et sexuellement frustré –, il désirait Baller depuis si longtemps. Pour résister à sa proposition, il aurait fallu qu'il soit un saint.

En arrivant chez lui, Gabe ne perdit pas de temps à ouvrir son garage, il laissa sa voiture dans l'allée et fonça vers la porte d'entrée, Baller sur ses talons.

Une fois entré, Gabe déclara par automatisme :

— Enlève tes chaussures.

Une fois les mots échappés de sa bouche, il se figea. N'allait-il pas passer pour un maniaque? C'était plutôt gênant… mais Baller se contenta d'obtempérer en ricanant.

— Es-tu toujours aussi autoritaire, Gabe? demanda-t-il, l'œil espiègle.

Gabe, qui le lorgnait ouvertement, avait la bouche sèche. Il se débarrassa de ses chaussures, les posa sur le paillasson, puis il décida d'être franc.

— Oui. En général, je suis même pire. Maintenant, tu es au… Humph !

Baller l'avait interrompu d'un baiser. Oh, d'accord, s'il comptait être comme *ça*.

Sa bouche était douce, ses lèvres humides. À leur contact, Gabe sentit des étincelles d'excitation crépiter le long de sa colonne vertébrale et sa peau se hérissa de chair de poule.

Oubliant les conséquences potentielles de son acte irréfléchi, Gabe ouvrit la bouche d'instinct, désespéré d'en avoir davantage. Baller répondit à son appel, il pointa la langue et caressa celle de Gabe. Il poussa aussi un petit cri étouffé quand Gabe se mit à mordiller sa lèvre inférieure.

154

Le temps sembla s'arrêter tandis que les deux hommes se dévoraient la bouche, faisant assaut d'avidité. Quand Gabe sentit des doigts fébriles dans ses cheveux blonds, il laissa glisser sa main de la hanche de Baller à son cul.

Même à travers le jean, il sentait la chaleur de la peau, la fermeté des muscles. Il serra les doigts et plaqua le bas-ventre de Baller au sien, buvant à même sa bouche le gémissement qu'il poussa.

Merde. Le sexe de Baller était brûlant, ce contact fit trembler Gabe des pieds à la tête. Baller ne simulait pas, il était à fond dedans.

Baller s'écarta un peu, le temps de jeter d'une voix rauque :

— Tu as une chambre quelque part, j'espère ? J'ai passé l'âge de baiser dans le couloir !

— En haut des escaliers, la porte au bout du couloir.

Par miracle, ils réussirent à monter l'escalier sans trébucher, même s'ils ne regardaient pas où ils marchaient parce qu'ils continuaient à se caresser mutuellement. En ouvrant la porte de sa chambre, Gabe fut soulagé que la femme de ménage soit passée aujourd'hui, au moins, les draps avaient été changés.

Une fois devant le lit, il poussa Baller à s'y étendre et s'installa sur lui, à califourchon.

Puis il hésita. Baller n'allait-il pas se sentir mal à l'aise ? Après tout, c'était sa première fois avec un mec, Gabe en était certain.

Baller lui prouva vite qu'il était idiot de s'inquiéter. Fidèle à sa réputation – ne jamais laisser rien ni personne s'interposer entre lui et ce qu'il voulait – Baller touchait Gabe partout où il pouvait l'atteindre, les cheveux, la poitrine, les cuisses et le cul. En même temps, il frottait son érection contre celle de Gabe.

Mais il était encore vêtu. C'était navrant.

Gabe se dressa pour respirer. Baller haletait, les yeux fiévreux, les lèvres enflées. De toute évidence, il n'avait aucune envie de faire une pause, il voulait tout connaître, jusqu'à la glorieuse apothéose.

— Qu'est-ce que tu fous, putain ? haleta-t-il.

— Avant de continuer, répondit Gabe, je te veux nu. Une objection ?

— Argh !

Baller s'étrangla et souleva les hanches, une réponse nettement plus satisfaisante qu'un simple oui. En plus, il tâtonnait déjà pour détacher sa ceinture et sa braguette, mais il n'y parvenait pas, car ses mains tremblaient trop.

Gabe secoua la tête, il écarta d'une tape les doigts inefficaces et prit le relais.

— Laisse-moi faire !

— Ah ! Encore ce ton autoritaire ! Au fait, tu es comment au lit ? Dominant ? Ou alors, tu aimes les mots cochons ? Non, ça m'étonnerait.

Il y avait un tel feu dans les yeux sombres que Gabe sentit son estomac se contracter. Il ouvrit la ceinture de Baller et descendit la fermeture éclair. Ensuite seulement, il croisa son regard.

— Je tiens simplement à ce que les choses soient claires, déclara-t-il. Quand je baise, c'est avec un partenaire consentant qui participe de façon active. Oui, je sais, je suis compliqué. Ça te pose un problème ?

Il leva un sourcil et attendit la réponse.

— Non. Mais tu arrives à tenir un discours, *maintenant* ? J'y crois pas !

Il reçut une tape sur la hanche et docile, il souleva son cul. Gabe l'aida à se débarrasser de son pantalon et de son boxer. Il admira ensuite le sexe épais et dur, parfait.

— Parle-moi ! insista Baller. J'aime quand tu joues au petit chef !

Il allait être exigeant ? Quelque part, Gabe n'en était pas surpris.

— Que veux-tu que je te dise ?

— Aucune, idée, c'est toi le prof.

Gabe ne put retenir un sourire.

— D'accord, dans ce cas, je vais te détailler ce que je compte te faire, d'accord ?

— Ça va t'inciter à toucher ma queue plus vite ? insista Baller, plein d'espoir.

En principe, non, mais Gabe estima que l'enthousiasme de Baller méritait un encouragement. Il referma donc ses doigts sur le sexe érigé.

— Si tu sais demander comme il faut…

Baller fit un bond dans le lit, mouvement qui tendit les boutons de sa chemise.

— Oh, putain ! Gabe ! *Gabe ! S'il te plaît !*

Gabe comprit qu'il n'avait pas été suffisamment clair.

— Dis-moi ce que tu veux.

Le gland pleurait déjà des larmes de plaisir. Gabe les récolta et les étala sur toute la longueur du sexe palpitant. Baller tremblait dans sa main, plein de désir.

Il était tellement fougueux et réactif !

Gabe se lécha les lèvres.

— Je pourrais te branler, susurra-t-il, mais je préférerais te sucer.

Baller couina et poussa davantage son sexe entre les doigts de Gabe.

— Oui, putain ! Gabe, arrête de m'allumer et prends-moi si… si…

Il eut un rire rauque, cassé, à la limite de l'hystérie, et ajouta, provocateur :

— … si tu peux ! Je ne suis pas certain que ma grosse queue entre dans ta bouche !

Mais son impertinence sonnait faux et ses yeux suppliaient.

— Tu es chou ! persifla Gabe.

Il s'installa entre les jambes ouvertes et malaxa les cuisses épaisses. Puis il se pencha et y déposa une pluie de baisers mouillés.

Baller haleta quand Gabe chatouilla les plis de son aine. Baller étouffa ses gémissements plaintifs en se mordant la lèvre. Ses joues étaient écarlates, il serrait les poings.

— Gabe, arrête de déconner, je vais… je vais jouir ! Je suis tellement proche que…

Il disait vrai, Gabe le savait. D'ailleurs, il voulait voir jouir Baller. Alors, il joua avec le gland humide, il y posa la langue et savoura le goût salé. Pour maintenir Baller en position, il enfonça son bras gauche sur le ventre dur avant de commencer une fellation dans les règles de l'art.

— Merde ! Oh, merde ! hurla Baller. Ta barbe… c'est trop…

Gabe ne s'était pas rasé depuis le matin. Soudain, il le regretta : la sensation était peut-être trop nouvelle pour un débutant…

— … jouissif !

Apparemment, Baller appréciait. Gabe frotta son visage contre la peau lisse et sensible de l'intérieur de la cuisse.

— Tu es doué pour ça, grinça Baller. Il faudra… m'apprendre.

Jusqu'ici, Gabe avait ignoré son désir, mais il arrivait au bout de sa résistance. Et les mots de Baller créèrent une image si torride qu'un gémissement lui échappa.

— Tu es un cas, Baller !

— Mais ça… te plaît. Argh !

Gabe venait de le reprendre dans sa bouche.

Oui, bien sûr, Gabe adorait cette attitude provocatrice, mais il ne donnerait pas à Baller la satisfaction de le reconnaître à haute voix. Il écarta les cuisses de son amant pour se donner plus de champ et engloutit le sexe aussi profondément que possible, ayant depuis longtemps appris à ignorer

157

ses réflexes nauséeux. Il voulait donner à Baller la plus somptueuse pipe de sa vie, un souvenir pour l'aider à se branler jusqu'à la fin de ses jours.

Et lui aussi, sans doute.

Quand il empoigna les couilles de Baller, il vit les cuisses trembler, comme les abdominaux sous son avant-bras. Oh, la zone était-elle particulièrement sensible ou Baller anticipait-il celle que Gabe chercherait ensuite ?

— J'aime… haleta Baller. Tu pourrais… ?

C'était donc bien la seconde option. Gabe poussa ses doigts plus loin et explora la fente brûlante qui séparait les deux globes fessiers.

Baller crispa les doigts dans les draps et supplia :

— Gabe, oui ! *S'il te plaît !*

De l'index, Gabe effleura la peau moite autour de l'anus. Les cris de Baller devenaient franchement frénétiques, Gabe lui-même tremblait de désir. Baller cherchait à bouger, à s'empaler sur son doigt. Il jouit dans un long gémissement et son sperme frappa l'arrière de la gorge de Gabe.

Gabe s'écarta, sa main remplaçant sa bouche, et il regarda Baller : la tête en arrière, le visage extatique, une grosse veine pulsait le long du cou renversé. Il éjaculait encore et son foutre mouillait sa chemise.

Gabe sentit son érection devenir douloureuse.

Baller ouvrit les yeux.

— Waouh ! pantela-t-il. Donne-moi cinq secondes pour récupérer et nous continuerons la leçon.

Gabe sut alors que Baller allait tout faire pour lui coller une crise cardiaque. Il se leva et se déshabilla. Pendant ce temps, Baller arrachait sa chemise maculée.

Gabe se sentait un peu exposé. C'était ridicule, Baller l'avait déjà vu nu sous la douche, dans les vestiaires, alors, pourquoi cette nervosité ?

Eh bien, parce que ce n'était pas pareil, dans un vestiaire, la nudité était plus anonyme que dans une chambre à coucher.

Il y avait également une différence entre recevoir une pipe et la tailler.

Gabe n'eut pas le temps de s'inquiéter et de faire une crise d'angoisse.

Après avoir enlevé ses chaussettes, Baller se redressa et cria avec entrain :

— C'était génial ! Je suis hyper bi.

Dans le contexte, Gabe trouva le compliment plutôt bien tourné. Il posa son pantalon sur une chaise et avança vers le lit.

Baller tendait déjà la main vers son sexe.

— Gabe, je peux… ?

Ce devait être un rêve érotique! pensa Gabe, à moitié sonné. Cependant, il hocha la tête et Baller resserra ses doigts sur lui et se mit à jouer avec sa queue. Comme Gabe venait de le faire, il récolta les fluides qui perlaient au méat et les répandit le long du membre.

Ball… non, *Dante*! corrigea Gabe. Ils n'étaient pas au vestiaire et plus jamais il ne considérait Dante Baltierra comme un simple coéquipier. Dante avait des doigts fermes et calleux, la pression qu'ils exerçaient était… parfaite. Gabe étouffa un gémissement et se cambra.

Dante en perdit le souffle. Quittant des yeux le sexe qu'il branlait, il releva la tête et affronta le regard de Gabe. Puis il tomba à genoux et Gabe sentit tout son sang quitter son cerveau et descendre à son entrejambe.

— Dante!

Si Dante paraissait un peu indécis, il n'en cessa pas pour autant ses caresses. Il esquissa un sourire mi-figue, mi-raisin.

— J'avoue, ça va être ma première pipe, du moins dans ce sens-là. Tu vas devoir me guider si tu veux que l'expérience soit satisfaisante.

Merde. Gabe recula d'un pas et saisit la base de son sexe.

— Tu es un cas, répéta-t-il en secouant la tête. La leçon va devoir être très *très* courte.

Dante baissa les longs cils avec une moue taquine.

— Moi, je ne la trouve pas si courte!

Gabe grogna et empoigna Dante par les cheveux. Les mèches brunes étaient moins longues qu'avant, Dante les avait fait couper récemment. Gabe aima leur contact soyeux.

— Une leçon *rapide*, alors. Ouvre la bouche.

Il s'attendait à une autre vanne, mais Dante obtempéra en silence, les yeux écarquillés. Ensuite, il attendit. Et Gabe, hypnotisé, fixait les lèvres rouges et humides. Le regard de Dante brûlait, plein de promesses… et de défi.

Gabe sut alors qu'il était niqué.

De la pointe de son sexe, il effleura la bouche de Dante, mouillant ses lèvres. Dante tenta d'y goûter, mais Gabe le maintint en place.

Dante frissonna de plaisir.

— Waouh! Jouissif! Je savais pas que mes cheveux étaient une zone érogène. Tire encore! J'adore!

Le désir qui flambait dans ses yeux sombres était irrésistible. Gabe se demanda s'il n'était pas passé dans un univers parallèle. Il ne comprenait pas qu'il n'ait pas déjà explosé. Son orgasme montait, il n'allait pas pouvoir le retenir longtemps.

Il insinua son sexe dans la bouche de Dante et ordonna, d'une voix éraillée :

— Suce.

Dante obéit. Et Gabe vacilla dès que les lèvres chaudes se refermèrent sur lui. Pour accommoder l'épaisseur de son sexe, Dante gardait la bouche entrouverte et la salive coulait à ses commissures. Gabe entama des va-et-vient assez lents, qu'il contrôlait en tenant les cheveux de Dante.

Puis il se figea, son sexe posé sur la langue de son amant. Pour accentuer ses sensations, Dante poussa un gémissement bas et profond.

Il était doué ! En plus, il adorait ça. Rien d'étonnant : Dante Baltierra adorait utiliser sa bouche dans tous les contextes.

Gabe pressa son pouce dans la joue de Dante jusqu'à ce qu'il sente sa queue. Dante frissonna autour de lui.

— Putain, c'est bon ! avoua Gabe. J'aime ton enthousiasme. Encore ?

Dante répondit d'un regard lubrique assorti d'un clin d'œil, puis il essaya d'engloutir davantage l'érection qui pulsait dans sa bouche.

D'accord, la réponse était claire. Alors, Gabe s'octroya d'autres mouvements tout en surveillant les réactions de Dante.

Dante ferma les yeux et grogna, un bruit que Gabe sentit plus qu'il ne l'entendit. De sa main gauche, Dante lui serrait le cul, comme s'il avait besoin de s'y accrocher pour garder son équilibre. Gabe le vit alors se branler de sa main libre.

Il en fut sidéré.

Dante poussa un autre gémissement, plus profond, plus désespéré. Gabe hésita à pousser sa chance, mais Dante avait peut-être sur lui une mauvaise influence, car il ne put retenir ses paroles :

— Ta première pipe et ça te fait bander ?

Dante hocha la tête avec frénésie, il respirait fort par le nez.

Gabe sentit ses tripes se serrer, il allait jouir. Juste avant le moment fatidique, il s'écarta et serra les doigts sur lui pour se branler avec force.

Dante le regarda jusqu'au bout et il jouit en même temps que Gabe.

Quand Gabe retrouva son souffle, il prit une poignée de Kleenex pour se nettoyer. Dante le fixait toujours, les doigts maculés de sperme.

Gabe lui tendit la boîte de Kleenex. Dante s'essuya aussi. Puis, sans même regarder où il visait, il jeta ses mouchoirs maculés dans la corbeille à papier – joli tir au but !

160

— Pourquoi t'es-tu retiré ? protesta-t-il d'une voix rauque.

Gabe fut heureux que Dante, ayant la bouche pleine, n'ait pas pu formuler ses vœux plus tôt. Sinon, sans doute aurait-il été incapable de résister à la tentation.

— Non, dit-il. Un débutant n'avale pas, c'est dans le manuel !

Dante esquissa un sourire.

— Il y a un manuel ? Et des cours de niveau ? Suis-je admis dans la classe supérieure ? Comment s'appelle-t-elle ? Séminaire de fellation avancée ? Y a-t-il un diplôme à la fin ?

Gabe ne put s'empêcher de rire. Bon, au moins, il était clair que Dante n'avait aucun regret.

— Je cherchais juste à t'initier en douceur, remarqua-t-il.

— Je sais, je te pardonne d'avoir douté de moi, répondit Dante magnanimement. Je vais te révéler un secret : j'adore la pipe !

— J'ai remarqué.

— Comme tu l'as deviné, c'est la première fois que j'en taille une, mais j'ai toujours aimé lécher une femme, alors, je ne voyais pas pourquoi ça me poserait un problème avec un mec qui me plaît.

Gabe leva les yeux au ciel. Puis il passa dans la salle de bain, Dante sur les talons.

Côte à côte, ils se lavèrent les mains. Dante examina ensuite son reflet dans le miroir, il se caressa la mâchoire du bout des doigts.

— Je vais peut-être me laisser pousser la barbe, annonça-t-il. Hé, c'est Movember [23], donc, c'est un bon timing !

— Oui, en effet. Tu es trop vaniteux pour ne pas te raser pendant un mois.

— C'est pas de la vanité, je trouve que ça fait sale ! protesta Dante. Mais la barbe ajoute une sensation intéressante à la fellation, donc, ça compense !

Cette conversation était surréaliste. Dante n'était-il pas censé paniquer, ne serait-ce qu'un peu ? En plus, il ne semblait pas pressé de s'en aller. Il plaisantait sur sa pilosité faciale et ses performances fellatrices. Gabe se sécha les mains et espéra que son trouble ne se verrait pas.

---

23 Évènement caritatif annuel ayant lieu au mois de novembre : les hommes du monde entier sont invités à se laisser pousser la moustache dans le but de sensibiliser l'opinion publique aux maladies masculines (le cancer de la prostate, par exemple) et de lever des fonds pour la recherche.

161

Dante s'appuya contre l'encadrement de la porte de la salle de bain, aussi à l'aise chez Gabe que dans le vestiaire.

— Tu verrais ta tête! Qu'est-ce qu'il y a? Tu pensais que j'allais paniquer?

Bon sang!

— Ça m'a traversé l'esprit, oui.

— Eh bien, non, pas du tout! Désolé de te décevoir.

Il sourit, pas le sourire provocateur qu'il avait souvent, mais un vrai sourire, tendre et intime.

— Alors, Gabriel, enchaîna Dante, ce point étant réglé, est-ce qu'on peut parler maintenant?

Gabe déglutit, le cœur dans la gorge.

— Oui, je suppose que c'est inévitable.

TOUT D'ABORD, ils firent un détour par la cuisine. Dante, qui n'avait rien avalé depuis trois heures, ayant affirmé être au bord de l'inanition. Gabe sortit de son congélateur deux plats tout prêts – qu'il commandait chez son traiteur – et les fit réchauffer au micro-ondes. Il était accoudé à son comptoir, comme s'il pensait devoir garder ses distances et que sa cuisine n'était pas assez grande.

Dante avait bien envisagé de dire qu'il ne mordait pas, mais il préférait ne pas faire de promesses impossibles à tenir.

— Gabe, je vais te dire un truc : tu me plais sur le plan sexuel.

Gabe piqua un fard, son visage prit une adorable teinte rose foncé.

— Oui, acquiesça-t-il, ça, j'avais… compris.

Maintenant, Dante devait passer à l'aveu le plus difficile à faire à haute voix. Gabe allait-il seulement le croire?

— Et c'est pas que sexuel. Tu me plais… euh, tout court. Je t'aime bien, quoi!

Gabe se tortillait comme un ver sur un hameçon, mais Dante était à peu près sûr qu'il ne pensait pas «merde, comment lui faire comprendre qu'il n'a aucune chance avec moi?» Non, c'était juste qu'il ne savait pas exprimer ses sentiments, sans doute la conséquence d'avoir passé toute sa vie professionnelle dans le placard.

— Tu… veux sortir avec moi?

Il paraissait assez sceptique. Dante décida de traiter ces mots pleins de doute comme une proposition. Il sourit largement.

— Quelle bonne idée ! Maintenant que c'est réglé, passons…

Il s'interrompit en entendant Gabe éclater de rire.

— Quoi ? demanda-t-il.

Tout éberlué, Gabe passa la main sur son visage.

— Mais… *pourquoi* ?

Décidément ! Certaines personnes étaient incapables d'accepter une porte de sortie quand on la leur présentait sur un plateau.

— Tu cherches des compliments ou quoi ? railla Dante.

Sans laisser à Gabe le temps de répondre, il enchaîna :

— Je pourrais te dire parce que tu es sexy et très doué au hockey. C'est vrai, tu l'es, mais ce n'est pas la raison. Ce qui m'a attiré, Gabe, c'est que tu m'écoutes quand je te parle, tu tiens compte de mes avis et suggestions, bien que tu aies plus expérience que moi. Tu as aussi accepté de m'aider quand je te l'ai demandé.

Il hésita à peine avant d'avouer le plus difficile, mais aussi le plus important :

— Grâce à toi, je sens que j'ai ma place dans l'équipe, je n'ai plus rien à prouver.

Le micro-ondes bipa, mais Gabe ne bougea pas pour en sortir les plats. Il déglutit visiblement.

— Tu y as pensé souvent !

— Oui. Depuis septembre.

En général, il en fallait beaucoup pour décontenancer Dante. Là, pourtant, il avait les tripes nouées. Il s'était livré à cœur ouvert et Gabe se méfiait toujours ? Qu'ajouter d'autre sans passer pour un abruti ?

Gabe se retourna et sortit deux assiettes du placard. Il plaça un plat réchauffé dans chacune d'elles, récupéra des couverts dans un tiroir et posa le tout sur la table.

Dante chercha à rester positif : au moins, Gabe ne fuyait pas, terrorisé.

Gabe le regarda droit dans les yeux.

— Tu n'as pas fait de coming-out.

D'après son ton de voix, ce n'était pas une critique.

Dante saisit une fourchette et goûta son plat : des pâtes au poulet. C'était délicieux !

— J'y travaille, répondit-il, la bouche pleine. Mes parents sont au courant, ça ne leur pose aucun problème. Ah, je l'ai dit aussi à Kitty.

Il fit la moue en se souvenant de son impair.

Surpris, Gabe cligna des yeux.

163

— Quoi? Kitty l'a su avant moi?

Dante avala ce qu'il avait dans la bouche.

— Pour être franc, je n'ai pas fait exprès, j'ai juste parlé trop vite. Et comme ça m'arrive constamment, c'est un miracle que le monde entier ne soit pas déjà au courant.

Gabe marqua une pause.

— Pourquoi ce silence, alors? Je ne te juge pas, bien entendu, je connais mieux que personne le problème de l'homophobie qui règne dans le monde du sport, mais tu avais parlé d'embaucher un pilote pour écrire un message dans le ciel.

— Oui, je sais.

Soudain, Dante n'avait plus faim. Il joua avec le contenu de son assiette, les yeux baissés.

— La première raison qui m'a poussé à me taire, c'est que ma grand-mère est catholique, elle réprouve l'homosexualité.

Le silence retomba pendant que Gabe digérait cette information.

— Je vois. Je me souviens que tu as passé une très mauvaise nuit après une conversation avec elle…

Dante grimaça.

— Oui. Justement!

— Merde.

Gabe passa la main sur son visage.

— Je suis désolé… je n'aurais pas dû te taquiner le lendemain matin.

Bien que ce ne soit pas facile, Dante repoussa ses difficultés avec sa grand-mère dans un coin de son esprit. Ce soir, il ne voulait penser qu'à Gabe.

Il carra les épaules.

— Laisse tomber, tu ne pouvais pas savoir. C'est compliqué avec elle, je verrai… plus tard. L'autre raison est plus importante, tu vois, je savais que tu détesterais une nouvelle couche d'attention médiatique. Et puis, deux gays dans la même équipe? Tout le monde nous aurait crus ensemble, bien que ce ne soit pas le cas. Je me suis dit que question inquisition, tu avais déjà donné, je n'ai pas voulu en rajouter.

— Tu restes dans le placard à cause de moi? Ce n'est pas très juste!

Dante mâchonna un morceau de poulet tout en affrontant Gabe du regard.

— Tu aurais détesté répondre à des questions sur une relation que nous n'avions pas. Tu haïrais plus encore parler d'une relation qui existe.

— C'est vrai, admit Gabe, la mine sombre.

164

C'était un problème qu'ils régleraient un autre jour. Dante préféra se concentrer sur le positif. Il pointa sa fourchette.

— Ah ! Tu viens d'admettre que nous avons une relation !

Gabe eut un petit sourire.

— Tu es obstiné quand tu as une idée en tête.

— Oui, admit Dante. C'est une de mes plus belles qualités.

— Je ne suis pas facile à vivre, tu sais.

Dante agita la main et se remit à vider son assiette.

— On est censé énumérer nos défauts ? D'accord. L'an dernier, je me suis saoulé et j'ai dragué une flic.

Sa mésaventure avait été disséquée sur tous les sites de potins du hockey.

Gabe pinça la bouche, comme s'il retenait un sourire.

— Je ne sais pas cuisiner.

— C'est une bonne chose que tu sois riche !

Gabe posa sa fourchette et croisa les bras sur la table. Ses joues étaient colorées, mais il serrait les dents – il ne plaisantait pas.

— Je préfère être actif au lit.

Dante était-il censé faire semblant d'être surpris ?

— Et alors ? Ça ne me gêne pas, j'ai déjà tout essayé ou presque. J'adore le XXIe siècle ! De nos jours, les filles sont très délurées. Le chevillage, tu connais ? Non, sans doute pas, ça se passe avec un gode-ceinture.

Gabe lui lança un regard mécontent.

— Je suis sérieux.

Eh merde !

— *Moi aussi !* Mon cul n'est pas vierge, tu sais.

— Oh. Vraiment ?

Cette fois, Gabe piqua un fard, ses oreilles devinrent écarlates.

Dante n'en revenait pas ! Ainsi, Gabe s'excitait en l'imaginant avec un gode dans le cul ?

— J'ai un cul génial, tu n'es pas le premier à le remarquer, mais ne sois pas jaloux, tu seras le premier à y mettre une vraie queue de chair et de sang.

Gabe finit par abandonner, il leva les mains.

— D'accord. Tu as gagné.

Son sourire, à la fois timide et plein d'espoir, fit battre très fort le cœur de Dante.

Gabe lui donna un petit coup de pied sous la table avant d'ajouter :

— Tu as des conditions ?

Dante leva le poing et pompa, ravi de sa victoire.

— Oui. Si nous avons une relation, elle sera exclusive.

Ce point-là n'était pas négociable. S'il commettait l'erreur classique de se mettre en couple avec un coéquipier, c'était un engagement à cent pour cent.

— Bien entendu.

Oui, Dante pensait bien que Gabe accepterait cette clause, mais quand même, c'était agréable d'en avoir la confirmation. Maintenant que le plus facile était fait, il devait affronter le plus épineux. Il se mordit la lèvre.

— Je veux aussi te présenter à mes parents si nous sommes toujours ensemble à leur prochain passage. Et je leur dirai que nous sommes en couple !

Gabe verdit un peu, mais il hocha la tête avec un soupir.

— D'accord, je peux le faire. Je pense.

Croyant sans doute que le pire était derrière lui, il prit sa fourchette et se mit à manger. Malheureusement pour lui, Dante avait encore une révélation. Il faillit se voûter, parce qu'il savait que Gabe allait détester.

— Un jour ou l'autre, déclara-t-il, je ferai mon coming-out. Pas tout de suite, il faudra trouver le bon moment – ou le moins mauvais. Si nous nous séparons, j'attendrai probablement plus longtemps. Mais je ne suis pas très doué pour garder un secret. Comme tu le sais.

Gabe expira lentement

— D'accord. C'est normal.

Rasséréné, Dante eut un grand sourire.

— Hé, de quel côté du lit tu dors ?

LE LENDEMAIN matin quand Gabe se réveilla, bien au chaud et très heureux, il n'avait aucune envie de bouger. Du coup, il eut du mal à comprendre ce qui l'avait arraché au sommeil. Son alarme ne sonnait pas. Les rideaux étaient encore fermés.

Une voix endormie, mais très amusée, déclara :

— Donc quand tu disais dormir sur le côté gauche, tu parlais de *mon* côté gauche ?

Dante ! Gabe regretta que le corps chaud et confortable sur lequel il était étalé commence à bouger.

166

— Mmm, grommela-t-il, l'esprit embrumé.

Il reçut un petit coup dans les côtes.

— J'adore te servir de matelas, mais ma vessie a d'autres priorités. Il va falloir que tu bouges, Gabe.

À contrecœur, Gabe roula sur le dos, puis il se rendormit.

Quand il se réveilla la deuxième fois, il vit Dante dans son lit, à plat ventre, les yeux clos. Le drap couvrait à peine son cul. La vue était... eh bien, son sexe l'appréciait beaucoup, de toute évidence.

Ainsi, Gabe n'avait pas rêvé et la nuit dernière... était bel et bien arrivée. Et il avait entamé une relation avec Dante, son coéquipier, un bisexuel immunisé contre les crises de sexualité et pas opposé à la sodomie, même s'il ne le connaissait encore que via le chevillage.

En y réfléchissant, Gabe n'en était pas surpris, à part le fait que Dante ait réussi à garder son secret.

Cette relation était probablement une idée stupide. Le moindre faux pas ferait imploser l'équipe et leurs carrières respectives...

Pourtant, Gabe faisait confiance à Dante pour savoir se taire. Comme Gabe, Dante avait trop sacrifié au hockey pour permettre à une erreur de parcours de tout lui enlever. Aussi impétueux et impulsif qu'il soit, il n'était pas idiot. En plus, Gabe avait déjà plus ou moins perdu son cœur, alors, autant faire en sorte que leur couple soit durable.

Il essayait de résister au cul somptueux quand il le vit soudain se soulever et remuer. Dante s'étirait, genoux et épaules s'enfonçant dans le matelas, les reins cambrés, le cul vers le plafond. Il émit un grondement de profonde satisfaction avant de se détendre et de retomber sur le lit.

Gabe lécha ses lèvres sèches.

— Salut, croassa-t-il.

— Hmm.

Encore à moitié endormi, Dante tourna la tête vers lui. Même au réveil, tout ébouriffé, un pli de l'oreiller incrusté sur la joue, il était magnifique. Gabe admira les yeux sombres à demi-cachés sous les cils épais, les lèvres charnues et le sourire paresseux.

— Bonjour, Gabe, marmonna-t-il. Et je le pense au sens littéral. D'après ce que je vois, cette journée s'annonce prometteuse.

Il s'étira une seconde fois avant de se retourner. Gabe faillit grogner de dépit en voyant que le drap, bien qu'ayant bougé pour suivre la rotation de Dante, cachait encore son sexe. Quelle malchance !

Il ouvrait la bouche pour répondre quand il entendit une vibration au niveau du sol. Un téléphone ?

Deux secondes plus tard, l'alarme de Gabe sonnait.

Dante s'était rembruni.

— Merde ! J'ai parlé trop tôt.

Il roula sur lui-même et se pencha au bord du lit pour récupérer par terre son téléphone, qui avait dû tomber de sa poche la veille au soir.

Avec un soupir déçu, Gabe prit le sien sur sa table de chevet. Après le voyage aux États-Unis et le match de la veille, les Dekes avaient un jour de congé. Alors, pourquoi avoir branché son alarme ?

Il lut le message de son agenda électronique.

Rappel : journée HL

— Ah… merde !

Il avait promis pendant la présaison de participer à cet évènement caritatif avant que sa vie parte en vrille. *Habit de Lapereau* [24] était un organisme québécois qui récoltait des fonds afin d'habiller chaudement en hiver les enfants défavorisés. Gabe y avait déjà participé à quelques reprises : les bénévoles faisaient aux jeunes enfants un maquillage d'animaux ou jouaient avec les ados au hockey-balle, et les parents fans de hockey étaient heureux de rencontrer les vedettes de leur équipe.

Gabe avait oublié ce rendez-vous, ce qui ne lui ressemblait pas. Il hésita à appeler Trish pour lui demander d'annuler sa venue. N'était-il pas trop tard ? Ou les organisateurs seraient-ils au contraire soulagés de sa défection après le scandale médiatique dont il avait fait l'objet ? Voudraient-ils encore d'un gay parmi les bénévoles ?

Dante retomba lourdement sur le lit, son téléphone à la main. Cette fois, le drap avait disparu et Dante s'exposait sans pudeur entièrement nu. Gabe préféra détourner les yeux des poils noirs qui partait du nombril jusqu'à…

— C'est Trish ! déclara Dante, la mine perplexe. Je n'y comprends rien, Flash doit rester chez lui aujourd'hui, son fils est malade, et Trish me demande de le remplacer à un truc bizarre… Je ne suis pas très doué en français, mais ça parle de lapins, je crois.

Pas mal.

— C'est pour aider les familles défavorisées à vêtir leurs enfants en hiver, expliqua Gabe.

---

24 En français dans le texte original

168

Sidéré, Dante cligna des yeux.

— Je te dis « lapins » et toi, tu en déduis tout ça ?

Gabe lâcha son téléphone sur le lit et frotta ses yeux ensommeillés.

— Oui, *Habit de Lapereau* est une institution connue à Québec. Au fait, Trish m'avait demandé de participer d'aujourd'hui avec Flash, c'est pour me le rappeler que mon téléphone a sonné. J'avais complément oublié, sinon, j'aurais annulé.

Non, Trish refusait une double défection, les noms de Gabe et Flash ayant déjà été diffusés dans la campagne de publicité. Les organismes caritatifs espéraient toujours que la présence des célébrités inciterait les mécènes à venir et à se montrer généreux. Gabe et Flash étaient les joueurs les plus connus des Dekes.

Flash avait une bonne raison pour s'esquiver, pas Gabe. Il était baisé.

Dante le regarda attentivement.

— Oh. Tu comptais passer toute la journée au lit avec moi ?

Gabe étouffa de rire.

— J'aurais bien aimé, c'est vrai, mais je pensais surtout que ma présence, maintenant que j'ai fait mon coming-out, n'était pas forcément la bienvenue. J'ai un peu laissé tomber mes fans depuis… tu sais, conclut-il en agitant les mains.

— Tu parles avec tes doigts, maintenant ? plaisanta Dante. N'est-ce pas un peu caricatural pour un gay ?

— Non, je ne… Je voulais juste…

Gabe s'interrompit en jetant à Dante un regard suspicieux. Il se fichait de lui ! Et pourquoi Gabe mordait-il à l'hameçon ?

D'un autre côté, en cas de problème, quelqu'un compatirait. Il fit un gros effort de volonté et s'assit.

— Je vais te raccompagner, tu dois récupérer ta voiture.

— Je vais prendre un Uber, répondit Dante. Ça nous fera gagner du temps.

Une fois encore, il se pencha pour regarder sous le lit, sans doute cherchait-il ses sous-vêtements.

— Un Uber ? *Ici ?*

Gabe espéra que sa voix ne trahissait pas sa panique, mais il ne tenait *vraiment pas* à ce qu'un chauffeur de taxi puisse se vanter d'être venu chercher quelqu'un chez Gabriel Martin au petit matin. Surtout qu'en voyant Dante, on savait tout de suite qu'il portait ses vêtements de la veille. L'estomac de Dante se noua.

169

— Pourquoi pas ? Aaah !

Dante poussa un cri et tomba du lit. Sans doute son boxer était-il un peu trop loin. Gabe vit apparaître une tête hirsute au-dessus du matelas.

— Bien sûr, corrigea-t-il, le visage un peu rouge, je comprends, ça serait trop voyant.

— Ce qui est voyant, plaisanta Gabe, c'est surtout ton costume.

— Hé ! protesta Dante en riant. Celui de Kitty l'était encore plus !

— Kitty ne portait pas un chapeau violet avec une plume.

— Oui, c'est vrai. Merde, mon chapeau ! Je l'ai laissé au vestiaire ! J'espère que personne ne l'aura chipé.

Qu'il croit la chose possible était totalement… *adorable.*

Gabe réprima un sourire.

— Habille-toi, je te reconduis. Et je t'offrirai même un petit déjeuner chez McDo. Nous trouverons un drive en chemin.

— Quelle galanterie ! Je suis presque pâmé !

Gabe ricana.

— Ce n'est pas de la galanterie, c'est du sens pratique. Tu ferais une crise d'hypoglycémie si j'essayais de te cuisiner un repas. McDo, c'est plus sûr.

De plus, s'ils ne quittaient pas la voiture, ils avaient de meilleures chances de ne pas être reconnus.

Le programme se déroula sans anicroche.

Après avoir déposé Dante, Gabe téléphona à Trish et lui fit part de ses inquiétudes.

— Je suis surprise que vous n'ayez pas appelé plus tôt, Gabe, déclara-t-elle. Je me doutais bien que vous seriez préoccupé.

Gabe soupira.

— J'avais complètement oublié cet évènement, avoua-t-il.

— Ah, je comprends mieux.

Il entendit un sourire dans sa voix.

— Écoutez, reprit-elle, le directeur d'HL m'a contactée peu après votre interview, il a clairement indiqué qu'il vous soutenait de façon inconditionnelle. Et il ne compte pas le cacher, alors, les homophobes n'auront qu'à revendre leurs billets ou à s'adresser à un autre joueur.

Mieux valait pour eux qu'il ne s'agisse pas de Dante, pensa Gabe.

Il n'était pas totalement rassuré, mais vu qu'il avait oublié cette confrontation jusqu'au tout dernier moment, il ne s'en sortait pas si mal.

— D'accord. Merci.

— Bien évidemment, ajouta Trish, je serai là aussi, je comptais passer quelques heures à vos côtés.

Reconnaissant, Gabe décida de lui offrir un très beau cadeau de Noël cette année.

Peu avant midi, il se gara devant le centre communautaire. Il était en avance, pourtant, le parking était déjà à moitié plein. Gabe verrouillait la portière de sa voiture quand une Mercedes gris métallisé se gara non loin de lui. C'était Olie.

Gabe l'attendit devant les portes d'entrée.

— Trish t'a piégé aussi ? demanda-t-il.

Olie lui lança un regard hautain.

— Pas du tout ! C'était mon idée de participer, en bon pilier de la communauté.

Ils entrèrent ensemble dans le bâtiment, puis Olie haussa les épaules et ajouta :

— Pour être franc, Adèle travaille pour l'un des partenaires d'HL.

Bien entendu ! Olie était vraiment bien tombé avec cette fille belle, pleine de verve et dévouée aux autres.

Ils étaient à peine arrivés que Trish les rejoignait.

— Salut, les gars. Vous n'auriez pas vu Tom et Dante, par hasard ?

Gabe espéra qu'il ne rougissait pas. Il préférait que Trish ne sache pas qu'il avait *beaucoup* vu Dante au cours des dernières heures.

— Non, pas encore, répondit Olie.

— D'accord, entrez et attendez au salon. Vous serez bien assez exposés au public une fois l'évènement officiellement ouvert.

Elle sourit à Olie et ajouta gentiment :

— Ne vous inquiétez pas de ne pas parler couramment le français. Beaucoup de nos bénévoles sont bilingues, ils interviendront en cas de nécessité.

Tant mieux pour Dante et Yorkie, pensa Gabe.

Par miracle, les deux colocs arrivèrent presque ensemble avec seulement quelques minutes de retard. Comme c'était leur première fois, Trish leur expliqua brièvement le déroulement des opérations. Les donateurs de fonds ou de vêtements avaient reçu en échange des billets d'entrée, des tickets de tombola et des bons à utiliser pour les diverses activités proposées.

— Vous serez dans la grande salle, indiqua Trish, il y aura aussi d'autres attractions

Cette année, HL avait engagé Bonhomme, la mascotte de Québec, et quelques acteurs amateurs déguisés en personnages de dessins animés.

Dante ouvrit de grands yeux.

— Merde ! Si j'avais su, je serai venu en Elsa, la Reine des neiges !

Yorkie l'examina des pieds à la tête.

— Je te verrais mieux en Sven.

Ils éclatèrent tous de rire, sauf Gabe.

— Qui est Sven ? demanda-t-il.

— Le renne de la *Reine des Neiges*, répondit Trish.

Encore étranglé de rire, Olie fit un clin d'œil à Yorkie.

Peu après, Gabe, installé dans un fauteuil bas, lisait pour des enfants d'environ trois ans. Seul du quatuor de joueurs à parler un français à peu près correct, ce poste était bien évidemment fait pour lui. De plus, ça lui évitait également les questions indiscrètes. Les livres choisis étaient tous sur le thème du hockey, son domaine d'expertise. Il était relativement à l'aise avec les petits, ayant connu ceux de Flash depuis leur naissance. Il savait faire des pauses aux moments appropriés dans ses récits, pour laisser les enfants rire et glousser, ce qu'il trouvait adorable. C'était des buts faciles à marquer.

À l'autre bout du gymnase, le rythme était bien différent. Yorkie, étant le plus jeune, avait obtenu le pire des rôles : le hockey-balle. Bien qu'une démarcation sépare les sections, Gabe entendait parfois un cri ou une raillerie en anglais – « Même ma grand-mère tirerait mieux que toi ! » – ou un encouragement émis dans un français approximatif : « Bon… bâton ! » Il en perdait un moment sa concentration.

Lors de sa première apparition à l'HL, bien des années plus tôt, Gabe, encore recrue, s'était retrouvé au hockey-balle. Pendant des semaines, ses tibias avaient évoqué la robe d'un dalmatien.

À droite de Yorkie, Olie s'occupait du basket, par élimination. Il n'était pas assez fou pour accepter le hockey-balle, il ne parlait pas assez bien le français pour les livres et il n'était ni artiste ni manuel.

C'était Dante qui gérait l'atelier dessin. Gabe était trop occupé avec les bambins pour y prêter beaucoup d'attention, mais de temps à autre, il entendait son amant admirer – en très mauvais français – les tournesols de Marie-Philip [25] ou expliquer que Simon [26] aimait le violet.

---

25 Marie-Philip Poulin, joueuse canadienne de hockey sur glace ayant remporté quatre médailles olympiques.

26 Chris Simon, joueur professionnel canadien de hockey sur glace.

Après avoir lu chaque livre deux fois, Gabe laissa les enfants et leurs mentors filer vers d'autres activités. Son rôle était terminé. Il retourna au salon privé réservé au personnel aussi vite qu'il l'osa, sans pour autant donner l'impression qu'il fuyait, et vida deux bouteilles d'eau. Il avait la bouche sèche.

Trish l'avait suivi. Elle lui tapota l'épaule.

— Votre épreuve est presque terminée, déclara-t-elle. Je sais que vous détestez ce genre de choses.

Gabe soupira.

— Non, pas vraiment.

Conscient de n'être pas très convaincant, il ajouta :

— Cette association a de nobles objectifs, je suis content de donner un coup de main. Je me porte toujours volontaire, vous le savez. Mais c'est la première année que je me sens aussi… exposé.

Il s'était senti bien plus anonyme en prétextant être hétérosexuel. Désormais, il n'avait plus ce filet de protection.

Trish secoua la tête sans cacher son scepticisme.

— Gabe, voyons, vous êtes un introverti, acceptez-le. Je vous accorde que compte tenu de cette spécificité, votre choix de carrière est assez étrange.

Gabe n'était pas d'accord. Jouer au hockey lui permettait de passer du temps avec les mêmes personnes, à doses concentrées, de faire de longues siestes et de gagner beaucoup d'argent. Mais il ne le formula pas à haute voix.

— Vous croyez ? Nous ne pouvons pas tous être…

Dante arriva alors à l'improviste. La pile de dessins qu'il portait était plus épaisse qu'une Bible d'hôtel.

— J'adore les enfants ! s'écria-t-il, plein d'enthousiasme. Regardez tout ce qu'ils ont été capables de faire en un minimum de temps ! Quelle remarquable production ! De vrais artistes miniatures !

Trish lui sourit.

— J'étais certaine que les gosses vous apprécieraient !

Dante éclata de rire.

— Je sais très bien ce que vous sous-entendez : je suis resté un gamin, mais je prends ça comme un compliment ! Les enfants sont géniaux !

Il fouilla dans sa pile et en sortit un dessin qu'il tendit à Gabe.

— Regarde ! Tu sais ce que c'est ? C'est moi qui me fais arracher la tête par un joueur de l'équipe des Voyageurs. Si j'ai bien compris, c'est Van Houten.

Gabe ricana.

— Le connaissant, ça ne m'étonne pas qu'il soit aussi brutal.

Le personnage dessiné portait un maillot des Dekes, il avait aussi les cheveux noirs de Dante... mais pas de tête juste un énorme geyser rouge jaillissant de son cou. Et Van Houten avait le sourire sadique d'un tueur en série. Sa crosse dégouttait de sang.

— Si je comprends bien, l'artiste en herbe est un fan de Montréal.

Dante agita la main en faisant la moue.

— Plus maintenant. J'ai convaincu cette charmante petite que les Dekes étaient bien meilleurs que les Voyageurs. Elle n'a pas seulement du talent, tu sais, elle est aussi très futée. Et toi, Gabe, ça s'est passé comment avec les mini-mômes ?

Il exhiba ses dents blanches dans un grand sourire.

— Bien. Tout a été parfaitement *normal*, répondit Gaze en insistant sur le dernier mot. Ils n'ont pas parlé de me couper la tête.

Trish intervint :

— Gabe se charge chaque année de l'atelier lecture.

Dante haussa les sourcils.

— Oh.

Devinant une question informulée, Gabe répondit un peu sur la défensive :

— Le hockey-balle avec les gosses de dix ans, c'est bien trop dangereux pour les tibias !

Et il trouvait aussi les tout-petits adorables.

— Oui, admit Dante, je me disais la même chose. Pauvre Yorkie ! Nous aurions dû lui faire revêtir une combinaison en Kevlar.

Il se laissa tomber dans un siège en face de Gabe et ajouta :

— Et après, on fait quoi ? N'est-ce pas bientôt l'heure de déjeuner ?

Trish jeta un coup d'œil à l'horloge, elle se leva, jeta sa bouteille d'eau dans la corbeille et se dirigea vers la porte.

— Oui. Je vais aller délivrer Olie et Yorkie, enfin, Isak et Tom. Les ados apprécient tant le sport qu'ils dépassent toujours le temps imparti !

Gabe était sûr que Yorkie apprécierait de voir la cavalerie arriver.

Une fois Trish sortie, Dante se renversa dans son siège, avec un regard heureux.

Gabe ne put résister à sa curiosité.

— Ça te plaît tant que ça de passer du temps avec des enfants de ton âge ?

Dante gesticula et agita les mains en désignant les bouteilles d'eau posées sur le comptoir derrière lui, mais hors de sa portée. Gabe lui en fit passer une.

Après s'être désaltéré, Dante répondit :

— Bien sûr ! J'adore les enfants ! Ils sont si ouverts, si naturels, ils te racontent tout ce qui leur passe par la tête ! Quand tu es parti, un des gosses m'a demandé pourquoi son professeur s'habillait comme Grenouille et Crapaud [27].

— Qu'aurait-il dit s'il t'avait vu hier ?

Dante sourit.

— Je lui en ai parlé ! J'ai même dessiné mon costume violet. Tout le pastel y est passé.

Rien d'étonnant, pensa Gabe.

Il ne s'attendait pas à la bombe que Dante lâcha ensuite.

— J'adore les enfants ! répéta-t-il. Mes deux rêves dans la vie ont toujours été de réussir au hockey et d'avoir au moins quatre gosses.

Comme dans un dessin animé, Gabe sentit son cerveau partir en vrille vers un gouffre sans fond.

— Quoi ?

— Quoi *quoi* ? plaisanta Dante, très à l'aise. Flash en a bien quatre et Bricks, si je ne me trompe, au moins trois déjà. Tips, deux et un troisième en route.

Gabe n'était pas au courant.

Dante le fixait, la tête penchée sur le côté, les yeux soudain sérieux.

— Pourquoi tu tires cette tête, Gabe ? Tu n'aimes pas les enfants ?

— Euh… si.

— Tu ne veux pas en avoir ?

Malgré sa panique, Gabe décida d'être franc.

— Je ne sais pas. Je… je n'y ai jamais pensé.

Dante ouvrit de grands yeux.

— Tu es sérieux ?

Gabe s'agita, mal à l'aise.

— Oui. Je pensais rester dans le placard jusqu'à la fin de ma carrière professionnelle dans le hockey, tu sais. Alors, je me voyais mal adopter un gosse tout seul alors que je suis sans arrêt en déplacement. J'avais donc repoussé cette éventualité… à plus tard, quand je serai à la retraite.

---

27 Personnages principaux d'une série de livres pour enfants

— D'accord, donc, tu y as pensé. C'est normal, d'ailleurs, presque tous les gars de l'équipe sont papas, tu as dû un jour prendre un de leurs gosses dans tes bras et imaginer que c'était le tien...

Gabe se revit tenir Dominique, la dernière-née de Flash... Qu'avait-il ressenti? Il avait trouvé la petite mignonne, minuscule et terrifiante.

En la voyant dans les bras de Dante, le jour du barbecue chez Flash, il s'était tout de suite dit : *il ferait un bon père*. Et il s'était senti... un peu triste. Ou envieux?

Et il ne comptait pas ressasser ce genre d'idées quelques heures après avoir officialisé sa relation avec Dante. Sinon, il allait devoir affronter une terrible vérité : c'était lui, Gabriel Martin, qui risquait d'empêcher Dante Baltierra de réaliser son désir légitime d'être père.

— Non, répondit Gabe.

Par chance, la conversation fut alors interrompue : Olie et Yorkie entrèrent, l'air hagard, le pas vacillant. Yorkie s'effondra sur le siège à côté de Dante et laissa lourdement retomber sa tête sur la table.

— Aïe.

Dante lui tapota le dos.

— Tu m'as l'air aussi effondré que le gosse qui a éclaté en sanglots en cassant son crayon orange. Pauvre bébé recrue! Tu mérites bien un gros dodo! Les petits jeunes t'ont mis sur les rotules, hein? Dis-moi, as-tu au moins repéré chez eux quelques éléments prometteurs?

— Non, déclara Yorkie, la tête dans les bras. Mais je vais te dire un truc, Baller, vieux frère, la pilule devrait être gratuite, ça éviterait de pondre des gosses à en veux-tu en voilà!

Il bâilla. Il paraissait déjà à moitié endormi.

Dante lui donna un coup de coude.

— Évite d'engrosser ta copine, alors?

Yorkie grogna une protestation.

Dante regarda Gabe et lui fit un clin d'œil.

Le visage un peu chaud, Gabe préféra se tourner vers Olie.

— Et toi, le basket, ça s'est bien passé?

Olie lui lança un regard ironique.

— À ton avis? Je suis noir et je ne connais rien au basket.

Ouch. Gabe grimaça de sympathie. Dante aussi. Yorkie dormait.

Puis Olie sourit.

— Non, je plaisante. J'ai été génial, bien évidemment.

176

Les Dekes ne restèrent pas ensemble au déjeuner. Pendant que les enfants étaient occupés aux différents stands d'activités, les parents avaient enchéri sur les articles proposés par les organisateurs, dont une place à table à côté d'une célébrité. Adèle avait remporté celle concernant Olie, mais si elle était prête à faire un tel don caritatif, personne n'y voyait d'inconvénient.

Gabe, lui, avait été «gagné» par un couple de lesbiennes qui tenait un magasin de lainages tricotés main. Elles avaient donné des bonnets, des écharpes et des gants, et vantaient désormais les chandails assortis qu'elles avaient en magasin. Elles n'eurent pas le mauvais goût d'interroger Gabe sur sa vie amoureuse. En revanche, Véro s'intéressa à son simulateur de golf.

La loterie devait être tirée à la fin du repas. Une fois le dessert pris, Gabe était prêt à rentrer chez lui, Dante, Olie et Yorkie aussi. Avant d'être libérés, ils eurent encore à signer leurs maillots de Dekes, puis à poser pour des photos-souvenirs.

Une fois sorti du centre communautaire, Gabe laissa échapper un long soupir. Il s'emplit ensuite les poumons de l'air de novembre, frais et vif. Il l'avait fait! Il s'était mêlé au public sans être confronté à des homophobes et sans dévoiler sa liaison naissante avec Dante. C'était un évènement de plus, un évènement comme tous les autres.

Non, pas vraiment, car Véro lui avait dit que sa femme et elle étaient de nouveaux amateurs de hockey. Sans doute le couple n'aurait-il pas recherché sa compagnie sans le récent tapage médiatique. Les gens parlaient volontiers de s'impliquer pour promouvoir un sport, mais ça restait souvent une velléité.

Aujourd'hui avait été différent, spécial.

Puis Trish sortit du bâtiment.

— Oh! C'est vous, Gabe? Vous m'avez fait peur. Je pensais que vous seriez déjà parti. Ça va?

— Oui, j'avais juste besoin d'un peu d'air frais. En fait, vous tombez bien. Pourriez-vous m'obtenir les noms du couple qui a déjeuné avec moi?

Sous le coup de la surprise, Trish cligna des yeux.

— La fondation a le nom de tous les donateurs, ainsi que ceux des gagnants des enchères, mais je ne sais pas s'ils accepteront de les communiquer. Ça dépendra du contexte, je présume. Que voulez-vous à ces deux femmes?

Véro et sa femme avaient versé une belle somme pour déjeuner avec Gabe. D'accord, un don caritatif était fiscalement déductible, mais quand même.

— Elles m'ont dit être fans de hockey, expliqua-t-il. Je voudrais les inviter à notre match à Québec. Pouvez-vous vous charger de la logistique ?

Elle eut un grand sourire.

— Bien sûr ! Et je ne doute pas de convaincre la fondation de leur transmettre votre invitation. Je m'en occupe.

— Merci.

Il se retourna en entendant la porte s'ouvrir derrière eux.

C'était Dante.

— Hé, Gabe, tu veux… Oh, salut, Trish. Je ne vous avais pas vue !

Il avait rougi. Gabe jugea cette réaction plutôt révélatrice.

Trish roula des yeux.

— Super ! s'exclama-t-elle. Je suis devenue invisible ! De toute façon, je partais. Gabriel, ne vous inquiétez pas, je m'occupe de tout. Je vous enverrai un mail dès que j'en saurai davantage.

— Très bien. Merci encore, Trish.

Ils la regardèrent s'éloigner et monter dans sa voiture.

Quand elle eut disparu, Dante se tourna vers Gabe.

— Désolé d'avoir interrompu ta conversation. Je voulais juste te dire que Yorkie a un problème avec Jenna. Olie et moi allons l'emmener casser la croûte pour lui remonter le moral. Tu viens ?

— Mais nous sortons de table ! protesta Gabe.

— Et alors ? ricana Dante. Ne me dis pas que tu n'as plus faim ? Moi, si.

Il se pencha et baissa la voix :

— Ensuite, nous nous esquiverons tous les deux…

Le sang de Gabe s'échauffa à cette promesse implicite.

D'un autre côté, tout allait trop vite. Gabe avait besoin d'un moment pour accepter la situation, la gérer et décompresser. Il avait passé les quarante-huit dernières heures entouré de gens. Il avait envie de paresser sur son canapé, seul.

En même temps, il voulait aussi Dante nu dans son lit, se tordant de jouissance.

Non, il était plus… raisonnable de patienter un peu.

Un tout petit peu.

— Vas-y sans moi, dit-il. Je suis vanné.

Dante regarda autour de lui.

— Oh, je comprends, tu viens de vivre deux jours plutôt stressants.

Gabe gloussa.

— Oui, je trouve aussi.

Dante se racla la gorge.

— Tu veux que je passe chez toi, après… ?

Merde. Oui. Non. Comment dire sans être blessant : je veux te baiser, mais je veux aussi rester tout seul ?

Voilà pourquoi Gabe préférait en général les plans cul.

Devant son silence gêné, Dante secoua la tête.

— Hé, Gabe, si tu ne veux pas, tu peux dire non !

C'était sympa de sa part de le prendre aussi bien. Peut-être comprenait-il vraiment l'état d'esprit de Gabe ?

— J'ai pas mal de trucs à digérer, marmonna Gabe. Ce n'est pas que je ne veux pas…

Il ne termina pas sa phrase. Pas question de prononcer des paroles compromettantes en public, même s'ils semblaient être seuls.

— Je vais rentrer chez moi décompresser, ajouta-t-il. Ne laisse pas tomber Yorkie, Dante. S'il s'est disputé avec Jenna, il va être un dans un sale état.

Dante secoua la tête.

— Ça, c'est sûr ! Une vraie loque ! J'ai trouvé bizarre qu'elle ne l'appelle pas avant le déjeuner. J'espère que ça va s'arranger et que la rupture n'est pas définitive. Pauvre gosse !

Dante était plus proche en âge de Yorkie que de lui, mais Gabe évita d'en faire la remarque. Il ne tenait pas à s'attarder sur cette idée. Autant ne pas ajouter à son fardeau de doutes et d'inquiétudes.

— Occupe-toi bien de Yorkie et, par pitié, évite de l'emmener dans un club de strip-tease, d'accord ? Il ne s'en remettrait pas.

Dante éclata de rire.

— Et surtout, il ne nous le pardonnerait pas. À plus, d'accord ?

— Oui, acquiesça Gabe. À plus tard.

Ça ne s'était pas si mal passé, au fond.

Si Dante avait trouvé Yorkie mal en point après HL, il révisa son jugement le lendemain, pendant l'entraînement.

Les joueurs n'avaient rendez-vous sur la glace qu'à dix heures, car ils avaient un autre match à domicile le lendemain. D'habitude, les entraînements en milieu de matinée étaient plus détendus, plus joyeux. Mais pas aujourd'hui, parce que Yorkie ne parvenait pas à se reprendre.

En le voyant bayer aux corneilles en fixant les gradins au lieu d'écouter les instructions de l'entraîneuse, Dante lui frappa l'arrière-train d'un coup de crosse.

— Arrête de déconner ! Tu vas te faire éjecter !

Il avait dû abandonner ses projets de baiser avec Gabe pour tenter de remonter le moral de Yorkie, aussi était-il d'autant plus dégoûté des piètres résultats de son abnégation.

— Yorkshire ! Baltierra ! hurla St. Louis. Vous n'êtes plus en maternelle !

— Oui, Coach ! s'empressa de répondre Dante.

Super, c'était *lui* qui se faisait engueuler !

— Désolé, Coach, marmonna Yorkie.

Heureusement pour lui, Dante ne fut pas nommé dans la même ligne que Yorkie, ce qui lui évita d'attirer davantage l'attention de son entraîneuse. Du moins, jusqu'au moment où deux lignes s'affrontèrent, parce que Yorkie lui flanqua sa crosse en pleine mâchoire.

— Putain, ça fait mal ! hurla Dante. Non, mais quel foutu empoté !

Il ôta son gant, le cala sous son aisselle et leva la main nue vers son visage. Eh oui, ça saignait. Bien, le hockey était un sport de brute, Dante était condamné depuis le début à y perdre sa beauté, mais il n'avait pas pensé que ça arriverait pendant l'entraînement, avec un joueur de son équipe !

Yorkie écarquilla les yeux.

— Oh, merde ! Je suis tellement désolé…

Tips l'écarta alors que Flash et Gabe arrivaient jusqu'à Dante.

— Fais voir ?

Gabe posa sur Dante une main gantée et lui releva la tête. Malgré la douleur, Dante eut un frisson en se remémorant leur nuit ensemble.

Aussi étonnant que ça paraissait, même un équipement de hockey ne l'empêchait pas de bander.

— Ça pisse le sang, déclara Gabe. Mais la coupure est nette.

D'accord, Dante n'en garderait donc pas de cicatrice. Du moins, il n'en serait pas défiguré.

— Il faut désinfecter et mettre de la dermaglu, déclara Flash. Va te faire soigner là-bas.

Il désignait le banc des entraîneurs. Mais Dante ne bougea pas. Il avait vu le coup d'œil que Flash jetait à Yorkie.

— Il a un comportement bizarre, ce matin, grogna le capitaine. Vous vous êtes disputés, Baller ?

180

— Il ne m'a pas cogné exprès, affirma Dante.

Puis il ne put s'empêcher d'ajouter :

— Mais il a très mal dormi. Et c'est avec Jenna, sa copine, qu'il a des embrouilles. Depuis, il déraille à cent sous de l'heure.

Flash marmonna entre ses dents et patina vers Yorkie. Dante secoua la tête et rejoignit les entraîneurs, qui s'occupèrent de son entaille.

Plus tard, une fois l'entraînement terminé, alors que les joueurs retournés au vestiaire retiraient leur équipement. Dante demanda à Gabe :

— Qu'est-ce que Flash veut faire avec Yorkie ?

— À mon, avis, l'emmener chez lui, lui faire passer un moment en famille, le nourrir – Yvette fait très bien la cuisine ! – et ensuite, essayer de lui faire vider son sac afin de comprendre ce qui ne tourne pas rond chez lui. Bref, il va jouer les papas poules !

En voyant Dante lever les sourcils, l'œil allumé de malice, Gabe s'empressa de préciser :

— Non, je ne l'ai pas vécu personnellement !

Il mentait, Dante le devina. Ainsi, voilà comment Flash avait obtenu avant tout le monde le coming-out de Gabe ?

Dante préféra changer de sujet.

— Et toi, tu fais quoi ce soir ? demanda-t-il, d'un ton désinvolte.

Il obtint une invitation chez Gabe et se retrouva peu après dans la salle de bain principale à étudier le fonctionnement d'une super douche à multiples pommeaux. En recevant un jet en plein visage, il se souvint à retardement de sa blessure et vérifia que la dermaglu avait tenu. C'était le cas. Mais comme le sang n'excitait ni lui ni Gabe, Dante décida de modérer son enthousiasme avec les jeux d'eau.

Dante sourit quand Gabe le plaqua à la paroi de la douche, se colla à son dos et se mit à le branler tout se frottant à ses fesses.

Le sexe érigé était exactement au bon endroit !

— Hé, j'ai une idée ! haleta Dante. On pourrait…

— Je ne vais pas te baiser, coupa Gabe. Pas aujourd'hui, en tout cas.

Dante n'arrivait pas à comprendre qu'il trouve aussi bandant que Gabe lui dise non.

— Tu crois ? Vu ta position, je me disais que tu voulais…

Il cambra les reins pour mieux se coller à Gabe et reçut pour sa peine un coup de dents à la jugulaire. Du pouce, Gabe frotta le gland de Dante.

Dante sentit ses jambes trembler.

Gabe pressa plus fort contre lui.

— Je n'ai pas dit que je ne voulais pas, précisa-t-il. Je te rappelle juste que nous avons un match demain.

— Putain, tu es sérieux? Je… Argh!

Gabe venait de coller son sexe à l'anus palpitant de Dante.

— Vas-y, insista Dante. Ça va entrer comme dans du beurre.

Il mentait, il se savait – et Gabe aussi. Tous deux savaient aussi que ce mensonge, Dante le répéterait souvent.

— Et tu me le prouveras demain soir, susurra Gabe, quand je te baiserai pour de bon, comme nous en avons envie tous les deux.

Implacable, il continuait à frotter, à caresser… à parler. Frissonnant des pieds à la tête, Dante se tortillait d'avant en arrière, pour faire coulisser sa queue dans le poing serré de Gabe et sentir à l'ouverture de son corps cette délicieuse pression. Il ouvrit la bouche… Il y était presque…

— Si tu évites de te faire esquinter au prochain entraînement, enchaîna Gabriel, je te promets que je ne te ménagerai pas.

Dante commença par hocher la tête. Puis un doute lui vint…

— Et si… Et si je ne peux pas?

Gabe gloussa, la bouche sur la peau de sa gorge.

— Dans ce cas, je te baiserai doucement, lentement jusqu'à ce que tu puisses.

Dante se raidit et son orgasme fusa sur le carrelage de la douche. Il cherchait encore à retrouver son souffle quand la main de Gabe se serra sur son épaule et son sperme se répandit sur le cul de Dante.

— *Merde*! cria Dante. Je voudrais déjà être demain!

Gabe lui mordit l'oreille tout en lui claquant les fesses.

— Un peu de patience.

Il s'écarta et enchaîna sur le même ton :

— On va manger?

En guise de réponse, l'estomac de Dante se mit à gronder.

— Bonne idée, confirma Dante.

Cette nuit-là, Dante rentrait chez lui quand son téléphone sonna. Il répondit en mains libres.

— Allo?

— Alors, tu es toujours en vie!

En reconnaissant la voix de sa grand-mère, Dante sentit s'obscurcir sa belle humeur. Il s'efforça cependant que ça ne s'entende pas dans sa voix, sinon, elle allait tout faire pour qu'il se sente coupable.

182

— Excuse-moi de ne pas téléphoner plus souvent, *abuela*, nous avons des horaires de dingues en ce moment ! C'est la pleine saison, tu sais !

— Oui, oui, *mijo*, je plaisantais, je sais que tu es très occupé entre tes matchs et tes flirts.

Hum. Il esquissa un sourire mi-figue mi-raisin.

Sa grand-mère enchaînait déjà :

— J'ai vu le match l'autre soir. Tu as marqué un très beau but !

Oh. Elle parlait du match de la *Pride de Nuit*.

Dante grimaça.

— Merci. L'équipe a bien joué, oui.

— Tu méritais bien ta chance !

— C'est vrai, convint-il, nous avons eu notre lot de mauvais coups du sort en début de saison.

Il activa son clignotant pour changer de voie. Grand-mère reconnut sans doute le bruit révélateur, parce qu'elle dit aussitôt :

— Oh, je te dérange pendant que tu conduis ? Tu aurais pu ne pas décrocher, tu sais.

Bien que tenté de plaisanter, Dante s'en abstint. Même si sa grand-mère était volontiers manipulatrice pour arriver à ses fins, elle s'inquiétait *réellement* en voiture depuis qu'elle avait perdu son mari adoré à cause d'une inattention au volant – et c'était bien avant que les lois canadiennes interdisent de téléphoner en conduisant.

— C'est bon, *abuela*, je suis en mains libres. J'étais chez… quelqu'un, là, je rentre chez moi.

— Quelqu'un ? Mmm. Je devine une soirée torride !

Sous le choc, Dante fit une embardée qui faillit l'envoyer dans le bas-côté.

— Quoi ?

— *Mijo*, voyons, c'est bien normal qu'un beau garçon comme toi ait une petite amie, tu n'as pas à avoir honte.

— Je n'ai pas honte, s'étrangla Dante. *Abuela*, qu'est-ce que tu racontes ?

Il espéra qu'elle allait se méprendre quant à la cause de panique. Avec une prudence de nonagénaire égrotant, il tourna à droite et se gara dans le parking d'un centre commercial.

— Taratata, ricana-t-elle. Il est à peine dix-neuf heures et tu as déjà quitté ton amie ? Je doute que vous ayez eu le temps d'aller au restaurant. Alors… Hum, comment as-tu bien pu occuper ton temps ?

183

Dante était horrifié de ces suggestions lubriques – d'autant plus que sa grand-mère tombait assez juste, en y réfléchissant.

Sauf sur un point, ce qu'il ne pouvait dire sous peine d'être renié.

— *Abuela* ! glapit-il. Arrête ! Je n'étais pas avec une fille, j'étais chez un coéquipier. C'est pourquoi je rentre si tôt. Nous avons pris un morceau ensemble après l'entraînement. Le cinq-à-sept, ça ne marche qu'au cinéma, tu sais !

Malgré ce mensonge éhonté, la foudre divine ne s'abattit pas sur sa tête.

— Ne sois pas aussi scandalisé, *mijo*. Je connais le sexe.

Dante sentit ses organes se liquéfier de mortification. Il s'affala contre son volant, le visage caché dans les mains.

— Un coéquipier, disais-tu ? enchaîna sa grand-mère. Est-ce ce garçon avec qui tu partageais ta chambre ? Le petit jeune si sympathique ?

Dante était très soulagé que la conversation ait dévié de sa sexualité.

— Yorkie ? Oui, il est sympa. J'ai dîné avec lui hier soir, le pauvre, il a des problèmes de couple, je crains que sa copine l'ait largué.

— Un chagrin d'amour, si jeune ? Oh, le pauvre !

Se sentant enfin en terrain sûr, Dante s'empressa de donner des détails sur les amours malheureuses de Yorkie :

— Il adore sa copine et elle lui paraissait très attachée, alors, je ne comprends pas du tout pourquoi ils se sont séparés.

Sa grand-mère soupira à l'autre bout du fil.

— Ah, les jeunes ! Si impatients, si impulsifs ! Tout est tellement intense à cet âge, surtout l'amour. Je me souviens quand ton grand-père…

Dante comprit que le long monologue qui suivit était sa punition pour avoir dévoilé les secrets de Yorkie.

Ou peut-être était-ce sa punition pour avoir menti, finalement.

AU MATCH du lendemain, le jeu de Yorkie ne s'améliora pas. Il prit trois pénalités et retourna le palet plus souvent qu'il réussit à envoyer une passe. Il eut même une prise de bec avec un adversaire dans les dernières minutes de la seconde période, alors que les Dekes menaient 3 à 2.

L'entraîneuse, écumant de rage, consigna Yorkie pendant toute la troisième période. En toute franchise, Dante comprenait cette décision. Il ne savait plus quoi dire à Yorkie, assis au bout du banc, tête baissée, personnification même du désespoir. Une chance encore, pensa Dante, que cette dépression n'ait pas eu lieu pendant le déplacement aux États-Unis. Étant le coloc de Yorkie, il se serait senti encore plus impliqué.

Bien sûr, il lui arrivait aussi d'être ému, de perdre le contrôle sur la glace, tous les joueurs avaient des mauvais jours. Mais pour un pro, ces jours-là étaient lourds de conséquences.

Emporter sa vie personnelle sur la glace n'était pas conseillé.

C'était plus facile à dire qu'à faire. Dante le savait.

Il restait irrité, cependant, en plus d'être inquiet.

Il oublia tout dans les dernières minutes de la troisième période, quand il sortit un palet d'un coin et parvint à l'envoyer à Flash dans un bel arc de cercle. Le capitaine simula un tir et, une fois le gardien occupé ailleurs, il fit une passe à Gabe, qui fonça derrière le filet et fit rentrer un but d'un revers vicieux. Le gardien adverse resta éberlué.

Le but en soi, c'était génial. Mais Dante apprécia plus encore la musique qui émana les haut-parleurs pour célébrer le but : *la tarte à l'ananas.*

Qui avait parlé aux journalistes – et aux organisateurs – du gâteau préféré de Gabe ? Ce n'était pas lui et Slimer était retourné chez les juniors, donc, ce devait être Tips ou Yorkie.

— *La tarte à l'ananas* ? Ça vient de toi, je présume ? demanda Gabe un peu plus tard, pendant que l'équipe célébrait sa victoire.

Il semblait mi-amusé, mi-gêné.

— J'aimerais te répondre oui, c'est une idée géniale !

Dante battit des cils avant d'ajouter :

— *La nana…*

Gabe lui jeta un verre d'eau au visage, ce qui fit rire Dante aux éclats.

Le match avait eu lieu un dimanche, donc, personne ne sortit ensuite. Flash tenait Yorkie en laisse, sans doute allait-il encore le ramener chez lui pour faire entrer d'autres leçons dans la tête. Dante était très soulagé d'être libéré de cette responsabilité. Adèle attendait Olie dans le couloir.

Flash étant occupé, Gabe, Dante et Kitty décidèrent de gérer les médias. Même sans les conseils avisés de Trish, Dante savait que Yorkie avait fait des erreurs, ce n'était pas pour autant qu'il voulait le voir traité en bouc émissaire. Il apprécia d'avoir suivi ce séminaire pour apprendre à répondre aux questions piégées des journalistes.

Ensuite, Gabe et lui furent enfin libres.

En suivant Gabe jusqu'au parking, Dante demanda :

— Alors, on se donne rendez-vous chez toi ?

Gabe trébucha et son épaule heurta celle de Dante. Sa peau irradiait la chaleur de la douche, ses boucles humides le rajeunissaient, même si la voix rauque et pleine de promesses appartenait à un homme, pas à un ado.

— Oui. En chemin, je m'arrêterai acheter à dîner. Tu préfères quoi?

Surpris par la question, Dante cligna des yeux.

— Pas trop d'ail…

Bon, il avait un bel appétit, comme tous les joueurs de hockey, mais ce soir, Gabe comptait commencer par… manger? Franchement?

Pourquoi?

Comme s'il avait entendu la question, Gabe précisa :

— Non, on mangera *après*.

Logique, pensa Dante. Un effort physique réclamait de se sustenter.

— Des protéines, des glucides.

— D'accord.

Si Gabe achetait de quoi dîner, cependant… Dante avait probablement le temps de passer lui aussi chez un commerçant.

Vingt-sept minutes plus tard, il se garait dans l'allée de Gabe. Il y avait de la lumière dans la maison.

Putain! Dante commença par oublier la boîte carrée posée sur le siège avant. Il pensa à peine à retirer les clés du contact.

Alors qu'il montait les marches extérieures, la porte s'ouvrit et Gabe apparut, quasiment nu. Il ne portait qu'un boxer moulant qui ne laissait pas grand-chose à l'imagination. Dante eut une seconde à peine pour apprécier la vue avant que Gabe l'empoigne par sa cravate et le fasse entrer. Une fois la porte claquée, Gabe dévora sa bouche d'un baiser fiévreux.

Dante fut heureux de connaître le chemin qui menait à la chambre de Gabe. Cette fois, il lui fut plus facile de monter l'escalier et de parcourir le couloir sans regarder où il mettait les pieds, trop occupé qu'il était à embrasser et à caresser Gabe.

Et Gabe étant déjà nu, Dante se laissa déshabiller une fois dans la chambre, tout enivré de la sensualité de l'expérience.

La veste disparut la première. Les mains de Gabe glissèrent sur la poitrine de Dante, ses épaules, ses flancs, d'un mouvement possessif qui érigea ses mamelons en petits cailloux durcis sous le fin tissu de la chemise.

Gabe le lâcha pour draper la veste sur le dossier d'une chaise. Il se remit ensuite à embrasser Dante tout en s'attaquant à sa ceinture. En même temps, il le poussait vers le lit.

Dante espérait ne pas paniquer au moment fatidique, pas avant que Gabe lui ait fait découvrir une nouvelle gamme de plaisirs inédits.

Sa boucle de ceinture s'ouvrit, mais Gabe ne fit rien pour débarrasser Dante de son pantalon. Non, il leva les mains et prit Dante par le cou.

Comme tous les joueurs de hockey professionnels, Dante mettait une cravate plusieurs fois par semaine. Pour l'enlever, il choisissait la solution facile : desserrer le nœud et faire passer la cravate par-dessus sa tête.

Il ne s'attendait pas à la folle caresse du cordon de soie glissant sur son cou. Avant de déposer la cravate près de la veste, Gabe en titilla un moment la poitrine de Dante.

Si Gabe ne s'occupait pas très vite de lui ôter son pantalon, pensa Dante, son sexe allait intervenir et agir par lui-même. Dante, lui, ne pouvait s'en charger, il refusait de lâcher Gabe. Les poils blonds de la poitrine crissaient sous les paumes, la peau était chaude et ferme. Nu, Gabe paraissait encore plus large. Du bout des doigts, Dante suivait les vallées profondes creusées entre ses pectoraux, ou les abdominaux.

Il sentait son cerveau partir en vrille.

Abandonnant enfin sa bouche, Gabe se mit à mordiller son cou. En même temps, il déboutonnait minutieusement sa chemise. Dante vibrait d'impatience. Pourquoi ne pas arracher ces foutus boutons ? Il n'était pas à une chemise près, quand même !

Sans doute avait-il exprimé sa pensée à voix haute, parce que Gabe étouffa un rire à même sa peau. Délicieusement chatouillé, Dante eut la chair de poule.

— Patience, susurra Gabe.

Dante émit un son outragé.

— Patience, mon cul ! Je te rappelle que tu m'as ouvert la porte à poil !

Gabe le mordit sous l'oreille.

— C'était un avantage stratégique. Mais j'ai fini avec les boutons.

Il enleva doucement les pans de la chemise du pantalon de Dante.

Ras le bol ! Dante ne voulait plus attendre. Il glissa sur le ventre dur, passa sous la ceinture élastique du boxer et empoigna le sexe dur à pleine main.

— Je préférerais que tu me baises avant que je meure de vieillesse !

Merde, il avait tout de l'ado geignard. Tant pis, ce qui devait être dit avait été dit.

— Pourquoi es-tu si pressé ? ricana Gabe. Nous n'avons aucune urgence...

187

Tout en parlant, il le poussa en arrière. Dante recula. Quand l'arrière de ses genoux heurta le matelas, il se laissa tomber à la renverse.

Désireux de montrer à Gabe pourquoi il était pressé, Dante le tira vers lui et plaqua sa main là où il avait mal.

— Touche, Gabriel. Tu la sens, l'urgence ? Mmm…

Même à travers le tissu de son boxer et de son pantalon, il sentait la délicieuse chaleur et la pression de la paume de Gabe. C'était divin !

Il se cambra avec un gémissement.

Gabe se rassit et le regarda, tout en continuait à caresser sa queue sur toute sa longueur.

— Et alors ? Ton sexe a une date de péremption ?

Dante en cria presque de frustration.

— Non ! Mais je préférerais de ne pas jouir dans mon pantalon !

— Pourquoi pas ? Ça pourrait être sexy.

Il accentua sa friction. Le souffle coupé, Dante ouvrit la bouche, son sexe pleurait déjà, son boxer était trempé, c'est… délicieusement décadent.

— Non, non, haleta-t-il. Tu as promis de me baiser.

— C'est vrai.

Gabe le relâcha. Il prit le poignet de Dante et détacha le bouton de manchette, d'un côté, puis de l'autre. Quand il s'écarta, Dante se rassit le temps d'ôter sa chemise. Il jeta à Gabe un regard suspicieux : allait-il recommencer à le torturer ? Non, pas cette fois.

Sans plus se faire prier, Gabe le débarrassa de son pantalon, emportant en même temps son boxer. À genoux entre les pieds de Dante, il enleva également ses chaussettes. En sentant les mains douces sur ses chevilles, Dante frissonna longuement.

Ou peut-être était-ce la fraîcheur de l'air sur son sexe nu.

Non, ce devait être l'anticipation.

Une fois Dante nu, Gabe ne perdit pas de temps à remonter vers lui. Couchés l'un sur l'autre sur le lit, les deux amants s'explorèrent mutuellement avec la même avidité. Dante enfonça les doigts dans des cuisses épaisses, puis il retourna dans le boxer chercher le sexe, prêt à précipiter les choses si Gabe ne décidait pas de lui-même de passer à l'action.

Il trembla de joie quand Gabe se cabra sous son emprise.

— Tu veux vraiment… que je te baise ?

Dante en gémit presque.

— C'est une blague ou quoi ? Tu crois que je suis venu faire quoi chez toi, du tricot ? N'ai-je pas été assez clair sur mes intentions malhonnêtes à ton égard ?

Après un temps de réflexion, il continua :

— Dis-moi un peu, ta séduction lente, là… c'était pour vérifier si je n'allais pas changer d'avis ?

Putain, Gabe était parfois bouché à l'émeri !

Gabe mit une seconde de trop à répondre pour espérer être crédible.

— Non.

Bien. Si Gabe tenait tant à lui faire perdre la tête, Dante comptait lui rendre la monnaie de sa pièce. Il allait même relever le défi avec brio.

Mais avant qu'il ait le temps d'agir, Gabe chuchota :

— Quand tu t'es douché après le match…

À son tour, Dante commit une erreur tactique : il répondit trop vite pour espérer être crédible.

— J'ai été *très minutieux*, déclara-t-il. Bien plus que j'aurais dû le faire en public, mais je ne regrette rien.

Gabe secoua la tête.

— C'est une formule qui finira sur ta pierre tombale !

— Oui, quand je serai mort de frustration !

Du bout de ses doigts, Gabe effleura le pli de son aine et Dante décida qu'à ce point, il se fichait de sa dignité. Il se lécha les lèvres et baissa les cils.

— Tu veux m'entendre te supplier ? Je suis prêt à le faire !

— Non !

Gabe lui jeta un regard horrifié. Et son sexe frémit. Putain, pensa Dante avec appréhension, ce mandrin était franchement énorme. Allait-il réellement le prendre dans le…

Bah ! La vie n'était pas marrante sans adrénaline, pas vrai ?

Enfin décidé, Gabe hocha la tête

— D'accord. Mets-toi à quatre pattes.

Yesss. Dante se précipita pour prendre la position réclamée, son sexe lourd se balançant entre ses jambes. Il devait avoir l'air ridicule, mais il s'en fichait.

Il oublia tout quand Gabe se plaça derrière lui et posa un baiser au creux de ses reins, à la base de sa colonne vertébrale, puis un autre plus bas, sur la courbe du cul.

Dante n'était même plus capable de formuler des phrases ou de simples mots. Le souffle chaud de Gabe caressa sa peau.

— Tu es sûr…

— Oui, haleta Dante entre ses dents. Argh !

Gabe lui avait ouvert les fesses pour plaquer son visage – tout râpeux d'une barbe de trois jours – à l'intérieur. Dante en eut les bras qui tremblaient. Sa peau était moite de sueur, surtout à l'arrière des genoux et à l'intérieur des coudes. Son pouls tambourinait dans ses oreilles.

Oubliant ses doutes et ses hésitations, Gabe pointa la langue et titilla l'anus de Dante. Doucement au début, puis de plus en plus fort. Dès que la pression s'accentua, Dante s'effondra en avant, ses bras ayant lâché. Il posa le front sur ses poignets et un râle presque inhumain s'échappa de sa gorge. Son corps brûlait de partout, jusqu'à la racine des cheveux, ses terminaisons nerveuses étaient en court-circuit.

Il ne pensait plus à se faire baiser. Tout ce qui comptait à présent, c'était cette caresse humide. Il aurait voulu qu'elle ne s'arrête jamais.

Gabe grogna de désir contre sa peau, puis il ouvrit Dante davantage et son assaut devint plus prédateur.

Dante étouffa ses cris dans l'oreiller.

— Oh merde ! Gabe ! C'est… c'est tellement…

L'univers se dissolvait autour de lui. Son sexe était trempé, ses couilles serrées et douloureuses, son cul prenait feu. Jamais de toute sa vie il n'avait connu un tel plaisir !

Et Gabe ne le baisait toujours pas ? C'était inacceptable.

— Gabe, allez ! Putain, je veux… Gaaaabe !

Gabe écarta son visage et introduisit son pouce dans l'anus humecté de salive.

— C'est ça que tu veux ?

— Ouiii !

C'était presque un sanglot. Dante n'en pouvait plus d'attendre, il voulait être dilaté, rempli, comblé.

Gabe ouvrit un flacon – du lubrifiant sans doute – et continua à le préparer. Un doigt épais, puis deux entamèrent un mouvement de va-et-vient dans l'anus lubrifié, annonçant ce qui allait suivre.

Dante se cambra pour s'empaler davantage.

— Gabe !

— Oui, dit Gabe d'une voix que le désir éraillait.

Enfin !

— C'est pas trop tôt ! grogna Dante.

190

— Mes doigts, c'est une chose, crois-tu vraiment que ça va être aussi facile avec ma queue ?

Dante ne répondit même pas à une connerie pareille. Avec un peu de chance, la question était pure rhétorique.

Gabe ôta ses doigts. Pendant un moment poignant, Dante se sentit vide, abandonné. Puis il entendit le crissement d'un préservatif et enfin – *enfin !* – une chaude pression contre son cul.

Peu tenté de laisser Gabe tergiverser davantage, Dante recula d'un coup sec et s'empala. Étrangement, Gabe le laissa faire.

Dante se figea, le cœur dans la gorge. Le sexe de Gabe était plus épais et plus long que le gode-ceinture d'Alice. Oh, putain !

Les yeux exorbités, Dante chercha à respirer pendant que son cul dilaté s'adaptait à l'intrusion.

Dans le lointain, il entendait un bruit. Gabe ? Oui, Gabe qui marmonnait des encouragements et des louanges. Il tenait Dante par les reins, ses ongles plantés dans la chair de ses fesses. Il tremblait.

Quelque chose s'alluma dans le cerveau reptilien de Dante, un désir primal et affamé.

— Attends, marmonna Gabe.

Il changea l'angle de sa pénétration. Cette fois, Dante vit des éclairs flamber sous ses paupières – comme une machine à sous qui s'illuminait pour annoncer le jackpot au casino.

— Oh, oui… comme ça !

Gabe recula puis poussa en avant, lentement d'abord, puis plus vite. De ses mains, il guidait Dante pour l'accorder à ses coups de boutoir. Dante avait la bouche grande ouverte sur un cri muet. Et les yeux fermés.

Gabe n'accéléra pas. La tête de lit battait la mesure contre le mur. Et Dante contacta ses muscles internes sur le sexe qui allait et venait en lui.

— Tu es superbe ! jeta Gabe, avec une indéniable sincérité. Plus encore que je l'avais imaginé !

— Argh ! gémit Dante. Je savais bien que tu matais mon cul.

En réponse, Gabe crispa les doigts. Satisfait de son petit effet, Dante sourit et se cambra. Mais pas longtemps, car Gabe venait de toucher sa prostate et la sensation envoya Dante à plat sur le matelas.

Un long cri aigu et choqué lui échappa.

— Ah ? siffla Gabe. Ça te plaît ?

Dante n'osait plus bouger. D'ailleurs, il n'en avait pas besoin : Gabe connaissait le bon angle.

Le pilonnage continuait. Et Dante avait le cœur qui tapait de plus en plus fort. Et il ne chercha même pas à porter la main à son sexe, il craignait trop d'exploser. Et il ne voulait pas que ça s'arrête.

Apparemment, Gabe avait d'autres idées.

— Maintenant, je veux te voir ! annonça-t-il.

Sans trop comprendre ce qui se passait, Dante se retrouva sur le dos et Gabe, positionné entre ses jambes, lui relevait les genoux. D'instinct, Dante saisit l'arrière de ses cuisses et s'ouvrit en grand.

Déjà, Gabe était revenu en lui.

— Putain ! Gabe, Gabe, je vais jouir. Je vais… je vais…

Il lâcha une jambe – qu'il enroula à la taille de Gabe – et s'accrocha de sa main libérée à l'oreiller comme pour ne pas léviter. Son orgasme approchait à la vitesse de l'éclair et Gabe regardait sa queue.

— Je veux te voir, répéta-t-il.

Putain, oui ! Dante le voulait aussi. Il explosa en regardant son amant, son cul se contacta comme un étau autour du sexe planté en lui.

Et Gabe continua à marteler sa prostate, au rythme des spasmes qui secouaient Dante tout entier. Il poussa une dernière fois très profondément et trouva à son tour la jouissance. Il se tordit contre Dante, le souffle court.

Après un moment de récupération, Gabe se retira prudemment – et Dante jugea que ce n'était pas sa partie préférée de l'expérience – et s'effondra sur le lit à côté de lui.

Dante le regardait, les yeux à moitié fermés, enivré de jouissance, repu, béat. Quand il se pensa capable d'articuler un mot, il souffla :

— Waouh !

— Waouh, toi-même ! répondit Gabe, gentiment.

Dante tendit le cou et l'embrassa, son sourire victorieux exprimant sans mots sa totale satisfaction. Gabe le pensa sans doute vain et suffisant. Mais Dante avait bien géré, pas vrai ? Pour une première fois, il pouvait être fier de lui !

Avec un peu de chance, Gabe le baiserait plus vite à l'avenir, sans perdre une éternité aux préliminaires.

Quand Gabe rompit le baiser, il avait les joues enflammées et il semblait tout aussi content de lui que Dante.

— Alors, ton avis ?

— Euh…

Gabe cligna des yeux, l'air étonné. Ses yeux étaient aussi vides que le cerveau de Dante.

— Quoi euh ?

Dante hocha la tête et ferma les yeux une seconde, histoire de vérifier que son corps lui obéissait toujours. Il retrouva ensuite la faculté de parler.

— J'ai adoré ! s'écria-t-il. C'est l'expérience la plus folle que j'aie jamais connue ! Dément ! Jouissif ! Bandant ! Et j'en passe ! En y réfléchissant, tu as raison de prendre ton temps, *tout ton temps*, le final valait cette interminable attente !

Gabe roula sur le dos et ricana, les yeux au plafond.

— J'avais promis de te baiser, pas de te baiser à la va-vite !

— Ben, mon salaud, t'es un sacré sournois ! s'exclama Dante avec admiration.

Gabe tourna la tête vers lui et sourit. Dieu, qu'il était beau ! Comment Dante avait-il pu être assez con pour mettre des années à comprendre que s'il trouvait Gabe si attirant, c'était parce qu'il était attiré par lui. En plus, c'était un homme merveilleux, drôle, attentionné – auprès de lui, Dante se sentait important. Il aurait voulu rester éternellement dans ce lit.

Avec ce regard bleu posé sur lui.

Avec Gabe.

Ce qui était certainement du lourd, émotionnellement parlant, surtout pour un dimanche soir. Sans compter que leur relation n'avait même pas une semaine.

Un grondement sourd troubla la quiétude de ce moment post-coïtal.

Mortifié, Dante ricana et cacha son visage dans l'oreiller.

— Excuse-moi.

— De quoi ? déclara Gabe, taquin. Tu as faim, c'est normal. Va prendre une douche pendant que j'active le micro-ondes,

— Tu es très romantique, déclara Dante, en toute sincérité. Aurais-tu un pantalon de survêtement à me prêter ou on mange *al fresco* [28] ?

— Je suis à peu près sûr que ça ne veut pas dire à poil, persifla Gabe. Mes survêtements sont dans le deuxième tiroir de la commode, prends ce que tu veux.

Adorable ! C'était la première fois que Dante pouvait emprunter des vêtements à un partenaire sexuel, même si pas mal de ses maîtresses aimaient lui piquer ses chemises. Le changement était intéressant.

---

28 « En plein air » (italien).

Le micro-ondes tournait toujours quand il sortit de la douche, alors, il prit son temps pour se sécher, enfiler un pantalon au logo des Dekes et un vieux tee-shirt de golf.

Il descendit et ouvrit la porte d'entrée. Il faisait un froid polaire, mais il n'avait pas envie de remettre ses chaussures. Il courut pieds nus jusqu'à son truck, ouvrit la portière et récupéra la boîte carrée posée sur le siège avant.

Il revint dans la maison et se rendit dans la cuisine en disant :

— J'ai apporté le dessert.

Gabe se retourna sans cacher son amusement.

— Qu'as-tu là-dedans ?

D'un grand geste, Dante ouvrit la boîte.

— Ta da ! Une tarte « à la nana » !

GABE N'AURAIT pas su dire si baiser de façon régulière ou avoir enfin fait son coming-out devant ses coéquipiers avait ou pas un impact sur son hockey, mais maintenant que les médias étaient à court de potins à relater sur sa sexualité, il surfait sur une vague de succès. Au cours de la dernière semaine de novembre, il marqua cinq buts en trois matchs et fut nommé première étoile de la ligue.

Quand il n'était pas sur la glace ou dans son lit, il passait plus de temps qu'avant avec ses coéquipiers : courant novembre et décembre, il les avait plus vus que durant toute la saison précédente. Un mémorable jour de congé, Dante étant parti distraire Yorkie de sa dispute avec Jenna, Gabe réalisa soudain qu'il se sentait abandonné, comme s'il avait perdu l'habitude d'être seul. Il invita donc Flash et Kitty, qui n'habitaient pas loin, à venir jouer sur son simulateur de golf.

Flash paraissait suspicieux.

— Tu deviendrais social, toi ? C'est nouveau. Tu es sûr que tu te sens bien ?

Levant la voix pour se faire entendre malgré le bourdonnement du radiateur électrique, Kitty s'étonna :

— Mais enfin, Gabe, pourquoi acheter une maison aussi grande si tu n'invites jamais personne et que tu n'y fais jamais de fête ? Ou alors, c'est moi qui ne suis jamais invité ?

— Vous êtes hilarants. Mais vous êtes nuls au golf !

Gabe prit la position et leva son club. Il exécuta un drive parfait et envoya sa balle sur le green. *Dans les dents, Flash.*

Flash répondait à Kitty :

— Gabe s'était mis dans la tête que sa déco intérieure risquait de trahir son homosexualité, alors, il préférait s'enfermer dans sa thébaïde. Maintenant que son secret est dévoilé, il peut enfin ouvrir ses portes.

Gabe attendit que Flash lève son club pour déclarer :

— Évitez quand même le sous-sol. J'y garde mes sex-toys.

Flash eut un soubresaut et rata lamentablement son drive. Kitty s'étrangla de rire. Il leva sa bouteille de bière et porta un toast à Gabe.

Gabe réalisa alors que quelque chose n'allait pas chez Flash. Il paraissait... raide. Son visage était crispé, plus que le justifiait sa cicatrice en forme d'éclair. Si Flash avait raté son drive, ce n'était pas uniquement dû à l'intervention de Gabe.

— Hé, Cap, ça va ?

Avec une femme et quatre enfants, Flash avait rarement le temps de s'exercer au golf, mais quand même. Il jouait *vraiment* très mal aujourd'hui.

Flash soupira et remit son club dans le sac.

— Nous sommes ensemble tous les jours sur la glace et c'est quand je joue *au golf* que tu critiques *mon swing* ?

— Sur la glace, je suis en général trop occupé pour te regarder jouer, reconnut Gabe. Qu'est-ce qui ne va pas ? C'est encore ta hanche ?

Flash se hissa sur l'un des tabourets de bar.

— Oui, emmerdeur. Mais les toubibs surveillent ça de près.

Alors, c'était sérieux.

— Tu vas devoir te faire opérer ?

Flash lui jeta un œil noir.

— Oui, probablement, quand la saison sera finie. Maintenant, lâche-moi, Gabe. Je ne veux pas mettre tout le monde au courant.

Il se tourna vers Kitty et ajouta :

— C'est valable aussi pour toi, Kipriyanov.

Kitty leva les mains.

— Hé, ne me regarde pas comme ça ! Je ne dirai rien !

Gabe comprit que le sujet était clos.

— C'est à toi d'en décider, Flash, annonça-t-il. Mais n'oublie pas le cisaillement du vent.

Flash attendit que Kitty se mette en positon pour frapper la balle – bien que mauvais, le Russe semblait trouver le golf hilarant – pour se pencher en avant et interroger Gabe en français :

— Et toi, comment va ? Tu n'es pas en train de mourir, j'espère ? Non, tu sembles trop heureux pour ça...

Le nirvana post-coïtal est parfois nommé la petite mort, pensa Gabe, tout en essayant de contrôler son expression.

— Non, je ne vais pas mourir.

— Humph, grogna Flash, visiblement suspicieux.

En poussant un cri de triomphe, Kitty détourna leur attention.

— Aaah ! J'ai mis ma balle dans le trou en un seul coup !

Enfin, un peu de concurrence !

— Je ne sais pas, déclara Yorkie d'un ton dubitatif. C'était un peu décevant.

Dante déverrouilla la portière de son truck

— Pourquoi ? railla-t-il. Parce qu'il n'y avait pas une foule agglutinée autour du bâtiment en espérant y entrer ?

Il ouvrit la portière arrière et récupéra ses sacs posés sur le sol. À Québec les soldes du Vendredi fou étaient moins courues qu'aux États-Unis, mais Yorkie se languissait de sa famille tout en continuant à s'inquiéter concernant Jenna, alors, Dante l'avait emmené faire du shopping. D'après lui, ça valait le coup d'essayer.

Yorkie s'était jeté dans la thérapie de consommation comme un alligator dans un marécage. Mission accomplie ! Dante se jugeait le meilleur des colocs du monde.

— Si tu veux mon avis, ça ne compte pas vraiment si on ne se gave pas de dinde.

Dante ricana.

— C'est pas faux !

Il claqua sa portière, ce qui étouffa la réponse de Yorkie.

En se glissant dans l'habitacle, Dante demanda :

— Tu disais ? J'ai pas entendu.

Yorkie lui lança un regard étrange.

— Rien, j'ai rien dit.

Dante fronça les sourcils.

— Bizarre, j'aurais pourtant juré...

196

Une fois encore, il crut entendre une voix. Il se figea, sans tourner sa clé de contact.

— T'as rien entendu ?

Yorkie croisa son regard et secoua la tête.

— Je ne crois pas…

Il s'interrompit et ouvrit de grands yeux. Dante constata alors qu'il n'avait pas rêvé. Ce qu'il avait entendu venait d'apparaître devant lui.

En même temps, les deux hommes détachèrent leur ceinture de sécurité et redescendirent du truck.

Puis Yorkie se pencha pour regarder sous les roues.

— C'était quoi au juste ? Et où il s'est barré ? Il y a une sortie par en dessous ?

— Qu'est-ce que j'en sais ? grogna Dante. Je conduis ce truck, je ne l'ai pas conçu !

Il sortit son portable, alluma la torche et inspecta les moindres recoins du bas de caisse. Rien. Mais le son pitoyable retentit à nouveau, si faible qu'il était presque inaudible.

Miaou.

Dante se releva trop vite et se cogna la tête sur le rétroviseur latéral.

— Aïe, putain ! Il est passé sous le capot !

Il leur fallut vingt minutes pour apprivoiser la bestiole. Et encore, parce que Dante eut l'idée de génie d'aller acheter du thon en boîte à l'épicerie d'en face pour inciter le chat à émerger de son moteur.

C'était un chaton minuscule tout noir, ou alors couvert de crasse, dans un état lamentable. Il faisait un raffut de tous les diables ! Depuis que Dante l'avait attrapé, le petit félin se débattait furieusement, les griffes plantées dans l'avant de la chemise de son sauveur. Pour un si petit chat, il creusait de profondes entailles !

Yorkie, à nouveau assis dans le siège passager, regardait la scène d'un œil torve

— Que vas-tu en faire ?

Dante avait aussi repris la place. Il avait mis le moteur en route en espérant que le chauffage rassurerait le chat et l'inciterait à le lâcher.

Pour l'instant, c'était un échec.

Le ronron du chaton évoquait la tempête.

— Je ne sais pas, reconnut-il. Il est mignon, non ? Malheureusement, le règlement de copropriété de mon immeuble interdit les animaux.

Il jeta un coup d'œil à Yorkie et ajouta :

197

— Jenna accepterait peut-être de le prendre… Elle aime les chats ?

— Non, elle préfère les chiens.

Dante fit un gris effort pour ne pas éclater de rire.

Yorkie roula des yeux.

— Oui, oui, je sais ce que tu penses. De toute façon, je te rappelle qu'elle vit actuellement dans un dortoir, il n'y a pas beaucoup de place, les animaux sont interdits, même les poissons rouges ! Alors, un chat sauvage, tu imagines !

Dante, déjà attaché au petit félin combatif, sentit son cœur sombrer.

— Merde ! Je vais devoir l'emmener dans un refuge, alors. Tu peux me le tenir pendant que je conduis ? Je vais te déposer chez toi, je passerai ensuite chez un véto le faire examiner.

Mais le chaton refusait de le lâcher et Dante, craignant de lui faire mal, n'osa pas insister.

— Tant pis, décida-t-il. Qu'il reste là. En fait, il ne me dérange pas pour conduire. Je vais aller doucement.

Peu après il s'arrêtait devant chez Yorkie et le regardait sortir, encombré de ses multiples sacs de cadeaux. Dante dut l'aider à les monter dans son appartement. Ensuite, il vérifia sur Google l'adresse du vétérinaire le plus proche.

Il espérait que les gens parlent anglais dans ce cabinet.

Trois heures plus tard, après avoir dépensé deux cents dollars, Dante n'avait toujours pas trouvé de solution pour le chaton. Les refuges étaient tous complets dans les environs. Maintenant que la bestiole avait été nettoyée, elle était franchement adorable. Sa fourrure noire évoquait un smoking, avec une tache blanche au cou et une autre sur le nez.

En plus de donner un bain au chaton, l'aide-vétérinaire l'avait vacciné et inspecté. Le chat n'avait pas de puces, il était à peine sevré. En vérité, la jeune femme s'était montrée très dévouée, avant de demander à Dante son numéro de téléphone en battant des cils. Pour une fois, il avait fait semblant de ne pas comprendre. Il avait payé l'examen, les vaccins et une caisse de transport. Il aurait trouvé très con de foutre sa carrière en l'air dans un accident parce que le chaton lui sautait dessus à un moment inopportun.

Il retourna au parking, sa caisse à la main. Il la déposa sur le siège avant et regarda le chaton.

Miaou.

— C'est une très mauvaise idée, déclara Dante.

198

On n'était pas censé offrir un animal, même s'il s'agissait d'un chaton adorable, à un amant de fraîche date !

Le hic, c'était qu'il ne tenait pas à donner le chat. Il voulait juste que Gabe l'accueille chez lui à titre temporaire le temps que Dante trouve un logement où les animaux étaient autorisés.

— Pour gagner la partie, il va te falloir un chouette nom et un tas d'affaires. Et à moi, beaucoup de charme et de persuasion. Tu crois que ça va marcher ?

Miaou.

— Je vais prendre ça pour un oui. J'aime ton optimisme !

Dante s'arrêta dans un magasin animalier pour acquérir le matériel et les accessoires de base. La note fut salée.

Un peu plus tard, il se garait dans l'allée de Gabe. Depuis le magasin, il lui avait envoyé un texto :

Dante : Tu es chez toi ? Je peux passer ?

A posteriori, Dante s'était dit que Gabe risquait de mal interpréter son texto : n'allait-il pas croire que Dante voulait baiser ?

Oh, ce n'était pas faux, Dante était partant, bien sûr, maintenant demain, tout le temps ! Mais cette fois, le sexe n'était pas sa priorité ni la principale raison de sa présence.

Parce que Gabe avait accepté. Alors, Dante était là, avec le chaton, sorti de sa caisse de transport.

— Sois sage, hein ? déclara Dante. Fais bonne impression !

Il sortit de son truck et emporta le chaton et ses innombrables achats jusqu'à la porte d'entrée.

Si Gabe ne savait pas trop à quoi s'attendre après avoir reçu le message de son amant, il n'en fut pas moins très surpris en ouvrant sa porte de trouver sur son paillasson un Dante encombré de paquets qu'il portait à deux mains. Sous le bras gauche, il avait...

Une boule de poil noir et blanc.

Question baise, ça semblait mal parti, mais avec Dante, tout était possible.

— Euh... Salut, marmonna Dante. Tu pourrais me le tenir ?

Il colla une boule chaude et douce dans les bras de Gabe, puis passa devant lui et entra dans la maison. Une fois dans le hall d'entrée, il se

199

pencha pour enlever ses bottes. Il avait au moins retenu les codes en usage chez Gabe.

Gabe regardait Dante – penché en avant, hmm – quand ce qu'il avait dans les mains attira son attention d'un miaulement étonnamment bruyant pour une créature aussi minuscule.

Surpris, Gabe baissa les yeux. Oh! Un petit chat tout frétillant levait vers lui une bouille adorable.

Pourquoi Dante venait-il avec un chat? D'instinct, Gabe serra les doigts, en espérant ne pas se faire griffer, puis il referma la porte d'un coup de hanche.

Le chaton miaulait toujours.

— Mario te dit bonjour, déclara Dante.

Gabe remarqua alors le logo qui s'affichait sur les sacs de Dante : PetSmart. Oh, mon Dieu!

— Tu as…?

Il ne put continuer et s'accorda un moment pour se ressaisir. Le chaton en profita pour lui échapper, il sauta à terre et fila se cacher dans un placard ouvert.

— Tu t'es acheté un chat? demanda Dante, sans trop d'espoir.

— Euh, non. Je comptais te le laisser.

— Dante! Un animal, ça ne s'offre pas sans réflexion ou concertation! Les campagnes publicitaires ne cessent de le seriner sur toutes les chaînes!

En son for intérieur, Gabe reconnut pourtant qu'il n'avait jamais rien vu de plus mignon que la bouche de poils noire dont la petite tête émergeait du placard de son entrée. Il adorait tout particulièrement les taches blanches qui marquaient la fourrure le long de la queue, au bout des pattes et sur le nez.

— Hé, tu n'y es pas du tout! protesta Dante. Ce chaton est à moi. J'ai payé la note du vétérinaire et tout le matos à PetSmart. Je comptais juste le laisser quelque temps chez toi le temps de déménager. Le règlement de ma copropriété actuelle n'accepte pas les animaux.

Gabe décida de ne pas se laisser manipuler par de grands yeux de Chat Potté et un joli sourire enfantin. Bon sang! Il devait rester ferme. Il ne *pouvait pas* garder un chat! Il s'absentait bien trop souvent!

— Si tu ne peux pas le garder chez toi, *pourquoi* as-tu pris ce chat? Où l'as-tu trouvé?

Il n'eut pas la mesquinerie de souligner que leur relation était trop fraîche pour envisager une garde partagée. D'ailleurs ce chaton appartenait-il *réellement* à Dante? Gabe flairait une embrouille.

Dante afficha une mine coupable.

— Je l'ai trouvé sur le parking du centre commercial, reconnut-il. Il s'était caché sous mon capot. J'avais emmené Yorkie faire du shopping pour lui changer les idées et c'est en revenant à la voiture que j'ai entendu un bruit bizarre. Putain, tu te rends compte ! Heureusement que nous l'avons récupéré ! Si j'avais démarré, le pauvre Mario aurait sans doute fini grillé ou écrasé sous les roues !

Un bruit sourd fit sursauter les deux hommes : le balai que Gabe utilisait pour nettoyer son porche après une chute de neige venait de tomber du placard. Après avoir échappé à la mort, le chaton n'avait pas acquis pour autant un meilleur instinct de survie.

— C'est l'hiver, insista Dante, il fait froid dehors, il est tout petit, à peine sevré, je ne voulais pas le laisser tout seul.

Gabe allait se faire avoir. Il le savait, tout comme il était conscient que Dante le manipulait.

— Tu aurais pu l'emmener dans un refuge…

— J'ai essayé, tous affichent complet. J'ai emmené Mario chez un véto, tu sais, ses vaccins sont à jour, il est en parfaite santé et il n'a pas de puces.

Un autre crash, plus fort, résonna dans le placard – des accessoires de hockey, probablement, puis un palet solitaire roula sur le sol. Le chaton jaillit de sa cachette et courut derrière, il dérapa sur le carrelage, rattrapa le palet et planta les griffes dans le caoutchouc tout en agitant férocement sa petite queue raidie.

De toute évidence, constata Gabe, fréquenter Dante avait affaibli ses défenses, parce qu'il faillit sourire en regardant la scène.

Lâchant le palet, le chaton roula sur le dos, exposant son ventre blanc, ses yeux jaune vif restaient fixés sur Gabe.

— S'il te plaît, insista Gabe, garde-le-moi un petit moment, jusqu'en janvier, d'accord ? Je trouverai une autre solution en revenant de chez mes parents après Noël.

Gabe hésita, pris entre deux feux : le regard implorant de Dante et celui – pas du tout implorant, mais espiègle et attentif – du chat. Quel choix avait-il ? Aucun. Il s'était condamné à la seconde où il avait ouvert la porte. *En plus, je n'aime pas les chats !*

— D'accord, céda-t-il. Je le garde, mais c'est temporaire, n'oublie pas. Et c'est à toi de trouver et de rétribuer un *chat-sitter* quand nous serons en déplacement. Tu paieras aussi son entretien, ses soins et le remplacement de tout ce qu'il détruira chez moi !

— Deal !

Devant le sourire rayonnant de Dante, Gabe sentit son cœur s'emballer. Oh, non ! Il sut alors qu'il était prêt à tout accepter pour d'autres sourires aussi radieux, mais il préféra ne pas s'attarder sur cette perspective inquiétante.

Puis Dante l'empoigna par l'avant de la chemise et le tira vers lui pour dévorer sa bouche.

Quand il s'écarta, son visage était sérieux.

— Merci, Gabe. J'apprécie, vraiment. Je déménagerai dès que je peux résilier mon bail actuel.

Toujours enivré par le sourire de Dante, Gabe hocha la tête. Puis il installa un coin pour le chaton dans sa buanderie, un poteau à gratter, un bac à litière, un panier-lit – que Dante insista pour placer sous la fenêtre de la façade sud, afin que Mario bénéficie au maximum du soleil. Il avait même acheté un appareil sophistiqué qui distribuait de façon automatique la nourriture et l'eau pendant de courtes absences.

Chargé de le monter, Gabe se battit avec un tournevis en essayant de remettre le couvercle de la batterie sur le distributeur d'eau. Pendant ce temps, Dante jouait avec le chaton et lançait le palet dans la buanderie.

Gabe leur jeta un coup d'œil. Dante avait récupéré Mario et le berçait dans ses bras en lui caressant le dos. Il penchait vers lui son visage. Et Gabe s'inquiéta que le chat le griffe.

— Tu l'as appelé Mario ? Pourquoi ?

S'il devait garder le chaton, autant être au courant de ce genre de détails, non ? Le seul Mario qui lui venait à l'esprit était la Super Mario des jeux Nintendo, un petit personnage moustachu portant une combinaison rouge et bleue, aussi ne voyait-il pas vraiment le rapport.

— À cause de Mario Lemew, répondit Dante.

Oh, mon Dieu !

— Tu es sérieux ? Si tu voulais le nommer d'après un joueur de hockey, pourquoi n'as-tu pas choisi Phil Esposito ?

Dante en resta bouche bée.

— Merde ! Je n'y ai pas pensé en remplissant ses papiers ! Et maintenant, c'est trop tard pour changer. Il restera donc Mario.

Il reposa le chaton par terre. La bestiole s'étira en se cambrant, puis il bâilla, exposant une petite langue rose vif, et marcha vers son panier qu'éclairaient les faibles rayons du soleil couchant.

Dante se leva et essuya ses mains sur son jean. Quand il se tourna vers Gabe, son langage corporel changea en l'espace d'un clin d'œil, passant de ludique à prédateur.

— Maintenant, Mario va faire dodo, déclara-t-il. Au fait, tu n'as pas de projets urgents pour les heures à venir, j'espère ? Je suis tout à fait prêt à continuer mon instruction.

Pour Noël, les Dekes n'eurent que trois jours congé. Dante décida néanmoins de descendre dans le Sud, car il n'avait pas revu ses parents et sa grand-mère depuis des mois. Gabe le conduisit à l'aéroport. Il était en route pour Ottawa, où il passerait les fêtes avec son père.

Dante s'attristait un peu qu'ils doivent se séparer pour leur premier Noël, mais ni Gabe ni lui n'étaient encore prêts pour l'étape présentation aux familles respectives.

Ses parents l'attendaient à l'aéroport, ils arboraient une grande pancarte avec son numéro de maillot dans un grand cœur. C'était à la fois ridicule et adorable, mais ils tenaient à lui prouver leur soutien inconditionnel.

Dante passa les vingt-quatre premières heures de son séjour à savourer leur attention et leur amour, tout en dévorant la cuisine de son père et en jouant aux dominos avec sa grand-mère, venue leur rendre visite pour profiter de sa présence

Quand elle fut partie, ses parents s'installèrent au salon pour regarder un classique de Noël, *La vie est belle*. Assis à côté d'eux, Dante décida d'envoyer un texto à Gabe.

Il ne s'était pas rendu compte qu'il arborait un sourire idiot avant de relever la tête de son téléphone. Le film était terminé, son père avait disparu et sa mère le fixait, le visage attendri.

Oups. Grillé !

Elle s'éclaircit la gorge.

— C'est une nouvelle petite amie ?

— Maman !

— Oh, excuse-moi, c'est un terme qui date de ma jeunesse ! Comment dit-on de nos jours ? Partenaire ? Mais je ne veux pas être indiscrète, chéri, je ne cherche pas à t'arracher tes secrets…

Dante éclata de rire.

— Oh, si! Et tu ne peux pas t'en empêcher!

Sa mère était curieuse, en plus, elle l'aimait. Jusqu'à ce jour, Dante se confiait volontiers à elle, du moins quand le sujet le méritait. Elle avait flairé une nouvelle relation et la curiosité la dévorait vive.

Et Dante détestait de ne pas pouvoir parler librement à sa mère. Garder son secret lui était plus difficile désormais, loin de Gabe, sans la constante distraction de sa présence. À part cette obligation de se cacher, Dante était heureux – le genre de bonheur dont les gens se vantaient volontiers d'ordinaire. Question vantardise, Dante était un champion, aussi aller contre sa nature le minait-il.

Et sa mère l'aimait, non? S'il se confiait à elle, jamais elle ne trahirait son secret. En plus, Dante espérait qu'elle comprenne pourquoi il avait accepté de se taire.

Il céda à la tentation sans se laisser le temps de peser les conséquences de son impulsion :

— Gabe et moi sommes ensemble!

Le visage de sa mère se figea, ses yeux devinrent opaques.

— Gabe? répéta-t-elle d'une voix sans timbre. Tu parles bien de ton coéquipier, de ton mentor?

Il ferma les yeux.

— Oui.

— Ce Gabe dont tu avais accroché le poster au mur de ta chambre? Bon Dieu!

— Oui.

— Le Gabe qui t'a accompagné à Disneyland le mois dernier?

Cette fois, une pointe d'incrédulité amusée résonnait dans sa voix.

Dante ouvrit les yeux.

— Maman! se plaignit-il.

— Dante! lança-t-elle sur le même ton geignard.

Puis elle gloussa et enchaîna :

— Excuse-moi, je suis prise dans un... dilemme. D'un côté, c'est plutôt chou, c'est même assez drôle. De l'autre, la différence d'âge me fait un peu tiquer. Ce Gabe serait-il un prédateur? Je me demande, ajouta-t-elle, le front plissé, si j'aurais la même réaction si l'un de vous deux était une femme...

Gabe, un prédateur ? La seule fois où Dante l'avait vaguement pensé, c'était au lit, mais il ne comptait pas le dire à sa mère. Surtout pour ne pas avoir à lui expliquer qu'il aimait ce comportement de dominant.

Comment lui faire comprendre ?

— Ce n'est pas Gabe qui a fait le premier pas, c'est moi !

Elle éclata de rire et lui tapota le genou.

— Je n'en doute pas, chéri. Je me demande pourquoi je me suis inquiétée. Mais tu t'aventures dans un territoire dangereux, un vrai champ de mines, tu le sais très bien. La NLH n'encourage certainement pas ce genre de relation entre coéquipiers.

Dante soupira et posa son téléphone sur la table basse devant lui.

— Je sais, oui, et Gabe le sait aussi. Il est dans la ligue depuis bien plus longtemps que moi, il est complètement barricadé. Moi, je suis bi depuis peu, je n'ai pas encore eu le temps de trouver mes repères. Je suis obligé de suivre ses consignes. Il tient absolument à garder notre relation cachée. Et je… je déteste ça !

Sa mère marmonna un petit son d'empathie.

— Bien sûr. Tu auras du mal à garder le secret. Mais je comprends aussi la position de Gabe, le pauvre, surtout après ce qui vient de lui arriver. Vous êtes ensemble depuis longtemps ?

— Non, à peine quinze jours.

— Il est donc trop tôt pour prévoir une date et envoyer les invitations. Quoi ? Seigneur !

— Maman !

— Mon cœur ! dit-elle une fois encore comme un écho, sur le même ton.

Elle le tapota à nouveau et ajouta très gentiment :

— Combien de fois m'as-tu annoncé que tu étais avec quelqu'un ?

Dante se figea. Il tenta de réfléchir, mais il avait l'esprit vide. Puis une petite ampoule se mit à clignoter au fond son cerveau. Délibérément, il chercha à l'ignorer, tout en sachant qu'il n'y parviendrait pas longtemps.

— Euh…

— Jamais, bébé ! coupa sa mère. Pas une seule fois en vingt-trois années.

Non ! Ce n'était pas possible !

— Maman ! protesta-t-il. J'ai eu des copines !

— Oui, tu les mentionnais parfois, admit sa mère, j'ai même rencontré certaines d'entre elles à l'époque où tu vivais encore à la maison, parce que

205

tu n'avais pas d'autre option. Mais tu ne m'as jamais dit : «maman, Maisie ou Scarlett ou Léonie, ou Martha... et moi sommes ensemble».

Était-ce ce qu'il avait dit ce soir? Oui, probablement. Et sans même le faire exprès.

— Le hockey est un sport très exigeant, maman, marmonna-t-il, un peu gêné, je n'ai pas beaucoup de temps libre. Ma vie personnelle ces deux dernières années a été un peu... agitée.

— C'est une délicate façon de l'exprimer, répondit sévèrement sa mère. Grâce aux journaux, j'ai une très nette idée de la vie débridée que mène un athlète masculin célibataire et vu que tu es mon fils, j'aurais préféré moins de détails.

Dante n'osa pas lui demander ce qu'elle lisait, mais il espéra qu'elle ne consultait pas les sites de potins sur le hockey.

Sa mère enchaînait déjà :

— Tu as donc multiplié les conquêtes, mais justement, ces filles n'avaient pour toi aucune importance. C'est ce que je tenais à te démontrer.

En toute honnêteté, Dante ne pouvait le nier.

— Et alors? s'enquit d'un ton hésitant. Tu en déduis quoi?

— Rien de particulier, chéri. Je voudrais juste que tu restes fidèle à toi-même. Personnellement, je te soutiendrai toujours, quel que soit le chemin sur lequel tu t'engages. Gabe a vécu un coming-out difficile, une telle expérience l'a certainement marqué. Peut-être cherche-t-il à t'éviter la même épreuve? Il se sent peut-être des responsabilités vis-à-vis de toi, surtout si votre relation vient à peine de commencer.

— Il n'a aucune responsabilité, grommela Dante, je suis capable d'assumer mes choix!

Pourtant il comprit ce que sa mère cherchait à dire. Oui, il préférerait faire son coming-out et s'afficher tel qu'il était, mais un nouveau scandale dans les médias ajouterait à la pression que subissait Gabe.

Sa mère secoua la tête, comme si d'après elle, il n'avait rien compris.

— Vraiment? Garde quand même à l'esprit que ton père est dans tous ses états et prêt à défendre ta cause, chéri.

Ooooh. Dante sourit.

— Waouh! Maman, tu es géniale!

Voilà un appui très utile. Dante était conscient que ce serait le chaos quand sa grand-mère apprendrait la vérité, aussi espérait-il que son père prenne le parti de Gabe.

— Non, mais je connais bien mon mari, rétorqua sa mère, amusée. Bien, il est tard, c'est l'heure pour les enfants sages d'aller au lit, sinon, le père Noël ne passera pas leur apporter des cadeaux.

Dante se leva et embrassa sa mère.

— D'accord. Bonne nuit, maman. Je t'adore !

Il était heureux et soulagé que cette conversation se soit aussi bien passée et celle qu'il eut plus tard avec son père fut tout aussi détendue. Dante avait senti chez ses deux parents les mêmes inquiétudes – après tout, c'était sa première relation homosexuelle et pire encore, avec un coéquipier –, mais ils étaient heureux que leur fils le soit.

Il s'accrocha à ce rayon de soleil le lendemain lorsqu'il ouvrit son dernier cadeau, celui d'*abuela*, une petite boîte soigneusement emballée avec à l'intérieur un anneau d'or sur une chaîne de platine.

Dante déglutit, mal à l'aise. Il lui semblait reconnaître cette alliance.

— *Abuela*… est-ce… ?

De ses mains ridées et tavelées, elle sortit la chaîne de son écrin et la posa au creux de la paume de Dante.

— Oui, reconnut-elle, c'est l'alliance de ton grand-père, *mijo*. Les jeunes de nos jours préfèrent le neuf et le clinquant, mais cette alliance est chargée de signification.

Dante baissa les yeux sur l'alliance que son grand-père avait mise à son doigt le jour de son mariage.

— Tu ne veux pas la garder en souvenir, *abuela* ?

Il savait qu'elle avait adoré son mari.

Elle frotta l'une contre l'autre ses mains déformées.

— Oh, non, je ne porte plus de bijoux, j'ai trop d'arthrite. Ce n'est pas facile de vieillir, *mijo*.

Il avait eu un choc en la revoyant. Depuis qu'il vivait loin des siens, le temps prenait une valeur différente. Sa grand-mère semblait vieillir en accéléré.

— Tu n'es pas vieille ! mentit-il, galamment.

Elle gloussa.

— Ne mens pas, c'est un péché ! *Mijo*, ajouta-t-elle d'un ton redevenu sérieux, j'aimerais tant assister à ton mariage avant d'aller rejoindre le Seigneur. Je voudrais te voir heureux. Ce n'est pas bien qu'un gentil garçon de ton âge reste seul.

Je ne suis pas seul. Il ne laissa pas ces paroles franchir ses lèvres.

— Merci, *abuela*, marmonna-t-il, la gorge serrée. Je sais que tu ne veux que mon bien.

Même si ça n'en avait pas l'air.

— Ah, Dante ! Bien sûr ! Tu es mon petit-fils ! Je t'aime !

Merde. Il ferma les yeux.

— Je t'aime aussi, *abuela*.

Il la laissa accrocher la chaîne autour de son cou. Puis elle prit son visage en coupe et sourit, son vieux visage ridé plein de fierté.

Elle tapota l'anneau qui reposait contre la poitrine de Dante.

— Il te portera chance !

DANTE IGNORAIT si Yorkie s'était réconcilié avec Jenna, si ses vacances l'avaient rasséréné ou s'il avait enfin appris à compartimenter, mais il constata le résultat : son jeu s'était nettement amélioré après les fêtes. Durant le match à Detroit, Yorkie échappa cette fois au banc de la honte et envoya trois passes décisives.

Dans le vestiaire, au moins, il avait retrouvé le sourire.

Tout n'était certainement pas réglé, cependant, car il avait sous les yeux des cernes de la taille d'un sac de hockey.

Le matin après le match, quand il se réveilla à l'hôtel, il bâilla et déclara :

— Je ne t'ai pas entendu rentrer hier soir, Baller.

Normal, il était quatre heures du matin. Dante s'était endormi dans la chambre de Gabe après une celly privée.

— Oui, effectivement, tu dormais à poings fermés.

Yorkie s'assit dans son lit et se frotta les yeux.

— J'avais pris un somnifère, admit-il, sinon, je ne peux pas… empêcher mon cerveau de partir en vrille.

Dante espérait que son coloc avait avalé son médoc à une heure décente. Il savait que s'il confiait son secret à Yorkie, le gamin serait une tombe, mais Gabe, lui, péterait une durite.

— As-tu essayé d'en parler, euh… à quelqu'un ? Je suis à peu près sûr qu'il y a un encadrement pour ce genre de choses.

— Pour *dormir* ? s'exclama Yorkie, incrédule.

Non, Dante pensait plutôt à une psychothérapie, mais il préféra ne pas le mentionner. Il craignait de braquer Yorkie.

Il secoua la tête.

— Pourquoi pas ? Je te rappelle que tu es un athlète professionnel, il est essentiel de satisfaire tous tes besoins physiques.

— Ah.

Dante se leva et s'étira.

— Bon, je suis nettement mieux réveillé que toi, donc, je passe le premier sous la douche. Mais ne perds pas de temps, nous sommes attendus devant le bus dans une heure.

En général, ils faisaient des pauses entre les matchs aux États-Unis. Pas cette fois, vu que Chicago et Detroit étaient à des distances raisonnables.

Quand Dante sortit de la salle de bain et retourna dans la chambre, Yorkie s'était endormi, à moitié assis. Il semblait épuisé.

Dante prit une photo et l'envoya à Gabe avec la légende « Mon coloc au réveil ». Il secoua ensuite Yorkie pour le réveiller.

— Va prendre une douche, je m'occupe de refaire ton sac, d'accord ?

— Hmm ?

Yorkie partit vers la salle de bain d'un pas robotique.

Dante vérifia son téléphone. Gabe n'avait pas répondu.

Alors, il envoya un autre message :

Dante : je fais quoi ?

Gabe : Sais pas. Il se rendormira dans le bus, je suppose.

Trois points apparurent sur l'écran, indiquant que Gabe écrivait encore.

Gabe : Il t'a parlé de Jenna ? Tu en sais plus ?

Dante : Non. Il est plus verrouillé que Fort Knox.

Et c'était super bizarre parce que jusqu'à ce jour, Yorkie parlait constamment de Jenna.

Bien qu'il ne soit pas si tôt, le silence régnait dans le bus. Alors qu'il y montait, Dante réfléchissait, de plus en plus certain que Yorkie devait parler, vider son sac, mais à qui ? Manifestement, ce ne serait pas lui. Tips peut-être, ou Flash ou Gabe, un homme plus âgé susceptible de lui donner de bons conseils. Du coup, il ne s'installa pas *à côté* de Yorkie, mais juste derrière. Yorkie ne parut même pas le remarquer, il était affalé dans son siège, la tête contre la fenêtre.

Gabe entra après eux, il croisa le regard de Dante et prit la place vide à côté de Yorkie.

Dante sourit, heureux que son plan ait fonctionné.

— Bonjour, jeune homme ! déclara Gabe.

Yorkie tourna à peine la tête.

— Salut. Baller a encore dormi dans ta chambre, hier soir?

Oh, *merde*. Yorkie aurait-il tout compris? Pourquoi n'en avait-il pas parlé à Dante au réveil?

Dante était tétanisé d'horreur.

Puis il nota que Yorkie s'était exprimé avec un grand naturel, sans aucun sous-entendu graveleux. Peut-être pensait-il juste que les deux amis avaient joué au Wii Golf jusqu'aux petites heures du matin...

— Euh, oui. Il ne cesse d'espérer une victoire aux jeux vidéo, mais je le bats à plate couture. Chaque fois, il en reste sur le cul.

Dante retint un ricanement. Entendre le mot «cul» associé à lui dans la bouche de Gabe lui mettait en tête des images torrides.

Il ne devrait pas y penser. Il allait finir par se trahir.

Gabe se racla la gorge et enchaîna :

— Ça va?

Yorkie se frotta le visage.

— Pas terrible, admit-il. J'ai mal dormi.

Dante s'adossa dans son siège et s'efforça de ne pas écouter la conversation. Gabe était capable de gérer Yorkie.

Il n'eut pas le temps d'y penser longtemps, car Flash s'assit à côté de lui.

— Tiens, tiens, tiens, susurra le capitaine des Dekes. Mon deuxième ailier préféré est tout seul.

Honnêtement, Dante ne s'offusqua pas d'être deuxième, vu que Gabriel Martin était l'un des meilleurs joueurs de la ligue.

— Avec moi, déclara-t-il en riant, la flatterie marchera toujours.

— Tu ne m'apprends rien!

Grossier personnage!

— Tu as de nouvelles photos de tes enfants à me montrer? demanda Dante, avec espoir.

Il adorait les petits Fillion. D'accord, il était censé être un adulte autonome et responsable, il avait un appartement à son nom et une relation stable, mais parfois, il regrettait l'ambiance chaotique et chaleureuse qu'il avait connue quand il vivait chez Flash et Yvette, en compagnie de leurs quatre adorables bambins.

— Moi aussi, j'en ai au fait, ajouta-t-il.

Flash haussa un sourcil.

— Tu as *quoi*?

— Des photos de mon adorable petit chat.

Flash plissa les yeux, la mine compétitive.

— Je te bats d'avance! Mes gosses sont plus drôles que ton chat!

Dante leva son téléphone.

— On parie?

Ils consacrèrent tout le trajet jusqu'à l'aéroport à échanger leurs téléphones. Flash commença en lui montrant Baz faisant du skate, puis Dante passa une vidéo de Mario attaquant un palet, avant de sauter sur le canapé, les pattes en l'air. Dante pensait ne rien risquer, après tout, Flash n'était jamais venu dans son appartement, aussi ne se douterait-il pas…

— Ce film a été pris chez Gabe! s'exclama Flash. Je reconnais cet affreux marbre!

Ah, merde! Ainsi Dante n'était pas le seul à détester le carrelage de la cuisine de Gabe? Il s'en moquait souvent. Et Gabe répondait qu'il ne l'avait pas choisi, le marbre ayant été installé par les anciens propriétaires et de toute façon, il passait le minimum de temps dans la cuisine…

— Euh, oui, admit Dante.

Flash l'examina avec suspicion. Oh, il ne comptait pas interroger Dante, il attendait juste un autre faux pas.

Enfoiré!

— Mon règlement de copropriété interdit les animaux, expliqua Dante, à contrecœur. Alors, Gabe a accepté de garder mon chat le temps que je trouve une autre solution.

— Comme c'est aimable de sa part!

Dante crut entendre ce que le capitaine ne disait pas : *je sais exactement ce qui l'a motivé.* Merde, quoi! Pourquoi ces soupçons déplacés? Gabe avait été sensible au charme irrésistible de Mario!

Dante ouvrait la bouche pour expliquer que Gabe ne faisait pas tout, c'était Dante qui nettoyait le bac à litière quand il rentrait le soir… puis il réalisa qu'il allait creuser sa tombe plus profondément encore.

— Hum, oui, tu connais Gabe. Il est très… serviable.

— Oui.

D'après son expression, Flash se méfiait toujours, mais heureusement le bus arrivait à l'aéroport, aussi Dante put-il s'échapper.

Pendant le vol, il parvint à parler à Gabe. Il voulait lui faire part des soupçons de Flash, mais après réflexion, il hésita. Flash ne ferait rien, pas vrai? Sinon, il l'aurait déjà dit à Dante. Alors, pourquoi prévenir Gabe, pourquoi risquer de contrarier?

Dante se contenta donc de demander :

— Tu as pu déterminer le problème de notre recrue ?

Gabe secoua la tête.

— Non. C'est peut-être la nostalgie, il se sent seul...

Peut-être. Surtout juste après Noël, quand les jeunes réalisaient qu'ils vivaient de plus en plus loin de leurs familles. La première année d'un joueur professionnel était souvent difficile. Quoi qu'ait Yorkie, il fallait que ça sorte, décida Dante. L'équipe n'avait été que trop patiente. Flash avait essayé de l'aider, Tips aussi. Il était temps d'employer la manière forte.

— Tu as raison, convint Gabe. Va dîner avec lui.

Dante fit la moue. Ils sortaient toujours ensemble pour dîner et un restaurant n'était pas le meilleur endroit pour lancer une discussion délicate avec un jeune malheureux en amour.

— Non, le mieux serait de lui faire un bon petit plat qui lui rappelle sa famille

Gabe eut un soubresaut.

— Si je fais la cuisine, je doute qu'il s'en remette !

Dante leva les yeux au ciel.

— Et tu oses me critiquer en disant qu'il manque des cases à ma carte d'adulte responsable !

Gabe répondit par un doigt d'honneur.

Dante éclata de rire. Puis il enchaîna :

— D'accord, je me charge de la cuisine, mais on fait ça chez toi. Ta cuisine est bien plus grande et bien mieux équipée que la mienne. En fait, elle est presque parfaite, à part cet affreux marbre que tu t'obstines à garder.

Gabe roula des yeux, puis il céda, à contrecœur, avec un très gros soupir.

— D'accord.

À CHICAGO, le match fut serré. Les Dekes se battirent bien jusqu'à la seconde période, quand Flash prit un coup qui le fit tomber. Voir chuter un joueur de hockey n'avait rien d'inhabituel, mais le capitaine tomba lourdement sur le côté droit.

Il ne se releva pas.

Merde. Sa hanche !

Un coup de sifflet retentit alors que Chicago envoyait le palet sur les planches et hors-jeu*. Gabe fonça vers Flash et s'accroupit sur la glace à côté de son ami.

— *Flash, ça va ?* demanda-t-il en français.

Flash roula sur le ventre avec un grognement de douleur.

— *Non. C'est...*

Gabe leva les yeux et fixa le banc des Dekes. Déjà, un des médecins de l'équipe se précipitait vers eux. Lui aussi s'accroupit près de Flash et s'entretint avec lui dans un français rapide.

Ensuite, il s'adressa à Gabe.

— Aidez-moi à le redresser, s'il vous plaît !

— Vraiment ? s'étonna Gabe. Vous êtes sûr que ça ne va pas aggraver la situation ?

Flash poussa quelques jurons choisis en français. Dante comprit l'idée générale : le jour où Flash quitterait la glace sur une civière, il serait mort.

— Ce qui arrivera plus vite que prévu si tu continues à jouer au con, grogna Gabe. Ne sois pas aussi macho, merde !

Le médecin intervint :

— Ne vous inquiétez pas, Gabriel. Ça devrait aller. Emmenons-le jusqu'au tunnel, il y a un fauteuil roulant.

Gabe se plaça côté droit, il passa le bras de Flash sur son épaule. Dès les premiers pas, Flash haleta.

— Non, déclara-t-il en français, je ne peux pas soutenir mon poids à droite.

— D'accord, déclara le médecin. Levez le pied droit et appuyez-vous sur moi. Le tunnel n'est pas loin. Je veux vous examiner le plus vite possible et comprendre ce qui s'est passé. Gabriel, merci, je n'ai plus besoin de vous.

La période était terminée. Cessant de jouer, tous les joueurs tapaient leur crosse sur la glace pour saluer le capitaine qui s'éloignait.

Quand il eut disparu, Gabe dut affronter son équipe.

Dante parla en premier.

— Que se passe-t-il ? Flash... qu'est-ce qu'il a ?

— Un problème à la hanche. Je ne sais pas...

Il secoua la tête.

Ils se rendirent sur leur banc et l'entraîneuse, les dents serrées de contrariété, modifia la formation : le centre de la quatrième ligne fut mandaté pour remplacer Flash, d'autres joueurs furent échangés pour soulager les minutes supplémentaires que chacun aurait à jouer.

Gabe essaya de se concentrer sur le jeu, mais il savait que la situation était grave. Flash était grièvement blessé, il allait être arrêté un bon moment. L'amélioration de Yorkie au cours des derniers matchs avait

213

disparu : il manqua des passes et dirigea mal ses palets, offrant des buts faciles à leurs adversaires.

Même Gabe jouait comme un pied, ce qui l'écœurait.

À la fin de la seconde période, le score était de 3 à 0 en faveur de Chicago.

Olie, le seul à garder la tête froide et à maintenir l'équipe hors de l'eau, fronçait les sourcils, la mine sombre. D'après Gabe, il s'inquiétait plus pour Flash que pour la défaite qui s'annonçait.

St. Louis vint les apostropher, elle leur rappela qu'ils touchaient tous un salaire exorbitant, que ce serait gentil de leur part de le mériter au lieu de déconner. Ensuite, elle sortit pour aller prendre des nouvelles de Flash.

Ils étaient à peine de retour sur la glace, que Chicago marquait un quatrième but. Avant le prochain engagement*, Olie fit signe à Gabe, Dante et Tips.

— Si j'entends Chicago chanter victoire une fois encore, je vous botte à tous le cul à coups de crosse ! Merde, quoi ! Essayez de garder ce foutu palet dans la zone offensive plus de trente secondes ! J'en ai ras la frange de tout faire !

C'était un beau discours, mais il ne suffit pas à inverser le courant.

Chicago marqua encore deux fois et Gabe rêvait de prendre une cuite. Se faire insulter et traiter de pédale, ce n'était pas marrant, mais perdre 6 à 0, c'était nettement pire.

Et il se faisait un sang d'encre pour Flash.

Une fois le match terminé, il se rua vers l'infirmerie. Dans le couloir il trouva à St. Louis et lui demanda des nouvelles.

— Ils vont l'envoyer à l'imagerie.

Ah, ainsi, il fallait des radios, peut-être même une IRM et un scanner. La blessure était donc grave. Si elle impliquait os et tissus, elle nécessiterait sans doute une opération.

Flash avait trente-quatre ans. La hanche, chez un joueur de hockey professionnel, ce n'était pas rien. La rééducation serait longue. Même dans le meilleur des cas, Flash ne reviendrait pas dans l'équipe cette saison.

Il fallait aux Dekes un capitaine et un centre pour remplacer Flash. Qui ? Les remplaçants étaient parfois des joueurs engagés à titre temporaire, mais le plus souvent, c'était sur la base d'un échange, il fallait donc perdre quelqu'un.

En d'autres termes, si la blessure de Flash était aussi grave que Gabe le craignait, il fallait s'attendre à des changements de liste.

214

Il se racla la gorge.

— Je peux le voir ?

— Si vous voulez, mais il a été bourré d'analgésiques, du coup, il est à peine cohérent.

Ça, Gabe l'aurait compris tout seul. Quand il entra dans la chambre, Flash était au téléphone avec femme.

— Vivi, Vivi, Vivi, chantonnait-il.

Elle parlait à l'autre bout du fil, Gabe entendait sa voix sans distinguer ses paroles.

Le visage de Flash se crispa.

— *Non, non,* marmonna-t-il en français. *Je t'aime. Je t'aime.*

Il entendit Gabe approcher et releva la tête.

— Voilà Angel ! Il va me sauver ! Même s'il est anglais !

Cette fois, Yvette haussa le ton et Gabe entendit nettement : « Passe-le-moi ! »

Flash lui tendit son téléphone en disant :

— Elle veut te parler.

Il s'était exprimé en anglais ? Pourquoi ? Il savait très bien que Gabe parlait un français tout à fait correct. Bon, ce devait être un effet de la drogue.

— Bonjour, Yvette.

— Gabriel. Dieu merci, tu es là ! Je n'arrive pas à tirer une information utile de Jacques ! Que s'est-il passé ?

Les yeux au plafond, Flash chantonnait toujours le nom de sa femme. *Quand la vie vous donne des citrons, faites de la limonade !*

— Il avait très mal, ils l'ont bourré d'antidouleurs. Il est complètement shooté. Il souffre à la hanche droite, si j'ai bien compris. Avant Noël, il m'avait vaguement parlé d'un problème récurrent…

Yvette jura entre ses dents. Puis elle soupira et déclara :

— Je lui avais pourtant dit de se faire soigner hors saison ! Il n'a rien voulu entendre. Et maintenant ? Que va-t-il se passer ?

— Aucune idée, il va passer des radios et tout le bataclan, je présume que nous en saurons davantage dès que les toubibs auront une plus nette idée du problème. Dans tous les cas, la saison est terminée pour lui, tu vas bientôt avoir un mari malade sous ton toit.

— Oh, lala ! Il sera tellement déçu de ne pas jouer ! Il sera impossible !

Oui, une fois qu'il ne sera plus défoncé.

— Je sais, reconnut Gabe. Par chance, nous n'avons plus de match aux États-Unis.

Flash aurait encore plus détesté devoir rester sur la touche.

— Bien, soupira Yvette, de toute façon, il faudra faire avec. Merci de ces précisions, Gabriel. Repasse-moi mon mari, s'il te plaît.

Gabe obtempéra, puis il étudia la peinture écaillée du cadre de la porte pendant qu'Yvette et Flash se faisaient leurs adieux.

C'était étrange. Il n'avait jamais envié leur relation. Tant qu'il était dans le placard, il avait mis sa vie amoureuse en veilleuse et il évitait de remettre ses choix en question. Après tout, il aimait passionnément le hockey, il réalisait son rêve d'une certaine façon.

Maintenant...

Comme tout athlète de haut niveau, Gabe avait eu sa part de blessures, mineures pour la plupart. Le seul vrai pépin avait été une blessure au genou qui l'avait empêché de plier la jambe. Durant sa convalescence, il avait hésité entre la douleur et les nausées provoquées par ses analgésiques. Même quitter son canapé était une épreuve et il s'emmerdait tellement tout seul qu'il avait failli fondre en larmes quand Flash était passé le voir pour jouer aux cartes.

Flash, lui, ne serait pas seul pendant qu'il se remettrait de son opération, mais avec quatre enfants à la maison, sans doute aspirerait-il parfois au calme. Il pourrait compter sur Yvette, elle serait toujours là pour doper son moral, l'aider à se doucher et lui remonter les bretelles s'il tombait dans l'auto-apitoiement. Elle lui rappellerait qu'il n'était pas seul et que son entourage, famille et amis, ne l'aimait pas seulement pour ses compétences au hockey.

Et c'était ce que Gabe voulait, ce concept du couple uni auquel il s'était interdit de penser depuis si longtemps. Mais ce couple, il voulait aussi le former avec Dante.

Et il voulait être là si un jour Dante avait besoin de lui.

Gabe sentit son estomac se nouer. Vouloir, c'était bien gentil, mais dans la pratique, comment réaliser son vœu? Pour commencer, sa liaison avec Dante allait-elle résister à l'épreuve du temps?

Génial! Un souci de plus!

TROISIÈME PÉRIODE

— ILS VONT l'opérer à Boston, déclara Yvette à Gabe quand elle ouvrit la porte. Il sera dans l'avion après-demain.

Elle ne l'avait pas salué. Manifestement, elle n'était pas elle-même aujourd'hui. Flash avait convoqué Gabe chez lui dix heures à peine après qu'il eut atterri à Québec. Bien que très fatigué, il était venu.

Apparemment, les médecins voulaient opérer sans attendre. C'était mieux pour Flash.

— Tu iras avec lui, je présume?

— Oui. Sa mère a accepté de garder les enfants. Même pour quelques jours, ça me fend le cœur de quitter Dominique – elle est si petite!

Elle soupira et fit signe à Gabe d'entrer. Elle n'était pas maquillée, ses cheveux si impeccables d'ordinaire étaient à peine coiffés. Gabe doutait de l'avoir jamais vue ainsi négligée, elle qui ressemblait toujours à un mannequin, même pour rester chez elle.

Gabe acquiesça tout en ôtant ses chaussures dans l'entrée.

— Et Flash, comment tient-il le coup?

Elle secoua la tête.

— Bof! Tu sais comment il est! Il broie du noir, même s'il tente de le cacher aux enfants. Je suis surprise qu'il t'ait demandé de venir.

— Peut-être voulait-il se plaindre à quelqu'un d'autre que toi, sa femme? Je suis prêt à l'aider.

Elle rit et sur une impulsion, elle le serra dans ses bras.

— Ah, Gabriel! Tu es vraiment un ange! Il t'attend dans le bureau.

Pour être franc, Gabe se demandait ce que Flash lui voulait. Sans doute souffrait-il le martyre, aussi devait-il être dopé jusqu'aux branchies. Mais obtempérer à la convocation de son capitaine et ami blessé était le moindre que Gabe puisse faire.

Il frappa à la porte.

— C'est ouvert, cria Flash en français.

Sa voix – un peu pâteuse, comme à Chicago – indiquait effectivement qu'il était sous analgésiques. Gabe poussa la porte et vit Flash étendu sur son canapé, en survêtement et tee-shirt. Son teint blême faisait ressortir la cicatrice en forme d'éclair. La bouche pincée indiquait une vague nausée. Gabe ressentit une empathie immédiate : il avait la même réaction aux antidouleurs.

— Salut, Flash.

— Salut, Gabe. Referme la porte.

Il était repassé à l'anglais, avec un accent délibérément atroce.

Gabe leva les sourcils, mais il obtempéra. Si la porte restait ouverte, les enfants risquaient d'entrer. Or, Flash semblait lui avoir demandé de passer pour une conversation sérieuse.

— Ces précautions font très mafia, tu sais !

Flash prit alors l'accent de Don Corleone :

— Gabriel, *un jour, je ferai appel à toi et je te demanderai de me rendre un petit service* [29].

Il était excellent !

Il désigna un fauteuil à côté de lui et ajouta :

— Assieds-toi.

Quand Gabe fut assis, Flash se rembrunit.

— Merde ! J'aurais dû d'abord t'envoyer chercher un verre.

C'était le genre de remarque susceptible de faire paniquer Gabe, mais pas cette fois, il savait déjà que Flash n'était pas très cohérent quand il était bourré de médicaments. Il s'enfonça dans son siège.

— Je n'en ai pas besoin. Dis-moi ce qui se passe !

Flash soupira et s'affaissa contre ses coussins.

— Ah, Gabe, tu vas toujours au but, sans les préliminaires qu'exige la vie en société et le tact. Il va te falloir travailler sur ce point, tu sais.

— D'accord. Mais ne change pas de sujet !

Flash n'avait sans doute pas tort, mais Gabe y réfléchirait plus tard, à tête reposée. Pour le moment, il voulait savoir la raison de sa présence ici.

Flash laissa échapper un grognement dégoûté et fit la moue. Soudain, il se redressa, la jambe droite étendue sur le canapé, le dos appuyé contre l'accoudoir. Il ne grimaça pas, mais son visage pâlit encore.

— Je ne reviendrai pas cette saison, déclara-t-il.

Bien que Gabe s'en soit douté, il reçut cette confirmation comme un coup physique. Son estomac se contracta de terreur, un poids glacé lui tomba dans les tripes.

— Oui, admit-il, c'est bien ce que je pensais.

---

29 Citation du film *Le Parrain*.

218

Une opération à la hanche, il fallait du temps pour s'en remettre.

— Quand je serai sur pied, vous en serez déjà aux séries éliminatoires. En plus, je ne rajeunis pas. Je ne suis même pas certain de retrouver toute ma mobilité.

Cette fois, il grimaça et Gabe eut de la peine pour lui.

— Ne dis pas ça!

Merde, pourquoi tenter le sort? Il allait finir par se porter la poisse!

Flash soupira encore.

— Gabe, je m'y prends très mal. Je devrais m'exprimer en anglais.

C'était sa formule quand il jugeait le français de Gabe incapable de saisir les nuances. Gabe ne précisa qu'à son avis, Flash avait été plus direct que subtil : *je vais me faire opérer, je ne pourrai pas revenir avant le mois d'avril.* Aucune chance de mal interpréter ces mots, pas vrai?

Flash déclara alors – en anglais :

— Baller te fait du bien, non?

La première pense de Gabe fut : *heureusement que je ne me suis arrêté dans la cuisine prendre un verre!*

Il espéra avoir mal compris. Flash ne voulait quand même pas dire...

— Hein? bégaya-t-il. Du bien? Euh, oui, il est très... fêtard, tous les membres de l'équipe passent de bons moments en sa compagnie.

Flash ricana.

— Oh, je suis sûr que tu passes de très bons moments avec lui, mais quand je disais « il te fait du bien », c'était dans le sens « il t'est bénéfique ». Je pense ce que je dis, tu sais. Ou alors, je dis ce que je pense? Peu importe. En plus, Baller t'admire beaucoup, c'est chou.

Cette fois, Gabe paniqua presque. Il se racla la gorge et se demanda s'il devait essayer de convaincre Flash qu'il n'y avait rien entre Dante et lui. Son cœur battait trop vite.

— Qu'est-ce qui te fait penser... ?

— Gabe! Baller te regarde comme s'il te croyait capable de décrocher la lune! Son cœur s'affiche sur son visage!

Gabe était certain que ce n'était pas le bon idiome, mais il ne put ouvrir la bouche, il craignait trop de mourir d'embarras.

Et Flash enchaîna :

— Tu as été avec lui à Disneyland, vous êtes tout le temps ensemble. Vous avez même un chat ensemble!

— Non! protesta Gabe. Le chat est à Dante.

Son argument ne porta pas. Flash lui lança un regard entendu et fronça les sourcils.

— Vraiment? Vu que le «chat de Dante» habite chez toi, il est aussi à toi, Gabe! C'est votre chat à tous les deux! Vous allez très bien ensemble, tout le monde le remarque. Je suis content pour toi.

D'accord, il n'était pas contrarié que Gabe sorte avec un coéquipier, mais...

— Comment ça «tout le monde»? croassa Gabe.

Flash roula des yeux.

— C'est tout ce que tu as retenu de mon discours? *Tout le monde*, c'est tous ceux qui te connaissent. Tu as changé, tu es plus souriant, plus sociable. Je sais très bien que la chasteté prolongée te rend irascible et grincheux. Je suis très content de toi, Gabe, tu t'es ouvert, tu permets enfin aux autres de mieux te connaître.

Incapable de parler, Gabe sentit son cœur tambouriner de plus belle. Ainsi, Dante et lui n'avaient pas été aussi discrets qu'il le pensait? Flash avait tout compris. Mais il ne révélerait rien concernant Gabe, il était son ami, il le connaissait bien. Ce qui n'était pas le cas des autres joueurs. Sans doute Flash se trompait-il en croyant «tout le monde» au courant.

Gabe inspira un grand coup pour retrouver sa voix.

— D'accord. Euh... merci.

Flash agita la main comme si la question n'était pas là. Apparemment, ce n'était pas seulement pour commenter sa vie sexuelle qu'il avait demandé à Gabe de passer le voir.

— Cette ouverture aux autres, c'est important. Tu passes plus de temps avec l'équipe. Yorkie m'a dit aussi que tu l'avais invité à dîner et que Dante se chargerait de faire la cuisine.

Oui, Gabe commençait à voir pourquoi Flash avait eu des doutes. Dante et lui avaient été nettement moins subtils qu'il le pensait.

— Euh... oui.

Flash repassa au français :

— Bien. Je te remercie d'être intervenu avec Yorkie. Je n'ai pas pu l'aider comme je l'aurais voulu. J'avais pas mal de physiothérapie antalgique à faire pour ma hanche... et quatre enfants à gérer.

Son visage s'éclaira : Flash adorait ses enfants.

— Ils grandissent si vite! enchaîna-t-il. Tu sais, Gabe, je suis souvent absent de chez moi pendant la saison. J'essaye pour compenser de leur consacrer tout mon temps libre. Désormais, j'en aurai davantage.

220

Gabe se demanda s'il n'avait pas baissé sa garde au mauvais moment. La conversation semblait prendre un tour bien sombre.

Il déglutit.

— Que veux-tu dire par là ?

— Je quitte mon poste de capitaine.

— Quoi ? *Non !*

Gabe s'était presque attendu à pire. Une blessure aussi grave pouvait mettre un joueur à la retraite, qu'il le veuille ou pas. Mais depuis l'arrivée de Gabe dans l'équipe, Flash en était une constante. Gabe s'était habitué à l'avoir comme capitaine, comme ami, comme allié. Grâce à Flash, il s'était senti en sécurité – autant que pouvait l'être un gay dans le placard dans le monde du sport professionnel.

— Il est temps, déclara Flash. Dans la vie, rien ne dure éternellement. Il faut du changement. Et ce sera un bon changement.

Sauf que Gabe détestait le changement. Il croisa les bras, puis craignit que Flash interprète ce geste comme une manifestation de colère, ce qui serait injuste. Gabe s'agita nerveusement dans son siège.

— Qui pourrait te remplacer ?

Le regard de Flash exprimait une fierté paternelle.

— Toi.

Gabe en resta bouche bée.

— Quoi ? répéta-t-il. Non. Je ne suis pas… je ne pourrais pas…

— Si, tu peux, l'interrompit Flash. Tu en tiens déjà le rôle. En début de saison, tu as pris le temps d'entraîner Baller pour qu'il s'intègre dans notre ligne, tu sais écouter les recrues, les rassurer, les conseiller, les aider à passer de junior à professionnel. Tu t'es même réconcilié avec Kitty alors que tout le monde aurait parfaitement compris que tu ne veuilles plus jamais lui adresser la parole.

— Mais…

Gabe chercha d'autres excuses. Il n'avait jamais imaginé être nommé capitaine. En toute objectivité, il admettait être un des meilleurs joueurs de la LNH. Au hockey, d'accord, il était doué, mais il pas avec les gens. Ces dernières années, il avait craint de se trahir s'il fréquentait trop ses coéquipiers. Depuis son coming-out forcé, oui, il passait plus de temps avec eux une fois ses patins raccrochés. C'était… *agréable*. Il avait appris à les connaître en tant qu'individu. Il les aimait bien. Il s'épuisait vite s'il sortait trop, mais il s'ennuyait aussi s'il restait trop longtemps enfermé chez lui.

Le laissant à ses réflexions, Flash attendait patiemment.

221

Au bout d'un moment, il ajouta cependant :

— Tu es prêt, Gabe.

Gabe déglutit, l'estomac noué. Et si Flash se trompait ? Ou pire encore, s'il avait raison, que se passerait-il ?

— Jamais ils ne feront de moi le premier capitaine ouvertement gay dans la ligue. C'est trop… On dirait un coup de pub !

— Ne sois pas idiot ! Ça n'a rien d'étonnant que le meilleur buteur d'une équipe devienne son capitaine !

Gabe estima le sarcasme injustifié. Soudain, une objection tout à fait valable lui vint à l'esprit. Il ne comptait pas révéler sa liaison à la haute direction, mais…

Il s'exprima en anglais, parce qu'il ne connaissait pas les termes techniques en français.

— Et Dante, alors ? Je pourrais être accusé d'abus de pouvoir ! Je serais en position d'autorité vis-à-vis de lui et… euh…

Flash ricana.

— Hé, si tu pratiques le BDSM, je ne veux rien savoir !

Gabe gémit de frustration et cacha son visage dans ses mains.

— Tu dérailles complètement, Flash ! C'est sans doute dû à tes médocs !

Flash grogna tout en cherchant à se redresser.

— Non, si tu veux tout savoir, mes analgésiques ne me font plus aucun effet. Quant à Dante Baltierra, j'ai appris à le connaître et que tu sois capitaine ou pas, il continuera à faire ce qu'il veut. Et actuellement, ce qu'il veut, c'est toi.

Gabe ne comptait pas aborder le sujet.

— Gabe, insista Flash, toi aussi, je te connais. Tu aimes trop la victoire pour laisser tes sentiments influencer la façon dont tu dirigeras l'équipe.

Sur ce point-là au moins, Gabe était d'accord.

— Alors…

— Alors, coupa Flash, tout se passera bien. Cesse de m'emmerder et accepte. L'entraîneuse t'a déjà choisi. C'est une affaire conclue. Mes félicitations, capitaine !

Les lèvres figées, Gabe réussit à dire :

— D'accord.

Flash lui adressa un sourire rayonnant.

222

— Super ! Si je pouvais me lever, je te serrerais dans mes bras, mais comme je ne peux pas, demande à Baller de le faire pour moi. Et qu'il n'en profite pas pour te pincer les fesses !

Dans quoi Gabe s'était-il embarqué ?

Il esquissa un faible sourire.

— Je ne te promets rien !

DANTE DORMIT mal la nuit après le match. C'était normal, non, après une déculottée pareille ? En plus de ressasser chaque erreur qu'il avait commise, il s'inquiétait pour Flash et pour ce que sa blessure risquait de coûter à l'équipe. Il se réveilla tard, encore groggy, et se versa une énorme tasse de café en espérant que ça le réveille.

L'avenir de Dekes dépendait de la façon dont ils joueraient les prochaines semaines. Une mauvaise performance et ils ne passeraient pas les séries éliminatoires. Une performance médiocre et ils y participeraient peut-être, mais en se faisant sortir au premier match, ce qui était le pire des scénarios : outre leur déception, ils seraient dans les derniers choix au repêchage.

Pour ne pas sortir au premier tour, une seule solution : transférer un ou plusieurs Dekes contre des remplaçants. Flash étant blessé, il ne pouvait être transféré. Quelques joueurs avaient un contrat avec une clause spéciale qui les autorisait, en cas de transfert, à approuver leur nouvelle équipe. Les autres n'auraient pas leur mot à dire…

C'était le cas de Dante.

Il était peu probable qu'il soit transféré, vu qu'il rapportait plus aux Dekes qu'il leur coûtait. Mais il n'avait aucune vraie garantie.

Son café fini, Dante envisageait un solide petit déjeuner quand il reçut un texto.

Gabe : Tu peux passer ? C'est important.

Dante décida d'acheter un petit déjeuner en chemin. Vu l'heure, ce serait plutôt un déjeuner.

En arrivant chez Gabe, Dante considéra qu'il n'était plus censé sonner. Il poussa donc la porte et fit quelques pas, avant de se souvenir d'ôter ses chaussures. Il rebroussa chemin pour les déposer sur le tapis.

— Gabe ?

Il n'obtint pas de réponse, mais il entendit la télévision. Il avança donc jusqu'au salon. Mario aiguisait ses griffes sur son arbre à chat et Gabe regardait un match de hockey.

Ne savait-il donc pas se détendre ?

— Toc-toc, dit Dante. Je suis là, chef, à vos ordres !

Il s'effondra sur le canapé à côté de Gabe et mit la télé en pause. Il constata alors que Gabe regardait la vidéo du match contre Chicago.

Oh, mon Dieu !

— Pourquoi cette punition anticipée alors que tu sais comme moi que St. Louis va nous forcer à le regarder à l'entraînement demain ?

Gabe récupéra la télécommande et éteignit la télé. Ensuite, il frotta ses mains sur son visage, les épaules voûtées.

— Je ne sais pas si je suis censé t'en parler, soupira-t-il. Mais tu l'apprendras demain de toute façon.

L'estomac de Dante se serra. Ça sentait la mauvaise nouvelle !

Gabe passa une main nerveuse dans ses boucles blondes déjà emmêlées, puis il releva la tête et regarda Dante dans les yeux.

— Flash ne reviendra pas cette saison, annonça-t-il. Peut-être même sa rééducation demandera-t-elle plus longtemps. Il quitte son poste de capitaine. Il y aura une conférence de presse demain après l'entraînement.

— Oh, merde ! Ça craint !

Pas étonnant que Gabe ait passé en revue ce match : il essayait sans doute de comprendre comment l'équipe s'en sortirait sans capitaine.

À l'expression de Gabe, Dante devina qu'il y avait autre chose.

— Je présume que tu connais le nom du remplaçant de Flash ?

Gabe hocha la tête, il esquissa un sourire sans joie et écarta les bras.

— Moi.

Oh. Waouh !

— Sérieusement ?

Cette incrédulité n'était-elle pas vexante ?

— Gabe, reprit Dante, c'est… c'est génial ! Génialissime ! Euh…

Merde, il était trop enthousiaste, non ?

— Enfin, corrigea-t-il, pour Flash, ça craint, c'est sûr…

Il l'avait déjà dit !

Le sourire de Gabe devint plus sincère.

— Il m'a dit qu'il voulait passer plus de temps avec ses enfants.

— Ils sont adorables ! Et Flash a su gérer toute une équipe de hockey, lors, s'occuper de ses gosses, ce sera comme des vacances !

— Je ne répéterai pas à Flash ce que tu viens de dire, ça vaut mieux pour toi, ricana-t-il.

— Oui, j'aime bien le baby-sitting, mais ce n'est pas très relaxant.

Il releva les pieds et croisa les jambes sur le canapé, afin de convaincre Mario de grimper sur ses genoux. Le chat accepta l'invitation et ronronna bruyamment quand Dante le frotta entre les oreilles.

Gabe écarta le coude de Dante pour aussi caresser Mario.

Ronronnant toujours Mario échappa à la main de Gabe et roula sur le dos, exposant son ventre.

— C'est un piège, avertit Gabe.

— Je sais.

Dès que Dante voulut toucher la douce fourrure, Mario s'attaqua à ses doigts.

— Nous devrions partir en vacances ! déclara Dante.

La mine perplexe, Gabe leva la tête.

— Hein ? C'est impossible !

Dante roula les yeux.

— Pas maintenant, bien entendu, mais hors saison. Nous irions dans un de ces endroits paradisiaques où les cocktails sont servis avec un petit parasol rose. Tu porterais un maillot minimaliste en me tartinant le dos de crème solaire. Ce serait torride !

Au propre et au figuré. Soleil, alcool, détente… ils se reposeraient ensemble, loin des pressions.

— Pourquoi ai-je hérité le rôle du garçon de plage ?

Dante lui tapota le genou.

— Ne t'en fais pas. Je m'occuperai aussi de toi.

De l'index, il caressa Mario sous le menton.

— Je suis sérieux, Gabe, ajouta-t-il. Cette saison devient hyper stressante et elle n'est même pas encore terminée. On devrait partir ensemble. Ça serait chouette !

Plus il en parlait, plus l'idée lui plaisait. Quel meilleur moyen de cimenter leur relation ? Dante n'avait jamais pris de vacances en couple. Ça devait être génial !

— Il me semble un peu difficile d'organiser un voyage sans même savoir à quelle date nous serons libres, objecta Gabe, qui pensait manifestement aux séries éliminatoires. Il ne faut pas provoquer le sort, ça va nous porter la poisse.

— Mec, à moins d'un très gros problème, nous ne jouons jamais en juillet. Nous avons donc de la marge.

En son for intérieur, Dante interrogeait : Gabe ne pensait-il pas qu'ils seraient toujours ensemble en juillet ? C'était possible, Dante le sentait, mais il ne proposait pas de louer un super-yacht, quand même, juste de réserver un séjour tout-compris dans un chouette endroit, ils pouvaient bien se le permettre !

Surtout s'il signait enfin un contrat béton.

— Oui, peut-être, marmonna Gabe.

Il ne semblait pas très enthousiaste. Sans doute s'inquiétait-il des problèmes en cours, des changements dans l'équipe. Dante décida d'oublier son idée… pour l'instant. Il en reparlerait quand Gabe ne serait pas accaparé par son nouvel objectif : devenir le meilleur capitaine de hockey de tous les temps.

Après une dernière caresse, Dante éjecta le chat de ses genoux et se leva.

— Gabe ?

Gabe tressaillit, il cligna des yeux et leva la tête vers lui. Il haussa les sourcils dans une question muette.

— Comptes-tu vraiment rester là à ruminer tes inquiétudes concernant la conférence de presse de demain ? De quoi as-tu peur ? Que les gens se demandent pourquoi la LNH nomme un homosexuel capitaine d'une équipe de hockey ?

Il tendit la main pour aider Gabe à se lever à son tour.

— Peut-être, reconnut Gabe à contrecœur. Comment veux-tu que je pense à autre chose ?

Dante se pencha lentement jusqu'à ce que sa bouche effleure celle de Gabe.

— J'ai une idée, monte avec moi, je vais te montrer.

Fillion se désiste, Martin nommé capitaine !
Par Kevin McIntyre

La directrice générale, Brigitte Ballard, et l'entraîneuse en chef, Hayley St. Louis, ont annoncé aujourd'hui lors d'une conférence de presse que Jacques Fillion, suite à son opération, quittait les Dekes jusqu'à la fin de la saison. Il sera remplacé au poste de capitaine par son ailier droit, le buteur Gabriel Martin.

Après un début de saison mouvementé, Martin s'est bien repris et au cours des deux derniers mois, il a gagné plus d'un point par match en moyenne.

Martin devient le premier capitaine gay de la LNH.

Les Nordiques jouent demain soir à Ottawa.

LE PREMIER match de Gabe en tant que capitaine se passait à Ottawa. Il n'avait pas ses fans habituels dans les gradins, certes, mais son père y était. Ça compensait presque.

Et Trish avait demandé à ses cameramen de filmer le père et le fils pour les réseaux sociaux.

— Je suis si fier de toi, Gabe, murmura son père.

Il le serra avec force contre sa poitrine. La gorge contractée, Gabe lui rendit son étreinte. Puis il inspira fortement et se retourna pour accepter le maillot que Trish lui tendait. Il avait tenu à ce que son père soit le premier à le voir le porter.

Il y avait un grand C sur la poitrine.

Son père le regarda, puis il sourit.

— C'est une belle journée, annonça-t-il.

Putain ! Gabe ne voulait pas pleurer.

Il se racla la gorge.

— Je ne serais pas là sans toi, papa.

Ils échangèrent quelques bourrades viriles sans regarder la caméra.

Après son père – Trish et l'équipe de tournage ne comptant pas vraiment –, Gabe voulut montrer son nouveau maillot à Dante.

Il retournait au vestiaire quand Dante l'intercepta et le poussa dans une salle d'entraînement.

Gabe apprécia la chaleur qui brillait dans les yeux bruns, mais quand même, ce n'était pas vraiment l'endroit pour…

— Dante…

— Oui, je sais. Je voulais juste…

Si le père de Gabe avait effleuré le C du maillot, Dante, lui, le caressa à deux mains, une sensation tout à fait différente. En principe, Gabe, équipé comme il l'était, ne pouvait sentir sur sa peau la chaleur des paumes de son amant. Pourtant… vu sa réaction physique, on aurait pu en douter.

227

Il se laissa embrasser, les doigts crispés sur la taille de Dante.

Puis il s'écarta et ordonna :

— Sors le premier.

Dante simula un frisson.

— Oooh. Je vais peut-être prendre goût à l'autorité.

Que Dieu les aide tous les deux !

Gabe gémit et pointa le doigt sur la porte.

— File !

Flash n'étant plus là, les deux ailiers de ligne, Gabe et Dante, avaient besoin d'un nouveau centre. Au départ, Gabe avait craint que St. Louis le mette à ce poste. Oh, il était capable de le tenir, mais il était meilleur ailier. Par chance, l'entraîneuse dut juger que Gabe n'avait déjà que trop de changements à gérer. Lui et Dante essayeraient donc les centres des autres lignes afin de voir s'ils cliquaient avec l'un d'eux.

Ce soir, c'était Yorkie qui commençait.

Sachant que le point faible de Yorkie était la responsabilité défensive, St. Louis avait également modifié les rotations, aussi Kitty et Bricks, les plus solides défenseurs des Dekes, seraient-ils sur la glace avec eux.

Un changement de plus à gérer, avait pensé Gabe en apprenant la décision de l'entraîneuse, tout en la trouvant sensée. D'une certaine façon, l'expérience lui plaisait.

Sa belle humeur ne dura pas.

Au moment de la mise en jeu, le Tartan en face de lui, le numéro 27, se pencha en avant et ricana :

— Dis, pédale, combien de pipes il t'a fallu tailler pour être nommé capitaine ?

Sous le choc, Gabe se figea une seconde. Il récupéra juste à temps pour répondre à la passe de Yorkie et, une fois le palet sur sa lame, il fila à toute vitesse sur la glace. Il était convaincu que la meilleure réponse à donner à un joueur homophobe était d'être meilleur que lui au hockey. Naïvement, il espérait que si le numéro 27 voyait que ses provocations n'affectaient pas le jeu de Gabe, il changerait de tactique.

Ce ne fut pas le cas.

Le même Tartan le poussa contre les bandes pour essayer de récupérer le palet que Gabe gardait entre ses patins.

— Toute ton équipe te passe dessus aussi ? insista-t-il.

Gabe le repoussa d'un coup de cul – ce que l'arbitre ne vit pas –, et fit une jolie passe à Yorkie.

Lors de la mise en jeu suivante, le Tartan en remit une couche :

— Ou alors, c'est juste Baltierra qui te baise ?

Gabe hésita à ôter ses gants pour lui casser la gueule. Non, pour son premier match en tant que capitaine, il devait faire bonne impression. S'il était envoyé sur le banc de la honte, son équipe en paierait le prix. Un capitaine était censé donner l'exemple – le bon exemple.

Pendant un arrêt de jeu, alors que tout le monde était distrait en essayant de récupérer le palet coincé dans le pantalon d'Olie, le numéro 27 s'approcha et susurra à Gabe d'un ton venimeux :

— Ça me dégoûte que tu sois admis dans un vestiaire. Est-ce que tu bandes en regardant tes coéquipiers à poil ?

Bien que Gabe ne lui accorde pas un regard, le sinistre abruti s'obstinait à le provoquer, cherchant le défaut de sa cuirasse.

Il le trouva pendant la deuxième période. Aucun but n'avait encore été marqué et Gabe commençait à être excédé d'avoir constamment le numéro 27 à ses basques. Ne pouvait-on le laisser jouer au hockey ?

Ils étaient tous les deux dans un coin, à se disputer le palet, quand le Tartan marmonna, la voix mauvaise :

— Je t'ai vu signer des autographes aux enfants. Tu te tapes aussi les petits garçons ?

Cette fois, Gabe le frappa en plein visage, sans même enlever son gant. La mine triomphante, le Tartan ricana :

— Tu frappes comme une gonzesse !

Gabe arracha ses gants et se jeta sur lui. Il tremblait de colère quand l'arbitre et un juge de ligne* durent intervenir pour les séparer.

— Cinq minutes d'exclusion pour mauvaise conduite !

L'arbitre désignait le banc des penaltys. Vu que la période se terminerait avant, Gabe se rendit directement au vestiaire.

Il arracha son casque et le jeta de côté en tombant lourdement sur le banc. Les épaules voûtées, il pressa les talons de ses paumes contre ses yeux. Merde, quoi ! Il n'allait pas pleurer parce qu'un connard osait l'accuser d'être…

Il déglutit difficilement, puis respira plusieurs fois.

Le pire dans cette histoire, décida-t-il, c'était la honte et la déception qui le consumaient. Il n'aurait pas dû céder aux provocations. Quelle bêtise d'avoir laissé voir à son accusateur qu'il était si bouleversé !

Et pendant son premier match en tant que capitaine, en plus !

Il s'en voulait terriblement d'avoir pris une pénalité aussi stupide alors que sur la glace, se faire « coller » était assez rare. La troisième période commencerait sous de mauvais auspices. Gabe espérait qu'il n'avait pas causé trop de dégâts dans un match déjà serré.

Lorsque son équipe arriva, l'ambiance était houleuse.

— Putain de connard ! hurla Kitty.

Sidéré le temps d'un battement de cœur, Gabe crut que Kitty s'adressait à lui, mais le Russe enchaînait déjà :

— À la première occasion, il prend mon poing sur la gueule.

Gabe en eut l'estomac noué.

— Tu l'as entendu ?

Kitty eut un sourire amer.

— *Da*. J'entends très bien, dommage pour lui, il va comprendre sa douleur ! Comment a-t-il osé te traiter de pédo…

Dante intervint, le visage écarlate.

— Il a… quoi ? gronda-t-il.

Des jurons éclatèrent dans le vestiaire.

Merde. Gabe devait calmer le jeu. Que ferait Flash dans de telles circonstances ? Il sifflerait sans doute, c'était idiot, mais efficace. Gabe allait-il devoir apprendre à siffler ?

Au moins, ils étaient tous excités désormais. Peut-être pourrait-il réorienter cette énergie.

— Hé ! cria-t-il. Hé, oh ! LA FERME !

Miraculeusement, le silence retomba… et là, Gabe comprit que son équipe le soutenait vraiment. Même quand il perdait son sang-froid et prenait une pénalité de cinq minutes.

— Je suis touché que vous soyez tous prêts à défendre mon honneur, déclara-t-il. Je vais m'entretenir avec les juges de ligne et leur demander de rester aux aguets. Si ce connard récidive, il se fera prendre – et suspendre. En fait…

Il vérifia par-dessus son épaule et vit que St. Louis les avait rejoints. Aussi fut-ce à elle qu'il demanda :

— Je pourrais porter un micro ?

Elle acquiesça et envoya un de ses hommes en chercher un.

Gabe reporta son attention sur l'équipe.

— En attendant, je préférais gagner le match plutôt que boxer un connard, alors dirigez votre colère vers leur filet et marquez quelques buts. Croyez-moi, cela leur fera plus mal !

Il laissa ensuite l'entraîneuse prendre le relais pour parler stratégie.

Dante se pencha vers lui :

— Bon discours !

Gabe lui jeta un coup d'œil.

— C'est vrai ?

Dante lui donna un coup de coude assorti d'un sourire fier.

— Oui.

Malheureusement, il n'avait pas bien saisi le message, parce qu'à peine retourné sur la glace, il fonça sur le numéro 27, le heurta d'un violent coup d'épaule et l'envoya au tapis.

— Cinq minutes d'exclusion pour mauvaise conduite ! cria l'arbitre.

Dante quitta la glace avec un sourire satisfait.

Gabe soupira. Comment gagner le match s'ils donnaient aux Tartans un tel avantage numérique ?

Effectivement, trente secondes plus tard, Ottawa marquait un but, ce qui fit écumer Gabe.

Quand Dante, libéré, le rejoignit, Gabe cria :

— C'est malin ! Je ne voulais pas de ça !

Dante pinça la bouche.

— Donc, toi tu as droit aux gnons, mais pas moi ?

Gabe était prêt à s'arracher les cheveux. Ce n'était pas du tout pareil ! C'était lui que le Tartan insultait, pas Dante. Mais avant qu'il puisse l'exprimer, une petite voix dans sa tête lui rappela que si Dante avait pu faire son coming-out, lui aussi recevrait des insultes homophobes.

— Oublions ce con, marmonna Gabe. Et marquons, d'accord ?

Ils le firent à la période suivant. D'un coup d'épaule, Dante empêcha un Tartan de récupérer le palet dans la zone neutre, il fit une passe à Yorkie et envoya le palet dans le camp d'Ottawa. Gabe, devinant ce qui allait se passer, fila à toute allure de l'autre côté du filet pendant que les défenseurs s'installaient pour protéger leur but.

Yorkie, tout en distrayant le gardien, fit une passe à Dante, qui arrivait derrière lui et qui tira. Le gardien réussit à le bloquer, mais Gabe marqua sur le rebond.

Puis il alla féliciter Yorkie :

— Bien joué !

Yorkie piqua un fard. Gabe était sincère, il connaissait peu de recrues capables de réussir une passe pareille.

— Joli but, déclara Dante, un peu froidement. Mais tu as ramassé mes restes !

Apparemment, il en voulait à Gabe de... l'avoir engueulé d'avoir pris une pénalité totalement inutile. Gabe s'en irritait toujours, tout en se sachant injuste : après tout, n'avait-il pas fait la même chose ?

Il se contenta de répondre :

— Ça ne sera pas la première fois !

Il sourit quand Dante se mit à rire.

Le numéro 27 n'ouvrit plus la bouche jusqu'à la fin de la période. Et Gabe était à peu près sûr de savoir pourquoi : le capitaine des Tartans avait dû lui passer un savon. Après ça, les Dekes se tinrent à carreau, ils ne firent plus aucune faute et gardèrent un contrôle décent du palet.

Malgré leurs efforts, Gabe pressentait que le match finirait par des prolongations.

Deux minutes avant la fin de ton temps de jeu, Dante vola le palet à un Tartan et le propulsa entre deux défenseurs adverses jusqu'à la lame de Gabe. Comme il n'avait pas d'ouverture, Gabe chercha une solution. Repérant le maillot d'un Dekes devant le filet, il fit une passe d'instinct. D'un revers, Yorkie marqua entre les jambes du gardien des Tartans, le but fut enregistré.

Fou de joie, Gabe télescopa Yorkie. *Ça pourrait marcher – leur ligne pourrait marcher.* Yorkie n'était pas Flash, bien sûr, mais il était jeune, rapide et il apprenait vite. Gabe s'adapterait à son jeu.

Une fraction de seconde plus tard, Dante rejoignit la mêlée et frotta le casque de Yorkie comme s'il ébouriffait ses cheveux. Kitty et Bricks arrivèrent ensuite.

Kitty cogna sa visière contre celle de Yorkie.

— On fait une super équipe ! s'exclama-t-il.

Ils regardèrent les dernières secondes du match depuis le banc. Ottawa changea de gardien, mais la défense des Dekes tint bon. Quand sonna la fin de la période, tout le banc poussa un soupir de soulagement.

Gabe poussa un cri d'enthousiasme avant de jeter à Yorkie.

— Tu vas peut-être recevoir ta première étoile !

— Je...

Et puis Yorkie éclata en sanglots.

Oh, lala. L'interrogatoire n'attendrait peut-être pas le dîner prévu à leur retour à Québec.

GABE S'OCCUPA de gérer les médias, il se répandit en louanges sur ses coéquipiers et concernant son poste de capitaine ; il délivra le discours préparé que Trish lui avait remis : il était très honoré de la confiance qu'on lui faisait, il ferait tout son possible pour être à la hauteur, mais il espérait le retour de Flash, son ami de longue date.

Il répondit ensuite aux questions et affirma ignorer que le numéro 27 des Tartans serait soumis à une audience disciplinaire. Non, enchaîna-t-il, il n'avait aucun commentaire à faire concernant le différend les ayant opposés pendant le match.

Il regrettait de ne pouvoir exprimer à haute voix son avis : *ce sale con devrait être expulsé de la ligue.*

Quand il arriva enfin au vestiaire, Dante était sous la douche et Yorkie s'était calmé. Personne ne semblait s'inquiéter pour lui. Étonné Gabe se demanda si les autres, pris par l'enivrement de la victoire, avaient même remarqué sa crise de larmes.

Après tout, tant mieux, car Gabe pourrait tenter une approche sans éveiller la méfiance de Yorkie. Il se rendait à la douche quand il croisa Dante, qui revenait au vestiaire.

Gabe souffla discrètement :

— Ramène ton coloc à l'hôtel et convaincs-le de commander un repas au room service, d'accord ?

— Oui, bien sûr.

Dante lui jeta un regard entendu, puis il reporta son attention sur Yorkie : le gamin souriait en écoutant Kitty et Bricks lui raconter comment Dante avait assommé le 27 des Tartans.

Soulagé de ne pas avoir perdu trop de temps avec les médias, Gabe se doucha rapidement, puis il retourna jusqu'à l'hôtel avec les retardataires. Il passa sans s'arrêter devant sa chambre et se rendit directement à celle de Dante et de Yorkie.

Ce fut Dante qui ouvrit la porte, Yorkie était assis en tailleur sur son lit, en survêtement, occupé à tortiller la manche de son sweat.

— Tu as commandé ? demanda Gabe.

Dante hocha la tête.

— Oui, ça devrait arriver là d'une minute à l'autre. J'ai pris pour toi du poisson et une salade de boulgour.

— Parfait, merci.

Gabe se laissa tomber dans le fauteuil placé entre les lits jumeaux.

— Alors, vous en êtes où ?

Dante haussa les épaules.

— Yorkie et moi avons discuté : nous sommes géniaux !

En entendant ces mots, Gabe roula des yeux. Cependant, il sourit à Yorkie.

— Je reconnais que les Dekes ont plutôt bien joué ce soir. Nous avons bien récupéré de la dernière fois. Et j'apprécie que nous ayons gagné au premier match où je suis capitaine. Merci, les gars.

Yorkie esquissa un sourire.

— Merci à toi, Cap. J'ai beaucoup aimé d'être dans ta ligne !

— Tu t'en es bien sorti aussi, gamin. Bravo !

Dante intervint avec un gémissement outré :

— Et moi, alors ? Je compte pour du beurre ? Pourquoi n'ai-je pas droit à des compliments ?

Il plaisantait, mais il y avait un fond de vérité dans ses revendications. *Il a tellement besoin d'attention*, pensa Gabe, attendri.

Oh.

Pendant une seconde, son cerveau se figea sous l'effet de la panique. Puis ses mécanismes de défense peaufinés au fil des années se déclenchèrent et une réplique instinctive fusa toute seule :

— Comme si ton ego en avait besoin !

Il gérerait plus tard ses émotions. Ce soir, il était venu pour Yorkie.

On frappa à la porte. Dante alla ouvrir au serveur. Après avoir signé la facture, il fit avancer la table roulante et cria :

— À table, jeunes gens !

Pendant plusieurs minutes, le trio ne parla pas, trop occupé à manger. D'après Gabe, mieux valait attendre que Yorkie se soit sustenté avant de l'interroger.

Quand Gabe repoussa son assiette vide, il se raidit et se lança enfin. Et cette fois, ses paroles furent sans équivoques.

— Yorkie, mon garçon, nous avons tenté une approche subtile, nous avons tout fait pour t'indiquer que nous étions là, prêts à t'épauler, mais tu refuses d'ouvrir les yeux. J'ignore ce qui t'est arrivé, mais je vois bien que tu n'es plus toi-même, ni sur la glace, ni en dehors. Alors, vas-y, raconte ! Que se passe-t-il ?

Il avait établi une liste de possibilités : Yorkie se sentait seul, un membre de sa famille était peut-être malade ou décédé. Ou alors il souffrait de dépression, ou de maladie. Il ne s'agissait probablement pas d'un problème de drogue, car Yorkie ne montrait pas aucun signe de toxicomanie, mais avec les jeunes, savait-on jamais ?

Quelle que soit la situation, elle était certainement gérable. Un des gars de l'équipe aurait déjà connu la même expérience, personnellement ou par ouï-dire, et, avec le soutien de Gabe, bien évidemment, ils aideraient tous la recrue à s'en sortir.

Les yeux baissés, Yorkie joua avec ce qui restait de spaghettis à la bolognaise dans son assiette.

— Je ne vois pas…

— Arrête de déconner, coupa Dante. Ça a commencé avant Noël.

Yorkie fit une grimace et posa sa fourchette.

— Nous ne voulons pas te forcer à parler, déclara Gabe.

C'était un mensonge ! L'équipe ne pouvait se permettre que Yorkie pète un câble sur la glace. Gabe était déterminé à arracher à son nouveau centre des explications quant à son comportement erratique.

— … mais ça pourrait te faire du bien de te confier à des amis !

— Jenna est enceinte.

Gabe le regarda, tétanisé d'horreur. Il ne s'était pas attendu à ça.

Une paternité imminente ne figurait pas sur sa liste. Son premier réflexe fut de demander : «tu es sûr que c'est de toi?», mais sans doute cette question était-elle à éviter, pour de multiples raisons.

Heureusement, Dante n'hésitait jamais à exprimer ce qu'il pensait.

— Merde, mec, je comprends que tu sois secoué ! Avoir un gosse, c'est génial, d'accord, mais peut-être pas à dix-neuf ans !

Gabe le regarda avec reconnaissance.

Merci, mima-t-il, en silence.

Yorkie hocha la tête.

— Justement… Jenna ne sait pas quoi faire. C'est hyper récent, alors, peut-être… Elle parle d'avorter…

Il baissa les yeux.

— C'est son droit, je sais bien, mais qu'elle fasse ça… ça ne me plaît pas. En plus, je crois qu'elle l'a dit juste… pour voir ce que j'allais répondre. Au fond, elle préférait le garder, moi aussi, mais ça me fait encore plus peur, parce que… comment gérer un bébé? Et ma mère va être tellement furax !

Sa voix se brisa et il cacha son visage dans ses mains. Une fois encore, Gabe suivit le rituel viril de prétendre ne rien voir. Ne méritait-il pas sa carte de membre honoraire dans le club des hétéros?

Il tenta de se reprendre.

— Hum. D'accord, réfléchissons.

235

Il récupéra sur la table de chevet un bloc-notes de l'hôtel et un stylo, puis il demanda :

— Faisons la liste des principaux problèmes que vous allez rencontrer si Jenna garde le bébé. Yorkie ?

Le gamin sursauta et le fixa, la mine éberluée. Il cligna ses yeux rougis et larmoyants. Sans le regarder, Dante s'éclaircit la gorge et lui passa la boîte de Kleenex.

— Merci.

Yorkie prit un Kleenex, il s'essuya les yeux, puis il se moucha bruyamment.

Pauvre Yorkie, pensa Gabe, comment Dante et lui allaient-ils pouvoir l'aider ? Ils n'y connaissaient rien en grossesse, etc. Dommage que Flash ne soit pas là, lui au moins savait s'occuper d'un enfant.

— Eh bien… bredouilla Yorkie, Jenna vit actuellement dans un dortoir. Avec un bébé, il va falloir qu'elle trouve une autre solution de logement.

— D'accord,

Gabe écrivit : « logement ».

— En plus, ajouta Yorkie, elle n'a pas terminé ses études. Elle devra abandonner le hockey si elle a un gros…

Il dessina une femme enceinte avec ses mains,

— … alors, elle a peur de perdre sa bourse !

Gabe hocha la tête et ajouta sur sa liste : « Bourse scolaire + frais de scolarité ».

— Et nous ne connaissons rien aux enfants ! couina Yorkie. Ni elle ni moi ! Qui va s'occuper du bébé pendant que Jenna va en cours ? Je ne veux pas qu'elle renonce à son diplôme universitaire, mais je ne peux pas m'en occuper moi pendant la saison. En plus, elle est à Ottawa et moi à Québec !

Gabe nota en silence : « Garde d'enfants » et après un temps de réflexion, « culpabilité ». Après tout, c'était un des problèmes, non ?

— Et il y a mes parents ! s'exclama Yorkie. Ma mère va me tuer ! Elle me dira que j'ai été assez attentif pendant les cours d'éducation sexuelle. Mais c'est faux ! Nous avons fait attention, je mets toujours un préservatif et Jenna prend la pilule.

Pendant une seconde, Gabe devina que Dante pensait à faire une blague sur le fait de marquer un but en contournant le gardien, mais il réussit à se taire.

Gabe écrivit : « les parents ». Puis il releva la tête et demanda :

— C'est tout ?

À peine les mots sortis de sa bouche, il réalisa qu'ils pouvaient être mal perçus, comme s'il trouvait que Yorkie s'en faisait pour pas grand-chose, ce qui était faux. Même un adulte se serait senti dépassé dans de telles circonstances, alors un gosse à peine majeur qui s'habillait encore chez les juniors…

— C'est déjà beaucoup, bien sûr, précisa-t-il.

Yorkie acquiesça, les yeux confiants, comme s'il attendait de lui des réponses, des solutions. Gabe n'avait ni les unes ni les autres. En revanche, il avait appris à baratiner les journalistes et à parler pour ne rien dire.

— Écoute, Yorkie… euh, Tom, c'est à Jenna d'en décider, d'accord, mais tu dois aussi lui exprimer ce que tu veux. La franchise, c'est vital dans un couple. Jenna n'était-elle pas censée venir au match ce soir ?

Yorkie hocha la tête.

— Oui, mais elle a… euh, des nausées matinales, même quand ce n'est pas le matin. Alors, elle a préféré rester au calme.

— D'accord, répéta Gabe pour ce qui lui semblait être la centième fois.

Mais un plan commençait à se mettre en place dans sa tête.

— Il est un peu tard, ajouta-t-il, mais si Jenna ne dort pas encore, appelle-la, Yorkie, et demande-lui de passer. Nous lui enverrons un taxi.

— Attention, Yorkie, intervint Dante, précise bien à Jenna que nous ne comptons pas nous liguer contre elle, hein ? Nous ne cherchons qu'à vous aider tous les deux.

Gabe apprécia les efforts de Dante pour clarifier ses paroles.

— Bien sûr, nous allons juste vous donner quelques options. Au fait, je vais aussi contacter Bricks, notre représentant syndical. Il saura nous dire si Jenna a des droits légaux. C'est ta compagne, Yorkie, même si vous ne vivez pas ensemble.

Yorkie remua la tête et sortit de sa poche son téléphone pour envoyer un SMS à Jenna. Il s'était rasséréné, il regardait Gabe comme s'il avait toutes les réponses, ou du moins l'espoir de les obtenir.

Prêt à tout pour que le gamin reste dans ce bel état d'esprit, Gabe ajouta :

— Mon père habite à Ottawa. Il connaît probablement quelqu'un qui peut nous recommander une nounou.

Yorkie vacilla.

— Oh. Oui, une nounou, bien sûr. Mon Dieu, ce bébé devient de plus en plus réel ! Le mieux serait qu'elle habite avec Jenna... mais dans un nouveau logement, bien sûr !

— Je peux te dépanner, lança Gabe. Regarde...

Il plongea la main dans la poche de son jean et en sortit ses clés.

— Comment ça ? s'étonna Yorkie.

— J'ai un appartement à Ottawa, déclara Gabe. J'y séjourne parfois l'été quand, euh...

Quand il rendait visite à son père et qu'il voulait de la compagnie.

Dante comprit l'idée générale, bien entendu, car il cacha son visage dans ses mains.

Un peu gêné, Gabe toussota tout en séparant la clé en question de son trousseau.

— C'est un trois pièces, il y a deux chambres et deux salles de bain. Peut-être un peu juste pour loger une aide à domicile, mais...

Je n'utiliserai pas mon appartement cet été.

Il fallait qu'il cesse de penser à sa situation personnelle alors qu'il cherchait à réconforter sa recrue.

— Waouh ! s'exclama Dante, hilare. Tu lui donnes les clés de ta garçonnière !

Yorkie devint ponceau.

Gabe, tout aussi écarlate, fit comme si de rien n'était.

— Il y a un parking couvert et c'est tout près de l'université.

Yorkie avait à nouveau les larmes aux yeux. Merde !

Gabe lui envoya un petit coup de pied pour le faire régir.

— Yorkie, insista-t-il, tu n'es pas tout seul, tu as des amis prêts à t'aider, tu as toute une équipe à tes côtés, mais aussi les femmes et copines des gars qui seront là pour te conseiller. Quoi que Jenna décide, tu n'es pas seul, d'accord ?

Yorkie lui adressa un sourire larmoyant.

Super ! Maintenant, il n'y avait plus qu'à attendre Jenna.

Mais alors, Gabe envisagea un autre aspect du problème.

— Yorkie ? As-tu raconté tout ça à Trish, des relations publiques ? Je ne l'avais pas fait, c'est vrai, mais crois-moi, c'était une erreur.

Yorkie devint verdâtre, comme s'il allait vomir.

— Oh, mon Dieu ! Je dois aussi le dire à Brigitte, c'est ça ?

Gabe agita la main, espérant convaincre Yorkie que c'était du gâteau.

— C'est une question de concept, déclara-t-il, le «contrôle de la communication» ou un truc du genre. En gros, Trish te fournira une déclaration aux petits oignons que tu ressortiras aux médias, si l'histoire sort avant que tu sois prêt à la rendre publique. Trish t'expliquera aussi le meilleur moment pour en parler. J'aurais dû être franc avec elle concernant mon homosexualité! Au lieu de passer pour un coincé dans le placard, j'aurais pu être... euh, un homme calme, réservé et secret.

— Oui, mais *tu es* un coincé dans le placard! Enfin, non, maintenant, tu es un coincé sorti du placard!

Yorkie s'essuya le visage avec sa manche – alors que la boîte de Kleenex était posée juste devant lui. C'était *vraiment* un gamin!

Et il allait être papa? C'était terrifiant.

— Et toi, tu es un athlète professionnel de dix-neuf ans qui a mis sa copine en cloque. Mais avec l'aide de Trish, Jenna et toi passerez pour un couple amoureux fou qui avait envie d'un enfant.

Pris d'une idée horrible, Gabe se figea.

— Dis, Yorkie, tu l'aimes, au moins?

Après un soupir tremblant, Yorkie hocha la tête.

— Oh, oui! Ce serait plus facile si ce n'était pas le cas.

Gabe n'en avait aucune idée.

Dante se crut tenu d'ajouter son grain de sel :

— Yorkie, tu devras aussi appeler ton agent. Il verra avec Trish la meilleure stratégie à prévoir.

D'après la tête que tirait Yorkie, cette perspective ne le tentait pas du tout. Il aurait probablement préféré prendre un coup dans les couilles – et Gabe était de tout cœur avec lui.

— En attendant, décida Gabe, je pense qu'il est temps de faire une entorse à notre régime.

Dante croisa son regard et esquissa un sourire.

— Tu penses à de la glace? demanda-t-il avec espoir.

Gabe se souvint que Jenna allait arriver.

— Il nous faut un choix varié. Je vais rappeler le room-service.

Après tout, la moindre des choses serait de bien accueillir Jenna. Ensuite, il présenterait le jeune couple à son père. Au moins, Yorkie et Jenna connaîtraient quelqu'un sur qui compter à Ottawa.

Plus tard dans la nuit, quand Yorkie et Jenna furent manifestement gavés de conseils utiles, Gabe jeta un coup d'œil entendu à son amant et déclara d'un ton qu'il espérait désinvolte et naturel :

239

— Euh… si vous souhaitez dormir ici, Jenna, pas de problème. Je vais laisser mon second lit à Dante.

Si Yorkie et Jenna trouvèrent cette offre étrange, ils n'en montrèrent rien. En vérité, ils ne le regardaient même pas. Assis sur le lit de Yorkie, collés l'un à l'autre, ils étaient plongés dans une conversation à mi-voix.

Dante esquissa un sourire ironique.

— D'accord, je viens avec toi. Laisse-moi juste le temps d'emballer mon sac et mes affaires.

Comme il était assez tard, ils ne firent que se brosser les dents avant de se coucher. C'était nouveau, pensa Gabe, un peu étrange et tout à fait merveilleux. Il n'avait jamais gardé un amant assez longtemps pour dormir dans le même lit sans baiser.

Maintenant, il comprenait ce qu'il avait raté. Jenna et Yorkie, aussi jeunes soient-ils, en savaient plus sur la réalité d'un couple que lui. Bien sûr, ils traversaient une passe difficile, mais ils le faisaient ensemble et ils avaient des projets sur le long terme.

À leur âge, jamais Gabe n'aurait pu l'imaginer.

À vingt-huit ans, ça lui était encore difficile.

Dante tourna sa tête sur l'oreiller pour le regarder.

— À quoi tu penses ? demanda-t-il.

Gabe secoua la tête, ce qui effaça sa vision floue et indistincte d'un avenir possible.

— À rien, mentit-il. Je suis bien trop fatigué pour penser.

Puis il tendit la main et éteignit la lumière.

BIEN QU'IL ait beaucoup hésité avant d'accepter le poste de capitaine des Dekes, Gabe se donna à la tâche à fond, comme un pro des jeux vidéo faisant une course de vitesse.

Et Dante n'en fut pas surpris. Gabe adorait diriger, gérer, organiser. Parfois Dante se demandait même si Gabe n'avait pas rongé son frein pendant toutes ces années sous le joug de Flash, remettant peut-être en cause ses choix et décisions. Puis il se ravisait : non, c'était trop sournois. Flash était un bon capitaine. Gabe et lui avaient toujours été proches.

Mais quand Flash était leur capitaine, Dante n'avait jamais ressenti cette chaude sensation intérieure qui le transformait en guimauve.

Ils avaient quelques jours libres avant leur prochain match à domicile, alors Gabe, Yorkie et Trish ne prirent pas le charter qui ramenait le reste des

Dekes à Québec. Quant à Dante, personne ne lui avait rien demandé, mais il n'était pas du genre à attendre une invitation. Sa priorité pour le moment était d'être là, en partie pour soutenir son coloc, en partie pour rester avec son amant.

Et cette décision n'avait rien à voir avec le fait que le petit groupe avait organisé sa réunion chez le père de Gabe plutôt qu'à l'hôtel. Ce serait à la fois plus discret et plus confortable.

Dante avait déjà vu Chris Martin ces dernières années. Il assistait souvent aux matchs et l'an passé, il était venu pour « le voyage des pères » organisés par les Dekes. Le père de Gabe affichait sa gentillesse sur son visage ; il avait les yeux bleus et des pattes d'oie au niveau des tempes. Il portait remarquablement bien sa cinquantaine, son corps était ferme, ses cheveux blonds à peine touchés de gris. Bien entendu, Dante ne dirait pas en face à Gabe que son père était sexy, il garderait cette révélation pour une occasion spéciale.

En ouvrant sa porte, Chris trouva son porche envahi.

— Waouh ! Toute la bande est là, on dirait ?

Il recula pour les laisser entrer.

— Bonjour, Tom, bienvenue. Je suis Chris.

Ils échangèrent des poignées de main et chacun se présenta tour à tour. Dante était le dernier. Quand il approcha, Chris le regarda, il inclina la tête et sourit, la main tendue.

— Dante, salut. Heureux de vous revoir.

— Pareil pour moi, mons…

Bien qu'élevé dans le Sud, Dante ravala de justesse le « monsieur », ça aurait été louche.

— Je ne savais pas que vous étiez impliqué aussi, ajouta Chris.

Dante paniqua presque. Vu sa réputation, Chris allait-il penser qu'il formait un couple à trois Yorkie et Jenna ? Ou qu'il était potentiellement le père du bébé ?

— Non, non, je ne suis là pour, euh… un soutien moral.

Sa protestation n'avait-elle pas été trop véhémente ?

En tout cas, Chris semblait retenir un fou rire.

— Je vois, ils ont de la chance vous avoir. Entrez.

Miraculeusement, Dante se souvint d'enlever ses chaussures avant que Chris ou Gabe le lui demande.

Comme il s'y attendait, sa présence ne servit à rien, mais la réunion fut des plus informelles. Pour commencer, Jenna et Yorkie s'isolèrent dans le bureau

241

afin d'informer leurs parents respectifs de la situation. De toute évidence, pensa Dante, ils étaient moins affolés à l'idée de passer ces appels maintenant qu'ils avaient du soutien et un nouvel appartement où s'installer.

Et cet appartement, justement, Dante préférait ne pas trop y penser pour le moment, parce qu'il était encore sous le choc que Gabe possède un baisodrome. N'était-ce pas un peu… sordide ? Dante, lui, savait prendre à la légère une aventure d'un soir, un simple bon moment à apprécier sans se prendre la tête. Gabe était différent. Oh, il n'avait aucun blocage au pieu – d'après ce que Dante avait constaté jusque-là –, mais il gardait la sensation que baiser était… un secret à garder à tout prix. D'accord, Dante comprenait que Gabe n'amène pas ses conquêtes chez son père, mais d'après lui, il ne s'agissait pas seulement d'un besoin d'autonomie tout à fait naturel.

Gabe continuait à cacher sa vraie nature et Dante trouvait ça… inquiétant. Il aurait mieux compris que Gabe ait acheté cet appartement pour y passer ses étés, mais ce n'était pas le cas, comme Gabe lui-même l'avait annoncé à Yorkie.

— Dante ?

Merde. Il s'était perdu dans ses pensées et Trish, assise à côté de lui sur le canapé, s'en étonnait. Gabe et son père avaient disparu dans la cuisine pour préparer les boissons.

— Excusez-moi, Trish, je réfléchissais.

Elle haussa un sourcil, la mine inquiète.

— Ne me dites pas que vous vous êtes mis aussi dans la même situation que Tom !

Quoi ? Non !

Il se racla la gorge.

— Pas du tout ! Mon problème est… euh, *différent*.

Il ne cessait de ressasser le conseil que Gabe avait donné à Yorkie : *cacher la vérité à Trish était une erreur*. Cette perle de sagesse s'appliquait également à lui, Dante en était persuadé. Même s'il ne faisait pas son coming-out dans l'immédiat, il devait avoir un plan d'urgence. C'était l'évidence même.

Elle écarquilla les yeux et jeta un regard en direction de la cuisine.

Oh, puuuuutain ! Il fallait que Dante trouve vite fait bien fait une diversion avant que Trish devine ce qui se passait. Sinon, Gabe n'allait pas du tout apprécier !

— Euh, pourriez-vous me recevoir un jour de la semaine ?

242

Il ne comptait pas parler de Gabe, mais il voulait des conseils avisés pour préparer son coming-out.

— D'accord, marmonna-t-elle. Je vérifierai mon emploi du temps.

Elle se méfiait toujours. Génial !

Avant que la situation se détériore, Yorkie et Jenna revinrent, suivis par Gabe et Chris avec un plateau, aussi l'attention générale se porta sur le jeune couple et le bébé à venir. Trish était dans son élément. Dante s'adossa dans son siège et la regarda s'activer, Gabe jouant son rôle de capitaine assistant une recrue.

Dante détestait rester sur la touche. Il regretta presque de ne pas être rentré à Québec avec les autres. Ici, il ne servait à rien.

Pendant que Yorkie et Trish discutaient d'une troisième ébauche de déclaration, Chris se tourna vers Dante et demanda soudain :

— Je vais m'occuper du déjeuner. Voulez-vous me donner un coup de main ?

Ravi de la proposition, Dante accepta avec enthousiasme :

— Oui, bien sûr.

La cuisine de Chris était plus petite que celle de Gabe, mais bien plus fonctionnelle et le carrelage du sol était bien plus joli. Chris ayant opté pour des sandwichs, Dante coupa en deux des petits pains tout frais, manifestement achetés ce matin-là. Chris, lui, éminçait des légumes dans une grosse marmite.

Dante attrapa le beurre pour tartiner ses pains.

— Que comptez-vous faire, Chris ?

Chris sourit.

— Eh bien, un bouillon de poulet. C'est roboratif et réconfortant. Je me suis dit que ça convenait à la situation. En plus, ça nous réchauffera ! Par un temps pareil, nous en avons bien besoin !

Dante hocha la tête et jeta un coup d'œil par la fenêtre. Le vent hurlait de façon lugubre, secouant les arbres dénudés. Dante espéra rentrer avant la tempête de neige qui s'annonçait.

— Dites-moi, Chris, comment se fait-il que vous sachiez cuisiner alors que Gabe sait à peine faire bouillir de l'eau ?

Tout en ajoutant des carottes et du céleri dans son bouillon, Chris répondit :

— Ah ! J'ai travaillé dans un restaurant quand j'étais étudiant, pour payer mes études. Plus tard, après que Gabe avait perdu sa mère, j'ai tenté de compenser en… le gâtant, voyez-vous. Faire la cuisine était ma façon de

243

le dorloter. Il s'intéressait plus à manger qu'à préparer ses plats et je n'ai jamais pensé que c'était un apprentissage qui risquait plus tard de lui faire défaut.

Dante sourit. C'était attendrissant.

— Mes parents faisaient pareil avec moi. Si j'ai appris à cuisiner, c'est grâce à ma grand-mère.

Oups. Il ne tenait pas à aborder le sujet.

Il prit la mayonnaise.

— Oh ! Non ! intervint Chris. N'en mettez pas…

— … dans le sandwich de Gabe, termina Dante. Oui, je sais.

Gabe détestait la texture de cette mixture

Chris parut surpris. Il s'éclaircit la gorge avant d'ajouter :

— Oh. Vous semblez bien connaître les goûts de mon fils.

Dante lui jeta un regard soupçonneux. Chris l'aurait-il attiré dans la cuisine pour lui tirer les vers du nez ? Ou Dante avait-il trop parlé, à son habitude, et s'était-il trahi tout seul, comme un grand ?

— Euh, oui… c'est normal, vous savez, nous mangeons souvent ensemble, enfin, les autres aussi, je veux dire, toute l'équipe…

C'était la vérité, certes, mais Dante ne répondait pas *vraiment* à la question implicite de Chris. Et comme il détestait mentir, il se tortillait comme un ver sur un hameçon.

Sans le laisser trop longtemps paniquer, Chris gloussa.

— Détendez-vous, je n'insisterai pas. Je connais moi aussi les goûts de mon fils.

C'était officiel : Dante allait mourir d'embarras. Le fait même qu'il puisse être embarrassé l'étonna.

Chris enchaîna :

— J'ai remarqué combien Gabe semblait plus heureux ces derniers temps, plus sûr de lui. Bien sûr, ça pourrait s'expliquer par son coming-out, mais je pense plutôt qu'il a rencontré quelqu'un. En fait, j'*espère* qu'il l'ait fait.

Dante aurait voulu pouvoir le confirmer à haute voix. Mais comme ça n'était pas une option, il se concentra sur les sandwichs. Cependant, il ne put retenir un petit sourire.

Si Chris avait remarqué que son fils était heureux… et si Dante était responsable, même en partie…

— Gabe est un garçon génial, même s'il ne connaît rien à la cuisine !

Chris posa la main sur son épaule. Dante releva la tête et croisa un regard très bleu, très doux, très ému. Le sourire était d'une intensité presque inconfortable. Dante comprit alors que jusque-là, Gabe n'avait jamais présenté un de ses partenaires à son père.

Bien sûr, il n'était pas encore le partenaire de Gabe, mais à ses yeux, ce n'était qu'un détail.

— Je sais, dit Chris. Je suis heureux que vous le réalisiez aussi.

UNE FOIS de retour à Québec, Gabe accepta sans protester que Dante le suive chez lui sous prétexte que son chat lui manquait, bien qu'il ne fût pas dupe de ce stratagème transparent. Dante passa effectivement quelques minutes à câliner Mario. Durant leur absence, une voisine de Gabe s'en était occupée, envoyant même des mails quotidiens pour relater les bouffonneries du chaton.

Puis Dante se releva et lui passa les bras autour du cou.

— Nous n'avons pas encore célébré dignement ton premier match en tant que capitaine !

Il était insatiable, mais Gabe ne s'en plaignit pas. Il glissa les mains dans la ceinture de Dante.

— Non ?

Dante secoua la tête.

— Non. Et je ne t'ai pas dit que te regarder cogner ce connard m'a fait bander.

Gabe bloqua le sourire qui lui venait aux lèvres. Il n'était pas fier de sa réaction stupide.

— J'aurais dû mieux me contrôler.

Dante lui caressa la poitrine et descendit jusqu'à la boucle de sa ceinture.

— Hmm. Il l'avait bien cherché, quand même !

— Et moi ?

Dante éclata d'un rire grave, rauque et sexy.

— Toi aussi.

Habituellement, c'était Gabe qui tenait à aller lentement, à prendre son temps. Ce soir, Dante semblait déterminé à le rendre fou de désir et de frustration. Il allongea Gabe sur le dos sur le lit et le chevaucha si lentement que Gabe sentait les muscles de ses cuisses trembler sous l'effort du contrôle qu'il s'imposait.

Puis Gabe fit rouler Dante sous lui, conscient qu'en plus du désir, une autre émotion vibrait entre son amant et lui. Le souffle court, Dante l'embrassa avec sauvagerie.

Gabe le pénétra d'une longue poussée et Dante se contracta autour de lui. Peu après, les spasmes de son orgasme déclenchèrent celui de Gabe.

Gabe s'écarta après un dernier baiser. Repu et satisfait, Dante s'étira dans le lit, un sourire fat aux lèvres. Gabe, lui, avait la sensation de s'être dissous, il sentait à peine ses membres. C'était très inhabituel pour lui. En tant qu'athlète professionnel, il avait une parfaite conscience de son corps, mais plus encore, il savait se contrôler même en dehors de la glace, craignant constamment qu'un regard ou un geste dévoile son secret.

Il appuya sa tête sur ses bras et regarda Dante savourer la caresse du soleil sur sa peau nue, comme le faisait Mario.

— C'était une jolie démonstration, marmonna Gabe, encore secoué de la force de son orgasme. Je ne sais pas si j'ai tout bien retenu.

Dante sourit et se tourna vers lui, une main sous la joue.

— C'est pas grave, nous réviserons jusqu'à ce que ça rentre.

— Je vais d'abord te laisser reprendre ton souffle.

Dante rit encore, de ce rire si intime et chaleureux. Puis il prit la main de Gabe dans la sienne.

— Hum. J'ai un aveu à faire.

Son accent sudiste était plus marqué, comme chaque fois qu'il était fatigué ou énervé. Gabe en était venu à aimer ces consonnes brouillées et ces voyelles plus longues.

Curieux, Gabe lui serra les doigts.

— Oh ?

— Je pense que ton père a tout deviné, pour nous deux.

Gabe sentit sa bouche s'assécher.

— Qu'est-ce qui te fait dire ça ?

Dante haussa les épaules.

— Eh bien, il m'a regardé bizarrement quand il a vu que je savais que tu n'aimais pas la mayonnaise. Après, il m'a posé des questions… je crois qu'il cherchait d'autres infos. Je n'ai rien confirmé, bien sûr, mais je n'ai pas nié non plus. Ton père m'a semblé… approuver notre relation.

Gabe prit une profonde inspiration et expira lentement. Que son père sache ne le dérangeait pas vraiment. Il aurait probablement dû lui en parler plus tôt. Ces derniers temps, son père faisait souvent des allusions comme

246

quoi il savait que Gabe avait « quelqu'un ». Et il approuverait qu'il s'agisse de Dante, bien sûr.

— Il me conseille souvent de ne pas rester seul, comme il l'a fait. Pour lui, un plan cul, ça ne compte pas. Il croit au vrai couple.

Le front de Dante se plissa.

— Oh. Dans ce cas, pourquoi ne lui as-tu encore rien dit ? Pour nous deux ?

Oui, se demanda Gabe. Pourquoi ?

— Je ne sais pas, répondit-il. Par habitude, je pense. Et peut-être aussi parce que je ne voulais pas admettre qu'il avait vu juste.

Dante se détendit. Il avait accepté cette réponse.

— Eh bien, le chat est sorti du sac à présent.

Gabe sourit, espérant montrer ainsi qu'il n'en voulait pas à Dante.

Du pouce, il caressa ses jointures.

— Oui, et je survivrai si papa me dit une fois ou deux : « Ah ! Je le savais bien ! ».

Dante gloussa.

— C'est ce que j'aime chez toi ! s'exclama-t-il. Tu es si facile à vivre !

Gabe se figea, son cœur se mit à battre très fort. Avait-il bien entendu ? Dante... voulait-il vraiment dire...

Dante s'était figé lui aussi, les yeux fixés sur Gabe. Il avait les joues rouges. Avait-il une fois encore parlé trop vite ? Regrettait-il l'aveu qui lui avait échappé ? Pensait-il seulement ses paroles – du moins, comme Gabe les interprétait ?

Oh, oui ! Il les pensait et Gabe le savait.

Pour être franc, il le savait déjà depuis un bon moment.

C'était de ses sentiments dont il avait douté... jusqu'à maintenant.

Il aimait Dante, mais il ne parvenait pas à le dire. Les mots ne sortaient pas. Et Gabe s'en voulut d'être aussi lâche.

Il tenta de minimiser l'impact émotionnel du moment :

— Oui, dit-il avec une légèreté forcée. Facile à vivre, c'est tout moi !

Le sourire de Dante se teinta d'amertume.

Ne sachant comment s'excuser, Gabe porta la main de Dante à sa bouche et embrassa ses jointures. *Essaye de comprendre.*

Pourquoi était-il incapable d'exprimer ses sentiments ? Il n'en savait rien, mais il avait honte.

Peut-être Dante sentit-il, parce qu'il se détendit.

— D'accord, capitaine. Bon, je vais aller me rincer avant d'avoir les fesses collées. Ensuite, on fait quoi ? On mange un morceau ? J'ai faim.

— Ça n'a rien d'un scoop, tu as toujours faim !

En y réfléchissant, Gabe était affamé lui aussi. Aussi ajouta-t-il :

— J'ai quelques plats de chez le traiteur dans le congélateur. On pourrait dîner au salon avec Mario devant un film.

Il n'avait pas envie d'aller au restaurant. Il répugnait à laisser le chaton tout seul alors qu'ils étaient à peine rentrés.

— La parfaite soirée romantique !

Dante posa un baiser au coin de sa bouche, puis il se dirigea vers la salle de bain en jetant par-dessus son épaule :

— Je te retrouve en bas.

Ils s'endormirent sur le canapé au milieu d'un Marvel. Gabe se réveilla à la fin du film, avec Samuel L. Jackson qui le regardait sévèrement depuis l'écran. Quant à Mario, il se faisait les griffes sur l'accoudoir du canapé.

Gabe se redressa péniblement. Houlà, il avait des courbatures partout !

Il réveilla Dante d'un coup de coude.

— Hé, debout, il est l'heure d'aller se coucher. En plus, tu m'écrases !

Il avait la cuisse tout engourdie, car Dante s'était endormi la tête posée dessus.

Une fois au lit, Gabe se rendit compte que cette fois encore, ils allaient dormir ensemble, juste dormir, sans baiser. Comme un vrai couple. Ils étaient amants et partenaires. En fait, le qualificatif comptait peu, ils étaient ensemble.

Et Dante l'aimait.

Dante s'était déjà rendormi, sa respiration si lente et si profonde avait ce rythme particulier que Gabe trouvait apaisant, elle l'aidait toujours à s'endormir.

Juste avant de sombrer dans le sommeil, alors qu'il était dans cette période de transition où les contraintes de la réalité semblaient se dissoudre, Gabe murmura dans l'obscurité :

— Je t'aime aussi.

Un jour, il le dirait quand Dante pourrait l'entendre.

LA NEIGE tomba sans discontinuer tout au long de la nuit et le lendemain matin. St. Louis envoya aux Dekes un message pour annuler l'entraînement :

la haute direction ne voulait pas que les joueurs conduisent dans des conditions climatiques aussi désastreuses.

Gabe ne se plaignit pas. Il avait un congélateur plein et même des produits frais que Dante avait dû ajouter sur la liste de la femme de ménage, qui se chargeait aussi des courses d'épicerie. Mieux encore, Dante savait les cuisiner !

Gabe était plutôt content de paresser chez lui, même s'il dut nettoyer lui-même le bac à litière du chat pendant que Dante faisait des pancakes.

— J'aurais pu m'en charger après le petit déjeuner, déclara Dante.

Il avait de la farine sur le nez. Le boxer noir et le tee-shirt des Dekes qu'il portait étaient peut-être à lui, peut-être pas. Gabe s'inquiétait un peu de ne pas le savoir.

— C'est fait, laisse tomber.

Gabe l'embrassa, puis il plaqua sa main dans la farine que Dante avait renversée sur le comptoir et lui claqua le cul, laissant sur le boxer noir une grande empreinte blanche de sa paume.

Dante éclata de rire.

— Je te signale que ce boxer est à toi !

Pas étonnant que Gabe ait cru le reconnaître. Pas étonnant non plus qu'il soit trop serré pour Dante.

— Ne le déchire pas !

— Va te faire foutre !

Oui, Gabe allait apprécier son petit déjeuner – et ses pancakes ! Il rapporta la litière du chat dans la buanderie. Il venait juste de se laver les mains quand il entendit sonner à la porte. Sans doute la voisine avait-elle oublié quelque chose quand elle était passée s'occuper de Mario, mais était-ce urgent au point d'affronter une tempête pareille plutôt qu'attendre une accalmie ?

En ouvrant la porte, il tomba sur Kitty.

— Ah, c'est toi ! Bonjour.

Le Russe portait une veste d'hiver, une écharpe et une toque, le tout généreusement couvert de neige. Il en avait même collé aux sourcils. Il ne semblait pas frigorifié, juste contrarié. Instinctivement, Gabe recula pour le laisser entrer.

Avant d'entrer, Kitty enleva la plus grande partie de la neige qui le maculait. Une fois la porte refermée sur lui, il fixa Gabe, la mine sombre.

— Salut, Gabe. Désolé de ne pas avoir appelé avant de débarquer chez toi, mais j'ai laissé mon téléphone dans la voiture. Et la voiture est dans garage. Et...

Il marmonna quelques mots en russe, des jurons sans doute, vu le ton avec lequel il les prononça,

— ... je ne connais pas le con qui a monté la porte, mais figure-toi qu'elle s'ouvre vers l'extérieur, sauf que là, il y a trop de neige, donc, je ne peux pas accéder au garage.

Il louait la maison d'un joueur retraité retourné en Suède, Lars Aden. Gabe se souvenait que Lars s'était plaint aussi des choix bizarres de son architecte, mais quand même, ne pas pouvoir ouvrir la porte du garage à cause de la neige était un peu énorme, au Canada. Rien que pour ça, Gabe aurait revendu la maison.

— Et la porte basculante ?

Kitty jura à nouveau.

— Le mécanisme est encore cassé ! Je dois l'ouvrir manuellement de l'intérieur du garage.

Où il ne pouvait entrer à cause de la neige.

— Je vois, dit Gabe. Je suppose que tu es venu m'emprunter ma souffleuse ?

Pour amener la souffleuse jusque chez Kitty, il allait devoir déneiger son allée.

Kitty hocha la tête, soulagé.

— *Da*. S'il te plaît.

— Bien sûr, dit Gabe. Laisse-moi le temps de...

Pris par cette visite inattendue, Gabe avait oublié la présence de Dante dans la cuisine.

Il sursauta donc quand son amant cria :

— Hé, Gabe, tu as du sirop d'érable ?

En croisant le regard interrogateur de Kitty, Gabe commença à paniquer.

— Euh...

Bien entendu, Dante sortait déjà de la cuisine.

— Le petit déjeuner est prêt... euh. Salut Kitty.

Il piqua un fard.

Kitty leva un sourcil.

— Dis-moi, le sirop d'érable... c'est pour le petit déjeuner, j'espère ?

Oh, mon Dieu !

Gabe s'affola de plus belle.

— Nous étions, euh… nous allions…

Kitty eut pitié de lui.

— Gabe! Tu fais ce que tu veux, ça ne me regarde pas.

Dante intervint, l'air penaud :

— Si je te dis que ce n'est pas ce que tu crois, je suppose que tu ne me croiras pas, hein?

— Pourquoi te donner la peine de mentir, Baller? répliqua Kitty, d'un ton désinvolte. Pourquoi ne pas dire franchement : « Hé, Kitty, je suis bi, je te l'ai déjà dit, tu te rappelles?» Alors, moi, je te répondrais : « Hé, Baller, tu es avec Gabe? Parce qu'à vous voir tous les deux, on le dirait bien!»

Il agitait la main de l'un à l'autre.

Toujours aussi rouge, Dante fit la moue.

— Pour savoir si je suis avec Gabe, il faudrait lui poser la question. Pour être franc, c'est pas très clair, je ne voudrais pas me montrer trop présomptueux!

La conversation devenait surréaliste, décida Gabe.

— Arrêtez de déconner!

Dante et Kitty tournèrent la tête vers lui. À son tour, il rougit. Puis il soupira. Pourquoi se donner la peine de nier? Ça ne servait plus à rien. Il espérait juste que Kitty garderait leur secret.

— Kitty, enchaîna Gabe, as-tu déjeuné? Dante a fait des pancakes, autant les manger pendant qu'ils sont chauds. Nous nous occuperons ensuite de déneiger ton garage.

— Tu as du sirop d'érable, j'espère? railla Kitty.

Gabe soupira encore.

— Oui. Il est dans la porte du frigo, Dante. En bas à gauche.

— D'accord, merci.

Quand Dante retourna vers la cuisine, il exposa l'empreinte farineuse que Gabe avait laissée sur son cul.

Kitty se tourna vers Gabe, retenant visiblement un fou rire.

— Prête-lui aussi un pantalon, non? Ce serait plus décent à table.

C'était probablement une bonne idée.

DANTE S'ATTENDAIT à voir Gabe faire une crise d'angoisse en revenant chez lui après avoir dégagé la congère d'un mètre vingt de haut qui bloquait la porte latérale du garage de Kitty. Mais pas du tout, Gabe ne broncha pas, du moins extérieurement. Dante considéra ça comme un bon signe, même si Gabe l'avait un peu déçu la veille au soir.

Bien sûr, se disait-il, il n'avait pas *vraiment* déclaré «je t'aime», du coup, Gabe ne l'avait pas *vraiment* laissé tomber. Dante avait juste parlé sans réfléchir, une fois de plus. En plus, il plaisantait en disant ces mots : *c'est ce que j'aime chez toi...* Mais il aimait Gabe, c'était la vérité. Et Gabe n'avait pas répondu. Il n'y était pas *obligé*, d'accord, mais quand même...

Quel idiot ! À quoi s'attendait-il au juste ? Gabe n'était pas prêt à révéler ses sentiments, il était tellement... frileux – *il est sur le gros nerf*, comme aurait dit *abuela*.

Mais ça ne signifiait pas qu'il ne ressentait rien, pas vrai ?

Là, Dante se rendit compte qu'il tripotait l'alliance de son grand-père qu'il portait autour du cou, au bout de sa chaîne. Il la lâcha avec un grognement écœuré. Plutôt que pleurnicher sur son sort, autant se donner à fond pour atteindre l'objectif qu'il convoitait.

Aussi, après que Kitty eut récupéré son téléphone, après avoir passé une heure dans la salle de gym de Gabe – avec Gabe – pour entretenir leur forme physique, après avoir avalé un autre de ces repas congelés dont Gabe avait un stock illimité, Dante déclara :

— Le conseil que tu as donné l'autre soir à Yorkie était bon, Trish doit être au courant de tout ce qui concerne les Dekes. Ça s'applique aussi à moi.

Gabe, occupé à laver la poêle utilisée pour cuire les pancakes, eut un petit frisson.

— Mon conseil ?

Dante déglutit. Il savait que Gabe n'allait pas apprécier – et c'était une litote ! – mais pour lui, c'était important.

— Oui. Yorkie l'a prévenue de la grossesse de Jenna, pas vrai ? Pour couvrir ses bases ? Eh bien, pareil pour moi, je compte dire à Trish que je suis bi.

Dante prit un torchon pour aider Gabe à essuyer sa vaisselle.

Gabe hésita, puis il reprit d'une voix qui tremblait un peu :

— Trish va se demander si nous sommes ensemble.

Dante s'efforça de garder son calme.

— Peut-être. Mais là n'est pas la question, et je le lui dirai.

— Elle saura quand même.

Dante en eut l'estomac noué et la poitrine contractée.

— Peut-être, répéta-t-il. Écoute, nous avions convenu de ne pas aller trop vite, je sais, mais entre nous, ça fait des mois que ça dure et je n'ai pas changé d'avis. Et toi ?

Il attendit, le cœur battant trop vite.

— Pareil, répondit Gabe très vite. Je n'ai pas changé d'avis, bien sûr que non, c'est juste que… je n'aime pas exposer ma vie privée, voilà.

Tout en rangeant les ustensiles dans le tiroir, Dante ricana.

— Oui, ça, j'avais remarqué. Mais notre liaison commence à fuiter. Ton père est au courant, Kitty aussi, d'autres le devineront bientôt. Et alors ? Ce n'est pas la fin du monde !

— Je sais.

Mais il paraissait effondré.

Au bout d'un moment, il releva la tête et dit :

— Tu vas juste voir Trish pour couvrir tes arrières au cas où… ? Tu ne feras rien d'autre ?

Franchement, Dante aurait préféré faire son coming-out une bonne fois pour toutes. Il s'assumait tel qu'il était, aussi cacher cette nouvelle facette de sa sexualité le mettait-il en porte-à-faux, ce qu'il détestait. Il ne faisait rien de mal, merde, pourquoi aurait-il honte d'aimer Gabriel Martin ?

Mais il comprenait aussi pourquoi Gabe ne tenait pas à s'afficher au grand jour.

— Pour l'instant, non.

Puis il ajouta, parce que ça lui paraissait important :

— Mais je n'attendrai pas indéfiniment pour faire mon coming-out, je déteste mentir.

— Je sais.

Dante estima avoir suffisamment poussé Gabe dans ses retranchements.

— D'accord. Merci, je verrai Trish dès qu'elle sera disponible.

Gabe se contenta de hocher la tête.

Dante considéra que le sujet était clos.

— Passons à des trucs plus marrants ! s'exclama-t-il. Si tu pouvais partir n'importe où dans le monde pour des vacances de rêve, tu irais où ? Non, ne réfléchis pas, donne-moi la première réponse qui te passe par la tête.

— L'Écosse, répondit Gabe.

Dante en resta sidéré.

— Sérieusement ? L'Écosse ! C'est tellement petit blanc riche…

L'Écosse devait avoir des trucs intéressants – à condition que ce ne soit pas le haggis –, mais c'était un pays… terne ! En plus les Écossais

253

parlaient anglais, comme Gabe! Même leur climat, froid et pluvieux, ressemblait à celui du Canada. Pourquoi ne pas choisir une destination exotique et totalement différente?

Tout à coup, il comprit :

— C'est pour jouer au golf!

— Pas seulement, se défendit Gabe. L'Écosse a d'autres attraits.

— Lesquels? Des châteaux à visiter?

Dante roula les yeux. Ce n'était pas le genre de Gabe!

Il ajouta avec sarcasme :

— Ou alors, tu te vois marcher en kilt dans les landes brumeuses à la recherche du grand amour? En y réfléchissant, j'adorerais te voir en kilt, sans rien dessous! Tu serais adorable!

— Ne dis pas de bêtises, marmonna Gabe. Je suppose que toi, tu irais à Cancun?

— À Cancun? Pfut! C'est bon pour les touristes et les collégiens! Putain, non. Moi, je viserai plutôt les Fidji, des îles lointaines avec de belles plages de sable blanc et des paillottes au bord de l'eau. Et je ne ferais que nager, boire et manger du *poke*.

Gabe esquissa un sourire.

— Rien d'autre, hein?

— Baiser aussi, bien sûr, corrigea Dante. Si j'ai un compagnon avec moi.

Il battit des cils en regardant Gabe.

— D'accord, le programme semble assez tentant.

Adossé au comptoir de la cuisine, Dante attira Gabe à lui par les passants de sa ceinture.

— C'était une invitation, déclara-t-il. J'irai un jour, tu le sais très bien. Je préférais partir avec toi que sans toi.

Gabe le prit dans ses bras.

— Oui, j'avais compris quand tu as parlé de baiser.

Mais il n'accepterait pas l'invitation aujourd'hui.

Une bataille à la fois.

LE LENDEMAIN, Dante eut une conversation plutôt tendue avec son agent et promit plusieurs fois de *ne pas* faire son coming-out avant d'avoir signé son prochain contrat. Avant de raccrocher, son agent marmonna qu'il méritait un scotch bien tassé.

Ensuite, Dante passa voir Trish.

Elle le reçut avec un sourire.

— Salut, Dante. Entrez et asseyez-vous.

Dante referma la porte derrière lui, puis il s'installa dans le siège devant le bureau. Il vit alors la petite poupée faite au crochet de Gabe et son écharpe arc-en-ciel. Amusé, il la prit dans la main.

— Je vous ai prévenue au dernier moment, Trish. Merci d'avoir réussi à me caser dans votre agenda chargé.

— Je suis payée pour ça, déclara-t-elle avec ironie. Que puis-je faire pour vous ? Vous avez parlé d'un problème ?

— Je suis bi.

Trish se figea et le fixa. Puis elle regarda la poupée qu'il tenait. Bien entendu, elle arriva à la conclusion qui s'imposait.

Elle ouvrit la bouche.

Dante ne lui laissa pas le temps de parler :

— Je ne suis pas venu pour... euh, répondre à des questions.

Parce que si elle l'interrogeait, elle saurait la vérité – même s'il mentait – et elle perdrait l'option légale d'un déni plausible.

Elle pinça la bouche. Il se demanda si c'était pour retenir un rire ou un cri. Peut-être les deux.

— D'accord. Puis-je au moins demander pourquoi vous êtes là ?

Oh. Bien sûr. Quel idiot ! Certaines questions étaient nécessaires.

— Pour que vous ne soyez pas prise au dépourvu comme c'est arrivé avec Gabe. Je veux avoir une déclaration en poche au cas où je me ferais... piéger. Quelque chose qui ne me mette pas dans la mouise.

— Mais vous ne prévoyez pas encore un coming-out ?

Elle fixait toujours la poupée. Dante la replaça soigneusement sur le bureau et combattit son envie puérile de cacher ses mains sous ses fesses.

— Non.

C'était un demi-mensonge. Il y pensait, mais pas au point de mettre sa carrière en jeu. Il voulait d'abord un contrat un béton et l'appui d'une armée d'avocats. Et éventuellement celui d'un cabinet de relations publiques extérieur à la ligue. C'était un peu sournois de sa part, sans doute, mais il y avait beaucoup d'argent en jeu. Son agent avait évoqué un contrat à dix millions de dollars.

Trish expira bruyamment et prit son stylo.

— D'accord. Nous allons établir ensemble un projet de déclaration. Mais avant, je dois vous dire...

— Oui ?

255

Dante leva les yeux, plein d'expectative.

Trish le toisa d'un air faussement sévère.

— Je vous *interdis* d'ouvrir un compte sur Grindr! lança-t-elle.

Il éclata de rire.

EN VÉRITÉ, Gabe se sentait coupable. Demander à Dante de rester dans le placard, c'était nul de sa part. Mais à la seconde même où Dante annoncerait publiquement qu'il était bi, tout le monde devinerait la vérité les concernant, c'était évident. Et pour qui passerait Gabe aux yeux des gens? Capitaine des Dekes, il était en position d'autorité. Une relation avec un coéquipier n'allait-elle pas ternir son image, le faire passer pour un prédateur sexuel?

Et Dante, qu'en retirerait-il à part des insultes? Gabe avait la nausée chaque fois qu'il évoquait les horribles accusations du Tartan d'Ottawa, le numéro 27. S'il entendait un commentaire sur Dante au lit, il perdrait la tête et il serait sans doute suspendu pour le reste de la saison, sinon à vie.

Il était le seul homme à savoir ce qu'était Dante au lit. L'autre connard n'avait que le droit de fantasmer sur la question. Et encore!

Au cours des semaines suivantes, l'équipe remporta six matchs consécutifs et remonta à la troisième place de sa division. Gabe avait travaillé avec Yorkie pour améliorer son jeu défensif et cet entraînement payait – d'autant plus que Yorkie, rassuré quant à son avenir avec Jenna, avait davantage la tête au jeu.

Gabe peinait toujours à croire que sa jeune recrue allait être papa!

Mais outre le hockey, il avait une autre priorité, c'était…

— Hé, Gabe! Si je ne m'abuse, nous n'avons pas de match jeudi prochain?

Dante avait lui aussi accès au calendrier des matchs, mais Gabe le mémorisait mieux.

— Non. Pourquoi?

Dante renversa la tête pour le regarder. Il était sur le dos, allongé sur le canapé. C'était un peu étrange de voir Dante le visage à l'envers. Vautré sur sa poitrine, Mario ronronnait comme un petit moteur.

— C'est mon anniversaire, répondit Dante. Je me disais que nous pourrions aller dîner dans le nouveau steakhouse du centre-ville.

Gabe se souvint, les gars de l'équipe en avaient parlé. L'addition était salée, mais d'après Tips, la viande le valait bien. Le restaurant venait d'ouvrir, il affichait constamment complet.

— Ça ne sera pas facile d'obtenir une réservation pour vingt, déclara Gabe. Je peux peut-être obtenir un passe-droit en tant que capitaine des Dekes…

Il le faisait rarement, mais pour Dante, il ferait une exception.

Dante secoua la tête. Il s'assit. Dérangé, Mario sauta souplement sur le tapis et alla attaquer son jouet préféré : un palet de Gabe.

— Non, non ! Pas toute l'équipe, juste toi et moi, en tête-à-tête.

— Oh.

À cette idée, Gabe sentit ses paumes devenir moites.

C'était idiot. Avant de coucher avec Dante, il n'avait pas hésité à l'accompagner à Disneyland, ce qui, en toute objectivité, était bien plus suspect qu'un dîner à deux le jour de son anniversaire. Les gars de l'équipe sortaient ensemble constamment, en groupe ou par paire, personne n'y voyait à redire, même quand Gabe était avec eux.

Un dîner en tête-à-tête, c'était facile, pourtant, Gabe était tétanisé.

Il finit par se reprendre, le cœur battant. En principe, il pouvait le faire, non ?

— D'accord, marmonna-t-il.

— Super !

Dante sourit, ce qui créa un éventail de rides aux coins de ses yeux.

Donc, il ne restait plus à Gabe qu'à trouver un cadeau et à jouer au hockey. Il s'en sentait capable.

Cette année serait peut-être la bonne. Jamais il ne le dirait à voix haute – pour ne pas tenter le sort – et il évitait, quand il le pouvait, de lire des articles sur le sujet, mais les journalistes n'arrêtaient pas de demander, d'insinuer, d'insister.

Et Gabe rêvait d'une revanche éclatante contre les homophobes qui, comme le numéro 27, se croyaient autorisés à débiter toutes les horreurs leur passant par la tête. Oui, Gabe voulait être le premier capitaine officiellement gay de la LNH à mener son équipe jusqu'à la Coupe quelques mois seulement après son coming-out forcé…

Ce désir secret le rongeait. Et dans trois mois, il aurait une chance de réaliser son vœu le plus cher.

DANTE COURAIT sur le tapis roulant quand son téléphone sonna.

Il vérifia sur l'écran qui appelait : sa grand-mère. Sans doute voulait-elle savoir ce qui lui ferait plaisir pour son anniversaire, comme si elle avait encore à lui faire des cadeaux !

257

Il arrêta la machine, s'essuya le visage et décrocha.

— Bonjour, *abuela*.

— Dante Baltierra !

Elle avait hurlé si fort qu'il recula d'instinct et écarta le téléphone de son oreille.

— *Ab*…

— Dis-moi que je me suis trompée, que j'ai mal compris, que je deviens sénile !

Il se voûta, un doute glacé se glissant en lui.

— Ça… dépend de ce que tu as entendu.

Sa voix se brisa. Elle ne pouvait savoir qu'il était bi ! Comment l'aurait-elle appris alors que personne n'était au courant sauf… ses parents ! Mais jamais ils n'en auraient parlé !

— Ce n'est pas possible ! Tu n'as pas pu te laisser corrompre de façon aussi… abominable… par ce dégoûtant pervers !

Dante sentit son cœur se transformer en plomb dans sa poitrine. Il s'assit, les jambes coupées, et bredouilla :

— *Abuela*, de qui parles-tu ?

— Ne joue pas au plus malin avec moi, Dante, cracha-t-elle, venimeuse. Je parle du pédé, ton coéquipier, la honte de la LNH ! Ils auraient dû le virer dès que la vérité a fait surface !

— C'est le meilleur joueur de l'équipe !

La réponse – la vérité – avait fusée d'elle-même.

Elle poussa un cri strident.

— Alors, c'est vrai ! accusa-t-elle. Tu es devenu… un sodomite !

Si ses yeux n'étaient pas remplis de larmes, Dante aurait ri. *Sodomite* ?

— Oui, *abuela*. Je suis gay.

— Oh ! Oooh ! Comment… oses-tu ? Comment oses-tu me faire ça ? Tu devrais avoir honte ! Notre famille n'acceptera jamais…

— Non, interrompit Dante. Je n'ai pas honte. Je n'ai rien fait de mal.

— Rien fait de mal ? s'emporta-t-elle. Tu m'as brisé le cœur, maudit pédéraste, tu as commis un péché immonde, tu brûleras en enfer ! Dante, je t'en conjure, tu peux encore expier, il n'est pas trop tard, quitte cet homme maléfique, demande à genoux au Seigneur le pardon de tes fautes…

Dante secoua la tête, le cœur en miette. Le pardon ? Non, il ne pardonnerait jamais à sa grand-mère, il n'oublierait jamais la haine et le dégoût qu'il avait perçus dans sa voix. Étrangement, malgré ses larmes, il était libéré d'un fardeau qui avait longtemps pesé sur lui.

Désormais, il se fichait de l'opinion d'*abuela*.

La bouche sèche, il essaya de s'exprimer calmement, même s'il tremblait de chagrin et de colère.

— Non.

— Si tu aimes ta famille...

— Non! coupa-t-il. J'aime ma famille, en tout cas, j'aime mes parents. Et j'ai trouvé une seconde famille chez mes coéquipiers, ils sont ouverts d'esprit, ils m'acceptent tel que je suis. Et je suis amoureux fou de Gabe, je resterai avec lui.

Il fit de gros efforts pour occulter le torrent d'insultes vindicatives qu'elle déversa sur lui en espagnol, pourtant, chaque parole le rongea comme de l'acide. Quand elle en vint à menacer de le renier, il eut un rire amer.

— Je m'en fiche, *abuela*, je n'ai pas besoin de ta permission.

Elle hurla comme une bête blessée. Écœuré, Dante préféra raccrocher. Hébété, il regarda son téléphone tomber par terre et ses mains trembler. Il enfouit son visage dans ses paumes et ses doigts dans ses cheveux, tirant de toutes ses forces comme si la douleur physique pouvait colmater le trou béant de sa poitrine.

Par terre, son téléphone sonna. Le visage de sa mère apparut sur l'écran.

Comment *abuela* avait-elle découvert la vérité? se demanda encore Dante. Sans doute en écoutant aux portes... Elle avait dû surprendre une conversation entre ses parents. Ils devaient se sentir terriblement coupables d'avoir révélé son secret, fut-ce à leur insu.

Dante n'était pas en état de gérer sa mère. Pas maintenant. Il essuya son visage humide et retourna courir sur le tapis roulant.

Il courut comme une brute, kilomètre après kilomètre, mais malgré ses efforts, il ne pouvait échapper à la réalité. Il perdit la notion du temps, obsédé par le martèlement de ses pieds. Il ne voyait plus rien, sa vision était troublée par la sueur ou les larmes. Ses poumons le brûlaient. Encore un kilomètre...

Encore cinq minutes...

Soudain, son lacet se prit dans le côté du tapis roulant.

Déséquilibré, Dante remua les bras pour se stabiliser, mais en vain. Et il n'avait pas attaché le clip de sécurité. Éjecté du tapis, il tomba lourdement sur le sol, côté droit. Une vive douleur lui traversa l'épaule.

Dante poussa un cri et posa la main sur son coude. Sauf que...

259

Son coude n'était pas là où il aurait dû être. Dante vérifia... merde ! Son humérus et son cubitus ne se rencontraient plus. Il s'était disloqué le coude.

Il ferma les yeux et laissa retomber sa tête contre le sol.

— Meeerde !

QUAND GABE arriva à l'hôpital, son cœur tambourinait et il espérait que sa panique ne se voyait pas trop. Il franchit les portes du hall et chercha un visage familier.

Il vit St. Louis discuter avec le Dr Zahn, l'un des médecins de l'équipe. Gabe fonça vers eux.

— Comment va-t-il ? C'est grave ?

L'entraîneuse esquissa un clin d'œil.

— Bonjour, Gabe, comment allez-vous ? Moi, pas terrible

Gabe essaya de garder son calme. Après tout, c'était une femme, elle était enceinte et il s'était montré grossier.

— Excusez-moi, Coach, je... Qu'est-ce qui ne va pas ?

— Ce gosse fait du trampoline sur ma vessie, grommela-t-elle.

Gabe s'était déjà tourné vers le médecin.

— Bonjour, Dr Z. Comment va Dan... Baller ?

Le Dr Z inclina la tête.

— Eh bien...

L'entraîneuse lui coupa la parole :

— Il a un coude disloqué.

Merde. Gabe grimaça. Ça devait être douloureux. Il comprit aussi pourquoi St. Louis l'avait appelé pour récupérer Dante à l'hôpital et le reconduire chez lui. Dante n'avait pas de famille à Québec et Gabe, son capitaine, était son responsable *de facto*.

Comment Dante s'était-il blessé tout seul pendant un jour de congé ?

— Comment va-t-il ? C'est grave ? répéta-t-il.

— Eh bien, répondit le praticien, il s'est plutôt bien débrouillé et il a eu de la chance. Pour commencer, il n'a pas essayé de remettre lui-même son articulation en place, ensuite, il est arrivé assez vite aux urgences. La déchirure n'est pas trop sévère, il ne sera immobilisé qu'un petit mois.

Un autre blessé dans l'équipe ? Le cœur de Gabe se serra. Dante risquait d'être absent jusqu'aux séries éliminatoires. Et ça arrivait au moment où l'équipe commençait à se reprendre ! Gabe ne savait qui plaindre le plus, Dante ou le reste de l'équipe ?

Il avait été si sûr que cette année serait la bonne ! Sans Flash, peut-être auraient-ils réussi à s'en sortir, mais sans Flash ET Dante ?

Mais ce n'était pas le moment d'y penser.

— D'accord, je vais aller le voir. Où est-il ?

Il trouva Dante dans une stalle, derrière un rideau. Assis sur son lit d'hôpital, les épaules voûtées, le bras droit en écharpe, il paraissait effondré.

Gabe se racla la gorge.

— Salut.

Au son de sa voix, Dante releva la tête, ses yeux étaient rouges, son regard brumeux.

— Gabe… j'ai déconné.

Il leva son bras blessé, puis il grimaça de douleur et le ramena contre sa poitrine.

— Les accidents, ça arrive, répondit Gabe. Tu guériras. On peut partir quand tu veux. Le Dr Z s'est chargé de la paperasserie et il m'a chargé de m'occuper de toi.

Dante aurait besoin d'aide pendant les premiers temps, c'était assez évident. Il devait garder une attelle au moins une semaine.

— Oui, je…

Les sourcils froncés, Dante regarda ses jambes, qui pendaient au bord du lit. Bourré de drogue, il semblait avoir oublié comment se relever avec un seul bras valide.

Prudemment, Gabe passa un bras autour de sa taille et le mit sur pieds. Pendant quelques secondes alarmantes, Dante laissa tomber sa tête contre l'épaule de Gabe.

Quand il se redressa enfin, Gabe se demanda si cet état catatonique venait *uniquement* de la blessure

— Viens, je te ramène à la maison.

Un après-midi à câliner Mario lui ferait du bien.

Le trajet fut inhabituellement silencieux. La tête appuyée contre la vitre de la voiture, Dante ne pipait mot. Il ne bougeait même pas.

Gabe roulait depuis cinq minutes à peine quand il se souvint de n'avoir chez lui que des plats surgelés, sans doute pas ce qui pouvait tenter un blessé bourré d'analgésiques. Il fallait des laitages, des légumes et des fruits. Il s'arrêta à l'épicerie. Seigneur, depuis quand ne faisait-il plus ses courses ?

— J'en ai pour dix minutes, indiqua-t-il. Tu veux quelque chose de particulier ?

Dante ne bougea pas la tête de la fenêtre. On aurait dit qu'il essayait de se fondre dedans.

— *Abuela* me donnait de la glace quand j'étais malade.

Gabe doutait que la glace et la nausée fassent bon ménage, mais il s'en soucierait plus tard.

— D'accord. Quel est ton parfum préféré ?

— Chocolat.

Au moins, ce serait facile à trouver. Une fois dans l'épicerie, Gabe remplit rapidement un panier : glace, pain, bananes, compote de pommes, œufs, yaourt et riz.

Lorsqu'il revint à la voiture, Dante avait fermé les yeux et son souffle embuait la fenêtre.

Pour ne pas le réveiller, Gabe conduisit plus lentement qu'il ne l'aurait fait autrement.

Dante ouvrit les yeux quand la voiture s'arrêta devant chez Gabe. Il se frotta le visage de la main gauche et marmonna :

— Tu ne rentres pas au garage ?

— Tout à l'heure. Je veux d'abord te mettre au chaud et ranger les courses au frigo.

Quand Gabe, ses tâches domestiques accomplies, revint au salon, Dante n'avait pas bougé du canapé où Gabe l'avait installé.

Gabe lui tendit un sachet de petits pois surgelés enveloppé dans un torchon.

— Mets ça sur ton coude pendant vingt minutes. Le froid te fera du bien.

Dante obtempéra avec une grimace. Gabe l'aida à soutenir son coude sur un coussin. Puis il demanda doucement :

— Que s'est-il passé ? Tu veux en parler ?

Quelque chose n'allait pas : ni blessure ni la souffrance n'expliquait l'état dans lequel était Dante.

Le visage crispé, Dante leva sa main valide jusqu'à la chaîne qu'il portait autour de son cou depuis Noël. Il serra l'alliance accrochée à la chaîne entre ses doigts.

— J'ai reçu un appel de ma grand-mère.

Oh, mon Dieu !

— Tout va bien chez toi ? Tes parents ?

Sans le regarder, Dante enchaîna d'une voix sans timbre :

262

— *Abuela* est au courant... pour nous deux. Je suppose qu'elle a entendu mes parents en parler. Elle a toujours aimé écouter aux portes. Maman m'a appelé après pour m'excuser, mais j'étais... occupé. Je suis tombé... j'avais mal, je ne me rappelle plus très bien ce qui s'est passé.

Gabe fit le bilan. La grand-mère de Dante avait entendu une conversation qui ne lui était pas destinée, elle avait compris que son petit-fils avait une relation homosexuelle. Elle l'avait appelé pour l'insulter. Et puis, Dante s'était blessé.

— Comment t'es-tu déboîté le bras ?

— En tombant du tapis roulant.

Il renversa la tête et fixa le plafond. Craignait-il que Gabe le voie pleurer ? Pourquoi ? Il avait déjà vu Gabe au trente-sixième dessous.

— J'ai cru... souffla Dante, j'ai cru que si je courais assez vite, je laisserais derrière moi tout ce qu'*abuela* m'avait dit. Ça a presque marché, tu sais, mais j'avais oublié d'attacher mon putain de lacet et il s'est coincé dans le tapis et ça m'a déséquilibré. Quel con !

En plus d'avoir le cœur brisé, en plus d'être en colère, il se sentait stupide d'être tombé et coupable d'avoir mis l'équipe en mauvaise posture.

Ne sachant comment lui remonter le moral, Gabe se contenta de dire :

— Je t'apporte de la glace au chocolat, d'accord ?

Dante eut un petit rire, puis son visage se crispa. Cette fois, il ne cacha pas ses larmes.

— Merde, marmonna Gabe.

D'instinct, il se laissa tomber sur le canapé et d'un geste maladroit, il serra Dante dans ses bras. Il passa les doigts dans les cheveux bruns.

— Je suis désolé, répétait-il, vraiment désolé. C'est nul, ce qui t'arrive.

Les mots ne servaient à rien, il le savait.

Pendant quelques minutes, Dante hoqueta contre lui, ses pleurs mouillant la chemise de Gabe. D'un seul coup, il se détendit.

Il s'était endormi.

Vive les téléphones portables ! pensa Gabe. Sans changer de place, il sortit le sien de sa poche et retourna sur le site qu'il avait mis en favoris quelques jours plus tôt. Il ne pouvait pas accélérer la guérison du bras de Dante, il ne pouvait pas le réconcilier avec sa grand-mère, mais lui offrir un cadeau extravagant pour son anniversaire, ça, c'était en son pouvoir.

Ses recherches lui avaient démontré si les Fidji étaient effectivement conseillées pour un couple gay, Bora Bora leur conviendrait mieux. Gabe

263

regarda longuement les photos proposées, puis il réserva un bungalow sur pilotis avec piscine privée. Il hésita ensuite sur la durée du séjour. Une semaine ? Non, c'était un peu court pour une destination aussi lointaine. En plus, ils allaient perdre au moins un jour dans les avions. Il réserva donc pour quinze jours.

Gabe ne tiqua même pas quand le total à régler apparut sur l'écran. Comment pourrait-il mieux dépenser son argent ? Il sortit sa carte de crédit, se connecta à son application bancaire et paya la facture.

Dante dormait toujours.

Le docteur Z avait indiqué à Gabe que le blessé devait garder son attelle une semaine. La suite dépendrait des résultats du premier contrôle.

En clair, Dante ne pourrait toujours pas utiliser son bras le jour de son anniversaire.

Gabe ressentit une vague d'appréhension. Il avait cru ne rien risquer en sortant dîner avec Dante, mais cet accident remettait tout en question. Le restaurant était un steakhouse. Comment Dante découperait-il sa viande d'une seule main ? Gabe grimaça d'horreur à l'idée de lui venir en aide en public. Il imaginait déjà les gens le regarder, le juger, se demander ce que Dante et lui faisaient ensemble.

Gabe était certain que sa paranoïa l'empêcherait de profiter de son repas. Pire encore, il serait guindé, sinon agressif, et il gâcherait la soirée de Dante.

Mieux vaut reporter ce dîner à plus tard – par exemple quand Dante aurait à nouveau l'usage de sa main droite.

Annulez la réservation.

Gabe le fit d'un simple clic sur le lien de sa confirmation, puis il reposa son téléphone. Il était fatigué, il décida de se coucher.

DANTE SUPPORTA très mal d'être sur la touche.

Comme Gabe s'y attendait, les analgésiques lui donnèrent des nausées et son appétit en souffrit. Il touchait à peine aux plats que Gabe lui servait, préférant se nourrir de pain grillé, de bananes et de milk shakes protéinés dont Gabe avait rempli le frigo. Mais c'était insuffisant pour maintenir la masse musculaire d'un jeune athlète en bonne santé.

Question exercice, Dante n'était autorisé qu'à pédaler sur le vélo stationnaire de la salle de gym de Gabe.

Gabe, lui, s'absentait régulièrement pour s'entraîner au hockey ou pour les matchs, quasi certain que Dante passait ses journées à broyer du noir devant la télévision. En tout cas, Gabe le trouvait vautré sur le canapé quand il rentrait chez lui le soir, Mario sur les genoux, d'humeur morose.

À vrai dire, Gabe n'était pas de meilleure compagnie. Les Dekes avaient remporté leur premier match sans Dante, mais perdu les deux suivants contre des équipes qu'ils auraient dû battre. Sans les compétences de Dante pour compenser l'inexpérience de Yorkie, St. Louis avait dû rompre les lignes. Yorkie avait été rétrogradé et Gabe jouait centre en première ligne, ce qu'il détestait. Il n'était jamais satisfait de ses mises en jeu ! Enfin, c'était à titre temporaire et pour le moment, il devait faire avec.

Il savait aussi ce que ces aléas signifiaient pour leur avenir. La haute direction n'apprécierait pas que les Dekes ne participent pas aux séries éliminatoires. Gabe sentait bien que des changements s'annonçaient, mais sur qui allaient-ils tomber ? Il n'en avait aucune idée. Le gardien suppléant ? Tips ? Les gars du bas de la liste ?

Ou lui ?

Il n'aimait pas y penser, mais ça restait une possibilité. Que se passerait-il alors ? Il faisait une très bonne saison, aussi les équipes montantes feraient-elles sans doute tout pour l'avoir. Et deux ou trois pouvaient se le permettre, financièrement parlant. Pour les Nordiques, ça pouvait se révéler rentable. Soit ils repêcheraient des juniors prometteurs et des recrues solides, en visant les séries éliminatoires de l'an prochain, soit ils prendraient deux bons joueurs, mais un peu moins talentueux que Gabe.

Les médias ne s'intéressaient plus à lui, ou à sa sexualité sans doute parce qu'il ne leur donnait rien à se mettre sous la dent, aussi représentait-il désormais un risque acceptable.

Et puis, son contrat avait une clause de non-transfert négociable, donc, si la haute direction voulait se débarrasser de lui, il aurait vingt-quatre heures pour fournir la liste des équipes qu'il jugeait acceptables.

La veille de l'anniversaire de Dante, Gabe fut convoqué dans le bureau de Brigitte, une heure après l'entraînement du matin. Il s'y rendit, plein d'appréhension.

Quand il arriva devant la porte, elle était fermée, bien que des voix lui parviennent à travers le panneau. Gabe essaya de tendre l'oreille, mais il ne perçut rien de distinct. Il prit un des trois sièges alignés contre le mur, dans le couloir.

Il était trop agité pour avoir envie de jouer sur son téléphone. De plus, allumer son portable dans ce but – et dans ce contexte – lui paraissait peu professionnel. Gabe le sortit de sa poche et le coupa.

Puis il regretta son geste. Et si son agent essayait de le joindre ?

Il se releva d'un bond et se mit à faire les cent pas dans le couloir, les yeux baissés, les tripes nouées.

Il releva cependant la tête en entendant la porte s'ouvrir. Et un poids lui tomba aussitôt sur l'estomac. Oh, non !

— Non ! croassa-t-il.

Kitty le regarda. Il avait les yeux un peu trop brillants et son langage corporel indiquait le chagrin, la défaite. Quand il ouvrit la bouche, son accent russe était beaucoup plus marqué que d'habitude.

— Merde, Gabe. Je voulais pas…

Sa voix se cassa. Gabe se jeta sur lui et l'étreignit. Kitty referma les bras sur lui et serra très *très* fort. Par chance, ça ne dura pas qu'une minute, il libéra Gabe avant que le manque d'oxygène devienne un vrai problème.

Gabe parvint à maîtriser son émotion, il recula d'un pas pour regarder son ami en face.

— Où t'ont-ils transféré ?

Kitty tenta de sourire, mais sa bouche ne participa pas réellement.

— À Pittsburgh. Ça va aller. Avec moi dans l'équipe, on gagnera facilement la Coupe.

— Oui, c'est vrai, enfoiré !

Gabe prit plusieurs respirations. Pittsburgh n'était pas si loin de Québec, ils jouaient souvent les uns contre les autres. Mais cette perspective ne suffit pas à lui remonter le moral.

— Tu vas me manquer, Kitty !

— Toi aussi, Gabe.

Le Russe prit son visage en coupe dans deux énormes pattes et posa un baiser sur ses cheveux blonds.

C'était à la fois un adieu et une bénédiction.

DANTE SAVAIT qu'il était chiant comme patient. Il supportait mal de ne pas bouger son bras, de ne pas jouer, il souffrait physiquement et moralement, il était en colère, il en voulait au monde entier. À lui d'avoir été assez con pour tomber d'un putain de tapis roulant sous prétexte qu'il était bouleversé

266

et que son putain de lacet était défait ; à sa grand-mère, devenue odieuse par homophobie ; à ses parents d'avoir révélé son secret.

Et sur ce dernier point, il se sentait coupable. Ses parents n'avaient fait que discuter d'un match de hockey où ils envisageaient d'assister afin de faire la connaissance de Gabe. Ils ne pouvaient pas deviner qu'*abuela* arriverait au mauvais moment, mais chez les Baltierra, la famille ne frappait pas avant d'entrer.

Désormais, *abuela* était bannie.

Dante essayait de ne pas y penser et de se concentrer sur des sujets plus productifs, mais lesquels ? Il n'était pas autorisé à participer aux entraînements ni même à s'exercer sérieusement à part un temps minuté sur le vélo stationnaire. Que craignaient le toubib et l'entraîneuse au juste ? Que Dante retombe et s'esquinte à nouveau ?

Ses griefs ne s'arrêtaient pas là. Gabe refusait de le baiser et Dante ne pouvait pas se branler – il était droitier –, aussi ses seuls exutoires sexuels étaient-ils les pipes de Gabe ou la Veuve Poignet sous la douche. Bon, Dante ne crachait pas dessus, dans les deux cas, c'était tout à fait jouissif, mais il en voulait *plus*. Merde !

Le docteur Z avait promis de lui enlever son attelle dans deux jours, le lendemain de son anniversaire. Encore quarante-huit heures à attendre ! Dante n'en pouvait plus de s'emmerder à ne rien faire.

La seule idée d'avaler un autre plat surgelé lui donnait des envies de meurtre. Oui, il était prêt à tuer pour des légumes frais. La douleur s'était un peu calmée, aussi Dante prenait-il moins d'analgésiques. De ce fait, il avait retrouvé son appétit. Sur une impulsion, il téléphona à l'épicerie et ordonna une livraison. Ensuite, il détacha son attelle avec prudence. Il se sentait un peu coupable. Pourquoi ? Il ne comptait pas soulever des poids quand même, juste des couverts.

Faire la cuisine le rasséréna. Oh, il avait un peu mal, bien sûr, mais une fois le découpage de la viande terminé, il utilisa essentiellement sa main gauche pour la cuisson. L'odeur de la sauce mole [30] monta dans la cuisine, c'était enivrant. Pour la première fois en une semaine, Dante commença à se détendre. Il posa son téléphone sur le comptoir, sélectionna sa *playlist* sur *Spotify* et savoura la musique.

---

30 Sauce mexicaine à base de piment, de cacao, de sésame, de cacahuète, de tomate et de tortilla frite et émiettée.

Quand il eut terminé ses préparatifs, il prit un anti-inflammatoire et dégusta une belle assiette de petits carrés de poulet sauce mole, avec du riz brun et une salade d'épinards, de fraises et d'amandes.

Et il refusa de penser que cette recette venait d'*abuela*.

Une fois la dernière bouchée avalée, Dante appela son père, pour la première fois depuis son accident. Il ne pardonnait toujours pas à sa grand-mère, mais ce n'était pas une raison pour négliger ses parents.

Son père décrocha presque instantanément – rien d'étonnant. Il devait être si inquiet !

— Dante ! J'espérais ton appel, *mijo*.

Dante réalisa alors qu'un mercredi, en tout début d'après-midi, son père devait être au travail.

Il inspira un grand coup.

— Salut, papa.

— Comment va ton bras ? Tu as revu ton médecin ? Sais-tu déjà quand tu pourras retourner sur la glace ?

— Pas encore. Je verrai après-demain si je peux enlever mon attelle.

Au fait, il ferait mieux de la remettre, se dit-il. Il l'attrapa et passa la sangle par-dessus sa tête.

— Papa, je voulais te dire, se luxer un coude est une vraie plaie, je ne te recommande pas l'expérience.

Son père eut un petit rire

— D'accord.

Dante espérait que son père allait éviter les sujets épineux. Ce ne fut pas le cas.

— Fils, je suis tellement navré... S'il te plaît, laisse-moi t'expliquer ce qui s'est passé...

Sa voix se brisa. Merde.

Après la semaine atroce qu'il venait de passer, Dante n'était pas en état de gérer la culpabilité de son père en plus de tout le reste. D'ailleurs, il n'en voulait plus à son père, il avait oublié son injuste rancune dès qu'il avait entendu sa voix à l'autre bout du fil.

— Papa. Non !

— Je ne l'ai pas entendue entrer. Sinon, je n'aurais jamais parlé de...

Le cœur lourd, Dante s'empressa d'interrompre son père :

— Papa, ce n'est pas ta faute si *abuela* est homophobe ! Écoute, pour le moment, je ne veux pas parler d'elle, d'accord ?

Elle était presque morte pour lui. Depuis une semaine, il entendait l'écho de ses mots haineux à son égard. Il ne les oublierait jamais.

— D'accord, dit son père après un moment d'hésitation. Parlons d'autre chose, alors. Comment va ton chat ?

Dante sourit, il adorait parler de Mario.

Peu à peu, il se sentit mieux. Il perdit la notion du temps et interrogea son père sur ce qui se passait à la maison ces derniers temps.

Puis son père déclara :

— Il est deux heures, je vais retourner au travail.

Dante tressaillit, il avait parlé avec son père pendant toute sa pause-déjeuner. Pourquoi Gabe n'était-il pas encore là ? N'était-il pas censé rentrer après l'entraînement du matin. Qu'est-ce qui avait bien pu le retarder ?

Dante n'en savait rien. Il décida cependant de ranger la cuisine. Il prépara une assiette pour Gabe et rangea les restes au frigo.

Il avait à peine fini que la porte d'entrée s'ouvrait. Il s'essuya les mains et alla accueillir Gabe.

— Salut. Tu es en retard. Comment s'est passé… ?

Il s'interrompit, car il venait de remarquer l'expression de Gabe, attristée, tendue. Le moral de Dante sombra. Il devina tout de suite pourquoi Gabe se mordait la lèvre.

— Qui ont-ils transféré ? demanda-t-il, la gorge serrée. Yorkie ? Bricks ?

Son cœur se mit à tambouriner.

Pas Gabe. S'il vous plaît, pas Gabe.

— Kitty.

Non. Ça n'avait aucun sens. Pourquoi transférer l'un de leurs principaux défenseurs ? Ils n'auraient jamais fait une connerie pareille !

— Pourquoi ?

Gabe pinça les lèvres.

— Parce que Pittsburgh a besoin de défenseurs, nous, il nous manque des attaquants.

— Mais…

Qui allait-il battre aux fléchettes désormais ? Qui ricanerait sur le sirop d'érable ? Qui lui achèterait un magnifique costume violet pour s'excuser d'avoir été très con ?

— Qui va jouer à sa place ? demanda Dante d'une voix sans timbre.

Gabe se racla la gorge.

— Ils vont appeler Slimer, je suppose.

269

Gabe avança vers lui. Dante baissa la tête et se laissa enlacer.

— Tout est de ma faute ! Pourquoi ne se sont-ils pas débarrassés de moi ? Pourquoi *Kitty* ?

Et pourquoi fallait-il que ça tombe cette semaine ? Ne méritait-il pas un peu de temps pour panser ses plaies avant que l'univers y verse du sel ?

Gabe recula, il prit le visage de Dante en coupe et le regarda droit dans les yeux.

— Arrête ! Tu n'y es pour rien. Si tu commences à t'accuser de tous les accidents et transferts, tu vas t'épuiser. Tu connais comme moi la règle du jeu au hockey. Les joueurs se blessent parfois et il y a des transferts.

Sa voix devint rauque sur le dernier mot. Il enchaîna cependant :

— Je regrette de perdre un coéquipier, mais Kitty restera notre ami. Et nous le reverrons, bien entendu. Nous allons même souvent jouer contre lui.

Du pouce, il effleurait sa pommette. Dante soupira et se pencha pour savourer la caresse.

— Mais… c'est Kitty, quand même ! s'exclama-t-il, un peu perdu. Il a veillé sur moi quand je suis arrivé dans l'équipe. Et il est au courant pour nous deux, c'est même le seul ! Et demain, c'est mon anniversaire !

Oui, ce n'était qu'un détail dans le tableau, mais quand même.

Gabe posa un baiser sur son nez.

— Je sais. Je suis désolé.

Puis il ajouta, un peu étonné :

— Ça sent super bon ! Tu as préparé quelque chose ?

Sa voix était empreinte d'espoir, mais son regard devenait sévère et soupçonneux.

— Je ne veux rien entendre ! grogna Dante. Oui, j'ai fait un peu de cuisine, tu as faim ? Si tu ravales ton sermon, tu gagnes un déjeuner.

Gabe était une vraie mère poule, Dante se doutait bien que son répit ne durerait pas

Gabe hocha la tête avec un sourire.

— Deal. Merci.

APRÈS CETTE semaine éprouvante à l'extrême, la journée de l'anniversaire de Dante commença bien. En dehors d'un passage matinal à la salle de bain, les deux amants purent rester au lit, Gabe n'ayant ni entraînement ni match prévu aujourd'hui. Il restait une réunion avec les entraîneurs, mais elle n'aurait lieu que l'après-midi.

Depuis qu'il vivait avec lui, Dante avait vite appris que Gabe aimait *vraiment* prendre son temps. Il caressa donc Dante sans se presser, la bouche sur sa queue et trois doigts dans son cul. Pire encore, il se figeait chaque fois Dante approchait de l'orgasme. À moitié fou de frustration, Dante avait le souffle erratique et les muscles tout contractés.

— Gabe, laisse-moi jouir, sinon, je risque de me faire mal au bras…

Gabe eut enfin pitié de lui et la jouissance de Dante dura, dura.

Après, il mit en application ses nouvelles compétences en fellation.

Dans l'ensemble, c'était un début de journée très satisfaisant.

Ils se douchèrent ensemble, ce qui n'était pas très efficace, question restriction d'eau et d'énergie, mais Dante refusa d'y penser.

Puis, Dante descendit nourrir Mario et Gabe sortit chercher le petit déjeuner chez Cinnabon [31].

Après avoir mangé, Dante se frotta le ventre. Les glucides et le sucre constituaient un petit déjeuner parfait, décida-t-il, du moins quand on n'avait pas à jouer au hockey.

— Ce devrait être mon anniversaire tous les jours! déclara-t-il, ravi.

Gabe lécha son pouce poisseux.

— Tu te lasserais vite des brioches à la cannelle.

— Jamais! protesta Dante.

Il réfléchit ensuite à une question de logistique. Il portait le même survêtement depuis une semaine et il n'avait rien de décent pour la soirée. Aussi, quand Gabe partit pour sa réunion, Dante lui demanda-t-il de le déposer chez lui.

Sur le trajet, il décida de pousser sa chance. Après tout, c'était son anniversaire, il pouvait bien faire un caprice, non?

— Que penses-tu des Seychelles?

Il regardait par la fenêtre et ne voyait que neige, froid et grisaille. Le médecin ne lui avait-il pas conseillé de se changer des idées? Qu'y avait-il de mieux pour ça qu'un rêve d'évasion vers une plage de sable blanc?

Gabe répondit d'un ton prudent :

— Eh bien, ce sont des îles du Pacifique, mais je ne comprends pas trop le sens de ta question.

D'accord. Dante ne voyait pas d'inconvénient à être plus précis.

---

31 Chaîne américaine de boulangerie, spécialisée dans la brioche à la cannelle.

271

— Je parlais de nos vacances d'été. Je suis certain que tu y trouveras au moins un terrain de golf.

Gabe resta silencieux un long moment. Puis il soupira :

— Dante, ce n'est pas le moment. Et si nous en discutions plus tard, hein ?

En clair, il n'avait toujours pas accepté l'idée, parce qu'il craignait trop que quelqu'un les voie ensemble et devine la vérité. Dante n'en fut pas surpris, mais quand même, il était déçu.

Bon, tant pis, il reviendrait à la charge plus tard.

Son appartement sentait le renfermé. À peine entré, Dante ouvrit les fenêtres en grand : mieux valait avoir froid qu'être asphyxié.

Il n'avait pas encore réfléchi à sa tenue pour le soir quand on sonna à la porte. C'était Kitty, il passait lui faire ses adieux et déposer ses clés. Des travaux étaient prévus dans la maison qu'il louait et, puisqu'il s'absentait, Dante avait accepté de les superviser.

— Mario va me manquer, déclara Kitty d'un ton bourru. Toi aussi, même si tu triches aux fléchettes.

Dante poussa un cri d'outrage. C'était mieux que pleurnicher sur son sort ou culpabiliser – après tout, c'était à cause de son accident que Kitty était transféré.

Une fois Kitty parti, Dante, le cœur en berne, se rendit dans sa chambre et ouvrit son placard.

L'après-midi traîna lamentablement. Dante n'avait pas pris d'analgésiques, il essayait de s'en passer. Mais la douleur le rendait irritable. Quand il se cogna le bras contre la porte de la buanderie, il lâcha toutes ses chemises par terre.

Vers seize heures, sa mère téléphona pour lui souhaiter un joyeux anniversaire, il fut heureux de lui parler... jusqu'à ce qu'elle aussi essaye de s'excuser d'avoir dévoilé la vérité à *abuela*.

— Ton père ne lui parle plus, tu sais, il insiste pour qu'elle te présente des excuses, elle refuse. Ils sont aussi têtus l'un que l'autre !

Elle racontait cette anecdote pour lui démontrer le soutien inconditionnel de son père, Dante le savait, mais il se sentit coupable de cette brouille familiale. Il raccrocha peu après en prétendant avoir des préparatifs à faire pour la soirée.

Une heure après, il eut un petit creux, mais en ouvrant son frigo, il constata que cette vieillerie avait rendu l'âme pendant qu'il était chez Gabe. La puanteur à l'intérieur était pire que celle de son sac de hockey.

Après avoir laissé un message vocal à son propriétaire, Dante passa une demi-heure à nettoyer son frigo avec une seule main.

Quel après-midi de merde !

Pour se consoler, il pensa que le soir même, il serait au restaurant avec Gabe. Une chance, d'ailleurs, parce que la maison de Gabe commençait à devenir à ses yeux une prison. Oui, Gabe et lui seraient en couple, même s'ils étaient les seuls à le savoir. Dante comptait commander le meilleur steak du menu et boire le vin le plus cher. Puis il rentrerait avec Gabe et réitérerait leurs ébats du matin.

Cette pensée le rasséréna. Gabe était bourré de complexes, mais il se décarcassait pour aider Dante pendant qu'il était blessé, c'était un chouette partenaire, au fond.

Même s'il refusait toujours de s'engager dans d'hypothétiques vacances !

Après la réunion avec les entraîneurs, Gabe passerait un moment sur la glace avec les nouveaux arrivés de Pittsburgh. Dante était impatient d'en savoir davantage sur eux.

Il interrogea Gabe durant le trajet en voiture. Gabe les déclara expérimentés avec de bonnes statistiques. En son for intérieur, Dante fit la grimace. De bons joueurs, c'était génial pour l'équipe, mais inquiétant pour lui. Une fois guéri, il risquait d'avoir de la concurrence avant de retrouver sa place en première ligne.

Non, se morigéna-t-il, il ne pouvait raisonner comme ça. Si l'équipe n'était pas renforcée très vite, la saison des Dekes se terminerait avant que Dante ne soit prêt à les rejoindre.

Il décida de se donner à fond à sa rééducation, dès qu'il aurait le feu vert du docteur Z, et de faire un retour en force.

Quand Gabe arriva dans son allée, il ouvrit la porte de son garage et Dante décida d'oublier sa mauvaise humeur. Il était temps de festoyer !

Dieu, il se faisait une joie de dévorer un steak ! Il avait sauté le déjeuner en téléphonant à son père, pas pris d'en-cas – à cause du frigo en panne – et il était affamé.

Il entra chez Gabe et se débarrassa de ses chaussures, qu'il jeta sous un banc. Mario arriva en courant pour lui faire fête. Dante se pencha et le prit dans ses bras, puis il posa un baiser sur sa tête. Le chat se frotta contre son menton en ronronnant.

— Gabe, je ne suis pas sûr de pouvoir attendre le dîner, déclara Dante, je frise la crise d'inanition. ? Tu ne m'en veux pas si je grignote quelque chose ?

Gabe referma la porte, il ôta ses chaussures et les aligna soigneusement. Il rangea aussi celles de Dante.

— Fais ce que tu veux, répondit-il. Je ne suis pas le patron.

Dante reposa le chat, puis il haussa les sourcils en riant.

— Sur la glace, si, répondit-il. Au lit aussi, parfois. À quelle heure allons-nous dîner ?

— Le livreur a promis de passer vers dix-huit heures trente.

Le cœur de Dante se serra.

— Pardon ?

Gabe hocha la tête et désigna la cuisine.

— Viens, je vais ouvrir le vin.

Hébété, Dante le suivit dans la cuisine.

— Quel livreur ? Je croyais que tu avais réservé une table pour deux au steakhouse !

— J'ai annulé. Je me suis dit que ce n'était pas la peine de ressortir ce soir.

Pas la peine ? Alors que c'était son anniversaire, alors qu'il venait de vivre la pire semaine de sa vie ?

— Pardon ? répéta Dante d'un ton nettement plus sec.

Sans paraître remarquer l'orage qui menaçait, Gabe haussa les épaules et sortit une bouteille du frigo.

— Dante, tout le monde parle de toi, tout le monde se demande quand tu vas revenir sur la glace et tu ne peux même pas tenir un couteau ? Avec une seule main, tu serais embarrassé en public. Tu ne profiterais pas de la soirée, tous les regards seraient braqués sur toi !

— Waouh ! C'est de moi que tu parles ou de toi ?

Gabe interrompit sa tâche et se retourna.

— Hein ?

— Je me contrefous qu'on me regarde, Gabe ! tonna Dante. Même si j'ai un costume violet, je n'ai rien d'une fragile violette !

Gabe hésita. Se rendait-il enfin compte qu'il avait déconné ?

— D'accord, mais un steakhouse, franchement ? Je serai obligé de découper ta viande !

Dante le dévisagea. Un flot de paroles se déversa alors de sa bouche, alimenté par la colère qui mijotait en lui.

274

— J'aurais pu commander du poisson. Ou des pâtes. Et oui, Gabe, j'aurais profité de la soirée. Je me faisais une joie de sortir avec toi, mon mec, dans un steakhouse, parce que c'est mon anniversaire et que j'aurais voulu oublier cette semaine de merde, *putain*! Ma grand-mère m'a renié. J'ai mal au coude et à cause de ma connerie, un bon ami à moi a été transféré. Et tu n'es même pas foutu de discuter de nos vacances hypothétiques!

Les yeux écarquillés, Gabe leva les mains.

— Hé, attends! Tu as raison, ça fait beaucoup, mais tu ne crois pas que tu exagères un peu?

— Si j'*exagère*? répéta Dante, sarcastique. Eh bien, Gabriel, faisons le bilan. Pour ma première relation gay, je tombe sur un mec qui parce que ça l'arrange, me demande de me faire tout petit, et j'ai accepté parce que je savais qu'il en avait bavé. Je me suis dit… qu'il avait besoin de temps. Mais c'est faux, parce que plus ça va, plus je comprends que son petit confort passera toujours avant mon bonheur. Il trouvera toujours une excuse pour retarder mon coming-out ou annuler un dîner en tête-à-tête. Et tout ça pourquoi? Parce qu'il a peur qu'on nous voie ensemble, qu'on nous prenne pour un couple… Merde, nous sommes censés *être* un couple!

— Dante…

— T'inquiète, poursuivit Dante, glacial, tu ne subiras pas l'humiliation de découper ma viande en public – *mon Dieu! Mais qu'est-ce que les gens vont penser?*

Tout le ressentiment qu'il avait laissé mijoter au cours des deux derniers mois, combiné à la douleur et la déception qu'il ressentait ce soir, jaillissait de lui.

— Je suis fier de l'homme que je suis! cria-t-il. Je regrette profondément que ta mère soit partie, ou qu'elle ne t'ait pas assez aimé pour t'accepter tel que tu es, mais je ne resterai pas avec quelqu'un qui a honte d'être vu en ma compagnie!

Ses mots touchèrent Gabe comme un coup physique. Aussi blessé que sidéré, Gabe tenait toujours à la main sa bouteille de vin, ce que Dante aurait trouvé comique s'il n'avait pas autant souffert.

— Tu fais quoi, là? souffla Gabe. Tu romps avec moi?

Oh, merde!

— Oui, jeta Dante.

Putain, il était mal organisé quand même! Quelle idée de rompre alors qu'il était chez Gabe, sans voiture. De toute façon, il ne pouvait pas conduire dans son état.

275

— Ah, dit Gabe.

Il posa sa bouteille avec un soin exagéré et serra le comptoir à deux mains.

— Euh, ajouta-t-il, veux-tu que je te raccompagne chez toi?

— Non! aboya Dante. Je vais appeler un taxi.

Merde, quelle plaie! Alors qu'il aurait tout donné pour être seul, il allait devoir subir un trajet de vingt minutes. Et puis...

— Je reviendrai plus tard chercher mon chat.

Sans attendre une éventuelle réponse de Gabe, Dante fonça vers la porte. Une fois dans le couloir, il récupéra ses chaussures et son manteau, il les enfila tant bien que mal et quitta la maison.

Il reçut l'air hivernal comme une gifle glacée. Il s'était habillé pour sortir, pas pour attendre un taxi en plein air, mais...

Il serra dans sa poche les clés de Kitty. La maison n'était qu'à dix minutes à pied. Dante s'était bousillé un bras, mais ses jambes étaient encore opérationnelles.

Il courba les épaules pour se protéger du froid et avança le long de l'allée, vers la route.

Il faisait déjà nuit.

PROLONGATION

GABE NE sut que penser quand Dante s'en alla. Il resta figé dans sa cuisine, les yeux fixés sur la bouteille de vin qui aurait dû arroser une agréable soirée passée ensemble, bien au chaud. Le repas gourmet qu'il avait commandé chez un chef en renom devait arriver à dix-huit heures trente. Gabe avait même acheté des bougies et mis la table dans la salle à manger, pour une fois.

Mais ses efforts n'avaient pas suffi. Bien sûr que non. Il aurait dû le savoir. Dante était… si dynamique, si fêtard. Il adorait l'attention, il voulait être vu, il en avait besoin. Au fond, Gabe ne s'était pas réellement attendu à maintenir longtemps son intérêt.

Au moins, il s'était épargné une exhibition publique. Pourquoi faire parler d'une relation condamnée dès le premier jour à être éphémère ?

Et bien que cette rupture brutale et inattendue lui fasse très mal, au moins ne reverrait-il pas Dante pendant trois semaines. C'était une consolation, d'une certaine façon.

Le temps accomplirait son travail de guérison et quand Baller reviendrait dans l'équipe, Gabe et lui pourraient travailler ensemble en professionnels, sans interférence d'ordre personnel.

C'était probablement pour le mieux, vraiment.

Mais c'était douloureux. Gabe avait vraiment cru avoir un avenir avec Dante, pas parfait, sans doute, mais réel. Et Dante lui avait beaucoup apporté. Grâce à lui, Gabe était devenu meilleur joueur de hockey, meilleur coéquipier et meilleur capitaine.

Et aussi stupide que ça paraisse, Gabe était sûr que Dante l'avait aimé. Ça se voyait à ses regards attentifs, à ses paroles, au fait qu'il retenait les goûts de Gabe, ses petites manies. Dante savait ce que Gabe allait commander au room-service, il savait quand Gabe préférait rester seul et quand il pouvait sortir la Wii ou le distraire sexuellement. Un homme n'investissait pas autant de temps et d'efforts pour plaire à un autre s'il n'y était pas attaché, pas vrai ?

Gabe venait de vider le vin dans l'évier quand on sonna à sa porte. Il alla chercher sa commande et mangea seul sur son comptoir. Il jeta les restes à la poubelle et passa au salon.

Il était trop tôt pour se coucher et il faisait trop froid pour aller jouer au golf dans le garage. Il lui fallait pourtant une distraction. Allait-il regarder la télé ?

Mario miaula plaintivement à ses pieds. Gabe se laissa tomber dans le canapé, il alluma la télé et installa le chat à côté de lui.

Mario miaula encore.

Gabe soupira et le caressa entre les oreilles.

— Toi aussi, tu vas me manquer.

SANS GABE pour l'occuper, Dante se jeta fébrilement dans sa rééducation. Le lendemain de son anniversaire, le docteur Z l'autorisa à enlever son attelle. En deux jours de physio, Dante retrouva une amplitude de mouvement raisonnable et à peu près sans douleur, aussi put-il commencer les exercices de base.

Dès qu'il fut autorisé à conduire, il attendit un match des Dekes pour passer chez Gabe récupérer son chat. Et il n'aurait même pas à soudoyer son concierge, car il avait trouvé une autre solution.

Lars Aden, le propriétaire de Kitty, vivait en Suède et il préférait ne pas laisser sa maison inhabitée, aussi avait-il demandé à Dante de s'y installer, le loyer étant jusqu'à la fin de la saison. Lars adorait les chats et comme il manquait de distractions, Dante lui avait déjà envoyé quelques vidéos. Mario aidant Dante à sa rééducation avait, en une seule nuit, fait de lui une célébrité sur Catstagram.

Au moins, Dante n'avait pas à revoir Gabe. Sa blessure lui donnait le temps de réfléchir, de se prouver à lui-même que sa relation n'avait pas été dès le départ une erreur. Il avait été si sûr que Gabe l'aimait ! Il s'était convaincu que Gabe avait besoin de temps, qu'il s'habituerait à l'idée qu'un couple, c'était normal, même avec un coéquipier, et que le public finirait par le reconnaître. Ensuite, tout irait bien.

Dante avait même cru que Gabe progressait dans cette voie.

Il s'était trompé.

Contraint et forcé, Gabe avait fait un coming-out, mais dans sa tête, il restait dans le placard. Il n'accepterait jamais de reconnaître son amour publiquement. Quand Dante ne bouillonnait pas d'irritation en y pensant, ça le rendait triste.

Il préférait se concentrer sur sa colère. C'était plus productif. Mais parfois, le chagrin s'immisçait quand même.

Par exemple le jour où sa mère, au téléphone, lui demanda comment il avait fêté son anniversaire avec Gabe.

Dante eut une bruyante inspiration.

Sa mère gloussa.

— Oh, chéri, ne sois pas choqué, je ne te demande pas de détails, je voulais juste…

— Nous ne sommes plus ensemble !

Après tout ce qui s'était passé, le reniement de sa grand-mère, la souffrance de devoir cacher sa relation avec Gabe, ses préparatifs avec Trish, pour savoir comment réagir si la vérité paraissait dans la presse, ses entretiens avec son agent et une boîte de relations publiques extérieure pour gérer un coming-out sans nuire à sa carrière…

Parce que Dante n'avait pas changé d'avis. Un jour ou l'autre, il ferait son coming-out. Mais pour ça, il attendrait d'avoir un contrat.

Et quand tout arriverait, il n'aurait plus le soutien de Gabe.

Et sa grand-mère et ses parents restaient fâchés.

— Quoi ? s'exclama sa mère, alarmée. Oh, chéri ! Je suis désolée. Que s'est-il passé ? Tu semblais si… heureux !

— Je l'étais maman, mais…

C'était un peu difficile à admettre parce que sa mère l'avait prévenu. *Il a vécu un coming-out difficile, une telle expérience l'a certainement marqué. Peut-être cherche-t-il à t'éviter la même épreuve…* Mais Dante n'avait pas demandé un coming-out, il avait juste voulu aller au restaurant.

Il ajouta la gorge serrée :

— … mais je le pensais ouvert à notre relation. J'ai compris que je me leurrais quand il a refusé de s'afficher avec moi en public le soir de mon anniversaire…

— Oh, quelle déception !

Non. Ce n'était pas une *déception*, c'était un crève-cœur.

— Ça craint, oui. Surtout que… Maman ! N'en parle pas tout de suite à papa, s'il te plaît !

— Dante…

Dante l'interrompit avec fébrilité :

— Non, maman. C'est à cause de moi que papa ne parle plus à abuela, je ne veux pas qu'il me juge… inconsistant.

Le ton de sa mère devint dur.

— Ça n'a rien à voir, Dante, rien ne justifie la façon dont t'as traité ta grand-mère !

279

Dante posa une main sur ses yeux brûlants.

— Je n'ai jamais voulu être la cause d'une telle brouille !

— Mon chéri, c'est elle la coupable, pas toi. N'en parlons plus.

Il soupira.

— D'accord.

Mais ils y furent bien obligés… parce que le lendemain, Dante reçut un appel de son père pour lui annoncer qu'abuela avait eu un AVC.

— Je vais aller la voir, déclara son père. C'est ma mère quand même !

Dante se sentit malade d'entendre tant de culpabilité et de chagrin dans sa voix.

— Bien sûr, papa ! Occupe-toi bien d'elle.

Sa grand-mère s'était comportée de façon odieuse, elle avait blessé Dante, elle avait blessé aussi son fils, mais elle était veuve et elle n'avait plus qu'eux. Et elle ne sortirait pas vivante de l'hôpital, Dante l'avait déjà compris, même si son père était resté vague sur ce qu'avaient dit les médecins.

Son père poussa un long soupir de soulagement.

— Ah, tu es un brave garçon ! Je suis fier de toi !

Son émotion si forte que Dante en frissonna.

Si Dante pensait avoir atteint le fond, il se trompait.

Les Dekes enchaînèrent plusieurs victoires. Bien entendu, Dante regardait chaque match. Il mourait d'envie de retourner sur la glace, même si ça impliquait d'affronter Gabe. Voir les deux nouveaux marquer des buts et célébrer les victoires avec l'équipe versaient du sel sur ses plaies, physique et morale, blessure et rupture.

Les médecins le félicitaient de ses progrès, certes, mais ils ne l'avaient pas encore autorisé à reprendre l'entraînement.

Après un examen complet où il avait longuement étudié l'amplitude de ses mouvements, le docteur Z déclara :

— Nous en reparlerons la semaine prochaine. Vous récupérez bien, ce serait dommage de causer de nouveaux dégâts en allant plus vite que la musique. Vous n'êtes pas encore prêt, Dante. L'équipe s'en sort très bien sans vous. Il n'y a pas urgence.

Dante pouvait difficilement expliquer au praticien que justement, c'était parce que les Dekes gagnaient *sans lui* qu'il y avait urgence *pour lui*. Il ne voulait pas perdre sa place ! Et si la haute direction décidait de le transférer, à peine opérationnel, plutôt que renoncer aux deux nouveaux qui semblaient faire l'unanimité générale ?

Côté positif, la rééducation et la physio l'épuisaient totalement, du coup, Dante s'endormait comme une masse. Son appétit, en revanche, était en berne. Il avait chez Lars une cuisine bien mieux équipée que celle de son appartement, aussi s'était-il mis à préparer des petits plats. Mais manger seul ne l'inspirait pas et il regrettait la cuisine de Gabe, l'horrible marbre y compris.

Un soir, il invita Yorkie à dîner, comme Gabe et lui avaient prévu de le faire.

— Waouh! s'exclama Yorkie. Tu es super bien installé ici!

Dante s'inclina et posa devant lui une assiette pleine.

— Et ma cuisine est bien meilleure que le room-service. *Buen provecho* [32].

— Merci.

Dante savait qu'il devait manger, il savait également que son plat était excellent, pourtant, il n'avait pas faim.

Pendant que Yorkie engloutissait deux portions et demie, Dante peinait à avaler.

Finalement Yorkie repoussa son assiette, il suça la sauce qu'il avait sur le pouce, s'essuya la bouche avec une serviette et demanda :

— Tu es bien sombre, tu as un problème? Enfin, à part ton bras?

Dante ne comptait pas déverser ses emmerdes sur un futur papa.

— Non, non, c'est juste que ces putains d'analgésiques me coupent l'appétit.

Il mentait. Ces derniers temps, il ne prenait que de l'Advil.

Yorkie lui lança un regard sceptique.

— Ah, vraiment? T'as pas rompu avec Gabe, alors?

Dante en resta bouche bée.

— Euh… tu étais au courant?

Yorkie roula des yeux.

— Peuh! J'ai bien vu que tu n'étais jamais dans ton lit quand j'allais me coucher, quand même. En plus, vous étiez une fois dans la chambre d'à côté et laisse-moi te dire que les murs des motels sont pas bien épais!

Dante grimaça.

— Pas étonnant que tu dormes aussi mal!

Yorkie éclata de rire.

— Tu te flattes, mec, tu n'as jamais été la cause de mes insomnies!

---

32 « Bien davantage » (esp.)

Il vida son verre de lait. Étant majeur, il pouvait boire si ça lui disait, mais jamais il ne conduisait avec de l'alcool dans le sang. Il prenait son rôle de futur papa très au sérieux.

— Ballsy, insista Yorkie, tu ne veux pas me raconter ce qui s'est passé?

Oh, si, Dante mourait d'envie de se confier à un coéquipier – et ça ne pouvait pas être son capitaine, bien évidemment.

— Mais... tu ne vas pas trouver ça gênant?

Yorkie ricana et s'accouda sur la table.

— Plus que de vous entendre baiser? Non! Allez. J'adore les potins!

Dante hésita.

— Oui, je sais, mais.... Gabe est notre capitaine, ça me paraît moche de parler de lui dans son dos.

— Ah, je vois. C'est donc toi qui as rompu.

Dingue, non? Dante n'avait rien dit et Yorkie avait tout compris. Sans doute son visage exprima-t-il sa stupeur, car Yorkie ricana.

— Faut pas être génial pour piger. Gabe est super sympa, mais c'est un maniaque du contrôle. Pas toi.

— Oui... ça résume pas mal la situation.

Il ne comptait pas entrer dans des détails que Yorkie n'avait pas à connaître. Il ne voulait pas non plus que son coloc se sente obligé de prendre parti pour lui, contre Gabe. Si Dante voulait revenir cette année, il fallait que les Dekes se qualifient aux séries éliminatoires, pour ça, ils devaient rester soudés. Donc, il était essentiel d'éviter les querelles stériles avec le capitaine.

Et ça s'appliquait aussi à Dante.

Pouah! Aurait-il atteint le seuil critique de la maturité?

— D'accord, admit Yorkie d'un ton dubitatif. Mais si tu ne comptes pas parler de tes problèmes relationnels, puis-je au moins te raconter les miens?

— Oui, bien sûr. Je suis tout ouïe.

Dante en avait ras la frange de ressasser ses états d'âme. Une autre perspective lui serait bénéfique.

— Alors, enchaîna Yorkie, figure-toi que je vais me marier. Tant que Jenna n'a pas fini ses cours, nous ne pouvons pas vivre ensemble et ça risque de coincer pour qu'elle soit considérée comme ma compagne. Alors, Bricks, notre responsable syndical, a trouvé une solution: la plus sûre façon pour que Jenna et le bébé bénéficient de mon assurance santé et de ma mutuelle, c'est le mariage.

Comme si Yorkie avait besoin d'une excuse pour épouser sa chérie ! Il parlait constamment d'elle dès qu'il avait un moment libre, hors de la glace, Dante le savait mieux que personne.

Il posa son coude sur le comptoir et son menton sur sa main.

— D'accord. Et alors ?

— Eh bien, j'ai pensé qu'elle aimerait peut-être acheter une robe pour la cérémonie, un truc chouette... Même pour un simple mariage civil à la mairie, autant marquer le coup, tu ne crois pas ? Mais quand j'ai proposé de faire du shopping le week-end prochain, elle s'est fâchée !

Sans doute un hiatus de femme enceinte, pensa Dante, qui ne s'aventura pas à le dire à haute voix.

— Fâchée... fort ?

Yorkie soupira, le front plissé.

— Je ne sais pas trop, c'est dur à déterminer par texto. Surtout qu'elle ne répondait pas, justement, et j'ai trouvé ça louche. Alors, je l'ai appelée.

Dante sourit.

— Un concept inédit. Et alors ?

— Je crois qu'elle a mal compris ma proposition. Elle a demandé pourquoi elle devrait acheter une robe de mariée puisque nous n'aurons pas de vrai mariage, avec des invités, un bal et un gros gâteau... Elle a dit aussi qu'elle ne veut pas être enceinte dans une robe de mariée et elle m'a accusé aussi de la trouver grosse parce que ses vêtements ne lui vont plus.

Les yeux écarquillés, il paraissait totalement déconcerté.

— Bizarre comme réaction ! railla Dante.

— Oui, hein ? s'exclama Yorkie. D'abord, je ne l'ai pas revue depuis des semaines. Comment je saurais si elle a grossi ?

Dante espérait qu'il n'avait pas dit ça à Jenna.

— Yorkie...

— Et nous allons avoir un vrai mariage, bien sûr, même si tout est un peu précipité à cause du bébé. Pourquoi elle ne m'a pas dit qu'elle voulait un gâteau et tout le tralala ? Je suis prêt à lui offrir le monde, merde !

— Diable, quand tu as parlé de problèmes relationnels, j'ai cru que tu te foutais de moi, que tu comptais me dire que tout allait bien dans le meilleur des mondes, mais non, tu as un vrai problème... de communication !

Yorkie fit une grimace. Puis il secoua la tête.

— Pauvre Jenna ! Ce n'est pas facile pour elle, je suis sûr que les hormones de sa grossesse ont causé quatre-vingt-dix-neuf pour cent de

283

notre différend. Mais quand même, si elle me dit rien, comment veut-elle que je devine qu'elle est désespérée de plus rentrer dans ses vêtements ?

— C'est vrai, acquiesça Dante. Tu ne sais pas lire dans les esprits !

Là, il se sentit mal. N'avait-il pas agi exactement comme Yorkie ? Pourquoi s'était-il attendu à ce que Gabe devine ce qu'il pensait, ou ce qu'il voulait ? Bien sûr, il avait précisé qu'il ne resterait pas éternellement dans le placard… mais il était resté vague quant à la date de son coming-out. Et il avait indiqué qu'il aimerait manger un steak pour son anniversaire, sans préciser qu'il s'agissait d'un ultimatum.

Au lieu d'être franc, il avait refoulé sa frustration d'être caché comme un secret honteux… avant de cracher ses griefs au visage de Gabe.

En y réfléchissant, il n'était pas très fier de lui, quels qu'aient été les torts de Gabe.

Soudain, Yorkie demanda :

— Qu'est-ce que tu as ?

Dante réalisa qu'il était resté silencieux trop longtemps. Il esquissa un sourire.

— Dis-moi un truc : tu n'as pas dit à Jenna que tu ignorais qu'elle avait grossi ?

Yorkie éclata de rire.

— Oh, déconne pas. Je ne suis pas complètement idiot !

Non, il ne l'était pas… mais Dante si.

DÉBUT FÉVRIER, Gabe avait trouvé un bon rythme avec ses deux nouveaux ailiers. Malheureusement, après quelques victoires, les Dekes affrontèrent plusieurs adversaires difficiles et se remirent à descendre dans le classement tandis que Toronto et New York remontaient.

Gabe était effondré. Allaient-ils rater les séries éliminatoires malgré le douloureux transfert de Kitty ?

Il faisait de son mieux pour garder l'équipe concentrée et motivée, mais remonter le moral des autres quand on était soi-même au trente-sixième dessous n'était pas si facile. Tous les deux jours, il téléphonait à Flash pour vider son sac.

Quand Gabe appela un jour où les Dekes n'avaient même pas d'entraînement, Flash finit par s'énerver.

— Pour l'amour de Dieu ! Gabe, tu t'en sors très bien. Ces difficultés sont normales avec des nouveaux : tu essayes de les intégrer dans ta ligne. Ça demande du temps.

Gabe grogna de frustration.

— Oui, mais les premiers matchs ont été brillants, je ne comprends pas ce qui foire à présent !

— *À présent*, intervint Flash, tes nouveaux coéquipiers n'ont plus rien à prouver. Quand un joueur arrive dans une nouvelle équipe, il se donne à fond les premiers matchs pour impressionner les fans et les entraîneurs, mais ce niveau d'intensité ne dure pas, il ne peut pas durer. Trouve le niveau qui te convient et apprends à travailler avec.

Gabe se sentait trahi.

— Comment ? Je ne peux pas leur demander de se donner à cent dix pour cent ? persifla-t-il, mi-outré, mi-railleur. Même en insistant ? *À force de taper sur le clou, on finit par l'enfoncer !*

Bien entendu, Flash partit dans une féroce diatribe contre les idiomes ridicules des Anglais et les lacunes de l'école publique dans la province de l'Ontario. Gabe ne put qu'éclater de rire. L'effet fut cathartique, il riait peu ces derniers temps.

Il n'avait pas réalisé toute la place que Dante avait prise dans sa vie jusqu'à ce que tout à coup, il n'y soit plus – plus de jeux vidéo, plus de soirées cinéma, plus de sexe, plus de savoureux dîners-surprises préparés dans sa cuisine. Même Mario lui manquait ! Gabe regrettait de ne pas le voir arriver en courant pour l'accueillir quand il rentrait chez lui le soir, ou courir derrière un palet, ou dormir sur le canapé. Cette maison dans laquelle Gabe avait toujours vécu seul était devenue vide et froide.

Les déplacements n'étaient pas plus gais. À cette époque de la saison, les habitudes étaient prises, les gars s'asseyaient par paire dans les avions ou les bus. Gabe avait plus d'amis qu'avant, il ne se distinguait pas trop, mais Flash et Dante étaient absents, Kitty parti, Yorkie partageait sa chambre avec Slimer. C'était un changement de routine et par principe, Gabe détestait. En général, il s'asseyait avec Olie, tout en regrettant les goûts musicaux du gardien des Dekes : avant chaque match, Olie écoutait un affreux *death metal* suédois, le casque sur les oreilles, le son à fond. Bref, il n'était pas très bavard.

Les seules fois où Gabe se sentait vivant, c'était sur la glace, avec le palet sur sa lame et un adversaire qui le poursuivait. Mais les nouveaux ailiers ne le lisaient pas aussi bien que Dante, ils ne faisaient pas rire, ils ne chantaient pas *Move Like Jagger* à tue-tête.

285

Même célébrer un but avec eux rendait Gabe mélancolique. Au moment du télescopage, ni l'un ni l'autre ne ressemblaient à Dante.

Les Dekes gagnèrent de justesse à Detroit, après des prolongations. En rentrant au Canada, ils se trouvèrent devant une épaisse couche de neige fraîche et un week-end libre – une vraie rareté ces temps-ci.

Gabe s'endormit dans un lit froid qui lui paraissait trop grand. Le lendemain il fut réveillé par la sonnerie de son téléphone. Il tâtonna pour y répondre sans lever la tête de son oreiller.

— Allo ?

— Bien, tu es réveillé ! s'exclama Flash avec entrain.

Gabe gémit.

— Quelle heure est-il ?

— L'heure de se réveiller. Yvette organise un dîner. Tu es invité.

Gabe se frotta les yeux pour les débarrasser de leurs chassies.

— À quelle heure ?

Il ne demanda même pas pourquoi Yvette avait eu cette lubie, ça la prenait de temps à autre – et personne n'avait intérêt à refuser une invitation.

D'ailleurs, décida Gabe, voir du monde lui ferait du bien, ça lui permettrait d'échapper quelques heures à sa maison trop silencieuse. Peut-être penserait-il moins à Dante.

Il arriva chez les Fillion avec son habituelle bouteille de whisky et découvrit vite qu'il serait la cinquième roue du carrosse. La sœur d'Yvette et la nounou avaient emmené les enfants, Olie et Adèle étaient assis au salon, un verre à la main.

Flash vint accueillir Gabe et lui tendit un verre de vin.

— Merci. Comment va ta hanche ? demanda Gabe.

Flash semblait marcher normalement, mais ça ne voulait pas dire grand-chose.

Yvette intervint en agitant un doigt.

— On ne parle pas de hockey, Gabe ! Tu connais les règles !

Il leva ses mains.

— Excuse-moi, je suis un peu rouillé.

Elle plissa les yeux, la mine spéculative.

— C'est vrai, ça ! Tu n'es pas venu nous rendre visite depuis un bail. Tu étais trop occupé, je présume ?

Comme elle venait de lui interdire de parler hockey, le « trop occupé » n'était sans doute pas d'ordre professionnel… Diable ? S'intéresserait-elle à sa vie personnelle ? Affolé, Gabe se tourna vers Flash, mais son ami s'entretenait avec Olie et Adèle. Merde !

Il agita vaguement la main.

— Tu sais bien, dit-il. Être capitaine…

Yvette leva un sourcil sceptique. Manifestement, elle ne le croyait pas, mais elle n'insista pas. Elle lui désigna un siège.

— Assieds-toi, Gabe, les tourtereaux ont une annonce à faire.

Les tourtereaux.

Gabe soupira et s'assit dans un fauteuil, face au canapé où Olie et Adèle étaient serrés l'un contre l'autre, leurs mains entrelacées.

Oh.

Sacré caillou ! pensa Gabe, détaché. Les bijoux ne l'intéressaient que s'ils étaient liés au hockey. Un jour, il aurait une énorme et rutilante chevalière de Coupe, pas tant parce qu'il voulait la porter, mais pour la victoire qu'elle représentait.

Mais cette bague de fiançailles offerte par Olie à Adèle avait un sens elle aussi, elle représentait une relation. Et l'alliance signifiait le mariage. Dante secoua la tête. Tant qu'à porter une alliance, il aurait préféré le faire discrètement. Pourquoi au bout d'une chaîne, comme Dante…

Merde.

Olie et Adèle annoncèrent leur engagement après le dîner. Gabe les félicita sans arrière-pensée, il était content pour eux, sincèrement.

Mais une fois qu'il s'écarta d'eux, il retomba dans le maelström de ses pensées. Pourquoi se sentait-il si seul ? L'avait-il toujours été sans même le reconnaître parce qu'il ignorait ce qui lui manquait ?

Il s'était toujours dit qu'il penserait à l'amour une fois sa carrière dans le hockey derrière lui. Et il n'avait pas osé y penser plus avant. Peut-être était-ce justement la vraie raison : il avait su, au fond de lui, que s'il regardait sa vie de trop près, il en verrait la vacuité. Oh, pas parce que le célibat était critiquable, mais parce que Gabe s'était fermé à la possibilité même de l'amour.

Bon sang, il devenait sinistre. Était-ce à cause du vin ?

Il repoussa son verre et essaya de se recentrer sur la conversation.

Adèle disait :

— … je tenais absolument à mettre nos familles et amis au courant avant que les mouchards du hockey s'emparent de l'histoire !

Surpris, Gabe fronça les sourcils.

— Quels mouchards ?

— Gabe ! lancèrent plusieurs voix.

287

Adèle et Yvette roulaient des yeux tandis qu'Olie et Flash grognaient. Apparemment, Gabe s'aventurait dans un terrain miné.

— Ai-je dit une connerie? insista-t-il.

Yvette secoua la tête.

— Comment peux-tu ne pas connaître les colporteurs de ragots du hockey, Gabe? Un jour, enceinte de neuf mois de Baz, je faisais la queue à l'épicerie, pas maquillée, dans un vieux survêtement parce que c'était tout ce que je supportais, quelqu'un a pris ma photo et l'a postée en ligne. L'avocat de la partie adverse a essayé de l'exposer au tribunal. Grâce au ciel, le juge était une femme. Elle ne l'a pas raté!

— Attends… quoi? s'exclama Gabe, consterné.

— Dis-moi, il t'arrive de sortir de chez toi? demanda Flash. Franchement? Je sais bien que tu dragues peu, mais tu n'as jamais eu de problèmes avec Internet et les médias?

— Bien sûr que si! protesta Gabe. Et c'était à cause de quelqu'un que j'avais dragué, comme tu dis!

Ce n'était peut-être qu'un incident mineur, mais sa vie en avait été bouleversée. Il repoussa son assiette. Il avait perdu l'appétit.

Adèle le fixa en inclinant la tête

— Tu n'as pas cru que ça n'arrivait qu'à toi, hein?

Gabe se sentit très con. Il l'avait pensé, oui.

— Eh bien… je ne me suis pas posé la question.

— Tant mieux pour toi!

Yvette lui passa un plat de baklavas dégoulinants de miel.

— Au fait, enchaîna-t-elle, tu sais ce qui est arrivé à la pauvre Jenna? Une de ses colocs a raconté sur Internet que le bébé n'était peut-être pas de Tom. Il a aussitôt menacé cette garce de poursuites judiciaires. Très satisfaisant!

Gabe en avait entendu parler, oui, mais sans y prêter attention. Si on se mettait à écouter les rumeurs! Et Yorkie avait eu le bon sens de ne pas lui demander de conseils d'ordre juridique.

— C'est dingue de raconter des conneries pareilles! s'emporta-t-il. Les gens n'ont-ils rien de mieux à faire? Pourquoi font-ils ça? Qu'est-ce que ça leur rapporte?

Yvette eut un regard ironique.

— Qui sait pourquoi les gens agissent? Vous, les joueurs de hockey, vous êtes différents. Sur Internet, tout n'est pas tout mauvais, tu sais, chaque fois qu'un affreux misogyne lance une absurdité, ça déclenche des messages de soutien et de réconfort.

— J'ai commencé à donner la marque de mes baskets dans mes publications Instagram, déclara Adèle. Tout le monde veut les mêmes.

— Oui, elles sont superbes.

— C'est vrai, sauf que maintenant, les marques m'envoient des chaussures gratuitement !

L'esprit embrumé, Gabe se mit à manger son dessert. Manifestement, il avait eu la tête dans le cul sur pas mal de points. Dire qu'il s'était cru le seuil à être pointé du doigt parce qu'il était gay alors que ses coéquipiers et leurs compagnes vivaient le même calvaire : eux aussi étaient dans le viseur des paparazzis, leur vie privée livrée à l'avidité du public. Ainsi, même si Gabe avait été hétéro, les gens auraient commenté – et critiqué – sa vie personnelle ? Il avait le choix : soit ne pas avoir de vie, soit... apprendre à supporter l'attention.

Honnêtement, quel en serait l'impact ? Trish savait museler les médias et rediriger les questions sur le hockey. Erika savait trier les interlocuteurs de Gabe, elle ne le laissait jamais affronter un interviewer susceptible de le mettre mal à l'aise. Alors, où était le problème ? De quoi Gabe avait-il peur ?

Il avait été si fier de s'être enfin ouvert à l'équipe, de s'être fait des amis, d'avoir appris à mieux connaître son entourage. D'après lui, c'était un grand pas en avant.

Ce soir, il réalisait que c'était juste un masque derrière lequel il s'était caché, parce qu'au fond, il restait coincé dans son placard.

Aimer son intimité, c'était une chose. Mais Gabe s'était tellement concentré sur son nombril, sa routine et ses petites habitudes qu'il n'avait pas compris que ce mode de vie, s'il lui convenait, suffoquait Dante. Gabe se doutait bien que leur relation ne pourrait rester longtemps un secret, mais il s'était obstiné à faire de la résistance passive plutôt qu'affronter le problème en adulte, en amant, en partenaire.

Maintenant, il savait ce qu'il voulait. Il savait aussi que son objectif valait tous les efforts.

La question était : comment réparer ses erreurs ?

Et Dante accepterait-il encore de l'écouter ?

ABUELA MOURUT un vendredi.

Dante n'était pas encore autorisé à s'entraîner, alors, il prit un avion pour la Louisiane afin d'être avec ses parents. Ils vinrent le chercher à l'aéroport, les yeux rouges et cernés. Ils serrèrent très fort Dante dans leurs bras.

Il ferma les yeux et savoura leur étreinte, il s'en imprégna.

La veille des funérailles, son père frappa à sa porte.

— Puis-je entrer ?

Dante coupa le match de hockey qu'il regardait, Edmonton contre Calgary.

— Oui ? Qu'y a-t-il ?

Son père s'assit sur le bord du lit.

— Je n'ai pas voulu t'en parler au téléphone, mais je pense... voilà, maman voulait que je te donne ça.

C'était un billet, plié et replié comme si son père l'avait longtemps tenu entre ses mains. Il avait dû le lire... sinon, il n'aurait pas accepté de le donner à Dante.

Le cœur battant, Dante ouvrit le message.

Les mots étaient à peine lisibles, l'écriture ne ressemblait plus à celle d'*abuela*, si régulière et précise.

Mijo,

J'ai peur pour toi. Je ne comprends pas pourquoi tu fais ce que tu fais, mais je n'ai pas à te comprendre pour t'aimer.

Dante déglutit, il posa la lettre sur le lit et se couvrit les yeux d'une main. Son père passa le bras autour de ses épaules et l'attira contre lui.

Dante avait pensé qu'elle était morte pour lui... celle qui l'avait renié, celle qui lui avait appris la cuisine, celle qui l'adorait étant petit, celle qui regardait des *telenovelas* avec lui après l'école.

Même s'il était têtu, même s'il avait cherché à s'endurcir, il n'avait pas cessé d'espérer qu'*abuela* revienne vers lui, qu'elle s'excuse et implore son pardon, qu'elle lui dise qu'elle l'acceptait tel qu'il était – ainsi que l'homme qu'il aimait.

Cette réconciliation potentielle avait disparu en même temps qu'*abuela*, c'était très douloureux, comme un antiseptique versé sur une plaie. Mais au moins, l'entaille pouvait désormais se refermer, elle ne suppurerait pas, elle ne laisserait pas de cicatrice indélébile.

Dante ne se souvenait pas d'avoir emballé la bague et la chaîne que sa grand-mère lui avait données à Noël, mais il les retrouva dans sa trousse de toilette quand il rangea ses affaires après les funérailles.

Il était trop tard pour se réconcilier avec *abuela*.

Mais en regardant l'alliance de son grand-père, Dante pensait à une autre réconciliation qui restait possible

L'anneau allait peut-être lui porter chance.

C'était à vérifier.

LES DIEUX du hockey accordaient peut-être des miracles, parce que deux jours après son retour de Louisiane, Dante obtint enfin le droit de s'entraîner avec l'équipe.

Soulagé d'être de retour sur la glace, il ne pensa même pas à s'inquiéter de retrouver Gabe, du moins pas avant d'entrer au vestiaire, quand il se souvint que leurs casiers étaient côte à côte.

Mais il était déterminé à agir en adulte et à affronter ses problèmes.

Celui d'aujourd'hui était : «mon ex est nu devant moi et je suis toujours raide dingue de lui, même s'il m'a brisé le cœur.»

Vu que leur liaison n'avait pas été aussi discrète que prévu – ou du moins que Gabe le pensait –, Dante s'était demandé s'il n'y aurait pas une tension entre les autres et lui.

Il n'eut pas le temps de le vérifier.

Il était à peine entré au vestiaire que Bricks se leva et lui claqua le dos de sa main charnue.

— Oh, regardez qui voilà! Gentil de ta part de passer nous voir!

— Oui, hein?

Ravi et soulagé, Dante l'étreignit fraternellement, puis il traversa le vestiaire et salua Olie et Slimer au passage.

Gabe l'attendait à côté de son casier.

— Content de te revoir, Baller.

Il baissa la voix et ajouta d'un ton prudent :

— Je suis désolé pour ta grand-mère.

La gorge serrée, Dante croassa :

— Merci.

Quand son capitaine lui tendit la main, Dante crut noter dans sa mâchoire crispée de la détermination. Merde! Ce n'était pas ce qu'il voulait, mais il prendrait ce qu'on lui offrait – et un peu plus. Il accepta la poignée de main et garda les doigts de Gabe dans les siens un peu plus longtemps.

Gabe détourna les yeux le premier.

C'était un début.

Dante devant encore y aller mollo, il portait un maillot différent des autres pendant l'entraînement pour que ses coéquipiers pensent à le ménager.

Il détesta cette restriction quand il parvint à envoyer un palet entre les jambes d'Olie, parce qu'il aurait adoré avoir un prétexte pour télescoper Gabe. Instinctivement, le capitaine avançait déjà vers lui, puis il vit le maillot et se détourna. C'était frustrant !

En guise de celly, Gabe tapota son casque.

Horrible !

Une semaine plus tard, Dante reçut enfin l'autorisation de s'entraîner normalement.

— Eh bien, déclara le Dr Z, je n'irais pas jusqu'à parler de miracle, mais je ne vois aucune raison pour que vous ne retourniez pas jouer.

Dieu merci ! Un souci de moins !

Dante rongea son frein pendant encore trois matchs avant que l'entraîneuse le renvoie sur la glace. Et là, il connut l'indignité de ne jouer que dix minutes seulement en quatrième ligne.

Il se rattrapa marquant un but haut.

Il fut félicité et étreint par son ailier et son centre, mais ce n'était pas ce qu'il voulait.

Son insatisfaction perdurerait jusqu'à ce qu'il retrouve sa place en première ligne. En même s'il réussissait à jouer à côté de Gabe, il n'aurait atteint qu'une partie de son objectif.

En attendant, il se concentrerait sur une étape à la fois. Il prouverait à tout le monde que Gabe et lui pouvaient jouer ensemble même si leur relation avait foiré. Alors seulement, il tenterait de guérir son cœur comme il l'avait fait avec son bras. Il n'avait qu'à attendre son heure, à jouer le mieux possible et à croiser les doigts.

Et à regarder St. Louis avec des yeux de Chat Potté chaque fois qu'elle programmait le temps de patinage des diverses lignes avant chaque match.

Pour son troisième match, Dante joua à Raleigh. Les Dekes avaient perdu les deux derniers jeux et ils étaient au coude à coude pour le dernier joker. L'entraîneuse ne finalisa la composition de l'équipe qu'à la dernière minute, aussi Dante était-il déjà prêt quand il apprit la nouvelle de Moser, leur nouvel ailier gauche.

— Tu en es, Baltierra, déclara-t-il, le pouce levé. Tu réussiras peut-être à suivre le capitaine, moi, j'ai du mal. Trop occupé à courir après le palet pour qu'il puisse marquer, je n'ai plus le temps de me consacrer à mon hobby.

Dante éclata de rire. Moser mesurait pas loin de deux mètres et son hobby, c'était le sandwich humain : il écrasait volontiers ses adversaires contre les rambardes.

— Moose, tu ne dois pas patiner vers l'endroit où se trouve le palet, mais…

— … là où il va arriver, acheva Gabe.

Il y eut une seconde de gêne quand il croisa les yeux de Dante, comme si tous deux admettaient ce qui s'était passé entre eux. Puis Gabe se reprit et frappa Moser dans le dos.

— C'est bon, Moose. Nous avons l'avantage numérique.

Apparemment, ils avaient développé une amitié pendant l'absence de Dante, parce que Moser sourit, ravi.

— Ah, Cap ! Tu es vachement sympa !

Dante ne put attendre davantage.

— Gabe ?

Gabe tourna vivement la tête.

— Quoi ?

Dante se racla la gorge.

— Peux-tu m'accorder une minute… ?

Gabe regarda l'horloge. Puis il jeta un coup d'œil autour de lui, le vestiaire se vidait rapidement. Il aimait être le premier sur la glace pour les échauffements, Dante le savait, mais Gabe devait trouver cette conversation importante parce qu'il hocha la tête. Et Dante crut lire du soulagement sur son visage.

— Retrouve-moi dans la salle des entraîneurs, déclara Gabe.

Oh. Il voulait de l'intimité ? Était-ce de bon augure pour Dante ou le contraire ? La question était probablement stupide. Gabe, fidèle à lui-même, agissait ainsi pour pas qu'on les voie ensemble.

Dante n'attendit pas longtemps, trente secondes plus tard, Gabe le rejoignait et refermait la porte derrière lui.

Dante ouvrait la bouche, sans trop savoir ce qui allait en sortir, quand Gabe le prit de court.

— Tiens, c'est pour toi. Avant toute autre chose, je voulais… eh bien, joyeux anniversaire en retard !

Il tendait une enveloppe bleu foncé avec le nom de Dante de son écriture excessivement nette et précise.

293

Pendant une seconde, Dante fixa l'enveloppe avec des yeux hagards. Les bords étaient usés, comme si Gabe la gardait dans son sac depuis des semaines. Et c'était sûrement le cas, sinon, pourquoi l'aurait-il eue sur lui?

Dante finit par retrouver sa voix – et sa bonne éducation.

— Merci.

D'un geste automatique, il glissa le doigt sous le rabat et brisa le sceau. Il sortit une carte d'anniversaire enfantine, très brillante, avec une licorne en paillettes arc-en-ciel. Devant le 3 géant, Gabe avait dessiné un 2. Cette carte ne lui ressemblait pas, mais elle était tout à fait dans les goûts de Dante, vraiment.

Il sourit et lut la dédicace.

Désolé, ce n'est pas les Fidji. Nous irons peut-être la prochaine fois si tu n'aimes pas Bora-Bora. Bon anniversaire

Gabe avait signé avec un petit cœur tordu, qui fit néanmoins palpiter d'émotion celui de Dante.

Il y avait deux vouchers dans la carte, des billets d'avion aux noms de Dante Baltierra et Gabriel Martin pour la Polynésie et quinze jours dans la suite royale d'un hôtel de luxe, dont la brochure était jointe.

Le courriel de confirmation était daté du jour où Dante s'est disloqué le coude.

Dante crut qu'il allait tomber dans les pommes.

Gabe dansa d'un pied à l'autre et Dante le sut uniquement parce qu'il l'entendit. Il regardait toujours la brochure. Dieu, cette eau était si bleue! Et cette paillote… ce serait tellement bien!

— Je peux encore changer, je pense, déclara Gabe hâtivement. Si tu ne veux pas de ma compagnie, mais je pensais…

Espèce d'idiot, pensa Dante, ravalant un sourire tout à fait niais.

— Tu m'offres le voyage de mes rêves pour mon anniversaire!

— Si tu n'aimes pas…

— Tu avais ça dans ta poche le jour de mon anniversaire et tu m'as laissé te quitter parce que tu avais annulé notre réservation au restaurant? Mais t'es con ou quoi, Gabriel!

Dante ne savait plus s'il devait rire ou pleurer.

— Tu es déçu?

Dante renonça à contrôler ses émotions. Il poussa Gabe contre la porte et l'embrassa, déversant dans ce baiser désespéré tout ce qu'il n'avait pas dit au cours des derniers mois. Gabe émit un petit cri surpris que Dante but à même sa bouche, puis il empoigna Dante par son maillot.

Seigneur ! Qu'ils avaient été cons !

Une sonnerie retentit au loin, rappelant à Dante que question connerie, là, ils s'enfonçaient. À contrecœur, il s'écarta. Gabe avait l'air hébété et heureux, ses boucles étaient tout ébouriffées. Dante avait le vague souvenir d'avoir serré les doigts dedans.

— Il faudra quand même qu'on parle, chuchota Dante.

Gabe acquiesça en silence, un sourire aux lèvres. Bien que tenté d'y répondre – ce sourire était contagieux ! –, Dante essaya de garder un visage sévère. Il pointa du doigt.

— Et n'espère pas te racheter avec des vacances à Fidji chaque fois que tu déconnes !

Le sourire de Gabe devint rayonnant.

— C'est Bora-Bora !

— Là n'est pas la question, dit Dante. Nous en reparlerons après le match !

— D'accord, acquiesça gaiement Gabe.

Il ne bougeait pas. À ses lèvres enflées, on voyait bien qu'il venait d'être embrassé. Dante le trouvait adorablement tentant, mais il tenait aussi beaucoup aux séries éliminatoires.

Il était temps que le capitaine des Dekes pense un peu au hockey !

— Et si nous retournions sur la glace ? suggéra Dante.

Gabe perdit enfin son air hébété, il rougit et regarda autour de lui.

— Meeerde !

Dante était gonflé à bloc, une chance, d'ailleurs, car le match fut brutal. La Caroline jouait aussi sa participation aux séries et dorénavant, chaque point comptait. Dante n'avait patiné que dix ou douze minutes durant les deux derniers matchs, ses quadriceps en avaient pâti. À la fin de la deuxième période, ses muscles étaient en feu.

Aucun but n'avait été marqué quand les Dekes firent une pause au vestiaire. Dante grinçait des dents. Il tenait vraiment à une celly.

Il voulait célébrer la victoire des Dekes en plus de sa réconciliation avec Gabe.

Avant le commencement de la troisième période, St. Louis leur servit son discours d'encouragement habituel :

— Vous pouvez gagner ! Vous avez un solide jeu défensif. Cherchez maintenant à exploiter les faiblesses dont nous avons parlé pendant l'entraînement. Les arbitres nous ont accordé une pénalité à la fin de la seconde période, vos adversaires sont en davantage numérique, profitez-en.

Évitez les prolongations, s'il vous plaît, j'ai hâte d'en avoir fini, j'ai mal au dos et mes pieds sont enflés. Profitez de cette pénalité et marquez !

Gabe, qui parla après elle, se contenta de dire :

— Vous avez entendu la dame ? Je n'ai rien à ajouter. Allons-y !

Tous les joueurs passèrent tous devant l'entraîneuse pour retourner sur la glace. Soudain, Dante eut une idée folle – presque inappropriée, en réalité. Il s'arrêta devant St. Louis, leva sa main gantée et remua ses doigts.

— Coach, je me demandais, euh… Je peux toucher votre ventre pour me porter chance ?

L'entraîneuse, sidérée, lui jeta un regard féroce. Puis elle acquiesça.

— Je croyais avoir tout entendu, manifestement, je me trompais. Oui, allez-y, je tiens vraiment à ce que vous gagniez ce match !

Dante effleura la bosse proéminente. À travers son gant, il ne sentit pas grand-chose, mais c'était sans réelle importance.

— Merci, bébé ! s'exclama-t-il

Ce ne fut sans doute qu'une coïncidence, mais à peine de retour sur la glace, Dante marqua son tir de pénalité, exactement comme St. Louis l'avait réclamé.

Les joueurs se placèrent pour la remise en jeu et le palet tomba, Dante le trouva sur sa lame et le fit glisser sur la glace jusqu'à Gabe, qui tira sans marquer. Dante récupéra le palet sur le rebond, il avait un angle parfait jusqu'au filet. Il tira par-dessus la crosse du gardien adverse.

— Ouiii ! cria Dante.

Ravi, il leva les bras en l'air, puis il expulsa tout l'air de ses poumons quand quatre de ses coéquipiers lui rentrent dedans l'un après l'autre. Le plus proche, c'était Gabe. Dante s'appuya contre lui.

— C'est comme si tu n'étais jamais parti ! railla Gabe.

Leurs regards se rencontrèrent et le temps d'un battement de cœur, tout le reste disparut, y compris les trois Dekes autour d'eux.

Puis le match reprit. Et la chance de l'équipe se confirma. À mi-période, la Caroline changea de gardien et la pression monta dans la zone défensive des Dekes. Dante bloqua un tir à trois mètres de la ligne bleue, mais il nota à peine la douleur, le palet était en neutre zone et il n'y avait plus personne entre lui et le filet. Le but fut enregistré, le score était de 2 à 0 en faveur des Dekes.

Quand il retourna vers son banc, Dante désigna le ventre de St. Louis et leva le pouce. Elle éclata de rire.

Le gardien de Caroline était bon, mais les Dekes avaient désormais le vent en poupe et Dante ne comptait pas lever le pied de l'accélérateur.

Enfin, c'était une image, parce qu'avec des patins…

Deux minutes avant la fin du match, sa ligne se trouva coincée sur la glace et le palet fila en zone offensive, à la recherche d'un troisième but. Les jambes et les poumons brûlants, Dante faisait écran devant le filet, alors, quand il vit le but entrer, il se fichait un peu de savoir comment le palet était arrivé là. Il était trop soulagé de pouvoir enfin souffler.

Le juge de ligne donna le but à Gabe et les Dekes se précipitèrent pour féliciter leur capitaine. Trente secondes plus tard, le bruiteur sonna la fin du match.

Bien évidemment, Dante voulait une celly, mais son mode de célébration préféré impliquait une conversation préalable avec Gabe. Et ce ne serait pas pour tout de suite.

Gabe s'était absenté pour parler aux journalistes. Il riait encore quand il revint.

Dante, qui frottait ses cheveux mouillés avec une serviette, demanda :

— Qu'y a-t-il de si drôle ?

Gabe lui lança un palet, que Dante attrapa de la main gauche.

— Tu sais d'où vient notre dernier but ? Le palet a ricoché sur ton patin. C'est dingue, non ? Si je ne l'avais pas vu, je n'y aurais pas cru !

Dante sourit. C'était *vraiment* son jour de chance.

AU RESTAURANT où toute l'équipe se rendit après le match, Dante ne chercha pas à parler à Gabe. En fait, il évita même de s'asseoir à côté de lui, conscient que dans le cas contraire, il n'aurait pu s'empêcher de le tripoter sous la table.

Il le ferait peut-être un jour, mais dans un autre contexte. Et pas à Raleigh.

L'équipe retourna à l'hôtel par petits groupes. Dante était dans l'escalier quand il reçut un message de Gabe avec son numéro de chambre. Il décida de ne pas perdre du temps en passant par la sienne.

Yorkie marchait devant lui.

— Yorkie ? cria Dante. Ne m'attends pas !

— D'accord, Baller !

Sans l'écouter, Dante éteignit son téléphone et fila vers l'ascenseur. Sans doute dut-il appuyer sur le bouton, entrer dans la cabine, monter jusqu'au dernier étage, sortir de l'ascenseur, avancer dans le couloir… mais il ne s'en souvint pas. Il sut juste que quand il frappa à la porte, elle s'ouvrit.

Gabe le fit entrer. Il le fixa ensuite comme si Dante était à la fois la Coupe Stanley, le trophée Art Ross* et une médaille d'or olympique.

Ce regard eut sur son ego un effet terrible et merveilleux.

Dante entra dans la chambre et s'assit devant le bureau – mieux valait éviter le lit s'ils voulaient avoir une chance de parler. Dante avait dans la tête des images torrides et sa bouche était très occupée, mais pas pour exprimer des paroles essentielles.

Mais alors, Gabe se mit à faire les cent pas en se tordant les mains comme le héros d'une pièce dramatique.

Ô Jésus !

Gabe dut noter son regard abasourdi, car il grimaça et croisa les bras. Puis il inspira un grand coup et jeta :

— Je te dois des excuses.

Dante sentit son cœur tambouriner.

— Ah.

— Mais je ne sais pas par où commencer.

Grimaçant toujours, Gabe s'assit sur le bord du lit, les mains entre les genoux, comme pour éviter de les tordre une fois encore.

— À la façon dont je t'ai traité, tu as dû croire que si tu comptais moins pour moi que… ma vie personnelle, cette vie que je n'ai pas, que je n'ai jamais eue, même si je pensais le contraire. J'ai cru que j'avais changé depuis mon coming-out forcé, que j'acceptais mon homosexualité, mais je me leurrais. En fait, dans ma tête, j'étais toujours dans le placard, je me cachais parce que je l'avais toujours fait pendant toute ma vie adulte et professionnelle, c'était devenu un instinct profondément ancré. Tu m'as accusé – et je comprends pourquoi tu l'as fait – d'avoir honte de toi. C'est faux, archi-faux !

À ce moment-là, Dante sut avec certitude qu'une réconciliation était possible. Leur avenir ne serait pas toujours facile, il y aurait des écueils à aplanir en chemin, il leur faudrait du temps, des efforts, des compromis, de la patience et de la compréhension mutuelle – et il n'était pas certain que ce soit ses points forts, à une exception près –, mais c'était possible.

Dante ferait aussi son mea culpa. Après tout, les torts étaient partagés. C'était difficile pour lui de l'admettre, il avait une sorte d'obsession à être le meilleur en tout et, pire encore, à ce que les autres le voient comme tel.

Mais il reconnaissait avoir cessé d'être un parfait compagnon quand Gabe avait refusé de paraître en public avec lui.

— J'ai aussi commis des erreurs, grommela Dante. Je n'ai pas été très clair question communication, je ne t'ai jamais dit ce qui comptait pour moi, ou ce qui me déplaisait dans ton comportement.

Gabe esquissa un sourire penaud.

— C'est vrai. Pourquoi ne pas l'avoir fait, d'ailleurs ? En temps normal, tu n'hésites jamais à exprimer tout ce que tu penses, tout ce que tu veux. Pourquoi pas cette fois ?

Dante s'adjura d'être franc, même si ça faisait mal. Il haussa les épaules et fit la moue.

— Eh bien, je pensais que si je te forçais la main, si j'insistais pour afficher notre relation au grand jour, tu refuserais. Et je savais que je ne le supporterais pas, que je le quitterais et… je n'en avais pas envie, alors, j'ai évité de te poser un ultimatum.

Gabe soupira.

— Je vois.

Dante frotta ses paumes humides sur ses cuisses. Houlà, ses quadriceps étaient douloureusement raidis.

Il était temps de passer aux choses importantes.

— Gabe… tu me manques.

Cet aveu était facile, pensa-t-il. Quand il lut un intense soulagement sur le visage de Gabe, il comprit que pour lui, ce ne serait peut-être pas aussi évident.

— Tu me manques aussi.

Dante eut du mal à faire sortir les mots qu'il avait sur la langue.

— Et aussi… .

Je t'aime encore. Je t'aime. Je t'aime.

Non, cette fois, il ne le dirait pas le premier !

— … je tiens encore à toi, marmonna-t-il.

Gabe poussa un soupir tremblant.

— Je… oui. Moi aussi.

Il déglutit et demanda, la voix pleine d'espoir :

— Tu veux que nous repartions à zéro ?

Dante ne put retenir un rire spontané.

— Non !

Gabe tressaillit, à la fois blessé et surpris, mais Dante enchaînait déjà :

— Je ne veux pas « repartir à zéro », Gabe, je veux reprendre là où nous nous sommes arrêtés. Je veux dormir dans ton lit, te préparer le petit déjeuner, je veux que nous nous fassions tatouer tous les deux la Coupe Stanley avant de nous exposer au soleil de Bora-Bora.

Il secoua la tête et éclata de rire.

— Non, en y réfléchissant, c'est idiot ! Après un tatouage, on est censé éviter le soleil !

Gabe riait aussi. Puis il passa la main dans ses cheveux et se frotta la nuque.

— Oui, c'est vrai. Tu sais, je doute que toi ou moi soyons cités en exemple des décisions rationnelles.

— Probablement pas, acquiesça Dante. Mais…

Quelle importance puisqu'ils s'étaient rencontrés, accordés et qu'ils semblaient prêts à se retrouver ?

Il ajouta :

— Écoute, si nous voulons être ensemble, il faut des compromis. Même pour toi, je ne peux pas me cacher indéfiniment. Tu me connais, je suis euh… bruyant, exubérant, extraverti…

Il était conscient que ce comportement, qu'il poussait souvent à l'extrême, était un rôle qu'il tenait en public, un mécanisme d'auto-défense mis au point à l'adolescence et dans le monde du hockey pour se protéger des préjugés… Avec Gabe, Dante pouvait se montrer naturel et c'était un grand soulagement.

— Je peux tenter d'être plus discret, déclara-t-il.

— Non ! répondit Gabe très vite.

Surpris, Dante cligna des yeux.

— Non ?

— Je te veux tel que tu es, franc, ouvert. Ne change rien. Continue à dire tout ce que tu penses sans filtre. *C'est ce que j'aime chez toi.*

En prononçant ces mots, Gabe piqua un fard.

Très ému, assourdi par le sang qui battait à ses oreilles, Dante marmonna d'une voix rauque :

— D'accord, je vais te sauter dessus, c'est sûr, mais avant, je voudrais savoir : oublions une bonne fois pour toutes les deux extrêmes, le message écrit dans le ciel et le secret comme avant, mais du coup, on fait quoi ?

Gabe se mordit la lèvre.

— Écoute-moi jusqu'au bout sans te hérisser, d'accord ? Et si on ne faisait rien…

Dante retint sa grimace. La solution lui semblait bâtarde. Il devina cependant que Gabe n'avait pas terminé.

— Continue.

— Rien, ça ne veut pas dire garder le secret, je propose juste que nous continuions à être ensemble, à parler ensemble, à rire ensemble. Nous pourrions aussi sortir ensemble, prendre des photos de nous, les poster les réseaux sociaux, bref, faire ce que tu voulais faire. Et avec l'équipe, nous serons francs, nous répondrons aux questions, s'il y en a. Voilà, c'est mon idée à court terme, tu en penses quoi ?

Dante hocha la tête, il devait admettre que la solution était sensée, surtout avec eux deux… des joueurs de hockey, des célébrités locales. Ils avaient déjà rompu une fois, ils pouvaient recommencer…

Une annonce avec des gros titres semblait prématurée.

— Et sur le long terme ?

Gabe gonfla la poitrine, puis il expira longtemps.

— Je ne sais pas trop. Mais j'ai beaucoup d'argent et je connais une bonne agence de relations publiques. Je redouterai toujours d'exposer ma vie personnelle dans les médias, mais si tu y tiens vraiment, je ne m'y opposerai pas. À mon avis, il vaut quand même mieux attendre que tu aies signé un contrat, ou peut-être après les séries éliminatoires. Nous établirons ensemble un agenda.

C'était exactement ce que Dante avait espéré. Comment aurait-il pu refuser ? De toute façon, il n'en avait pas l'intention. Il sourit.

— Deal. Et je te promets de ne plus jamais garder mes griefs sous clé sans les exprimer, ça fait trop mal quand ça explose.

Gabe éclata de rire.

— D'accord ! Tes tirades m'ont terriblement manqué. Il ne reste plus qu'un détail à régler.

En ce moment, Dante était prêt à lui accorder la lune.

— Lequel ?

— Mario. Je n'ai jamais voulu de chat, mais celui-là me manque beaucoup depuis qu'il est parti.

Oh, mon Dieu ! Dante ne lui avait pas révélé la dernière…

— Tu sais pas la meilleure ? Mario est une femelle. !

Gabe en resta bouche bée.

— Quoi ? Et tu n'étais pas au courant ? Comment est-ce possible ?

— C'est difficile à voir sur un chaton ! marmonna Dante, sur la défensive.

Puis il admit :

— D'accord, je n'ai rien écouté de ce que racontait cette fille chez le véto, elle me draguait et ça m'agaçait. En plus, elle parlait français. «Chat» en anglais, ça n'a pas de genre, c'est neutre.

— Le français n'a pas de pronoms neutres, c'est vrai. L'espagnol non plus. Mais quand même, tu aurais pu être plus attentif!

— Eh! Toi non plus tu n'as pas remarqué que Mario était une femelle!

Gabe éclata de rire.

— Touché.

Dante se leva enfin.

— Passons aux choses sérieuses!

Il n'avait plus envie de parler et vu le regard qu'il lui lançait, Gabe le savait.

— Oh?

Dante enleva ses chaussures et posa un genou, puis l'autre, sur le lit, jusqu'à ce qu'il soit à califourchon sur Gabe.

— Oui. Nous méritons bien une celly privée, non? Nous avons marqué trois buts à nous deux!

GABE COMPRIT vite que «mettre au courant» l'équipe irait bien plus vite que prévu. Quand Dante et lui arrivèrent ensemble au petit déjeuner, Bricksy leur jeta un coup d'œil féroce, puis il sortit son portefeuille et tendit à Yorkie une liasse de billets.

— Vous n'auriez pas pu attendre une semaine? grommela-t-il.

Mais il ne semblait pas particulièrement contrarié.

Yorkie était devenu ponceau.

Très mortifié, Gabe se dit qu'au moins, la chose était faite. Et Dante sauva la situation en arrachant l'argent de la main de Yorkie.

— Recrue! Comment oses-tu escroquer un coéquipier! Tu étais au courant! C'est un délit d'initié!

Ensuite, il étala les billets devant Gabe.

— Qu'en penses-tu? On fait une donation à *You Can Play*?

Gabe jugea l'idée valide.

Au dernier match de la saison, les Dekes n'avaient toujours pas décroché une place en séries éliminatoires. Ils étaient à égalité avec Toronto et à un point derrière New York, la Caroline ayant déclaré forfait. Les gens pariaient depuis des semaines. New York avait un dernier match contre

Buffalo, en dernière position, aussi la plupart des analystes annonçaient-ils que la Grosse Pomme irait aux éliminatoires, Toronto et Québec se disputant la place restante.

Gabe détestait d'être que son objectif soit à la fois si proche et aussi soumis au hasard. Si les Dekes perdaient un match et que les Boucliers en gagnaient un, ou s'ils perdaient tous les deux ou gagnaient tous les deux, Toronto irait aux séries éliminatoires, car son équipe avait plus de victoires. C'était frustrant que le match d'une autre équipe influence à ce point leurs chances, pensait Gabe.

Les Dekes allaient affronter les Voyageurs.

— Au moins, c'est un match à domicile, proposa Flash.

Il n'avait pas encore l'autorisation de jouer, mais l'entraîneuse l'avait laissé entrer au vestiaire.

Oui, bien sûr. Mais Québec n'avait acquis que récemment une équipe de hockey professionnelle aussi le public se partageait-il entre les fans des Voyageurs et ceux des Dekes.

La gorge serrée, Gabe se contenta d'un hochement de tête. Il carra ensuite les épaules. Tout restait possible! Ils pouvaient encore réussir.

Aucun but ne fut marqué en première période et Gabe sentait les attentes de la foule peser lourdement sur lui.

Avant le match, St. Louis avait confisqué les téléphones portables de tous les joueurs pour les empêcher de consulter les scores du match New York contre Buffalo qui se jouait en ce moment même dans l'État de New York. Elle ne voulait pas qu'ils soient distraits!

Pendant la pause, elle entra au vestiaire et s'appuya contre le mur, elle grimaça en se frottant le ventre.

— Je vous interdis de déshonorer mon bébé en perdant ce match! Nous avons travaillé dur toute l'année. Vous avez saigné et sué de la glace. Ne laissez pas cette fin de saison vous dominer.

En silence, Gabe fixa Dante dans les yeux, puis Yorkie, puis Bricks. Ils pouvaient le faire.

Les Voyageurs marquèrent un premier but en deuxième période, un aller-retour si rapide que Gabe eut du mal à le suivre. Gêné par ses propres défenseurs, Olie ne parvint pas à bloquer le palet.

Juste après, Gabe sortit, ayant terminé son temps de jeu. Il vibrait encore de sa décharge d'adrénaline. Il envoya une bourrade à Yorkie.

— La glace est à toi, gamin.

Trente secondes plus tard, Tips récupéra le palet sur un rebond de Yorkie et l'envoya, d'un vif coup du poignet, derrière le gardien de Montréal.

Le reste de la deuxième période se déroula à toute vitesse, les tirs partaient dans tous les sens, aucun but ne fut enregistré.

En troisième période, Gabe tenait à prouver qu'il méritait son titre de capitaine des Dekes. Il donna un coup d'épaule à leur nouveau centre, puis frappa son casque à celui de Dante.

— Maintenant, montrons-leur que nous sommes les meilleurs !

Pendant les trois quarts de la période, ils gardèrent le palet la majeure partie du temps, sans réussir à marquer. Puis Bricks catapulta les planches avec un attaquant adverse et en émergea avec le palet. Il fit une passe à Gabe et dépassa la défense des Voyageurs.

Gabe n'avait pas un bon angle de tir, mais son coéquipier, lui, était parfaitement placé. Gabe feinta un tir au filet et envoya le palet derrière lui, sans même tourner la tête. Le but sonna, suivi d'une musique tonitruante : *Move Like Jagger*.

Dante projeta Gabe contre les planches en hurlant de joie.

Après ça, Gabe et Tips marquèrent un but chacun. Les voyageurs furent vite dépassés.

Le silence régnait dans l'arène.

Les Dekes avaient gagné, mais personne n'osait célébrer la victoire.

Pas encore.

Tout le monde retint son souffle quand l'annonceur avança pour annoncer les résultats du match New York contre Buffalo :

— Le score final est de 5 à 1 en faveur de… Buffalo !

— Putain ! haleta Yorkie.

Une seconde plus tard, les hurlements éclataient.

Avec la défaite de New York et leur victoire contre Montréal, les Dekes passaient devant aux points. Ils avaient gagné leur place aux séries éliminatoires, quel que soit le score de Toronto.

Tips faisait sa danse de la victoire, le reste de l'équipe quittait le banc des Dekes pour les rejoindre sur la glace. Gabe fonça sur Olie, qu'il télescopa juste après Bricks, leurs casques se cognèrent ensemble, chacun hurlait et riait de joie.

— On a réussi ! Putain ! On est passé ric-rac !

Soudain, Gabe vit un numéro qui lui fit battre le cœur, le 68. Il hésita une seconde à peine et prit sa décision. Il empoigna Dante par la manche et le fit pivoter.

Dante avait déjà ôté son casque, ses cheveux étaient trempés et hirsutes, ses joues rouges, son sourire rayonnant.

Gabe le saisit par l'avant de son maillot, juste au-dessus du logo des Dekes, il le tira vers lui et planta un baiser sonore sur sa joue. D'autres joueurs le faisaient souvent dans l'euphorie de la victoire, mais pour Dante et Gabe, le geste avait une tout autre signification – et eux seuls le savaient.

Gabe se foutait de ce que pensaient ceux qui le regardaient, ou les médias. Il se contrefoutait des attentes de la société et de tous ceux qui prétendaient que les gays ou les latinos n'avaient pas leurs places au hockey. Il voua même aux gémonies les entraîneurs et les coéquipiers homophobes qu'il avait rencontrés en grandissant, tous ceux qui l'avaient poussé à s'enfermer dans le placard.

Désormais, Gabe savait que s'il le voulait, il pouvait tout avoir : le hockey, mais aussi l'amour et le sexe et le bonheur.

Et il ferait tout ce qui était en son pouvoir pour garder ces trésors le plus longtemps possible.

IL ÉTAIT tard lorsqu'ils rentrèrent. Dante vibrait encore d'adrénaline, le frisson de la victoire lui hérissait la peau. Il n'avait pas abusé de l'alcool, parce que franchement, il avait perdu pas mal de poids ces derniers temps. Ce serait quand même bête de se déshydrater, de perdre l'équilibre, de retomber et de se blesser.

La victoire et Gabe à ses côtés suffisaient à lui faire tourner la tête.

Mais même dans ces circonstances enivrantes, Gabe et lui firent l'amour avec lenteur et précision. L'espace entre eux semblait avoir disparu. Loin d'être impatient ou désespéré de jouir, Dante se recentrait au contact de Gabe. Son énergie se transformait, devenant intensité et concentration.

La sensation d'être vu et reconnu le propulsa enfin dans l'orgasme et l'euphorie.

Ensuite, les deux amants restèrent allongés face à face dans le lit, épuisés et repus. Peu à peu, le triomphe de la nuit s'ancrait en eux.

Soudain, Dante ne put attendre plus longtemps pour parler.

— Je veux te dire quelque chose, d'accord ?

Gabe lui serra les doigts tandis que son expression devenait sérieuse.

— D'accord.

Dante déglutit, il s'écarta un peu et ôta sa chaîne en la faisant passer au-dessus de sa tête. Puis il pressa l'anneau au creux de la paume de Gabe et referma ses doigts dessus.

Gabe avait perdu son air endormi, il était même très attentif.

Dante inspira un grand coup avant de se lancer :

— Quand ma grand-mère m'a donné ça à Noël, elle a été plus directe que subtile, elle voulait que j'arrête de coucher à droite à gauche, que je trouve quelqu'un «de sérieux», que je sois heureux.

Gabe déglutit, mais il ne pipa mot.

Sans cacher la douleur de son deuil récent, Dante se racla la gorge et enchaîna :

— Elle ne me parlait plus depuis notre dispute, au téléphone, mais avant de mourir, elle… elle m'a laissé un mot. Elle a écrit que même si elle ne me comprenait pas, elle m'aimait. Cette alliance est censée me porter chance, je te la donne, j'aimerais que tu la portes. Au moment même où abuela me l'a donnée, j'ai su qu'elle ne m'était pas destinée.

Et Gabe était la seule personne au monde à qui Dante pouvait donner cet anneau.

Très lentement, Gabe ouvrit la main et regarda l'alliance. Il ne bougeait pas. Il respirait à peine.

— Tu veux que je…

Sa voix s'étouffa.

Dante piqua un fard. Il regarda cependant Gabe dans les yeux.

— Oui! s'exclama-t-il, mi-ému, mi-exaspéré. Tu es complètement idiot, mais je t'aime, un point, c'est tout. Alors, mets cette chaîne à ton cou ! S'il te plaît ?

Cette fois, Gabe obtempéra, son regard était très doux, légèrement humide. Dante fixa la bague de sa grand-mère sur la poitrine de son amour. Oui, c'était sa place.

Il poussa un grand soupir soulagé

— Merci.

Gabe fit glisser son pouce sur la joue de Dante avant de l'embrasser avec une tendresse infinie. Il murmura à même ses lèvres :

— Ne sois pas idiot, c'est moi qui te remercie. Et je t'aime aussi.

LE PREMIER match des séries éliminatoires eut lieu deux nuits plus tard, à Philadelphie, et tout le monde était sur les nerfs. Les Oiseaux de feu avaient décroché la première place de la division !

Gabe avait beau aimer et croire en son équipe, il n'en fut pas moins surprus que les Dekes gagnent ce premier match de la série par un score de 3 à 2. Comme la plupart de ses coéquipiers, il hurla de joie quand le bruiteur sonna et la celly commença sur la glace.

Quoi que leur réserve l'avenir, ce soir était à eux.

Ils gagnèrent encore, deux nuits plus tard, toujours sur la patinoire de Philadelphie. Cette seconde rencontre avait été plus disputée, les Oiseaux se montrant agressifs et violents, manifestement enragés d'avoir perdu leur premier match à domicile. Et quel joueur pourrait leur en vouloir ?

Mais les Dekes tinrent bon et se battirent pour garder le palet dans la zone offensive et envoyer des buts dans le filet. Ce n'était pas du hockey très élégant, mais là, seul le résultat comptait. En tout cas, Gabe le pensait.

Lorsque le bruiteur sonna la fin de la troisième période, les deux équipes étaient à égalité : deux buts partout.

Au début, les prolongations ne suffirent pas à les départager. Les joueurs étaient épuisés, mais les deux gardiens résistaient, bloquant tous les buts. Puis Dante récupéra le palet dans la zone neutre, il fila sur la glace, évita le défenseur des Oiseaux de feu et d'un revers, il marqua.

Malgré cette prouesse, les Dekes perdirent le troisième jeu, 1 à 0.

L'ambiance au vestiaire fut assez morose, tous étaient écœurés que leurs efforts aient si mal payé.

L'entraîneuse vint leur secouer les puces.

— Ne tirez pas cette tronche ! Nous avons encore deux matchs d'avance, ils ont gagné une manche ce soir, pas la Coupe ! Vous aurez votre revanche demain soir. Humph !

Elle grimaça et posa la main sur son ventre. Gabe devina que le bébé qu'elle portait venait de lui donner un coup de pied.

Les Dekes prirent effectivement une revanche éclatante à Québec. Gagner leur troisième match des séries chez eux était une victoire qui surpassait toutes les autres. L'excitation était à son paroxysme, le bruit intenable, la cohue générale. Yorkie, qui avait marqué le but décisif, fut à moitié étouffé par ses coéquipiers désireux de le féliciter.

Ils retournèrent gonflés à bloc à Philly pour le cinquième match. Gabe et Dante n'étaient pas les seuls à vibrer d'impatience dans leur siège. Tous avaient conscience qu'ils s'apprêtaient à passer à l'échelon supérieur, mais personne n'en parlait à haute voix – de peur d'apporter le mauvais œil sur l'équipe.

Les Oiseaux de feu se battirent avec acharnement, sans ménager leurs coups, prêts à tout pour priver les Dekes d'une autre victoire. Au milieu de la première période, l'un des Oiseaux tenta un lancer frappé*.

Et Bricks reçut en plein visage un palet fusant à 150 km/h.

Il tomba à genoux et cracha du sang sur la glace. Gabe pensa voir aussi quelques dents. Les aide-soignants accoururent, ils aidèrent Bricks à se relever, une serviette blanche collée à son visage.

Les deux équipes se rassemblèrent autour de leurs bancs, attendant la suite des évènements. St. Louis faisait les cent pas en marmonnant. Quand Bricks quitta la glace, les Dekes firent claquer leurs crosses sur le sol pour lui marquer leur soutien.

Le jeu reprit, les Dekes étaient en colère, mais ils ne gardèrent pas longtemps leurs deux buts d'avance. Les deux équipes étaient à égalité, deux partout, au moment de la pause.

Une fois dans le vestiaire, ils apprirent que Bricks avait perdu deux dents et que son entaille avait nécessité quarante-neuf points de suture, en revanche, aucune fracture. Malgré son air hagard et son visage tuméfié, les médecins affirmaient qu'il serait de retour sur la glace pour le prochain match.

Sans leur laisser le temps de savourer la nouvelle, St. Louis les invectiva d'avoir pris deux buts et perdu leur avantage.

La deuxième période fut tout aussi brutale. L'entraîneuse, la mine féroce, rodait près du banc des Dekes. Les arbitres regardaient les joueurs chercher à s'entretuer sur la glace sans siffler de pénalités. Les Oiseaux de feu menaient de 4 à 3.

À la deuxième pause, St. Louis les engueula encore, elle leur rappela tout le mal qu'ils s'étaient donné pour en arriver là et les exhorta à ne pas baisser les bras.

La troisième période avait à peine commencé que les Dekes marquèrent deux fois. Le score était maintenant de 5 à 4 en leur faveur… et plus aucun but ne fut marqué.

Les Dekes avaient remporté leur première série !

La célébration sur glace se termina comme à l'accoutumée par une mêlée de groupe. Transporté de joie, Gabe embrassa le gant d'Olie et sa crosse qui avait bloqué tant de buts adverses.

St. Louis les observa pendant cinq minutes, un rictus aux lèvres, la main sur le ventre. Puis elle les rassembla en ligne pour les habituelles poignées de main.

Une fois libérés, les Dekes se ruèrent au vestiaire, exultant toujours de leur triomphe. Quand Gabe consulta son téléphone, il y trouva un SMS de Kitty :

Merci d'avoir éliminé Philly pour nous, dommage que nous devions vous battre bientôt.

Il ricana et se promit de réfléchir plus tard à une réponse cinglante.

Avant l'arrivée des médias, St. Louis tapa dans ses mains pour attirer leur attention.

— Merci de cette victoire. J'apprécie beaucoup.

Les rires fusèrent, mais l'entraîneuse secoua la tête.

— Je suis sérieuse, insista-t-elle. Je suis très fière de la façon dont vous avez joué ce soir. Vous avez montré à la ligue tout entière que nous méritons d'être là.

Gabe en rougit de plaisir. Dante le remarqua, il lui donna un coup d'épaule et serra ses doigts.

St. Louis ajouta :

— Bien, je vais parler aux journalistes, ensuite, je vais réquisitionner l'un de vous pour me conduire à l'hôpital. Ces foutus médecins se sont trompés de quinze jours, je vais avoir mon bébé à Philly ! Incroyable !

Elle pointa Yorkie du doigt.

— Recrue, tu seras mon chauffeur, ça te fera un entraînement. Va prendre une douche ! Je te donne quinze minutes !

Devenu blanc comme un linge, Yorkie se déshabillait déjà.

Trish passa alors la tête dans le vestiaire et regarda autour d'elle.

— Les journalistes sont là. Vous êtes prêts ? J'espère que oui, parce que c'est quasiment l'émeute ! Je ne les ai jamais vus aussi frénétiques !

St. Louis carra les épaules, son expression s'était durcie.

— Allons-y.

LES DEKES perdirent contre Pittsburgh au sixième match.

L'épisode des poignées de main sembla à Dante interminable. Il tentait de faire bonne figure, il ne voulait pas voir sa tronche en larmes apparaître sur tous les blogs de hockey avec une légende sarcastique, comme quoi il était incapable de perdre sans pleurnicher.

En soi, cette défaite n'était pas une surprise, mais il ne voyait pas pourquoi ça lui ferait plaisir.

Cette défaite lui permettrait au moins de raser cette foutue barbe qu'il s'était laissé pousser pour les séries. Il avait détesté ! Ça le démangeait et ça rendait sa peau horrible. L'année prochaine, sans doute éviterait-il de suivre cette tradition débile. Son visage ne méritait pas un tel traitement !

Tout à coup, Dante constata que Kitty était en face de lui.

Le Russe grogna et se pencha pour l'étreindre.

Il en profita pour lui chuchoter à l'oreille :

— Vous avez super bien joué ! Vous aurez peut-être votre revanche l'an prochain !

Dante ricana, à moitié étranglé. Même si Kitty portait la tenue de hockey d'une équipe adverse, il était heureux de le retrouver. Quand il s'écarta, il frappa le Russe à l'épaule.

— J'y compte bien !

Kitty lui claqua le cul avant de passer à Gabe.

Peu après, Gabe chuchotait à Date :

— Il faut lui rabattre son caquet.

— De qui tu parles ? De Kitty ?

Gabe hocha la tête.

— Oui. Il a dit que Pittsburgh allait gagner les doigts dans le nez.

Quoi ? Quelle *grossièreté* ! Dante était outré.

— Les doigts dans… Et puis quoi encore ? Ils ne nous ont pas battus si facilement !

Et ils n'avaient pas encore la Coupe !

De retour à Québec, Gabe organisa chez lui un barbecue pour clôturer la saison. Dante étudia la taille du jardin arrière où la réception aurait lieu, puis il installa dans la cuisine un tableau blanc pour organiser les « jeux » – et appela un traiteur. Pas question de servir à des invités constitués de joueurs affamés et de leurs familles des plats immangeables – et Gabe, même pour un petit déjeuner, brûlait les toasts et laissait des coquilles dans les œufs, alors, que ferait-il avec de la viande à griller sur un barbecue ? Et Dante ne comptait pas faire la cuisine pour cinquante personnes.

Il avait du mal à accepter que la saison soit finie, mais l'équipe avait tout donné, il le savait. Lui avait marqué aux séries éliminatoires, il avait acquis deux points de plus que Gabe pour la saison, bien que Gabe ait marqué plus de buts. Le gardien de Pittsburgh avait confié à Dante qu'il lui donnait des cauchemars.

Malgré tout, Dante était déçu.

La veille de la fête, la haute direction le convoqua avec son agent pour parler d'un contrat officiel. Brigitte, la directrice générale, aurait pu être diplomate. En tout cas, elle sut laisser entendre que la vie privée de Dante ne remettait pas en cause son engagement – sans énoncer un seul mot sur ce sujet épineux.

En quittant le bureau, Dante était dûment impressionné par le professionnalisme de Brigitte. Et sa déception s'était enfin atténuée.

La fête fut en vérité assez calme. Gabe n'avait pas de piscine et de toute façon, le vent frisquet n'aurait pas permis de se baigner sans chauffer l'eau. Dante avait emprunté à Flash son filet de volley-ball et acheté dans un magasin de jouets à proximité tout le stock de lunettes et de pistolets à eau. Il les avait remplis et cachés près du portail.

À la fin de la fête, Dante avait un coup de soleil, un grand sourire heureux et une belle collection de photos pour son compte Instagram. Quelques-unes d'entre elles étaient d'ores et déjà approuvées par leur cabinet de RP pour annoncer en douceur leur couple au public.

Le soir, au lit, Gabe les examina, tous les deux calés contre leurs oreillers.

— Qu'est-ce que tu penses de celles-ci ? demanda Dante.

La première photo montrait Gabe l'embrassant sur la joue à la fin du dernier match de la saison régulière. Sur la seconde, Dante avait une cravate nouée autour de la tête, façon Rambo, et Gabe, une cartouchière en bandoulière, riait en jetant de l'eau sur Baz.

La troisième était plus intime : Gabe endormi sur le canapé, le lendemain du jour où les Dekes étaient sortis des séries éliminatoires, Mario lové sur sa poitrine.

— C'est un message peu subtil, commenta Gabe. Ça ne te ressemble pas.

Dante y réfléchit un moment.

— Tu crois ? dit-il ensuite. Je ne suis pas d'accord. Je ne poste pas ces photos pour annoncer au monde entier que nous baisons à faire cramer les rideaux. Je veux juste montrer deux joueurs de hockey professionnels en couple, heureux et amoureux, et même un peu idiots.

Gabe l'embrassa sur la tempe.

— D'accord, ces photos sont très chouettes. Mets-les en ligne.

Dante le fit d'un simple clic. Il ajouta en guise de légende : *cette saison ne s'est pas terminée comme nous l'espérions, mais tout ne va pas si mal pour nous. Rendez-vous en octobre ! #papa & chat*

Après réflexion, il fit une petite modification : *#papas & chat*.

Son téléphone émit un « *bip* » pour confirmer le téléchargement.

Dante déposa son portable sur la table de chevet et s'étendit sur le lit, en boule, face à Gabe.

Gabe prit la même pose, une main sous sa joue. L'anneau glissa sur la chaîne qu'il portait autour du cou et caressa sa poitrine nue.

Dante le toucha du bout des doigts, l'or était tiède.

Il poussa un énorme soupir.

— Je voulais vraiment ce trophée !

— Veux-tu une raison pour mieux te concentrer sur cet objectif? chuchota Gabe.

Dante sourit. La proposition lui semblait pleine de promesses.

— Je suis tout ouïe.

— Quand nous gagnerons la Coupe ensemble, je t'embrasserai sur la glace, devant tout le monde. Et sur la bouche.

Dante poussa un cri d'outrage simulé.

— C'est scandaleux!

Puis il sourit et ajouta :

— Tu le feras de toute façon.

Jamais Gabe n'apprécierait d'exposer sa vie privée, c'était un fait, mais Dante avait reçu de lui un baiser en public sur la joue pour son but décisif aux séries éliminatoires. Si... non, quand les Dekes gagneraient la Coupe, il était à peu près certain que Gabe se montrerait plus entreprenant encore.

— Avec la langue, ajouta Gabe avec un grand sérieux.

Dante éclata de rire et prit sa main dans la sienne.

— Deal. Mais vérifie quand même que j'aie enlevé mon protège-dents.

Gabe grimaça.

— Berk.

— Oui, justement.

Dante ferma les yeux et respira profondément. La saison avait été intense et épuisante, il était... vidé jusqu'à la moelle des os.

— D'accord, souffla-t-il, l'an prochain...

Gabe posa un baiser sur le dos de sa main.

— Oui, l'an prochain!

Dante avait une autre perspective enivrante dans un avenir bien plus proche : d'ici quelques semaines, il serait dans un transat auprès de son amant sur une belle plage exotique, il dévorerait du poke à s'en faire péter la sous-ventrière et râlerait d'avoir du sable dans des endroits que la bienséance évitait de citer.

Ce n'était pas la Coupe Stanley, d'accord, mais comme prix de consolation, il y avait pire.

Ils s'endormirent peu après.

LA PUBLICATION de Dante sur Instagram ne devint pas seulement virale, tous les médias sociaux ne parlèrent de rien d'autre pendant une semaine.

Apparemment, Dante était bruyant même quand il s'essayait à la subtilité. Gabe s'étonnait d'en être surpris.

Pendant trente-six heures, Dante le laissa se cacher dans sa tanière et jouer avec Mario.

Ensuite, il réserva pour eux quatre jours de golf dans un endroit où la couverture cellulaire était nulle et laissa leurs agents respectifs et la boîte de relations publiques gérer l'avidité des médias.

Dante perdit deux douzaines de balles de golf. Il affirma aussi avoir compté six cents piqûres de moustique sur sa peau. Tous les soirs, Gabe l'enduisait de lotion à la calamine et tombait encore plus follement amoureux.

Le lendemain de leur retour à la maison, Gabe s'autorisa à lire le seul article qu'Erika lui avait transmis.

Un chaton revendiquerait-il deux Dekes, Baltierra et Martin ?
Par Kevin McIntyre

Cette semaine, l'attaquant de Québec, Dante Baltierra, a mis le feu à la toile en publiant une série de photos, dont celle de son coéquipier Gabriel Martin endormi avec un adorable chaton sous le hashtag #papas & chats.

Depuis lors, les médias sociaux sont en effervescence en cherchant à savoir si Martin et Baltierra ont une relation. Quelques reporters étroits d'esprit supputent déjà qu'une liaison entre deux coéquipiers aurait un impact négatif sur les performances de l'équipe. Ma boîte mail a été inondée de demandes et/ou réclamations pour avoir mon opinion sur la question. Mon éditeur s'y étant mis aussi, je me vois obligé de céder à la pression.

Martin et Baltierra sont-ils ensemble – et pas au sens platonique ?

Oui, probablement. Sinon, pourquoi Baltierra publierait-il une photo d'eux en train de s'embrasser, même sur la joue ?

Allez-vous les interroger sur leur relation lors d'une prochaine interview?

Non. Je suis journaliste sportif, je m'occupe de hockey et si mes questions devenaient aussi indiscrètes, ni Martin ni Baltierra ne m'accorderait plus d'interviews.

Pensez-vous que cette relation aura un impact sur les performances de l'équipe?

Quelle sorte d'impact, bénéfique ou négatif? Les Nordiques ont réussi cette saison à se hisser jusqu'au deuxième tour des séries éliminatoires bien qu'ils aient perdu leur capitaine et centre de première ligne, Jacques «Flash» Fillion, d'une blessure, et leur meilleur défenseur, Mikhail «Kitty» Kipriyanov, d'un transfert. Pour couronner le tout, Gabriel «Angel» Martin venait juste d'être nommé capitaine. Je considère qu'ils s'en sont très bien sortis. Si leurs performances baissent, ce sera au comité de direction des Dekes de gérer la situation, pas à un journaliste, aussi brillant soit-il.

Que pensez-vous du chaton?

Il est adorable, mais attention, jamais un humain ne possède un félin, c'est le contraire. Je me demande si les Dekes comptent en faire leur mascotte... Vont-ils avoir de nouveaux maillots? Le chat aura-t-il un numéro de membre honoraire? Signera-t-il des autographes – via Baltierra, par exemple, le chaton semble l'avoir domestiqué?

GABE SOURIT et referma l'article. Il prit note mentalement de remercier Kevin à la première occasion.

Puis il descendit vérifier s'il restait quelque chose à manger au frigo ou si Dante préférait dîner au restaurant.

APRÈS JEU

Deux ans plus tard

— WAOUH ! COMMENT as-tu fait pour l'avoir aussi vite ?

Dante vacilla alors qu'il reculait et levait les yeux vers l'immense photographie encadrée au-dessus de la cheminée.

Gabe se sentait aussi un peu étourdi. C'était sûrement à cause du champagne !

— J'ai versé une prime au photographe. Une vraie fortune !

Dès qu'il avait compris qu'il tiendrait bientôt sa promesse, il s'était assuré que le moment soit pris en photo : Dante levant la Coupe à deux mains pendant que Gabe lui roulait un patin devant vingt-huit mille fans qui hurlaient leur joie.

Il voulait l'avoir sous les yeux jusqu'à la fin de sa vie !

Dante s'appuya lourdement sur sa poitrine. Déséquilibré, Gabe s'assit – s'écroula – sur le canapé, entraînant Dante avec lui.

— Pourquoi ne lui as-tu pas demandé aussi d'effacer ma barbe ! se plaignit Dante.

— Non ! Elle nous a porté chance !

L'année précédente, Dante avait refusé de suivre la tradition et les Dekes étaient sortis très tôt des séries éliminatoires. Cette année, ils n'avaient pris aucun risque.

— Mais maintenant, je vais être obligé de la voir tous les jours !

Il détestait tellement cette foutue barbe qu'il l'avait rasée dix minutes à peine après avoir gagné la Coupe !

— J'adore cette barbe !

— Oh, mon Dieu, je vais vomir ! intervint une voix pâteuse.

Gabe se retourna : Slimer était à l'embrasure de la porte, une bouteille de margarita à la main.

— Dans un salon ? Ça serait nouveau, persifla Dante. Jusqu'ici, tu as vomi sur la terrasse de Flash, dans une plante en pot et dans un spa !

— Non ! protesta Slimer. C'est Yorkie qui a vomi dans la plante en pot. D'ailleurs, c'est pour ça que je suis là.

315

Surpris, Gabe cligna des yeux.

— Parce que Yorkie a vomi?

Slimer secoua la tête, puis il sembla le regretter. Il se figea, le teint aussi vert que sa margarita.

Il eut un petit hoquet.

— Non… parce que Yorkie a mis Gaby dans la Coupe.

Dante se redressa si brusquement qu'il planta son coude dans l'estomac de Gabe.

Gabe se plia en deux, pris de nausée, comme Slimer.

Sans lui prêter attention, Dante tapa des mains.

— Quelle adorable idée! Il faut que je voie ça!

Il courait déjà vers la porte-fenêtre. Résigné, Gabe le suivit en se frottant le ventre, Slimer sur les talons.

Dans le jardin, c'était le chaos. Gabe prit note de s'excuser abondamment auprès de ses voisins. Au fond de la cour, sous un parasol, trônait la Coupe Stanley, rutilant trophée qui porterait bientôt le nom de Gabe gravé sur ses flancs.

La petite Gabrielle Yorkshire – nommée d'après Gabe – était plus ou moins dedans… À presque deux ans, Gaby était trop grande pour la coupe mais son père la tenait au-dessus et, avec la petite jupe étalée, on aurait vraiment cru qu'elle était assise sur un mini-trône doré.

Gabe n'en voulait pas à Yorkie. Dante et lui avaient déjà essayé de mettre Mario dans la coupe. La chatte n'avait pas apprécié. Gaby, elle, se laissait faire de bonne grâce.

Du moins jusqu'au moment où elle repéra son oncle préféré. Elle poussa un cri strident, agita ses petites mains potelées et se tortilla jusqu'à ce que Yorkie la repose par terre avec un éclat de rire. Gaby détala et traversa la cour pour se jeter dans les bras de Dante.

Il la souleva et la cala sur sa hanche

— Coucou, sauterelle. Comment trouves-tu le nouveau joujou de ton papa?

Gaby pencha la tête et réfléchit une seconde.

— Ça *bille*, annonça-t-elle. C'est *tes tes gosse*.

Selon Yorkie, elle découvrait un nouveau mot tous les jours, mais elle avait du mal à prononcer les «r».

— C'est vrai, déclara Dante. Cette coupe brrrille et elle est trrrès trrrès grrrosse!

— Ça *bille*, répéta l'enfant.

316

Elle vit arriver Gabe, son autre oncle préféré, et lui tendit les bras. Dès qu'il la récupéra, elle tira sur la chaîne qu'il avait au cou.

— Attention, ne la casse pas, déclara Dante.

Gaby avait déjà lâché l'anneau avec une moue déçue.

— Petit.

Gabe ne put retenir un gloussement devant l'air offusqué de Dante.

Dante se reprit très vite. Il sourit à Gaby.

— Tu aimes le clinquant, sauterelle ? Tu vas adorer la chevalière de tonton Gabe, elle sera énorme, brillante et tout à fait ostentatoire !

Gabe eut un frisson d'anticipation. Effectivement, les chevalières de Coupe étaient en général... voyantes ! Il mourait d'impatience de recevoir la sienne.

Il vit alors le sourire sensuel et enamouré que lui adressait son amant.

Soudain, il eut très chaud. Et la chevalière n'était plus la seule chose qu'il attendait avec impatience.

Continuez à lire pour un extrait de : *Prêt à marquer*
Le hockey pour toujours : tome 2
Par Ashlyn Kane et Morgan James

AVANT LE MATCH

ENCORE MOITE de sueur après son footing matinal, Ryan Wright était attablé dans la cuisine de chez ses parents, à Vancouver, devant un bol de céréales. Si sa sœur Tara le voyait manger des boules au chocolat, elle roulerait des yeux et le traiterait de gamin. Et elle aurait totalement tort ! D'après Ryan, manger des céréales au goût d'enfance, riches en protéines et faibles en glucides, c'était totalement une décision d'adulte. Mais Tara n'était pas là. Même les nutritionnistes de son équipe ne sauraient rien de son écart.

Parce que Ryan n'a jamais révélé aux entraîneurs des Voyageurs ce qu'il préférait prendre au petit déjeuner.

Il avait cependant envoyé un texto à sa sœur en recevant ses premières boîtes de céréales par la poste.

Elle avait répondu du tac au tac :

Tu es idiot. Et tu n'aurais pas à m'expliquer que tu es adulte si tu ne revenais pas chez les parents tout l'été chaque année.

C'était grossier, c'était blessant et pire encore, c'était faux. Il ne revenait pas *tout l'été*, mais un mois seulement, le dernier hors saison avant son retour à Montréal pour le camp d'entraînement. De plus, beaucoup de joueurs de hockey passaient une bonne partie de l'été dans leur ville natale.

Ryan avait répondu à sa sœur, bien entendu :

Je viens voir les parents, ça n'est pas de l'infantilisme, c'est une question de logistique. Ils sont toujours si occupés ! Si je ne venais pas à Vancouver, je ne les verrais jamais. Tu es juste jalouse parce que je suis le préféré de maman.

C'était un mensonge flagrant, c'était sa sœur la grande favorite, même si Ryan préférait prétendre n'avoir rien remarqué. Tara avait longuement hésité à suivre les traces de leur mère, médecin, ou celles de leur père, thérapeute, avant de couper la poire en deux : elle avait passé – et obtenu – un master en consultation génétique. Et puis l'immobilier était hors de prix à Vancouver, où la crise du logement battait son plein. Ryan ne comptait pas empirer la situation en achetant une maison où il ne mettrait quasiment jamais les pieds.

320

De plus, ses parents n'étaient quasiment jamais chez eux. Quand ils ne travaillaient pas dans leurs cabinets respectifs – ou aux urgences –, ils s'absentaient pour suivre des séminaires et des colloques professionnels.

En parlant de ça… Ryan avait presque oublié que Tara était censée présenter une conférence haut de gamme cette semaine. Il sortit son téléphone pour lui envoyer un texto d'encouragement… quand il se rendit compte que pendant qu'il courait, il avait reçu d'innombrables notifications.

Son cœur se serra. Tous ces SMS non lus, ces alertes WhatsApp et ces appels de *TheScore* n'avaient qu'une seule explication possible : un transfert.

Ryan ne voulait pas croire qu'il s'agissait de lui… pourtant, il savait déjà que c'était le cas. Même si l'équipe appréciait qu'il soit capable de dynamiser un vestiaire, ce n'était pas assez pour le garder. Au meilleur de sa forme, Ryan n'était qu'un centre de niveau moyen et le sport professionnel ne faisait pas de cadeau.

Même Gretzky avait été transféré ! Mais Ryan n'avait jamais imaginé que ça lui arriverait aussi et qu'il l'apprendrait en mangeant des céréales tout seul chez ses parents, à la table de la cuisine.

Il essaya d'oublier le gouffre qui s'était ouvert dans son estomac et la froideur soudaine de sa peau. Puis il ouvrit *TheScore* pour évaluer les dégâts. Ce serait être plus facile pour lui d'apprendre les nouvelles d'une source extérieure que d'un coéquipier. Pourtant, une boule de céréale semblait s'être coincée dans sa gorge.

Fuel envoie à Montréal Lundström et un repêché au second tour pour Ryan Wright

Merde.

Ryan eut comme un vertige, il s'affaissa sur sa chaise. Il avait cru avoir au moins une autre année avec les Voyageurs – jusqu'à l'expiration de son contrat actuel. Son agent semblait même penser qu'ils progressaient vers une prolongation à négocier.

Pourquoi ce transfert ? Pourquoi offrir une Ferrari flambant neuve et un VTT contre une vieille Toyota Corolla. Bien entendu, Montréal ne pouvait refuser une offre pareille.

Le regard un peu flou, Ryan parcourut l'article, mais le contenu ne suffit pas à donner plus de sens au titre. Il était envoyé au Fuel contre un jeune défenseur droitier, pas trop cher et talentueux, et un repêché au second tour.

Le Fuel tenait tant à perdre ? Chercher une meilleure position au repêchage n'avait aucun sens s'ils devaient aussi abandonner leur sélection.

Selon toi, qu'allait-il se passer, Ryan ?

Dans l'espoir de faire taire cette voix intérieure lancinante, Ryan lâcha son téléphone et se frotta le visage à deux mains, mais ça ne marcha pas. Les mots que Josh lui avait jetés au visage avant de s'en aller le hantaient depuis quatre ans et demi, sans doute les entendrait-il jusqu'à la fin de ses jours.

Josh était parti pour la Silicon Valley, avec le soutien de son fonds en fiducie, de ses diplômes universitaires et avec la féroce détermination de laisser sa marque sur le monde. À un autre moment, Ryan aurait pu envisager de partir avec lui. À vingt et un ans, il avait presque abandonné l'idée de faire carrière dans le hockey. Mais là, un dépisteur de talents était passé à l'université, il s'intéressait au gardien de l'équipe adverse, mais… il avait assisté au dernier match de Ryan, il l'avait invité à des essais à Montréal et….

Visiblement, Ryan avait été idiot de penser que Josh, qui était capable de créer des logiciels n'importe où, tiendrait à rester près de lui.

Tu espérais quoi, hein ? Que je te suive comme un toutou en rebâtissant à zéro mon réseau relationnel à chacun de tes transferts ?

Ryan passa ses mains dans ses cheveux et tira dessus jusqu'à la douleur. Un premier transfert, c'était déjà un choc. Inutile de ressasser en plus une douloureuse rupture.

Il déglutit, sortit de l'application et consulta ses textos. Plusieurs de ses coéquipiers… de ses *anciens* coéquipiers lui avaient envoyé de brefs messages indiquant la colère et la stupeur. Il lut d'innombrables «putain !», des «merde !» et des émoticônes rouges ou en larmes. Bobby lui avait envoyé un *gif :* un gamin rageur étalé sur le sol qui tapait des pieds et des mains.

Ryan était transféré ! Il partait à Indianapolis. Bien sa chance !

Il pensa à Montréal, avec ses rues bondées et ses bâtiments serrés. Les habitants éclectiques du quartier dans lequel il s'était installé arpentaient les rues par tous les temps et s'intéressaient à lui parce qu'il était leur voisin, pas parce qu'il jouait au hockey. Il pensa au campus universitaire et aux cafés à proximité, toujours pleins d'étudiants, à son appartement près de Metro Center avec ces marches métalliques pour arriver à la porte d'entrée – marches qui, une fois gelées, essayaient de le tuer tous les ans en janvier –, et au salon confortable où il aimait paresser avec une conquête pendant ses jours de congé.

Enchanté de faire ta connaissance, Mathieu. Au moins, Josh lui avait appris une leçon : la vie que menait Ryan était plus adaptée à des plans cul qu'à une relation stable. Mathieu le découvrirait vite.

Toujours abasourdi, Ryan fixait toujours son téléphone et ses textos sans réponse, essayant de gérer ce qui venait de lui arriver... quand il reçut un appel de son agent.

Peut-être avait-elle de bonnes nouvelles ? Peut-être s'agissait-il d'une simple erreur, ou d'un malentendu ?

Il pressa son écran si violemment qu'il se tordit le pouce.

Il ne pensa même pas à saluer son agent.

— Dites-moi que je rêve ! s'exclama-t-il, le souffle rauque.

Diane ne releva pas son impolitesse.

— Je suis désolée, Ryan.

Merde. Il ferma les yeux et se pinça entre ses sourcils.

— Le Fuel ?

Ils jouaient dans la division Ouest, aussi Ryan ne les affrontait-il que deux fois par an. Trois ans plus tôt, ils avaient repêché Nico Kirschbaum, un choix de premier tour censé être le nouveau roi du Hockey ou quelque chose du genre, mais jusqu'à présent, il leur avait peu rapporté. Autre que le fait que les joueurs avaient des résultats nuls, Ryan ne savait pas grand-chose de l'équipe.

— Côté positif, déclara Diane, l'immobilier ne coûte pas très cher en Indiana.

Merde, il allait devoir vendre son appartement de Montréal.

Merde, il allait devoir trouver un nouvel appartement à Indianapolis – alors que les entraînements de la présaison commençaient dans une semaine !

L'appétit coupé, il repoussa son bol de céréales.

— Diane, pourriez-vous... je suis bien évidemment pris au dépourvu. Vous m'auriez prévenu, j'imagine, si vous aviez été au courant ?

— Bien sûr ! C'est mon travail !

Elle était très convaincante, pensa Ryan. Elle avait la juste intonation un peu sèche qu'il remette en doute ses compétences professionnelles, avec une touche d'empathie pour lui démontrer qu'elle compatissait à ses ennuis. Les directeurs d'équipes ne prévenaient pas toujours les joueurs de hockey et leurs représentants de leurs projets.

— J'ai appris votre transfert il y a quelques minutes, déclara Diane. Je viens d'avoir au téléphone la direction du Fuel.

Oh. Voilà qui semblait prometteur. Ryan ne jouait pas mal, mais il n'intervenait qu'en troisième ligne en cas de désavantage numérique. Il ne serait jamais de ceux qui retiennent l'attention des hauts dirigeants.

— Et alors ? persifla-t-il. La situation se présente comment ? Ne me dites pas qu'Indianapolis a soudainement décidé qu'ils manquaient de papier de verre !

Même lui ne se considérait pas comme un joueur acharné à réussir, surtout pour un problème de taille : il était trop petit. Pourtant, sur la glace, il était une vraie teigne, il provoquait des penaltys en agaçant l'équipe adverse. Malheureusement, la ligue grouillait de jeunes attaquants ambitieux et la plupart d'entre eux étaient meilleurs que lui pour marquer des buts.

— Je n'ai pas eu cette impression, non, déclara Diane avec diplomatie. La conversation m'a laissé une impression… étrange.

Ryan entendit alors un bruit saccadé à l'autre bout du fil : son agent tapotait nerveusement son stylo à bille sur son bloc-notes.

D'accord, finalement, ce n'était pas si prometteur. Le cœur de Ryan se serra davantage.

— Comment ça ?

— Je ne saurais pas l'expliquer, c'était juste une sensation. Mon interlocuteur a vérifié les écoles que vous avez fréquentées, il a demandé la nature de vos études universitaires, ce genre de choses.

Oh. Peut-être s'intéressait-il aux sports universitaires. Ryan avait fait ses études à l'Université du Michigan. Il y avait vécu des évènements bizarres. Les fans là-bas étaient d'un tout autre niveau.

— Écoutez, reprit Diane, je ne sais pas ce qui se passe, mais vous avez lu vous-même les détails du transfert. Je sens qu'on ne nous dit pas tout.

Ryan aurait préféré se croire parano. Il avait entendu quelques rumeurs, oui, mais comment se fier à des commérages qui remontaient d'Indianapolis jusqu'à Montréal ?

— Un problème de vestiaire ? suggéra-t-il.

Le Fuel ne serait pas la première équipe à tenter d'inculquer à ses joueurs la rage de gagner. Si Ryan n'était pas un caïd pour marquer des buts, il savait mieux que personne dynamiser les foules. Parler et convaincre, c'était dans ses compétences.

En tout cas, il l'avait prouvé à Ann Arbor et à Montréal. De l'extérieur, d'accord, le Fuel évoquait la Fosse du Désespoir. Ce n'était peut-être pas le cas.

Diane tapotait toujours.

— Peut-être. Je ne suis pas sûre. Je ne tiens pas à ce que vous débarquiez là-bas sans préparation.

Et triste d'avoir le cœur brisé et amer de quitter Montréal.

Ryan poussa un long soupir. Il fallait qu'il s'y fasse. Bien sûr, c'était son premier transfert, mais il avait vingt-six ans. Ce ne serait pas le dernier, ni même le plus douloureux.

Même si renoncer à son logement était une vraie plaie.

— Merci, Diane. Je vous suis reconnaissant de votre soutien.

Cette fois, il l'entendit brasser des documents.

— Hé, je ne fais que mon travail. Ceci étant réglé, j'ai à vous donner quelques détails de logistique. Vous devrez passer les voir pour des entretiens, vous vous présenterez aux relations publiques et tout le bataclan habituel. La plupart seront programmés pendant la période d'entraînement, mais je vous conseille d'arriver avec quelques jours d'avance. Connaissez-vous quelqu'un dans l'équipe ?

— Peut-être. Quand j'étais à Shattuck, j'ai joué avec Tom Yorkshire, mais il était plus jeune que moi. Nous ne sommes pas restés en contact.

Cet internat datait de presque dix ans. Yorkie avait sauté les étapes en devenant papa à dix-neuf ans. À côté, gérer une équipe de gars en sueur devait lui paraître un jeu d'enfant.

Hé, hé, un jeu *d'enfant* !

— Connaître le capitaine, c'est une bonne chose, déclara Diane d'un ton sentencieux, ça paie toujours.

— Oui, je suppose. Je retrouverai son numéro.

— Bien, approuva Diane. Je vais vous laisser à présent. Attendez-vous à un appel de la direction, ça ne devrait pas tarder. Restez prudent, évitez de vous faire manipuler et contactez-moi si vous avez des doutes, d'accord ?

Malgré son abattement, Ryan esquissa un sourire. Diane se montrait protectrice envers lui. Comme réconfort, c'était peu, mais c'était mieux que rien.

— Oui. Merci, Diane.

Après avoir raccroché, Ryan écarta son téléphone de son oreille et regarda ses notifications.

Vingt-sept.

Il n'en avait pas reçu autant depuis la signature de son premier contrat – un contrat d'un an de type « two-way » et il avait passé la première moitié de la saison dans la filiale montréalaise de la AHL. Mais ce n'était pas le moment d'être nostalgique.

Il avait ses bagages à préparer.

Classement de présaison mis à jour

Par Neil Wilson, Cassandra McTavish et Eric Doyle
25 août

Avec les camps d'entraînement qui commencent la semaine prochaine et les enfants pas encore retournés à l'école, tous les prétextes sont bons pour s'enfermer au bureau. De plus, la semaine a commencé par l'annonce d'un transfert inattendu et, si nous n'en parlons pas, nous risquons d'exploser. Alors, votre équipe sportive s'est ruée sur le canal Slack pour poser la question : après ce qui vient de se passer, quels joueurs sont remontés dans notre classement de présaison ? Et lesquels ont chuté ?

Cassie : Commençons par le commencement : ce transfert qui a poussé tous les fans de hockey à vérifier qu'il n'y avait pas des hallucinogènes dans leur café du matin.

Eric : Avant cela, je voudrais signaler que je suis un fan de Montréal et que j'adore Ryan Wright, comme beaucoup d'autres. Au hockey, il n'est peut-être pas une superstar, mais pour apaiser une situation, c'est le meilleur, nous sommes tous d'accord. De plus, le public l'adore et c'est un des rares joueurs de hockey à avoir de la personnalité pendant une interview. Hors de glace, ça compte beaucoup !

Mais...

Neil : «Mais», oui, effectivement.

Cassie *: Mais* aussi charmant et charismatique soit-il, ça ne justifie pas son transfert contre Lucas Lundström et un jeune, la décision reste donc absolument dingue.

Neil : En l'apprenant, moi, je n'ai pas cherché des hallucinogènes dans mon café, en revanche, j'ai vérifié si le dirigeant du Fuel n'était pas un Alien.

Cassie : C'est aussi ce que Montréal a pensé, je n'en doute pas. Wright contre Lundström tout seul, pas

326

de problème, c'est un choix évident. Même sans nécessiter d'urgence un excellent jeune défenseur, ce qui est le cas de Montréal, personne ne refuserait une offre aussi alléchante, alors, pourquoi diable y rajouter un bonus?

Mais Indy…

Eric : Oui, justement, que se passe-t-il à Indianapolis? Parce qu'on ne parle que de son directeur, John Rees. À mon avis, il mérite la médaille du transfert le plus déconcertant de l'été. Qu'espère-t-il? Couler le Fuel? Pourquoi s'en donner la peine? L'équipe a déjà les pires résultats de la ligue.

Neil : Désolé d'aborder le sujet, mais pensez-vous aussi ce que je pense?

Cassie : J'ai l'impression que personne ne tient à en parler le premier, aussi me contenterais-je de dire : il n'y a qu'une explication possible à ce transfert insensé, le Fuel attend de Wright qu'il résolve le problème le plus flagrant de l'équipe.

Eric : Ce n'est pas tout à fait vrai. Sans Lundström, leur défense va devenir une catastrophe. Mais parlons de Nico Kirschbaum.

Neil : Premier choix au repêchage allant sur sa dernière année d'ELC[33] et les statistiques de Kirschbaum restent moyennes. Un joueur de son calibre devrait augmenter d'un point par match. Lui, en cent trente matchs, il n'a que 79 points. Parfois, il a des éclairs de génie sur la glace ensuite… plus rien. C'est très surprenant.

Cassie : Je vous rappelle qu'il s'est cassé le bras – le radius pour être plus précise – à la fin de l'année dernière, sinon, il aurait sans doute de meilleurs chiffres.

Eric : Le Fuel a tout misé sur Kirschbaum pour monter dans la division. Ils doivent être déçus, sinon frustrés. Leur vedette doit se reprendre. Wright est justement

---

33 Contrat d'entrée de gamme essentiellement proposé aux choix de repêchage.

le genre de gars capable de dynamiser une équipe et de calmer les pires frustrations. S'il parvient à ce que Kirschbaum exprime tout son potentiel à chaque match, ce transfert devient une véritable aubaine.

Cassie : Je vous l'accorde, mais il y a un énorme « si » ! Et n'oublions pas les détails importants.

Neil : Je vois ce que vous voulez dire : de tous les joueurs susceptibles d'être transférés, le Fuel a choisi le seul ouvertement gay. Quelle... coïncidence, non ? Que pouvons-nous en déduire ?

Eric : Je ne dirais pas que le Fuel cherche à réduire le burnout de son centre superstar en lui trouvant un petit copain qui joue au hockey.

Neil : Vous ne le dites pas, mais vous ne dites pas *non plus* le contraire.

Cassie : Je pense au Titanic, je crains que nous assistions très bientôt à un crash retentissant suivi d'un naufrage abyssal. Mais au moins, cela nous donnera matière à écrire de beaux articles.

ASHLYN KANE est une casanière qui voyage à travers le monde, elle se définit par ses contradictions : elle aime le chaos, mais aspire à l'ordre ; elle écrit volontiers quand elle manque de temps. Le dossier où elle range ses romans en cours est rempli de projets non terminés, sa maison également. Elle suit un traitement pour le TDAH pour continuer à avancer.

Ashlyn a été précoce pour parler et pour lire, elle a toujours aimé écrire et raconter. À huit ans, elle s'est inscrite à son premier atelier d'écrivains en herbe, à l'adolescence, elle a remporté un prix amateur dans un concours de poésie et sa plus belle récompense à l'âge adulte, a été de recevoir un vibrant éloge dans *Publishers Weekly* pour son roman *Fake Dating le Prince* (non traduit en français)

Parmi ses passe-temps, citons la décoration intérieure, le bricolage, le jardinage écolo (sans arracher les mauvaises herbes), la musique et les câlins avec son énorme chien couleur chocolat. Elle a la chance d'avoir un mari merveilleux, des parents adorables et, comme frère et beau-frère, les plus grands nerds existant sur terre.

Inscrivez-vous à sa newsletter sur : www.ashlynkane.ca/newsletter/
Site Web : www.ashlynkane.ca

MORGAN JAMES est de la génération du millénaire, désemparé, il cherche encore à comprendre ce qu'il fera une fois grand tout en profitant de la vie durant sa quête. Après avoir passé un ou deux diplômes, fait quelques séjours en Europe et tenté sans succès différentes carrières, il attend avec impatience de voir ce que le destin lui réserve.

James a commencé à écrire avant de maîtriser l'orthographe, il était encore écolier quand il a terminé son premier roman (inédit). Depuis, il n'a jamais arrêté. Tour à tour Grec, artiste, archer et fanatique, Morgan passe ses loisirs dans des mondes imaginaires, avec les personnages des livres qu'il lit ou des films qu'il voit, c'est une addiction aussi forte que son amour pour le café et le thé.

Il vit au Canada avec une énorme collection de livres qu'il n'a pas encore lus et est au service de trop nombreuses créatures à quatre pattes.

Twitter : @MorganJames71
Facebook : www.facebook.com/morganjames007

Par ASHLYN KANE

American Love Songs
Le guide de la rock star pour obtenir son mec

Avec Morgan James
Le mal par le mâle

LE HOCKEY POUR TOUJOURS
Au grand jour

Publié par DREAMSPINNER PRESS
www.dreamspinner-fr.com

Par MORGAN JAMES

Avec Ashlyn Kane
Le mal par le mâle

LE HOCKEY POUR TOUJOURS
Au grand jour

Publié par DREAMSPINNER PRESS
www.dreamspinner-fr.com

Le mal par le mâle

Ashlyn Kane
& Morgan James

Il est neuf heures du matin, après les funérailles de son père, et Ezra Jones sait déjà qu'il va passer une mauvaise journée. Il se réveille avec une gueule de bois, il a mal partout et se trouve couvert de sang. Puis ça empire : le séduisant et irrésistible Callum Dawson fait son apparition sur le pas de sa porte, clamant qu'Ezra a été transformé en loup-garou. Ezra voudrait être sceptique, mais les preuves sont difficiles à ignorer.

Ezra n'a pas beaucoup de temps pour s'habituer aux règles du jeu que l'Alpha Callum lui impose – ou à la façon dont son corps répond à la domination de Callum – tandis qu'il commence à travailler pour le Centre pour le Contrôle des Maladies afin de découvrir l'origine d'une épidémie de lycans. Quand la tension sexuelle explose enfin, Ezra a à peine le temps d'en profiter parce qu'un autre danger les menace. Quelqu'un veut s'en prendre à lui à des fins peu scrupuleuses et fera tout pour y arriver.

www.dreamspinner-fr.com

www.ingramcontent.com/pod-product-compliance
Lightning Source LLC
Chambersburg PA
CBHW020530020726
47494CB00006B/1709